UNE FOLIE PASSAGÈRE

Nicolas Robin est né en 1976, dans les Landes. Il est steward pour une compagnie aérienne et parcourt le monde. Il a déjà publié plusieurs ouvrages dont *Roland est mort*, *Je ne sais pas dire je t'aime* et *Une folie passagère*.

Paru au Livre de Poche :

JE NE SAIS PAS DIRE JE T'AIME
ROLAND EST MORT

NICOLAS ROBIN

Une folie passagère

ÉDITIONS ANNE CARRIÈRE

© S. N. Éditions Anne Carrière, Paris, 2019.
ISBN : 978-2-253-93422-6 – 1ʳᵉ publication LGF

« Toute ma vie, j'ai rêvé
D'être une hôtesse de l'air.
Toute ma vie, j'ai rêvé
De voir le bas d'en haut.
Toute ma vie, j'ai rêvé
D'avoir des talons hauts.
Toute ma vie, j'ai rêvé
D'avoir, d'avoir
Les fesses en l'air. »

                                  Jacques DUTRONC

AVERTISSEMENT

Ce livre est une œuvre de fiction. Toute ressemblance avec des personnages ayant réellement existé serait purement fortuite.

Prologue

Demain, ma tête sera affichée dans les journaux, à la page des faits divers, l'œil boursouflé et vide d'expression, comme ces femmes qui ont foutu leur vie en l'air. Je risque de partager une cellule de prison avec une fille aux cheveux gras qui joue de la guimbarde recroquevillée sur son matelas. Je ferai la queue au réfectoire pour un ragoût de bœuf et un quignon de pain dur. Je serai obligée d'utiliser des douches communes mal aérées, qui sentent la moisissure.

Rien ne me destinait à en arriver là. J'ai toujours été une fille discrète, qui aime jouer au Scrabble, danser le madison toute seule dans son coin, ramasser des feuilles mortes pour fabriquer un herbier. Je n'avais jamais commis d'impair ni cédé à la grossièreté. Tout ce que l'on pouvait me reprocher, c'était d'avoir rayé le pare-chocs d'une voiture et d'être partie sans laisser mes coordonnées.

Et puis, mon destin a basculé avant-hier…

1

Une femme dans mon genre n'a pas droit à l'erreur. Je me fais cette réflexion en ouvrant les yeux chaque matin. La journée commence par cette prise de conscience vertigineuse : je fais du ciel le plus bel endroit de la terre. On ne confie pas cette mission à une rigolote.

J'ai toujours mis un point d'honneur à être une hôtesse de l'air convenable et intègre, à la pointe du raffinement, une hôtesse bien comme il faut. C'est ma doctrine depuis vingt ans et je m'y tiens, dans la mesure du possible. Une hôtesse-bien-comme-il-faut est tout en sourires chaleureux juchée sur des talons hauts. Nourrie d'images de femmes du monde en robe à épaulettes, à cheval sur les principes et l'étiquette, elle est éclatante sous les néons, alliant l'élégance de la tenue et de la posture. Rien dans son vocabulaire ne doit choquer la décence. Une hôtesse-bien-comme-il-faut n'est pas du genre à s'écrier : « Bordel à cul de pompe à merde ! » Elle a les gencives saines, elle croque la vie à pleines dents. Elle a conscience d'incarner le rayonnement de la France à l'étranger.

Pourtant, les rumeurs vont bon train en ce qui concerne les hôtesses de l'air. Les gens s'imaginent qu'elles passent leur temps libre sur une plage des Caraïbes, à flirter avec des pilotes nouvellement divorcés ou qui envisagent de l'être. Ce n'est pas totalement faux, mais ce n'est pas totalement vrai non plus.

Bien sûr, j'ai connu des soirées enflammées dans les DOM-TOM, à boire des ti-punchs jusqu'à en être pompette, à manger des acras de morue sur les coups de minuit pour éponger le rhum. J'ai admiré des clairs de lune, les pieds dans le sable, au son d'un ukulélé. J'ai sympathisé avec des hommes qui portaient une chemise en lin entrouverte dans la chaleur moite des nuits exotiques. Ce n'est pas pour autant que j'ai un amant à chaque escale. On n'est pas toutes obligées d'être des guerrières du sexe. Contrairement à ce que prétendent certains magazines, je ne pense pas que les relations sexuelles fassent perdre du poids ou reculer le cancer. Certaines de mes collègues y trouvent leur compte mais je ne suis pas de celles qui sautent tout de suite à la braguette. Je me contente d'un seul homme, en général, et de mon nouveau fiancé, en particulier. Ce matin, il s'étire dans mon lit comme un gros matou. Nos deux prénoms s'associent dans un mariage d'amour : Bérengère et Grégoire, c'est harmonieux sur une carte de visite coquille d'œuf à liseré doré. Je laisse vagabonder cette idée.

— Debout, chéri ! Le soleil vient de se lever !

Il bâille en se grattant les parties intimes. Il est chou.

Je saute dans mes mules à pompon, j'enfile un peignoir en crêpe de Chine et tournoie dans le salon comme l'héroïne gracieuse d'un film de Jacques Demy. Avant un départ en vol, le geste santé, c'est un verre de lait d'amande bien frais et des fruits secs. Jamais de céréales de blé. Rien qui favorise les flatulences. Une hôtesse-bien-comme-il-faut ne peut pas se permettre ce genre de désagrément.

Grégoire s'assoit tout nu sur mon tabouret en rotin tressé rapporté de Madagascar. Il ne démarre aucune conversation avant d'avoir bu son café. Entre deux vols, il vient me rendre folle de spasmes et de picotements. J'aime lui ouvrir la porte et voir son regard d'un bleu intense plein d'empressement. Il m'a abordée sur Tinder, un mode de rencontre novateur. C'est un collègue steward qui m'a montré comment utiliser l'appli; lui-même a trouvé l'amour de sa vie sur Grindr. *Allô le monde, je suis Bérengère, hôtesse de l'air célibataire, et je suis en mode rencontre.*

Ma grand-mère disait toujours : « Moi, d'mon temps, si la pilule avait existé, j'aurais couché dès l'premier soir. » C'était ma grand-mère préférée, celle qui habitait à Orly. Elle prodiguait ses conseils avec une inépuisable tendresse, devant la table de sa cuisine recouverte d'une toile cirée. Je suis restée plus vertueuse que Mamie d'Orly, j'ai attendu le deuxième soir. Grégoire et moi faisions plus ample connaissance sur mon canapé. Je lui ai proposé des olives farcies au poivron, quand, tout à coup, il s'est glissé dans ma vie d'hôtesse en me bombardant de questions :

— Aimes-tu contempler le Golden Gate enveloppé dans la brume ? Caresses-tu souvent le tronc des baobabs à Madagascar ? As-tu déjà fait l'amour dans une jonque sur la mer de Chine ?

J'ai très bien compris où il voulait en venir. Il a posé sa main chaude et animale sur ma cuisse. J'avais justement quelques jours de repos devant moi et la pilule dans mon sac à main. Je me suis offerte à lui comme une nonne démissionnaire, et il m'a fait mordre le coussin.

Depuis trois semaines, cette relation me laisse à penser que je ne suis pas totalement périmée. Une femme de quarante ans se trouve à un moment de sa vie où un homme qui l'aime lui a déjà fait deux enfants, dont un fils qui excelle à la cornemuse et une fille au twirling bâton. Jusqu'à présent, je n'ai pas eu cette chance. Aujourd'hui c'est la Saint-Valentin, un soleil d'hiver pointe ses rayons et le merle va peut-être siffler. Je m'attends à voir Grégoire poser un genou à terre et m'offrir une rose rouge, avant de m'entraîner dans un tango endiablé. J'ai une horloge biologique qui s'affole et les hormones en ébullition.

Sur mon tabouret en rotin tressé, il hume son mug de café, soulève une paupière encore lourde, ronchonne un peu.

— Tu as beaucoup de réunions aujourd'hui, chéri ?
— Mmm...

Grégoire est *business developer* pour une régie publicitaire. Il part à la conquête de nouveaux marchés, habillé dans un style casual chic. Il a l'esprit entreprenant et le mot « avenir » tamponné sur le front. À quarante ans, j'ai peut-être trouvé le bon.

Dans la salle de bains, je revêts l'habit qui fait de moi une femme extraordinaire. Le collant de contention est l'ami de l'hôtesse de l'air. Il évite la sensation de jambes lourdes et prévient les varices. Il me colle à la peau et je l'emmène au bout du monde. Ensuite vient la robe d'uniforme, turquoise, cintrée à la taille, élégante et fonctionnelle, qui ne doit rappeler ni l'infirmière ni la barmaid, sinon c'est foutu. Je remonte la fermeture éclair d'une main dans le dos et coiffe mes cheveux en chignon banane. Le secret est dans la torsade : je les attache avec ma broche argentée, cadeau de ma grand-mère avant mon premier vol. Elle avait tendu un miroir derrière ma nuque et s'était exclamée : « De toute beauté ! » C'est elle qui m'a appris à me coiffer. C'est elle qui m'a appris à être jolie. Elle me manque, Mamie d'Orly. Elle mettait toujours du mauve sur ses paupières et une goutte d'eau de Cologne derrière ses oreilles. Même à la maison de retraite, elle tenait à rester coquette. Je pense toujours à elle quand je trace à l'eye-liner un trait au ras de mes cils. Dans son cabinet de toilette, elle disait : « Un peu de trompe-couillon, ça fera l'affaire. »

Je ne suis pas forcément l'archétype de la vamp, la brune incendiaire qui accapare l'attention des hommes. La température de la pièce ne grimpe pas dès mon entrée. Je suis plutôt la grande gigue qui repère la sortie de secours dans les soirées. Les collègues disent généralement que je suis une fille au charme discret, presque insolite, mais qui rayonne quand elle porte son uniforme. Alors je chausse mes escarpins cirés et le tour est joué. Bérengère hôtesse de l'air, mon prénom rime avec mon métier. Je prends la pose au milieu du salon, la main droite sur la hanche, le bras gauche levé, prête pour l'aventure. Je suis hôtesse de l'air et je pars à la conquête de nouvelles destinations. Mais Grégoire n'a pas l'air ébloui par ma transformation. Il passe devant moi comme si j'étais le sac d'ordures à descendre à la poubelle et ne s'encombre d'aucun geste de tendresse. Pas même un bécot. Il grogne en sautant dans son boxer-short de la veille, se dépêche sinon il va être en retard.

— On se voit à mon retour ? lui demandé-je innocemment.

— Euh... non, désolé... il m'arrive un pépin...

Il court partout dans l'appartement à la recherche de ses boots en daim. Il prend la poudre d'escampette au moment inévitable où deux amants se quittent pour mieux se retrouver.

— Qu'est-ce qui se passe, Grégoire ?

— C'est-à-dire que... c'est un peu compliqué, en ce moment.

— Dis-moi vite !

— En fait... je dois m'occuper de ma grand-mère qui a la polio.

— Ah bon ? Mais je croyais qu'elle était décédée, ta grand-mère ?

— Ah merde ! C'est vrai... J'avais oublié...

Un peu effarée, je noue mon foulard à pois autour de mon cou long et frêle. De toute évidence, quelque chose ne tourne pas rond. Un mensonge le jour de la Saint-Valentin ne laisse rien présager de bon. Je l'exhorte à me dire la vérité. Une hôtesse de l'air ne peut pas être menée en bateau, ce n'est pas dans ses fonctions. Je suis celle qui peut tout entendre. Si le travail l'accapare, je peux le comprendre.

— Bon voilà, dit-il enfin, j'ai rendez-vous avec une autre femme.

Je me mords l'intérieur de la joue. Je crois avoir mal compris. Il ne prend pas la peine de me regarder en face. Il m'annonce ce rencard comme on dit : « J'peux pas, j'ai piscine. »

— Quelle femme ?

— Une monitrice de ski.

— Pour quoi faire ? Il n'y a pas de montagne à Paris, lui fais-je remarquer en toute logique.

— Écoute, Bérengère, je suis un cliqueur, moi ! Je

fais défiler les profils et je clique sur les demoiselles, jamais les femmes mariées, trop dangereux.

— Plaît-il ?

— J'ai un faible pour les hôtesses de l'air et les monitrices de ski.

— Quoi ?

— J'aime aussi les assistantes marketing.

J'ai la désagréable sensation d'avoir été percutée par un Airbus. Je suis exsangue dans ma robe turquoise, incapable d'émettre un mot ni de faire un geste. Il a pleinement conscience du carnage qu'il vient de provoquer, mais préfère nouer ses boots en toute sérénité.

— Bérengère, nous deux c'était chouette, mais c'était juste un plan cul. Vaut mieux en rester là !

Je suis statufiée comme l'héroïne d'un film de Jacques Demy qui perd son rimmel sous la pluie. Grégoire s'est trompé sur mon compte. Une hôtesse-bien-comme-il-faut n'est pas juste un plan cul. Elle a des aspirations plus élevées. On la demande en mariage devant le rocher de la Vierge, à Biarritz. Elle sait organiser des banquets, faire des fleurs en papier crépon, cuire un gigot d'agneau avec des feuilles de laurier. Son aisance en société est utile à la carrière d'un homme d'affaires, Grégoire aurait dû s'en apercevoir. Je ne suis pas de celles qu'on laisse dans un coin, mais qu'on invite à danser et qu'on élève haut dans un porté sublime. Bras écartés, jambes tendues, je serais merveilleuse.

Il enfile sa parka et part sans scrupule. Le bisou sur la joue serait maladroit et injurieux. Qu'est-ce qu'il attend de moi au juste ? que je pleure et que je me roule par terre comme une femme bafouée ? que je m'accroche à ses boots en daim et que je le supplie de rester ? Il referme la porte sans un regard en arrière. Mon nouveau fiancé m'abandonne avec un mug sale dans l'évier. Je maintiens mon port de tête pour garder prestance et dignité. J'essaie de ne pas tomber du haut de mes escarpins, ce qui endommagerait mon chignon banane et ferait de moi une hôtesse bas de gamme. Dans mon for intérieur, je suis en chute libre dans la stratosphère, sans aucun masque à oxygène pour respirer. La rose rouge n'est pas pour aujourd'hui. Le tango non plus d'ailleurs. Je me retrouve à nouveau seule, et ce n'est pas à proprement parler un choix.

Dans le miroir au-dessus du canapé, j'aperçois cette femme en robe turquoise et foulard à pois. Elle a l'air d'un bonbon acidulé qu'on vient de recracher. Je lis clairement dans son regard la détresse de la quadragénaire laminée par les déglingués du cul.

2

« Madame l'hôtesse », c'est le surnom que me donne le gardien de l'immeuble quand il me croise devant les boîtes aux lettres. Il porte encore son sous-pull en acrylique, celui qui est râpé aux coudes. En m'apercevant il arrête de siffler la *Marseillaise*.

— Alors comment ça va, madame l'hôtesse ?
— Bien merci, je réponds, essoufflée.

L'ascenseur est encore en panne. Mon bagage à bout de bras, j'ai descendu l'escalier et manqué de me prendre les pieds dans mon manteau en voulant rattraper mon sac.

— Oh, bah alors ! On n'a pas un gentil p'tit mari qui vous descend la valise ?
— Non... je n'ai pas cette chance.
— Faudrait s'y mettre, hein !

Ça, c'est l'injonction insupportable dès le matin. La réflexion suppose que je suis une femme socialement intégrée, mais qui n'a pas encore coché toutes les cases. Mon gardien d'immeuble estime qu'une femme célibataire de quarante ans est victime d'une malédiction : elle est soit frigide, soit prostituée. Forcément neurasthénique et au bord de la dépression. Si elle trouve le courage de se lever pour aller travailler, elle n'en mène pas large. Et quand vient le soir, elle serre les poings et se lamente dans son petit lit tout froid.

Une hôtesse-bien-comme-il-faut reste courtoise dans n'importe quelle situation. Elle est encline à aimer son prochain. Elle ne rétorque pas : « Qu'est-ce que ça peut te foutre ? »

— Et vous allez où comme ça, madame l'hôtesse ?
— Au Mexique.
— Dites donc, c'est loin ça !

Il sent un peu la transpiration à cause de son sous-pull en acrylique. Sa femme devrait lui conseiller de porter un maillot de corps en coton aéré. Les matières synthétiques ne sont pas forcément fantastiques. Je marque un temps de pause en apnée.

— Dites-moi, il y a bien un homme qui est parti de chez vous ce matin ?
— Non... enfin, oui...

On ne peut rien lui cacher. Il guigne derrière le rideau de sa loge, observe les entrées et les sorties, compte le nombre de prétendants au statut de mari qui ont sonné à mon interphone ces dernières années. Frigide ou prostituée, il se pose encore la question.

— Alors, on a bien un p'tit fiancé ?
— Pas vraiment...
— Un joli brin de fille comme vous, ça ne devrait pas rester tout seul.

Je vis seule depuis longtemps, assez longtemps pour que tout le monde se désespère. Mon gardien d'immeuble a même répandu du sel devant ma porte d'entrée, un rituel de protection sicilien pour conjurer le mauvais sort. J'ai fait semblant de ne pas le voir mais j'ai vu. Il rêve de me voir briser la malédiction, quitter mon deux-pièces cuisine, épouser un homme fort et gentil avec qui je contemplerais un jardin ravissant à travers une baie vitrée. C'est un programme intéressant, qui me changerait les idées. Je n'y peux rien si mes projets sont entravés par une monitrice de ski, une montagnarde, une mangeuse de tartiflette.

Le gardien a envie de me faire la bise mais je ne suis pas d'humeur câline. J'ai un mouvement de recul et j'espère qu'il ne le prendra pas mal. Cette odeur de transpiration si tôt le matin est abominable. Je passe mon chemin en tractant ma valise à roulettes. Sur le trottoir, le vent s'engouffre sournoisement sous mon manteau. Je prends soin d'éviter une crotte de chien.

Je garde la tête droite, avec l'assurance d'une robe turquoise sans faux pli. Je ferai du ciel le plus bel endroit de la terre puisque ici-bas on m'abandonne, on se débarrasse de moi comme d'un bout de gras au coin de l'assiette.

Le premier homme de ma vie, c'était George Michael, période Wham!. Donc à la base, il y avait un problème. Avec son brushing décoloré et son mini-short, je n'ai rien vu venir. Un jour, j'ai dit à ma grand-mère : « Tu sais, Mamie, je crois que George Michael, il aime les hommes. » Elle m'a répondu : « Grand bien lui fasse ! Les bonnes femmes, c'est parfois emmerdant. » On écossait des petits pois dans la cuisine et je trouvais la vie tellement injuste. Dès lors, je me suis fait la promesse de me détourner des pop stars et des illusions en général, de m'orienter vers des hommes disposés à me désirer, à m'offrir un milk-shake à la sortie du ciné, à se faire tatouer sur l'épaule droite « I love Bérengère ». C'était l'été de mes treize ans.

Mais je suis du genre à tomber amoureuse du cador, du caïd, du roublard, du roi du poker, du pilote qui n'a pas vraiment divorcé, qui me supplie d'avorter, qui me quitte sur le tarmac en m'avouant qu'il a sept gosses. J'ai collectionné les tocards comme on enfile des perles sur un fil de nylon pour en faire un collier. Comme disait Mamie d'Orly : « Celui qui ne se rend pas compte de l'importance que tu peux avoir dans sa vie n'a rien à faire avec toi, ma puce belle. Et maintenant, si je te faisais des crêpes ? » Elle savait toujours comment réparer un cœur brisé, avec des œufs, du lait et une lichette de Grand Marnier. Elle n'est plus là pour m'écouter, aujourd'hui. À qui puis-je me confier ? J'ai très peu d'amis. C'est difficile avec mon métier, je vis toujours en décalé. Les gens m'ont invitée plusieurs fois à leur anniversaire mais j'ai dû décommander à cause de mes voyages. Ils ont jugé mon attitude antisociale et ont arrêté de téléphoner. C'est le revers de la médaille, quand on fait le tour du monde plusieurs fois dans l'année. Les quelques amies qui ne boudent pas ne sont pas forcément disponibles à cette heure de la matinée. Il y a celle qui se fait cramer le cerveau sous une lampe de bureau, celle qui s'acharne à perdre un bourrelet sur un body step, celle qui a les bras chargés de couches-culottes et de petits pots pour bébé. Reste ma sœur, mon alliée. Elle a toujours écouté mes déboires amoureux. La célibataire amuse la femme mariée, c'est un vent de folie et une ouverture sur un monde lointain. Elle a rencontré mon beau-frère au lycée. Il faisait maths sup. Il avait un pull trop grand et des taches de rousseur, le genre de mec à parler espace vectoriel euclidien et projection orthogonale pendant des heures. Fatalement, elle en est tombée amoureuse.

Le téléphone dans une main, l'autre sur la poignée de ma valise, j'en impose, telle une *executive woman* qui combat l'idée d'être considérée comme une pétasse. J'appelle ma sœur sur le trottoir.

— Hortense, il faut absolument que je te parle !
— Allô, Bérengère, comment te dire ?
— Grégoire m'a quittée ce matin, je suis au bout du rouleau.
— Et moi devant trois cents élèves qui attendent un cours sur la chute de l'Empire romain d'Occident, tu vois ?
— Ce goujat a rendez-vous avec une skieuse.
— Je peux te rappeler à l'interclasse ?
— Non. Je serai enfermée dans un avion.
— Demain ?
— Je serai au Mexique !
— On se voit à ton retour alors. Viens dîner à la maison, tu sais bien que tes neveux t'adorent.
Elle raccroche. Elle retourne à son amphithéâtre de fac d'histoire, devant des étudiants qui boivent ses paroles sur la vie décadente des empereurs romains. Il n'y a définitivement plus personne à qui me confier. J'arrive devant ma Twingo orange avec la goutte au nez et un collant de contention qui me rentre dans les fesses.

Le problème, ce n'est pas Tinder, ce n'est pas le besoin de faire un bout de chemin à deux. Le problème, c'est le système hormonal qui fait des siennes et incite à rencontrer une flopée d'abrutis, à boire des verres avec des hommes qui détournent la conversation pour en venir à leur seule interrogation : « Et sinon, tu as toujours rêvé d'avoir les fesses en l'air ? » Grégoire n'était qu'un fétichiste de plus, un crétin, un beau salopard. Je me fais cette réflexion en claquant la portière de ma voiture.
Alors que j'ai une main sur le volant, l'autre sur la clé, ma Twingo orange réagit très mal. Elle émet un

toussotement, un peu comme Papi d'Orly quand il fumait trop la pipe. Mamie le chassait de la maison en lui criant dessus : « Tu vas enfumer les petites ! » Alors, il s'asseyait sur les marches du perron pour enfoncer les brins de tabac dans le foyer. Un jour, à force de tousser, il ne s'est pas relevé.

J'insiste sur le démarreur. En vain. Aujourd'hui, tout le monde me lâche. Dans le rétroviseur, j'aperçois cette femme qui se heurte à l'obsolescence programmée des hommes et des automobiles. Elle a vingt ans de métier, douze mille heures de vol au compteur, quelques ridules au coin des yeux.

Comme un malheur n'arrive jamais seul, ma mère profite de ce moment d'angoisse pour me téléphoner. Cette rafale de contrariétés n'est pas le produit de mon imagination. C'est juste une mauvaise passe.

Je décroche. Je serai forte.

— Alors, ma fille, tu viens toujours déjeuner dimanche midi ?

— Oui, comme convenu.

— Oh toi ! On ne sait jamais où tu es, avec ton métier.

Le ton sonne comme un reproche alors que mon planning de vols est affiché sur son réfrigérateur. Elle n'a qu'à pointer son nez devant. Mon père adore planter des punaises sur toutes les villes du monde que j'ai visitées. Ma mère fait semblant de ne pas s'y intéresser. Elle prend un malin plaisir à me rappeler que ma profession rend les choses difficiles. Elle aurait voulu un autre avenir pour moi, que je reste à la fac d'anglais, que je devienne prof comme elle, comme mon père, comme ma sœur. Une famille où chaque membre est sommé de suivre les traces de son référent parental.

Elle aurait voulu m'enfermer dans une case sans que je puisse en sortir, que je suive une routine totalement dévouée au corps enseignant. Rester là. Ne pas bouger.

— Maman, ce n'est pas le moment, là !
— Ça ne l'est jamais avec toi.
— Ma voiture est en panne.
— Encore ?
— Et je me suis fait larguer ce matin.
— Encore ?!
— Bon, tu n'as rien de gentil à me dire ?
— Je ferai des aiguillettes de canard dimanche midi. Ta sœur aime ça.

Elle sait pertinemment que je déteste manger du canard, mais autant faire plaisir à Hortense, monument de perfection à tous les niveaux. Ma mère répète à qui veut l'entendre qu'elle a deux filles : une qui a réussi, qui est agrégée d'histoire, mariée à un analyste chargé de la gestion du patrimoine, maman de deux adorables garçons. L'autre qui a un passe-temps d'hôtesse de l'air, une vieille fille qui a raté sa vie de femme, pas d'enfant, juste un yucca, que voulez-vous c'est comme ça. Heureusement, mon père raconte à qui veut l'entendre qu'il a deux filles formidables : une qui relate l'histoire du monde, l'autre qui en fait le tour plusieurs fois par an. Tout ce qui compte pour papa, c'est que nous soyons heureuses, mariées ou pas.

Dimanche, à table, ce sera encore la vieille rengaine. Tandis que mon beau-frère se rongera les ongles devant une assiette d'asperges, mes neveux joueront du tambourin avec leurs couverts, mes parents se disputeront sur les dates de vie et de mort d'un roi mérovingien. Dans la cuisine, ma sœur me tombera dans les bras en gémissant. Elle m'avouera qu'elle déteste son existence, que son mari est pénible, ses gamins insupportables, que j'ai de la chance de voyager et de parcourir la Terre entière, qu'elle donnerait n'importe quoi pour être à ma place. Je la serrerai fort contre moi en jetant un coup d'œil à la tarte aux pommes sur laquelle je me défoulerai, vu que je ne mangerai pas d'aiguillettes de canard.

— Quand vas-tu te caser ? me rabâche ma mère.
— Bon, ça suffit. Je dois raccrocher, je suis pressée.
— La fille de la voisine est complètement idiote. Eh bien elle, elle a trouvé preneur ! Comme quoi, ça n'arrive pas qu'aux autres !
— J'ai mon briefing de vol dans quarante minutes.
— Peut-être que tu devrais revoir tes critères à la baisse ?
— Maman, je n'ai plus le temps !
— Tu as vu ta gynécologue récemment ? Il faudrait être sûr que tes ovaires sont encore viables.

Je sens un jet de venin à travers le téléphone. Ma mère a toujours des allusions sournoises et blessantes. Elle me fait payer mes rêves d'évasion loin des tableaux noirs et de la poussière de craie. Ce désir remonte à l'enfance, quand ma grand-mère nous gardait, Hortense et moi, tous les mercredis. J'aimais l'odeur enivrante du kérosène que j'inspirais dans son jardin, à Orly. On s'allongeait dans l'herbe, des brins de trèfle se mêlaient à nos cheveux, et on regardait les avions planer dans le bleu. Je voulais m'envoler haut, traverser l'océan. «Et tu iras où comme ça, ma puce belle ?» «Dans les pays chauds !» Le voyage, à l'époque, c'était le soleil, l'eau cristalline, le cocotier courbé au-dessus du sable blanc. Ma vie devait ressembler à une diapositive projetée sur un grand écran.

Aujourd'hui, j'ai accompli mon rêve de petite fille, n'en déplaise à ma mère, qui porte un jugement défavorable sur mes ovaires. Je lui rappelle que je suis attendue à l'aéroport. Elle finit par me raccrocher au nez. Le chameau.

Sans conviction, je soulève le capot de ma voiture. Et le referme aussitôt. Je ne vais pas rayer mon vernis à ongles en affrontant la mécanique. Ni un dépanneur ni un gentil mari ne me permettront d'arriver à temps à mon briefing. Il faut penser approche pratique, solution rapide, situation d'urgence.

Je refuse de prendre les transports en commun depuis le jour où un homme a ouvert sa braguette sous mon nez pour faire des moulinets avec son sexe. J'ai crié : « Au viol ! », personne n'a levé le petit doigt. J'ai dû mon salut à un spray de menthe poivrée dont j'ai aspergé son visage. Un seul service est donc susceptible de venir à ma rescousse. Je me précipite vers la place de Clichy en faisant bien attention de ne pas me casser la margoulette. Je trottine sur mes escarpins en tractant ma valise à roulettes. Des centaines de passagers en provenance du monde entier comptent sur ma force de travail. Le directeur général de la compagnie a placé en moi son espoir et sa confiance, je ne peux pas faillir à ma mission.

Au rond-point, je hèle un taxi d'un cri strident. Des badauds se retournent et me prennent pour une marchande d'oiseaux échappée de la Foire du Trône. Une voiture noire freine brusquement. Le chauffeur en descend et chaloupe vers moi dans sa veste en cuir – la cinquantaine, chauve, une touffe de poils dépassant de sa chemise entrouverte. Il remarque l'uniforme, le chignon banane, la valise à mes pieds. Je suis trop vieille pour être Miss France, trop équipée pour être contractuelle, donc je suis hôtesse de l'air. C'est incontestable.

— Vous allez à Roissy ? demande-t-il, non sans clairvoyance.

— Terminal 2, niveau K.

— Allez-y, montez.

Sa voiture empeste la vanille, odeur imputable à l'arbre magique jaune suspendu au rétroviseur. À la radio, l'animateur d'Inforoute annonce un ralentissement sur le trajet : un chevreuil a malencontreusement traversé la chaussée et provoqué un carambolage.

— Oh flûte ! Vous pensez qu'on y sera rapidement ?

— Ça m'étonnerait…

Malheureusement, le temps presse. J'ai une Twingo qui ne démarre plus, une vie amoureuse au point mort, des ovaires qui veulent y aller plein pot. Dans le rétroviseur, le chauffeur de taxi me fait un clin d'œil lubrique. Il passe furtivement sa langue sur ses lèvres pour les humidifier ou me signifier qu'il est transi de désir devant une femme en uniforme. Il semble avide de me couvrir de baisers, depuis ma bouche jusqu'à mon pubis. Je serre les cuisses, croise les jambes.

— Vous êtes bien installée ?

— Oui… merci.

— Vous voulez un bonbon à la cerise ?

— Non, j'évite le sucre.

— Pas de petite gâterie alors ?

Je plisse le front, fais mine de ne pas comprendre le sous-entendu. Assise sur la banquette en cuir et baignant dans cette odeur de vanille, je ne sais plus si je suis entrée dans un taxi ou un lupanar.

— On est au chaud dans ma voiture, hein? demande-t-il d'une voix langoureuse.

Il repasse sa langue sur ses lèvres, au cas où je ne l'aurais pas remarqué. Une dent en or étincelle quand il sourit.

Et si je sautais en marche?

3

Je laisse Paris derrière moi, la place de Clichy, ses klaxons, et tous les bonimenteurs qui ne changent pas de slip avant d'aller travailler. Je m'exile de ce monde cruel.

À la radio, l'animateur d'Inforoute a cédé la place à Gloria Gaynor. Sur des arrangements de violon très audacieux, elle chante la rage de vivre d'une femme qu'on a quittée mais qui ne compte pas en rester là. Rien de tel qu'un peu de disco avant d'aller au boulot, du baume au cœur quand on a envie de se jeter sous un bus. Si je n'étais pas une femme calme et modérée, je me trémousserais sur le siège arrière en hurlant «*I will surviiive*». Le chauffeur me prendrait pour une aliénée et me ferait descendre sur la bande d'arrêt d'urgence, c'est certain.

— Et vous partez où, comme ça ? demande-t-il.
— À Cancún.
— Vous avez pris votre bikini, j'espère…

Je voudrais bien entrouvrir la fenêtre pour chasser cette odeur de vanille industrielle, mais il fait zéro degré dehors. J'ai le choix entre attraper une angine et respirer le pschitt des toilettes.

— Et sinon, vous n'avez jamais eu peur en avion ?
— Non… pas vraiment.
— Cinq cents tonnes de ferraille qui décollent, moi ça m' fout les jetons.

Je n'argumente pas. Je me suis retranchée derrière le col de mon manteau sur lequel j'ai vaporisé mon eau de toilette florale. J'essaie de survivre. Il se retourne vers moi tout en conduisant, me sourit avec sa dent en or, me fixe à hauteur des seins.

— On a beau dire que c'est le moyen de transport le plus sûr, je trouve ça dingue.
— Attention à la route !
— Du calme, tout va bien.
— Il y a un embouteillage !
— Ah oui, pas faux, dit-il en se remettant face au volant.

Nul doute que l'avion reste le moyen de transport le plus sûr, car si le pilote décroche son attention du pare-brise pour mater les seins de l'hôtesse, la probabilité qu'un avion freine sec devant le sien est extrêmement faible.

On a frôlé l'accident. Mon menton a failli s'encastrer dans l'appuie-tête. Sur l'autoroute, les warnings clignotent de partout. Je vérifie ma montre pour constater que je suis clairement en retard. Le chef d'escale va être furieux, il va faire un rapport, suggérant qu'on me colle un blâme qui compromettra ma carrière dans l'aéronautique. Pendant ce temps, j'avance au ralenti dans un véhicule qui sent l'arbre magique et siffle du disco. *I will survive*.

— C'est pas trop compliqué d'avoir une vie de famille quand on fait ce métier ?
— Ça dépend des jours…
— Vous êtes mariée ?
— Non.
— Vous avez des enfants ?
— Non plus.

— Ah, ben vous voyez, c'est compliqué.

Je serre les dents. Un chauffeur de taxi parisien n'est pas supposé vous faire la conversation. En général, il est de mauvais poil et ne pose pas de questions. Lui, il en pose trop. Bien sûr, je rêve de préparer du riz au lait à mes enfants en guettant par la fenêtre le retour de mon mari. Bien sûr, j'aimerais rencontrer un homme attentionné, apte à comprendre qu'une hôtesse de l'air vit en décalé, d'est en ouest, de jour comme de nuit, et qu'on ne peut pas tout exiger d'une femme jet-laguée. Jusqu'ici je n'ai rencontré que des égoïstes, des immatures et des mythomanes, des hommes qui mettent fin à une relation parce qu'un psy leur a indiqué que cela entamait leur moi profond. Ce n'est pas compliqué d'avoir une vie de famille quand on fait ce métier, c'est juste compliqué de choisir le bon spécimen au préalable.

Au beau milieu de l'embouteillage, Barry White nous tient compagnie avec un orchestre symphonique. Il chante magnifiquement une déclaration d'amour aux femmes, des mots que je n'ai peut-être jamais entendus. «*You're the first, the last, my everything...*» Au son de sa voix suave, j'ai la gorge sèche, la pupille qui frémit. Je sens pointer le drame.

— Oh, regardez ! Ils sont en train de déblayer le chevreuil.

— Non, sans façon, dis-je en cachant mes yeux derrière le col de mon manteau.

— Et vous restez longtemps à Cancún ?

— Juste vingt-quatre heures.

— C'est assez pour... vous voyez ce que je veux dire ?

— Non, quoi ? osé-je lui demander en rouvrant les paupières.

— Bah ! Il paraît que ça couche pas mal, par chez vous.

Lui, très à l'aise au volant. Moi, légèrement confuse à l'arrière. Une hôtesse-bien-comme-il-faut ne commente rien en dessous de la ceinture. Elle connaît les règles de la bienséance et les mots à proscrire. Elle se prépare chaque jour à rencontrer des élus de l'Académie française, des prix Nobel, des chevaliers de l'ordre du Mérite. Je préfère me taire que d'aligner les mots « ribouldingue » et « orgie » dans la même phrase.

— Vous auriez tort de vous priver, après tout vous n'êtes pas mariée.

C'est la Saint-Valentin et je fais du surplace au milieu de traces de pneus, de flaques de sang et de tôle froissée. Le chauffeur de taxi m'adresse des clins d'œil incessants. Il sort à nouveau sa langue pour mouiller ses lèvres. Elle est épaisse et luisante comme la tête d'un reptile, un être vorace désireux de me capturer et de m'entraîner au fond d'un étang boueux. Combien de femmes a-t-il violées, découpées, et planquées dans le coffre de sa voiture ? Et s'il faisait partie d'un gang de dépeceurs d'hôtesses ?

— Et sinon, c'est quoi votre petit nom ?
— Euh… Bérengère.
— Moi c'est Raoul.

Encore un clin d'œil suivi de l'éclat furtif de sa dent en or. Il risque de prendre la première sortie pour m'entraîner dans un motel miteux. Il va m'attacher à la tête de lit et organiser une tournante avec des chauffeurs de poids lourds qui sentent l'anisette et le Brut de Fabergé.

À la radio, l'animateur d'Inforoute a de bonnes nouvelles : la circulation redevient plus fluide. Bison Futé nous souhaite une bonne journée. Dans mon sac à main, je cherche mon spray de menthe poivrée. Juste au cas où.

Après vingt minutes d'œillades salaces dans le rétroviseur, le chauffeur de taxi me dépose enfin à l'aéroport. Bijou d'architecture pour certains, maison de fous pour d'autres. Je m'en vais travailler. Je suis officiellement très en retard.
— Vous faites un drôle de métier ! dit-il en se garant.
— Pas plus que le vôtre.
— Et sinon, je me demandais, vous n'êtes pas trop vieille pour être hôtesse de l'air ?
Je tique. L'adjectif me paraît abstrait. C'est un point de vue très personnel. Il pourrait y avoir un long débat devant des hôtesses irascibles et revendicatrices, toutes les vieilles belles qu'on croit névrosées mais qui font la nique au jeunisme.
— Qu'entendez-vous par là ?
— Bah, j'sais pas... je pensais qu'ils n'embauchaient que des jeunettes.
Je ne réponds pas. Je ne réponds plus. J'ai hâte d'en finir, de me retrouver à l'air libre, froid et sec, purifié. L'odeur de vanille a imprégné mon manteau, j'ai l'impression d'avoir cuisiné des beignets et des chichis dans une roulotte. Je récupère ma valise et paie la course. Lui me tend sa carte de visite sur une impulsion naturelle et instinctive.
— C'est pour quoi faire ? demandé-je, faussement étonnée.
— On ne sait jamais. Pour aller au boulot ou faire un p'tit câlin avec Raoul.

Ce sagouin porte une alliance. Il me drague outrageusement pendant que Bobonne l'attend à la maison, un chérubin suspendu à chacun de ses tétons. J'ai le choix entre répliquer par un coup de genou et m'enfuir en courant. Lourd dilemme. Une hôtesse-bien-comme-il-faut ne bascule pas dans la violence et ne prononce aucune grossièreté. Elle trouve un subterfuge. Elle s'en tire avec une pirouette.

Je me sauve avant de devenir hargneuse et désobligeante, et abandonne Raoul devant son taxi. Je fais irruption dans le terminal 2 niveau K en prenant soin de ne pas m'encastrer dans la porte 7, ce qui m'obligerait à faire un détour par le service médical avec le nez en patate, et accentuerait mon retard. Au passage, je manque de renverser une grand-mère avec son yorkshire. Le chien jappe. La vieille rouspète. Le portable sonne dans la poche de mon manteau. C'est l'agent du planning. Je décroche comme une *working girl* perdue dans Manhattan qui connaît l'enjeu de la ponctualité sur sa productivité.

— Bérengère ! Qu'est-ce que tu fous ?
— J'arrive ! Je suis là.
— Mais où, là ?
— Au terminal 2.
— On ne va quand même pas retarder l'avion parce que mademoiselle se promène au duty free !
— J'étais bloquée dans un embouteillage.
— Bouge tes fesses !

Il rajoute un coup de pression et raccroche aussi sec. À l'instant présent, j'aimerais être une femme désinvolte, insoumise, bohème chic. J'aimerais dérouler un tapis de yoga sur les bords de Seine et ressentir l'air frais me caresser les joues. Mais je dois reporter ce projet. Si j'arrive en retard, je serai mise sur un siège éjectable. J'accélère le pas en descendant l'escalator avec ma valise à bout de bras et bouscule un homme qui porte un sac.

— Désolée, lui dis-je.
— Non c'est moi, répond-il.
— C'est parce que je suis pressée.
— Allez-y, je vous en prie.

Nos regards se croisent. Il sent bon. Il a les cheveux noirs en bataille, des lunettes à fine monture en métal, un joli pull marin. Il a l'air subjugué par ma prestance d'hôtesse.

— Bérengère ! C'est toi ?
— Euh… oui…

Je suis pantoise. Je n'ai pas l'habitude qu'on me reconnaisse, je n'ai participé à aucune émission de télé-réalité, je ne suis pas une starlette des réseaux sociaux, je ne danse pas sur une table en T-shirt mouillé avec un gobelet de blanc limé. Sur l'échelle de la rock'n'roll attitude, je pense atteindre zéro.

— Tu te souviens de moi ? demande le beau brun. Collège de La Garenne-Colombes. 4e B.

Doux Jésus. Je portais un appareil dentaire et un chouchou dans les cheveux. Comme je dépassais tout le monde d'une tête, on m'appelait « la Girafe ». Ma mère me répétait en boucle : « Tiens-toi droite ! » Ce n'est franchement pas la meilleure période de ma vie. En bas de l'escalator, je vis un grand moment de solitude.

— Mais qui êtes-vous, monsieur ?
— Rodrigue. Rodrigue Angeli !

Doux Jésus, encore une fois. Je n'en crois pas mes yeux. Il faisait une tête de moins que moi à l'époque.

C'était un crack en biologie. Il portait des pulls jacquard et des lunettes à effet de loupe. Je me souviens qu'il a voulu m'embrasser à la boum de Marie-Laure Lafargue. Comme je n'étais pas prête à devenir une femme – pas avec lui –, je suis partie m'éclater toute seule sur un tube des Wham! et l'ai planté devant un bol de chips. J'ai dansé toute la soirée pour éviter une nouvelle approche, jouant la fille distraite, étourdie par le tempo. Je ne voulais pas embrasser ça, et quand je dis *ça*, je le pensais vraiment : Rodrigue Angeli était un nabot bigleux, avec de grosses lunettes et du poil autour. J'avoue que la puberté lui a été profitable. Une véritable chrysalide.

— Comme tu as changé! dis-je.
— Toi, tu as toujours cet air un peu ailleurs…
— C'est parce que je suis entre deux vols.

Il remarque l'uniforme, le chignon, la valise, et me félicite d'avoir réalisé mon rêve. Il semble émerveillé devant celle que je suis devenue et me rappelle que j'étais brillante en anglais. Sans vouloir être prétentieuse ni faussement modeste, j'avais des ambitions internationales dès l'adolescence. On voudrait se raconter nos vies, refaire le monde, mais je n'ai pas le temps, sinon je peux tirer une croix sur mon transat à Cancún. Je suis actuellement une femme pressée, qui ne peut pas se permettre une pause-café. Mes escarpins sont placés sur des starting-blocks, prêts au départ.

— C'est quand même fou de se retrouver dans un aéroport!
— Je suis désolée, Rodrigue, mais je suis en retard pour mon vol.

Il insiste encore avec des vieux souvenirs du collège, de moments précis où j'étais interrogée au tableau, les épaules en dedans, vêtue d'un pull trop large, les bras ballants, avec trois boutons d'acné. Tout cela me paraît loin. Très loin. J'ai tiré un trait sur la grande godiche que j'étais, je l'ai fait sortir par la porte et lui la fait revenir par la fenêtre. Un œil rivé sur les aiguilles de la montre, je suis sur le point de couper court à la discussion et de paraître impolie.

— Rodrigue, ne te méprends pas mais il faut… il faut vraiment que je file.

— Je t'ai cherchée sur Facebook, je ne t'ai jamais trouvée.

— C'est parce que je n'y suis pas.

— Comment tu fais pour vivre sans Facebook ?

Sans prendre le temps de lui répondre, je m'enfuis comme une sauvageonne. Je fixe un point d'horizon et fends l'air avec ma valise à roulettes. C'est amusant de croiser une vieille connaissance, mais j'ai d'autres priorités. La ponctualité est une qualité tacitement recherchée chez une hôtesse de l'air. Je ne dois pas décevoir les hautes sphères de la compagnie, au risque de recevoir un avertissement tamponné sur mon dossier, de me sentir improductive, croupissante et sale. J'ai beau être une femme inféconde dans ma vie personnelle, je suis une hôtesse de l'air efficace en plein ciel.

Changement de direction, virage sec, dérapage bien contrôlé sur mes escarpins. Et là, devant moi, c'est le drame : un ruban en plastique me stoppe net dans ma course. Un périmètre de sécurité a été dressé autour d'un colis abandonné. Des policiers occupent le terrain, une main sur le ceinturon, l'autre sur la matraque. La consigne est de ne pas bouger. Je me heurte aux mauvais coups du sort qui me clouent au sol, me rendent impuissante, désarmée.

Autour de moi, des voyageurs se regroupent, attendent que ça fume ou que ça éclate. Certains me demandent ce qui se passe, d'autres m'interrogent sur la météo à Pointe-à-Pitre ou le taux de change de la monnaie géorgienne. Ils me prennent pour le comptoir info voyageurs et je ne sais pas quoi leur répondre. Je vérifie le nœud de mon foulard à pois. Je m'en remets à tout ce qui reste bien en place, en ordre, et ne part pas en vrille. Depuis ce matin, tout n'est que feu rouge, chevreuil mort sur la chaussée, chaos international. J'ai un collant de contention qui me rentre dans les fesses et je frise l'entorse du genou à cause d'un sprint en talons irraisonné.

L'agent du planning me rappelle. Il vocifère au téléphone, me prouve qu'il n'a jamais été formé à la communication non violente.

— Nom de Dieu de bordel de merde, Bérengère ! Qu'est-ce que tu fous ?

Je ne l'écoute plus. Je fixe au loin la porte qui mène aux bureaux de la compagnie. Elle n'est qu'à quelques mètres. Si j'étais une souris, je pourrais m'y faufiler, mignonne, agile, furtive. J'observerais le monde de mes yeux noirs attendrissants. Mon museau pointu et mes oreilles rondes me donneraient un air espiègle. Je vivrais en parfaite harmonie avec les gens de ma communauté. Je donnerais naissance à des centaines de petits.

4

Heureusement, les démineurs étaient sur le coup. Équipés de casques, gilets pare-balles et bottes antidérapantes, ils n'ont pas trouvé d'explosif dans le colis suspect. Seulement une boîte de macarons à la framboise. J'imagine mal le sucre glace et la poudre d'amandes me sauter au visage, collant des particules rose bonbon à mon chignon. Un journaliste m'aurait tendu le micro pour que je témoigne de cette attaque féerique. Une grande première mondiale.

Au bout de trente minutes, j'ai enfin pu reprendre mon chemin. Rien ne sert de courir ; il faut partir à point. Cependant, même en partant à l'heure, j'arrive largement en retard. L'agent du planning ne m'accueille pas à bras ouverts. Un crayon derrière l'oreille de l'autre côté de son comptoir, il est concentré. Il porte habituellement une chemise aux manches retroussées et des larges bretelles et, quand il rit très fort, on voit ses plombages dentaires. Là, présentement, il n'a pas envie de rire.

— Ah, te voilà toi !
— Comprends-tu à quel point je suis désolée ?
— Pas autant que moi ! L'avion est déjà parti. Heureusement, j'ai trouvé une remplaçante.

Une secrétaire en retard est facilement pardonnable. Une hôtesse de l'air l'est beaucoup moins. Elle ne retrouve pas son travail là où elle l'a laissé. Derrière la vitre de l'aéroport, elle voit son avion décoller et percer les nuages. Elle n'a plus de raison d'être, elle s'atrophie. Une collègue l'a supplantée, une fille qui passait par là, qui attendait son tour en lisant un magazine et en laissant infuser un sachet de thé. La compagnie ne s'encombre pas de retardataires, de filles qui ont une gastro ou un pneu crevé, un enfant leucémique ou un dégât des eaux. Elle n'aime pas les hôtesses qui rament.

Femme oisive et sans objet, soumise au bon vouloir de l'agent du planning qui fera de moi une remplaçante à mon tour, j'attends debout devant le comptoir.

— Bouge pas, je te trouve un autre vol.

Je ne bats pas des cils. Miami, La Havane, Rio de Janeiro. Dans quelques instants le verdict va tomber. J'ai envie de chaleur, de sable entre les doigts de pied, d'un peu de cha-cha-cha ou de bossa-nova. Le soleil est le meilleur amant du monde, j'ai besoin qu'il me caresse la peau. L'agent du planning tape sur son ordinateur, l'air satisfait.

— Vancouver !

J'ai des images d'hiver au Canada, de gelées d'une certaine intensité, de climat peu favorable à la cueillette des fruits tropicaux. Je pense à la vitamine D dont je vais être privée, à l'ostéoporose qui me guette, au maillot de bain que j'ai mis dans ma valise et qui ne me servira à rien. Devant le comptoir, je suis déconfite.

— Tu n'aurais pas une destination au soleil par hasard ?

— Mademoiselle se croit au Club Med ?

— J'ai juste emporté un short en toile et une chemisette en viscose.

— C'est pas mon problème ! dit-il avec le rictus carnassier d'un mercenaire.

Ma main se crispe sur la poignée télescopique de ma valise. Je retiens le geste, la gifle, l'uppercut. Je me demande si cet homme a une once d'empathie, s'il pleure quand il voit un cheval partir à l'abattoir ou s'il arrache des ailes aux mouches. C'est à croire qu'il joue aux fléchettes sur une photo d'hôtesse de l'air le soir pour se distraire. Cent points entre les deux yeux.

— Tu crois que ça m'amuse d'avoir été coincée dans un taxi à écouter du disco et bloquée dans l'aéroport à cause d'une boîte de macarons ?

— La vie est dure pour les hôtesses de l'air, hein ?

— Je ne réclame pas ta pitié, mais comment veux-tu que je m'acclimate à des températures glaciales avec une tenue d'été ?

— Tu resteras dans ta chambre d'hôtel, ça te reposera.

Affalé sur sa chaise, il picore des cacahuètes grillées. Je forme le souhait qu'un jour ses bretelles lui éclatent à la figure. Cet homme est un barbare, un imbécile, un pleutre. Je m'en vais sans rien dire, sans rien faire : un doigt d'honneur n'est pas la réponse adéquate d'une hôtesse-bien-comme-il-faut.

J'erre dans le couloir, un peu désabusée, mais suffisamment saine d'esprit pour ne pas fondre en larmes devant la machine à café. J'ai une ligne de conduite à tenir. Je dois rester la Bérengère que mes collègues connaissent depuis toujours : vaillante, opiniâtre, d'une résistance à toute épreuve, une chic fille qui se démène au boulot puisque sa vie amoureuse est un fiasco, un tank dans un sucrier de porcelaine. Soudain, une main amicale me tape sur l'épaule.

— Oh, Bérengère ! Quel bonheur !

C'est Corinne, la chef de cabine, quinquagénaire aux cheveux châtains presque roux, mais elle préfère dire auburn. Corinne a testé des colorations audacieuses ces vingt dernières années. Nous avons effectué plusieurs vols ensemble, parcouru le monde dans les deux sens, posé le pied sur tous les continents. Elle s'émerveille encore devant la muraille de Chine ou un coucher de soleil en Californie. Corinne, toujours contente, tout simplement.

— J'ai vu qu'on partait ensemble à Vancouver ! Ha ha ! C'est génial !

Le dernier vol était mémorable. Nous avons traversé de fortes turbulences avec des plateaux-repas qui ont valdingué sur la moquette, des collègues qui se sont cramponnés aux accoudoirs pour ne pas décoller au plafond, des passagers malades qui ont gardé la tête enfouie dans le sac vomitoire. Forcément, ça crée des liens.

— Tu te souviens de ce vol Paris-Toronto ? dit-elle.
— Comme si c'était hier.
— Ha ha ! Quel bazar !

Elle est heureuse de repartir avec moi au Canada. Nous ferions un Paris-Toulouse, elle serait animée par le même enthousiasme. Un rien l'amuse. Comme une vieille copine, elle passe son bras autour de mes épaules et m'entraîne vers la salle de briefing.

— Marie-Jo est avec nous, c'est cool !

Je tressaille dans ma robe turquoise. J'ai bien entendu l'information mais je ne suis pas certaine de trouver ça cool. Marie-Jo est la doyenne des hôtesses.

Bien qu'elle soit à deux doigts de la retraite, elle ne veut pas s'arrêter. Elle a dévoué sa vie à ce métier et c'est tout ce qui lui reste aujourd'hui, aussi lui arrive-t-il d'être râleuse ou aigrie. Chaque vol est une surprise. Travailler avec elle est souvent pénible. Elle était bonne vivante autrefois, quoique un peu trop portée sur la bouteille. Elle entrait dans l'avion en sifflotant, elle repartait en chantant. Le directeur des ressources humaines l'a mise au repos forcé après qu'elle s'est envoyé quatorze mignonnettes de vodka sur un Paris-Buenos-Aires. On l'a retrouvée la tête dans le seau à glace à 4 heures du matin. Après sa cure de désintox, elle n'a plus jamais été la même et s'est transformée en vieille chouette austère. Marie-Jo ne discute pas, elle assène, tranche dans le vif. Dans mon métier, chacun a son petit caractère et ses sautes d'humeur, et je sais qu'il faut pouvoir s'adapter à tout le monde. Là, j'émets un doute. Le vaccin contre la variole, c'est cool ; une bille de chocolat qui fond sur du pain, c'est cool. Partir en vol avec Marie-Jo ne l'est pas.

Corinne, toujours contente, en rajoute une couche.

— Il neige à Vancouver, c'est chouette !

Elle a vraiment des joies simples.

— Je n'ai qu'un maillot de bain dans ma valise, lui dis-je.

— Pas grave, on ira t'acheter des Moon Boot.

En chef de cabine aguerrie, elle a une solution à tout. J'aimerais être comme elle et voir la vie du bon côté. C'est juste une question de point de vue. À bien y réfléchir, je n'ai pas de raison de me plaindre. Vancouver est la destination qui offre la meilleure qualité de vie en Amérique du Nord. Les gens n'y sont jamais stressés : ils ne pensent qu'à pratiquer le ski de fond et boire du jus de céleri. C'est une ville prisée pour retrouver un moral d'acier, des fesses en béton, et croquer la vie à pleines dents. Vancouver n'est pas une zone touchée par le paludisme. Je ne serai pas obligée de m'asperger de citronnelle pour repousser les moustiques. Je devrais entraîner mes collègues dans une farandole, sourire à la vie, crier «Youpi!».

Quand on entre dans la salle de briefing, Corinne éprouve le besoin d'annoncer ma présence avec tambours et trompettes.

— Regardez qui part avec nous! Faites un bel accueil à Bérengère!

Quatre jeunes hôtesses relèvent la tête de leur smartphone. Elles me toisent du bout des escarpins jusqu'à la pointe des cheveux et me disent bonjour de loin. Je perçois un léger dédain. Tiffany, Lesly, Cindy et Krystal sont nées à l'aube du nouveau millénaire. Des hôtesses Millennials connectées au monde plutôt qu'à leurs collègues. Elles ont renoncé à la robe turquoise pour le pantalon moulant, sacrifié le chignon pour une queue-de-cheval. Leurs petits seins pointent sous le chemisier à manches trois quarts. Un tantinet vulgaires.

Un peu de chaleur humaine me vient de Dylan, le seul steward de l'équipage. Il est grand, carré d'épaules, le teint bronzé, vingt-cinq ans à peine. Il vient vers moi et insiste pour me faire la bise. Il est gentil, toutefois il a un bouton de fièvre au coin des lèvres. Je crains de me réveiller demain avec un herpès, et ce n'est pas ce qui m'aidera à voir la vie du bon côté.

Enfin, Marie-Jo, fidèle au poste, robe traditionnelle et tresses nouées en chignon, racines apparentes qui auraient bien besoin d'une coloration. Elle a abusé de la poudre et du fard à paupières pour masquer son regard de clown triste. Elle s'approche pour renifler mon manteau. Une manière très personnelle de me saluer.

— Dis donc, toi, tu sens la vanille.
— Je sais. C'est à cause du taxi.
— Et t'as vraiment une mine de déterrée.
— Figure-toi que mon fiancé m'a quittée ce matin.
— Ah le con !

Je baisse les yeux, d'un air grave.

— Faut te retaper, ma vieille.

Elle est sans tact, sans filtre, brute de décoffrage et appuie précisément sur l'ecchymose avec ses gros doigts. On raconte qu'elle a été amoureuse, autrefois, d'un pilote marié qui lui avait promis de quitter sa femme. Elle a vécu dans l'ombre pendant des années, maîtresse particulière en escale, avant d'être délaissée à tout jamais. Elle a bu des promesses comme un verre de grenadine et préfère désormais la vérité crue au mensonge.

Dans un miroir de poche, je vérifie la tenue de mon chignon après cette course effrénée pour arriver jusqu'ici. J'ai vingt ans de métier et douze mille heures de vol au compteur, un devoir de représentation qui n'autorise aucun laisser-aller. Je me glisse sur une chaise et croise les jambes devant Dylan, qui me reluque avec ostentation. Il est en alerte, comme un épagneul affamé devant une perdrix. Je n'ai pas le cœur à jouer au gallinacé aujourd'hui, encore moins avec un minot post-pubère qui a laissé traîner sa bouche je ne sais où. Je prête toute mon attention à Corinne et écoute son briefing. Ce serait bien que Marie-Jo en fasse autant et qu'elle cesse de me dévisager pour traquer l'apparition de cheveux blancs.

Notre chef de cabine tape dans ses mains. Elle affirme son leadership derrière son bureau et maîtrise le franglais car c'est la langue d'une compagnie moderne et dynamique. Elle en abuse un peu, quand même. Ici, dans la salle, on *brainstorme* en dix minutes. On est *corporate*, on est une force de travail à toute épreuve. Si une étape du vol devient pénible, elle est *challenging* et donc forcément *refreshing*.

— C'est OK, *boys and girls* ?

Nous acquiesçons. Corinne aspire à faire de ce vol une expérience unique pour les passagers. Elle met les deux pouces en avant car nous avons le *power*. Nous savons préparer un *espresso* ou gonfler un canot de sauvetage en dix secondes. C'est la base du job. On est un équipage, une *super team*. Elle compte sur nous et nous pouvons compter sur elle. Autrefois, nous étions douze hôtesses et stewards à travailler à bord sur ce type d'avion. Face à une concurrence exacerbée des compagnies aériennes et à la pression de la compétitivité, nous sommes passés à dix. Aujourd'hui, nous sommes huit. Trois anciennes nées avant la fin du disco et cinq jeunes nés après la chute du mur de Berlin. Ensemble, on va vendre du rêve.

— Toujours OK, *boys and girls* ?

Nous hochons la tête en signe d'approbation. Les pilotes entrent à leur tour. Rasés de frais, les cheveux courts, très beaux dans leur uniforme bleu marine aux galons dorés. Je remarque en douce qu'aucun des deux ne porte d'alliance. Philippe, le commandant de bord, nous donne les dernières informations concernant la météo durant le vol. Il a le cran d'un meneur, l'audace d'un instigateur. Il nous cite Saint-Exupéry : « Le véritable voyage, c'est de parvenir en un point exceptionnel où la saveur de l'instant baigne tous les contours de la vie intérieure. » Quel homme ! Il nous scotche sur nos chaises. Rémy, le copilote, le contemple comme un moussaillon devant un officier de marine, comme Antoninus devant Spartacus. Il rêve de devenir ce genre de commandant, d'avoir une main de fer dans un gant de velours. Il admire son aplomb, sa dextérité. Il en a les joues roses et des étoiles dans les yeux.

Sur ces entrefaites, Corinne lève le poing pour annoncer la fin du briefing et quitte la salle en pas chassés. Sa houppe auburn rebondit jusqu'au bout du couloir. Elle garde tout de même fière allure. Le steward et les hôtesses Millennials lui emboîtent le pas. Tiffany, Lesly, Cindy et Krystal secouent leur queue-de-cheval en passant la porte. Elles m'accordent un sourire de courtoisie qui camoufle une certaine arrogance. Leurs fesses rebondies sont mises en valeur par le pantalon moulant. Leurs corps entiers sont des pièges à pilotes incitant ces derniers à leur chuchoter des mots doux sur l'oreiller. Terriblement vulgaires.

Derrière elles, Marie-Jo passe un petit coup de fil. Comme d'habitude avant chaque vol, elle laisse un message sur le répondeur à l'intention de son chat. Elle ne cherche même pas à se cacher dans un coin pour parler.

« Coucou, mon cœur, maman revient vite, maman te fera plein de bisous, sois sage, maman t'aime fort. »

La consternation doit se lire sur mon visage. Quand Marie-Jo raccroche, elle me fixe bizarrement.

— Au fait, t'es bientôt ménopausée, toi?

Je ne prends pas la peine de lui répondre. J'ai l'intime conviction qu'une personne qui téléphone à son chat n'est pas une personne sereine.

5

Je m'efforce de voir la vie du bon côté : je suis une femme active et indépendante, je ne suis pas atteinte d'une maladie qui me ferait pousser des bubons sous la voûte plantaire, j'ai un métier qui m'envoie aux quatre coins du monde et que beaucoup d'agents télémarketing m'envient. Finalement, j'ai beaucoup de chance. Nul besoin d'être le Dalaï-Lama pour savoir que le plaisir se ramasse, la joie se cueille et le bonheur se cultive. Avec ma robe sans faux pli et mon chignon banane, je vais avancer fièrement, je vais embrasser le changement. Gare à vous, les hommes ! Jusqu'à présent, j'ai été trop gentille. Maintenant ça va barder. La nouvelle Bérengère est là.

J'essaie de me convaincre de cette idée.

Nous traversons l'aéroport d'un pas cadencé telle une armée paradant en uniforme bleu. Philippe et Rémy ouvrent le cortège, la casquette vissée sur la tête. Leurs lunettes Ray-Ban Aviator leur donnent un gage de sérieux. Ils ont la même taille, la même envergure d'épaules, la même démarche intrépide. Leurs phalanges se frôlent de façon éhontée. Ils sont en symbiose avant même d'être installés dans le cockpit.

Tiffany, Lesly, Cindy et Krystal les suivent de près, en minaudant. Elles commentent le fessier des pilotes, moulé dans leur pantalon à pinces. On devine chez Rémy un passé de patineur artistique qui s'est surpassé au double axel avant de prendre les commandes d'un avion. La cuisse paraît ferme, le séant très plaisant. Les hôtesses Millennials immortalisent cette image grâce à leur smartphone. Elles pouffent.

Je conserve une certaine distance avec elles et, j'avoue, une certaine dignité. Le débat sur le derrière des hommes n'est pas mon hobby. Le dernier que j'ai aperçu est celui de Grégoire. Il n'était pas si joli. Un peu flasque, disgracieux. Une lune de traître.

Dans la file, je me confie à Corinne, comme à un substitut de sœur qui peut tout entendre.

— Mon fiancé m'a quittée ce matin.
— Oh le vilain !
— Je croyais que c'était le bon cette fois, lui dis-je avec un trémolo dans la voix.
— Pas grave ! Un de perdu, dix de retrouvés !
— Il m'a quittée pour une championne de ski alpin.
— Tu vas voir, il va bien se luger, ha ha !

Si elle pouvait m'épargner son billet d'humour. J'espérais qu'elle me passe une main consolante dans le dos. Je me suis bien trompée. Corinne ne connaît pas l'échec, donc elle ne peut pas me comprendre. Elle est chef de cabine, mariée à un concessionnaire de voitures de sport italiennes, mère de trois garçons : l'un inscrit en hypokhâgne, un autre aux Beaux-Arts de Paris, le dernier à l'American Business School. Sa vie est une réussite à tous les niveaux. Elle fédère un équipage, roule en Lamborghini, et sait préparer un osso buco en deux temps trois mouvements. Elle ne peut pas être réceptive à mon malheur. Derrière son petit rire forcé, elle est pleine de suffisance.

Je la laisse passer devant et m'en remets à la seule personne susceptible d'éprouver de la compassion pour mon chagrin, celle qui ne connaît pas les joies de la vie de couple et qui téléphone à son chat le jour de la Saint-Valentin.

— Oh, Marie-Jo, si tu savais, je suis maudite en amour.

— T'es une jolie fille, pourtant. Pas une bombe sexuelle, mais t'es pas mal !

— Je ne sais pas s'il existe un mode d'emploi, en tout cas j'ai un problème avec les hommes.

— Si ça se trouve, t'es lesbienne.

Je m'arrête net.

— J'avais une copine, comme toi, qui chouinait tout le temps. Un jour, elle s'est tournée vers les femmes et les abeilles. Elle a tout plaqué pour devenir apicultrice. Elle vit dans l'Aveyron avec sa compagne. Elles ont l'air très heureuses.

Marie-Jo me tend un sachet de tisane au ginseng pour combattre l'anxiété. Voilà son remède contre les hommes volages, les félons, les déserteurs. Elle se moque royalement de ce que je lui raconte. Je ne suis ni ménopausée ni lesbienne, mais je la remercie de sa générosité et la laisse continuer sa route, ce qui me place à côté de Dylan, lequel ferme la marche. Il se passe la main dans les cheveux avec le flegme du séducteur d'une pub pour shampoing antipelliculaire. J'ai l'impression de voir clignoter son bouton de fièvre. Au secours.

— On n'a pas fait un vol Chicago ensemble ? demande-t-il en suçant une pastille mentholée.

— Non, je ne crois pas.

— Du vélo à San Francisco ?

— Ça ne me dit rien.
— Un trekking à La Réunion ?
— Je ne sais plus.
— En tout cas, ça me fait plaisir de bosser avec toi.

Il remonte la manche de sa chemisette pour me montrer l'écusson des sapeurs-pompiers volontaires tatoué sur son biceps.

— Si tu as besoin de moi, je suis là.

D'un naturel confondant, il dépose un nouveau bisou sur ma joue. Je suis prise d'un léger soubresaut. J'ai des images d'herpès géant qui s'étale en forme de croûte jaunâtre sur ma peau. J'ai des visions de morgue et de cimetière, de tombe et d'épitaphe : « À Bérengère, notre collègue adorée. »

Au poste d'inspection filtrage, je bipe. Tout l'équipage se retourne vers moi comme si j'étais une délinquante prise en flagrant délit. On me soupçonne de dissimuler un objet métallique sous mon uniforme, un coupe-ongles ou un taille-haie, peu importe. Je deviens l'ennemi public numéro un.

Une femme agent de sûreté me donne des ordres : « Reculez ! Écartez les bras ! » Si je n'obéis pas, je vais passer un mauvais quart d'heure. Elle me palpe et trouve mon téléphone portable dans la poche de ma robe. Je franchis à nouveau le portique de détection, mais je bipe encore. « Enlevez vos chaussures et votre ceinture ! » Elle n'est pas là pour jouer la carte de la sympathie. Je m'exécute, pieds nus sur le sol. « Tournez-vous ! Écartez les jambes ! » De ses mains gantées, elle parcourt mon corps, de haut en bas. Elle s'attarde autour de mes seins, elle pétrit mes fesses. Marie-Jo, qui me suggère de devenir lesbienne, s'imagine certainement que j'ai une révélation. Dylan, le sourcil relevé, n'en perd pas une miette. Il se croit devant un film porno, quand la policière menotte l'hôtesse de l'air et la déculotte.

« Bougez pas ! Tendez vos mains ! » Elle recherche une éventuelle trace d'explosifs entre mes doigts. Ses deux collègues à la mine patibulaire m'encerclent et se tiennent aux aguets. J'ai l'impression d'être Ben Laden en robe turquoise et foulard à pois, sans la barbe grisonnante ni le turban sur la tête.

De l'autre côté du portique, l'équipage s'impatiente. Je leur fais un petit signe de la main, histoire de leur signaler que tout va bien, que je n'ai l'intention d'égorger personne aujourd'hui, mis à part un *business developer* rencontré sur Tinder, mais ça, c'est une autre histoire. Dans douze heures on se retrouvera tous autour d'une table à Vancouver pour déguster un sauté de caribou – ou un hamburger au tofu, pour les végans.

La mine contrariée, l'agent de sûreté revient avec des résultats négatifs. C'est la tuile, elle qui me considérait déjà comme une femme blanche de taille moyenne, bien sous tous rapports mais dangereuse. Bien que je n'aie rien à me reprocher, elle insiste :

— Il doit y avoir quelque chose dans le chignon.
— Ah non ! m'écrié-je.

Ici on ne parle pas, on écoute. On file doux, on obtempère. Je me tétanise pendant qu'elle perquisitionne ma chevelure, m'évoquant la chef hôtesse qui a encadré ma formation quand je suis entrée dans la compagnie. Une femme qui s'était égarée dans l'aéronautique et qui aurait dû être gardienne de prison. Elle nous alignait tous les matins pour évaluer notre coiffure et inspecter nos chaussures cirées. Gare à celle qui se maquillait comme une voiture volée ! Elle lui frottait le visage à l'essence de térébenthine et la renvoyait aux sanitaires. Elle nous criait dessus avec sa voix de fumeuse : « Vous représentez la France ! Ne l'oubliez jamais ! » J'aimerais bien que la chef hôtesse soit là aujourd'hui, qu'elle donne un coup de martinet à cet agent de sûreté qui saccage mon œuvre capillaire. Elle y met bien la pagaille et découvre enfin l'arme du crime : la broche argentée offerte par Mamie d'Orly. C'est un héritage familial qui avait appartenu à sa mère, mon arrière-grand-mère, et qui m'était revenu ensuite. « Elle te portera chance tout là-haut, ma puce belle. » Elle m'avait montré comment fixer la broche dans le chignon et c'est la dernière chose que nous ayons faite ensemble, avant qu'elle se retrouve dans la rue en robe de chambre, s'immobilise sans raison devant la pendule à coucou et oublie mon prénom.

— Je la tiens !
— C'est un cadeau.
— Il va falloir la mettre dans votre bagage de soute.
— D'habitude, j'ai le droit de la garder en cabine.
— Eh bien, plus maintenant.
— C'est une plaisanterie ?
— Je ne suis pas là pour rigoler, moi, madame !

En tant que commandant de bord, Philippe me prie de ne pas envenimer la situation. Tiffany, Lesly, Cindy et Krystal fouillent dans leur sac à main pour me dépanner d'une barrette en plastique. J'ai le choix : rose, mauve ou jaune. Corinne salue leur esprit d'équipe : la nouvelle génération d'hôtesses tend la main à l'ancienne pour ne pas l'abandonner sur le tarmac. C'est extrêmement coopératif et saisissant d'émotion. Ici, on ne rue pas dans les brancards, on hisse le drapeau blanc. Je me retrouve pieds nus avec un chignon à moitié défait. Marie-Jo essaie de m'aider à voir la vie du bon côté.

— Dis donc, l'agent de sûreté, elle ne fait pas dans la dentelle. J'ai cru qu'elle allait te foutre à poil !
— Je l'ai échappé belle.
— Tu sais, ma copine apicultrice, eh bien elle est en couple avec une policière justement !

Quelque chose dans le ton de sa voix m'exaspère – la voix de celle qui croit détenir la vérité. Je lui fais signe de passer devant, de continuer son chemin. La vie peut reprendre son cours normalement. Nous avons du rêve à vendre et des voyageurs à satisfaire, des soifs à étancher, des appétits de routards à combler. Je récupère mes affaires, ma ceinture, mes escarpins et mon téléphone, dont la sonnerie retentit. C'est encore ma mère. J'hésite un instant puis finis par décrocher, un peu furibonde.

— Maman, alors là je n'ai vraiment plus le temps !
— Ça fait plaisir, merci, ma fille.
— Je pars à Vancouver.
— Tu ne pars plus à Cancún ?
— Ils ont modifié mon planning.
— Tu vois bien qu'on ne sait jamais où tu es !
— En plus, on m'a fait retirer la broche de Mamie. C'est un souvenir d'elle que je porte toujours sur moi. J'ai l'impression de la perdre encore.
— Ah oui ! Eh bien, elle aurait préféré que tu viennes à son enterrement, Mamie !

C'est le reproche favori de ma mère. Elle adore activer ce chagrin qui me ronge depuis des années. Je n'ai pas pu dire au revoir à ma grand-mère, la seule personne qui m'ait dit que j'étais jolie. Quand je suis arrivée, il était trop tard pour déposer un dernier baiser sur son front et lui souhaiter bon voyage. Les agents des pompes funèbres avaient refermé le cercueil. Mamie avait rejoint Papi au cimetière, en face des pistes d'Orly. Je me suis retrouvée devant une pierre tombale en granit. J'aurais voulu creuser le sol pour m'allonger à côté d'elle. Il avait beaucoup plu ce jour-là, des averses et des larmes sur la grisaille parisienne. J'étais complètement trempée, les cheveux collés au front et un bouquet de jonquilles à la main, que je n'osais pas poser sur la tombe. Je refusais cette mort, elle était inacceptable et sans fondement. Je n'arrivais pas à parler de ma grand-mère à l'imparfait. Elle était le contraire de l'imparfait.

— Maman, qu'est-ce que tu voulais au juste ?
— Et si je faisais une île flottante dimanche plutôt qu'une tarte aux pommes ?
— Ça m'est égal, demande à Hortense.
— Ce que tu es désagréable !
— Je dois partir travailler, il faut que je coupe le téléphone.
— Et si je meurs dans ma cuisine, là, tout de suite, tu fais quoi ? Tu pars au Canada ?
— Ne dis pas de bêtises.
— C'est ça ! Bon vol !

Elle raccroche et retourne à son livre de cuisine pour lire les recettes, se préparer à faire une île flottante dimanche prochain. Elle sait battre les œufs et appuyer là où ça fait mal. Frapper. Fouetter.

Une hôtesse de l'air, qui va se retrouver enfermée dans un avion pendant dix heures à dix mille mètres d'altitude, ne doit pas partir contrariée, sinon elle engendre des catastrophes. Elle doit rester aussi zen qu'une libellule posée sur une feuille de lotus dans un jardin nippon. Là, concrètement, j'ai très envie de gifler ma mère, de la traîner par les cheveux jusque dans une forêt et de l'attacher à un arbre.

Dans la passerelle, je marche en équilibre sur un fil tendu entre ma vie personnelle et mon métier. L'oiseau de métal est en sommeil devant moi. Dans un instant, il va battre des ailes. Je serai coupée du monde terrestre, dévouée aux passagers. J'ai une barrette rose dans les cheveux et un collant de contention qui me rentre dans les fesses. Je m'évertue à montrer un visage avenant et de la distinction. Si je flanche, je peux compter sur le sachet de tisane au ginseng offert par Marie-Jo.

6

Une hôtesse de l'air digne de ce nom fait corps avec l'avion. À bord, je m'accroupis pour vérifier la présence des extincteurs d'incendie. Sur la pointe des pieds, je constate qu'aucune bombe n'a été déposée dans un coffre à bagages. À quatre pattes, je m'assure qu'il y a bien un gilet de sauvetage sous chaque siège. Dylan me suit de près mais il ne se montre pas très coopératif. Il se contente de m'observer et pose sur moi le regard de l'homme préhistorique qui sort de sa grotte et surprend une femme nue au bord d'un ruisseau.

— Qu'est-ce que tu veux ? lui demandé-je.
— Toi !

C'est la réponse de l'homme des cavernes devant la femme au ruisseau, s'il avait possédé les rudiments de notre langage. Il l'aurait pénétrée sans sommation avant de lui offrir une défense de mammouth pour la séduire, preuve de sa force et de son grand courage. Dylan n'en est pas à ce stade. Il prend appui avec ses mains sur deux accoudoirs et entame une série de flexions-extensions pour tonifier ses bras. C'est certainement le moment où je dois tomber en pâmoison. J'en profite pour tourner les talons et m'enfuir à l'arrière de l'appareil. Dans cet habitacle étroit et confiné, je m'achemine vers l'office, l'espace-cuisine qui attire la curiosité des passagers. L'endroit nous est dédié

– un véritable confessionnal où chacun laisse tomber le masque. Marie-Jo a déjà pris ses marques et boit une tisane de mélisse avant l'embarquement. Elle se tourne vers moi, généreuse en confidences.

— J'ai des reflux gastriques, dit-elle d'une voix rauque. Rien de grave. J'étais stressée à cause de mon chat. Je croyais qu'il avait le sida, mais en fait c'était une gingivite.

En classe éco, je dois former un binôme avec elle pour créer, le temps du vol, l'illusion d'un monde parfait. Je m'efforce de prendre un air réjoui. Je sens que le voyage va être long.

Sur ordre du commandant de bord, Corinne a lancé l'embarquement. J'ouvre le rideau et me positionne devant une des issues de secours. Une hôtesse-bien-comme-il-faut affiche toujours un sourire en tranche d'orange. Comme dans un cabaret parisien, elle fait la promesse d'un moment unique et hors du commun. Place au spectacle ! Champagne et noix de cajou pour tout le monde ! Ses yeux pétillent de joie devant le flot de passagers. Ils s'imaginent toujours qu'une hôtesse de l'air est une blonde à gros seins qui distribue des cookies, ou une rombière desséchée qui râle devant un chariot de boissons. Entre la jeune nymphomane ou la vieille décatie, je m'efforce de trouver ma place.

Je suis la représentante honorable d'un art de vivre à la française. Je dis : « Bonjour, bienvenue à bord. » Parfois on me répond. Parfois on ne me répond pas. Par exemple, ce type qui passe devant moi et qui m'ignore totalement. Je lui dis : « *Hello.* » Je lui dis : « *¡Hola !* » Je lui dis : « *Sdrastvouité.* » Il ne réagit pas. Il a le nez collé à son iPad, connecté aux informations en temps réel, aux variations des cours de la Bourse, à Candy Crush. L'être humain ne l'intéresse pas. Le cœur d'une femme qui bat sous sa robe d'uniforme ne le bouleverse pas. Moi, l'hôtesse, il s'en tape.

Derrière lui, un jeune couple me sollicite, très gentil, très poli, moins de trente ans, la vie devant eux.

— Bonjour, madame. On vient de se marier, c'est notre lune de miel. Vous pensez qu'il y aura du champagne ?

Vision de Grégoire et moi sur une pièce montée qui s'écroule, des choux à la crème mêlés à mes cheveux. Deux options s'offrent à moi : soit je reste une hôtesse de l'air bien propre sur elle et je ne fais pas de manières, soit je fonds en larmes et me roule sur la moquette en tenant des propos inconvenants. J'opte pour la première solution. Je reste stoïque et me mords l'intérieur de la joue. Oui, j'ai bon espoir pour eux. Oui, il y aura du champagne, de l'amour et du sexe. Ils vivront heureux et ils auront beaucoup d'enfants. Ils se feront photographier pour la couverture de *Modes & Travaux*. Ils s'en vont prendre place à bord. Elle s'installe de façon lascive. Il soulève son menton et dépose sur ses lèvres un tendre baiser. J'ai juste envie de me ruer vers l'office et de me taper la tête contre le four.

Arrive un autre couple avec un petit garçon roux, comme si le destin m'envoyait tous les échantillons d'hétérosexuels épanouis. L'enfant tire le bas de ma robe. Je me penche vers lui tellement il est mignon dans son pantalon de velours.

— Ça va, bonhomme ? lui dis-je. Tu es content de prendre l'avion avec papa et maman ?

— J'VEUX DU JUS D'POMME ! me hurle-t-il à l'oreille.

Je me redresse brusquement en me bouchant le

conduit auditif. Ce garnement m'a déchiré le tympan. Les parents semblent réjouis de son caractère bien trempé pour son âge. Laissant libre cours à sa créativité, l'enfant donne un coup de pied dans un siège au passage. Encore une affirmation de son tempérament de feu, de conquérant, de futur dirigeant d'une multinationale.

— J'veux du jus d'pomme! gueule-t-il.

Et ça va durer dix heures.

Un peloton de joyeux lurons embarque en entonnant une chanson paillarde, qui fait rimer «camionnette» et «roupettes». J'entends chaque mot et suis bien contente de ne pas avoir complètement perdu mes facultés auditives.

Ils portent un foulard rouge autour du cou comme un signe de ralliement. Entre deux couplets au langage fleuri, je comprends qu'il s'agit de l'association de danseurs de country de Saint-Médard-en-Jalles. J'ignorais que les gens surfaient sur la mode Far West par là-bas, la Gironde recèle bien des surprises.

— Bienvenue à bord, leur dis-je en me cramponnant à la poignée de l'issue de secours.

Ils sont pour la plupart déjà avinés. Certains ne veulent pas être assis au milieu et souhaitent changer de place, d'autres défoncent le coffre à bagages en voulant ranger une guitare à double manche. Les choses se compliquent quand ils essaient d'y caser une contrebasse. Un homme de forte corpulence m'accoste, l'haleine chargée, le visage très rouge. Il a dû attaquer sec au whisky-coca dans l'aérogare. Il prend la liberté de me tutoyer.

— Tu veux danser, poupée?

— Non... sans façon.

Très sûr de lui, il avance vers mes seins une main que je bloque d'un coup sec. Il rit. Moi pas vraiment. Son souffle chaud me paralyse la moitié du visage, je tourne la tête sur le côté. Je fais preuve de bravoure et d'une infinie patience.

— Vas-y, dis «camion».
— Non, monsieur.
— Dis «camion»!

J'apprécie l'humour, même au troisième degré. Je ne me souviens jamais des blagues mais je ris de bon cœur. En revanche, là, j'ai envie d'appeler à l'aide avant qu'il me tripote les seins en faisant «pouet-pouet!». Les danseurs de country arrivent à ma rescousse. Ils entraînent leur camarade, bras dessus bras dessous, sans cesser de chanter et s'installent bruyamment, écrasent les manteaux avec leurs banjos, se jetant des coussins et des couvertures à la figure.

Je reste sur mes gardes près de l'issue de secours avec la sensation d'avoir échappé à un viol. J'inspire profondément. Le voyage va être très long.

Emmitouflée dans un grand manteau noir, une dame âgée au teint diaphane semble chercher désespérément sa place. Une hôtesse-bien-comme-il-faut va au-devant de la passagère égarée, telle une fée vêtue d'une robe en tulle et de chaussons en satin à semelle souple dans un bois obscur. Des lucioles multicolores se déposent sur son chignon. Elle indique le siège du bout de sa baguette magique. «Abracadabra, le voilà!»

— Merci, mademoiselle, me répond la vieille dame d'une voix chevrotante. Dites-moi, quelle heure est-il?
— Bientôt midi.

— Comment vous appelez-vous ?
— Bérengère.
— Vous êtes bien gentille. Vous êtes mariée ?

Je fais non de la tête. C'est la Saint-Valentin et tout le monde se préoccupe de mon statut marital. Du gardien d'immeuble aux passagers, ils se sont tous passé le mot pour me faire comprendre qu'il est loin, le temps des catherinettes. J'ai vingt ans de métier, douze mille heures de vol au compteur, un collant de contention qui me rentre dans les fesses et aucun projet familial en vue.

J'essaie de faire bonne figure devant la dame âgée, de conserver mon aura de fée. Elle décide de garder son manteau parce qu'elle a toujours froid dans les avions. Elle s'assoit délicatement.

— Oh, c'est confortable ! Il y a une petite télé ?
— Oui, juste là, avec un choix de programmes divers.
— C'est formidable ! À quelle heure on mange ?
— Après le décollage.
— Vous vous appelez comment, au fait ?

La question posée en boucle me rappelle celle de Mamie d'Orly, dans ses mauvais jours, quand je devenais une étrangère à ses yeux, quand je mesurais que vieillir, c'est ne plus reconnaître sa petite-fille. Elle fixait un point, sur le mur de la maison de retraite, et s'échappait à travers une fissure. Dans ma robe turquoise, je suis un peu décontenancée.

Quelqu'un dans mon dos nous interrompt, un passager essoufflé qui a couru un semi-marathon pour embarquer avant la fermeture des portes. Je me retourne vers lui. Il ne m'est pas inconnu. C'est le beau brun à lunettes croisé dans l'aéroport, mon camarade de 4ᵉ B qui a bien fait d'abandonner ses pulls jacquard. Rodrigue Angeli a l'air ahuri de me retrouver là. Il rougit un peu. J'en suis désarçonnée. Nous rions de ce curieux hasard pour la deuxième fois de la journée.

— Ça alors !
— Toi ici !
— C'est dingue !
— Complètement fou !

Nous n'avons pas le temps d'un échange plus constructif. Le commandant de bord va mettre en route les moteurs. Tous les passagers doivent être assis et attachés, attentifs aux consignes de sécurité. Mon camarade du collège se dépêche de ranger son sac entre deux doudounes et un banjo, referme le coffre à bagages, s'assoit près de la dame âgée.

— Vous vous appelez comment ? lui demande-t-elle.
— Rodrigue, et vous ?
— Vous avez quel âge ?
— Quarante ans.
— Vous croyez en Dieu ?
— Pas vraiment.

Fin de la discussion. La dame âgée ne se préoccupe plus de son voisin et fait l'inventaire de son sac à main. Elle étale sur la tablette une médaille religieuse, des mouchoirs en papier, une fiole de Viandox. Lui se tourne vers moi, l'air inquiet.

— Tout va bien dans l'avion ? demande-t-il.
— Oui, bien sûr.
— Aucun problème technique ?
— Pas que je sache.
— Ça veut dire que tu ne sais peut-être pas tout et qu'il pourrait y avoir un souci ?

Il s'agrippe aux accoudoirs et prend de grandes inspirations. Une hôtesse-bien-comme-il-faut décèle la peur chez le passager qui a commencé à se ronger les ongles dans l'aérogare. Elle fait preuve de mansuétude et se montre rassurante avant qu'il attaque ses ongles de pied. Elle pose la main sur son épaule et lui dit : « Relaxez-vous, je m'occupe du reste » avec un clin d'œil de connivence. Encore sous l'effet de surprise, je contemple Rodrigue, sa version adulte que je ne connaissais pas, plus mature, plus émancipée, plus athlétique, avec une pointe de crainte et de sensibilité. Il a embarqué en dernier pour réduire de quelques minutes le temps qu'il passerait dans l'avion. Il a cet air d'enfant apeuré, perdu au milieu de la foule, dans un endroit insolite.

— Vous croyez en Dieu ? lui répète la dame âgée, ce qui n'est pas d'une grande utilité.

L'appareil quitte son point de stationnement. Le gros rougeaud a déjà appuyé sur l'appel hôtesse pour commander un whisky ou un fond de gin. En vingt ans de carrière, j'en ai vu des vertes et des pas mûres, des trouble-fête, des passagers sombrant dans le coma éthylique. Ils ne sont pas toujours attendus à l'arrivée.

Les danseurs de country tapent des mains et chantent un refrain aux paroles grivoises, l'histoire de la petite Huguette qui revient du bois. Une drôle d'histoire. Marie-Jo et moi, nous les écoutons de loin. Assises à l'arrière sur un strapontin, nous observons la cabine. Dans sa main, elle serre la photo de son chat.

— Comment s'appelle ton minou ?

— Camille. C'est un mâle. Le seul qui ne me trahira pas. Ça m'embête de le laisser à chaque fois.

— Et qui s'en occupe quand tu pars en vol ?
— Je le confie à la voisine. Elle est veuve. Pas très marrante mais sympa. Elle lui fait de la sardine hachée, il adore ça.

Marie-Jo a l'air triste de celle qui laisse un enfant derrière elle, un petit amour, une raison d'être. Elle a remplacé la couche-culotte par la litière, et les petits pots par les croquettes. Sur l'échelle du bonheur, elle est sûrement plus heureuse que moi. Quand l'avion s'aligne sur la piste, elle range la photo de Camille et j'envisage de prendre un chat moi aussi. J'en aurai pour quinze ans de non-solitude. Ce n'est pas une garantie d'amusement mais cela ferait passer le temps. C'est du pelage, de la douceur, des moments câlins. C'est une présence qui ne me quittera pas pour une monitrice de ski, tant que je penserai à le nourrir régulièrement. Je ferme un peu les paupières, impatiente de décoller, de quitter le sol où on s'est débarrassé de moi après une tasse de café. Je suis tenue de faire du ciel le plus bel endroit de la terre, mais j'aurais bien aimé m'ankyloser dans un pyjama en pilou. Juste pour la journée.

« *Attention, décollage !* »

À l'annonce du commandant de bord, une voix d'enfant, aiguë et criarde, s'élève comme un écho :

— J'veux du jus d'pooomme !

7

À dix mille mètres d'altitude, l'avion est lancé à plus de neuf cents kilomètres-heure et la température extérieure avoisine les moins soixante degrés. Au-dessus de l'océan Atlantique, chaque passager s'occupe comme il l'entend. Le type à l'iPad n'a toujours pas décollé le nez de sa tablette. Les danseurs de country chantent à tue-tête. Le gros rougeaud fait de grands signes à Marie-Jo, qui passerait bien devant lui sans le voir.

— Et alors mon whisky, ça vient ?

Elle roule des yeux, au bord de l'agacement. Elle qui a connu quelques soucis avec l'alcool, qui s'est mise au repos dans une clinique des Alpes-Maritimes, qui s'est tournée depuis vers les infusions bio, lui prodigue des conseils d'hôtesse avisée.

— Vous, faut arrêter de boire.

— Comment elle me parle, celle-là !

Marie-Jo ne s'encombre jamais de formules de politesse. Elle repart, tête baissée, afin de préparer les chariots de plateaux-repas. Elle est plus tournée vers la logistique et la manutention que l'aspect commercial du métier. Tôt ou tard, il l'aura, son whisky. Nous répondrons favorablement à sa requête, pourvu qu'il n'entame pas une chenille dans l'allée, entraînant ses camarades de Saint-Médard-en-Jalles qui ressentiront le besoin irrépressible de se dégourdir les jambes.

Je parcours la liste des passagers. La dame âgée assise à côté de Rodrigue m'inquiète un peu. Mme Simonet a embarqué sans assistance particulière, bien qu'elle ne semble pas avoir toute sa tête. Elle pose des questions en boucle, s'arrête net dans une discussion. Elle est dans l'instant présent de façon discontinue. Et si tout cela n'était qu'une sombre mascarade? Elle interroge les autres sur la foi en Dieu comme une fanatique religieuse. Que transporte-t-elle exactement dans sa fiole de Viandox? On ne se méfie jamais assez des dames âgées. On en a vu des audacieuses au Mexique planquer des couteaux à désosser dans leur sac à main, des virulentes au Venezuela cacher une mitraillette dans leur panier à légumes. Et s'il s'agissait d'une kamikaze prête à nous encastrer dans un building?

Je n'ai pas envie d'exploser en l'air. Je serais forcée d'envoyer un dernier texto à ma mère: *Je vais mourir, je t'aime, ta fille*. Elle aurait la bonne occasion de me répondre: *Faut pas t'étonner avec ton métier, bise, maman*. Et j'éteindrais mon téléphone, définitivement affligée.

Je suis sur le point de déjouer un complot terroriste qui utilise les dames âgées comme projectiles. Je rôde en cabine avec la démarche souple de l'hôtesse sur le qui-vive, attentive au moindre détail susceptible de trahir l'identité de Mme Simonet. La moquette feutre mes pas. Soudain, je trébuche sur le pied du gros rougeaud qui a la jambe à demi étendue dans l'allée.

— Ça va, poupée?
— Je vous demande pardon?
— J'ai soif.

S'il y a bien une chose que je ne supporte pas, c'est

qu'on m'appelle poupée. Qu'a-t-il cru, ce malotru ? On n'obtient rien d'une hôtesse de l'air en la qualifiant de la sorte. Je ne suis pas une serveuse de chopines, complètement dépoitraillée, dans un bar où les rubans tue-mouches pendent du plafond. On m'apostrophe poliment, on émet une requête au conditionnel. D'un doigt accusateur, je le prie de surveiller son langage. Il se gausse, avachi sur le siège, le pantalon déboutonné afin de ne pas compresser sa bedaine, et me défie du regard, obscène, vicelard. Ma main lui claquerait bien la joue jusqu'à lui déplomber une molaire. Le gong de l'appel hôtesse me remet sur le droit chemin. La mère de l'enfant roux est aux abois. Son fils est en train de pleurer à chaudes larmes. Il y a urgence, manifestement.

— J'veux du jus de pomme !

— Ne pleure pas, poussin, dit-elle, la dame-du-jus-de-pomme est là pour ça.

Haut dans le ciel, en classe éco, je viens de perdre toute distinction, associée à une substance, comme on dit « dame pipi » ou « homme-sandwich ». Une hôtesse de l'air expliquée à un enfant de maternelle, c'est la dame-du-jus-de-pomme qui court en cabine pour satisfaire tous ses caprices. Pleure encore, petit, et tu auras peut-être des crayons de couleur. L'enfant roux est un enfant-roi. Il place sa joie de vivre entre mes mains, et je mets un point d'honneur à offrir aux voyageurs toutes les attentions que seule une hôtesse-bien-comme-il-faut sait dispenser. Un aller-retour à l'office, et je le comble de vitamine B servie avec une paille. Il se calme aussitôt, se désaltère, ne dit pas merci. Sa mère ne l'encourage pas dans ce sens non plus. Elle balance ses cheveux derrière l'épaule et on en reste là.

Une demande de boisson ouvre le champ des

possibilités. Elle ne tombe jamais dans l'oreille d'un sourd. Les jeunes mariés me rappellent qu'ils aimeraient du champagne. Le passager assis à côté d'eux m'indique que, pour lui non plus, ce ne serait pas de refus. La dame derrière se dit qu'elle boirait bien un jus d'orange finalement, mais sans pulpe, et le gros rougeaud en profite pour commander un whisky sans glace. Et c'est reparti pour quarante allers-retours. Je me dévoue à ceux qui réclament une boisson sucrée, une eau-de-vie, des bulles pour fêter la lune de miel, une couverture propre, un sac vomitoire ou deux, quelque chose à grignoter mais sans gluten, surtout pas de chips, une eau gazeuse avec une rondelle de citron, et encore une couverture parce qu'on se les gèle ici. Je passe par ici, repasse par là, virevolte en prenant garde qu'aucun cheveu ne rebique de mon chignon. Le gong de l'appel hôtesse s'emballe et n'arrête pas de sonner. Je suis prise d'un léger vertige.

— Vous avez un siège sans un type qui ronfle à côté ?

— Il y a de la pulpe dans le jus d'orange, c'est dégueu !

— Excusez-moi, il y a comme un courant d'air aux issues de secours.

— Mademoiselle, je suis navré de vous le signaler mais cette couverture pue !

Dans la tête d'une hôtesse-bien-comme-il-faut, il y a un petit port de pêche où s'ancrent les bateaux, les jours de tempête. Elle s'y réfugie quand le vent tourne et respire profondément, assise sur un banc en chêne. Elle sait que le soleil brille quelque part sur la planète et veille sur ses habitants. Je ne rechigne pas à la besogne. Je ne me laisse pas décourager par ce monde violent qui exige toujours plus. J'espère juste avoir droit à ma photo encadrée comme « hôtesse du mois ».

Marie-Jo me soutient dans l'épreuve, forte de sa capacité à comprendre mon état émotionnel.

— Tu savais que les personnes parcourant plusieurs milliers de kilomètres en avion auraient un risque accru de développer une maladie cardio-vasculaire ?

— Ah non !

— Eh bien maintenant, tu le sais.

Elle a lâché sa phrase comme un effet d'annonce mais elle n'a pas l'intention de venir m'aider. Le gong retentit à nouveau – l'appel hôtesse est un sport international. Cette fois, je déclare forfait. Avant d'être tournée en bourrique, je passe le relais à Dylan, parce qu'il est jeune et sportif, sapeur-pompier volontaire, et qu'un steward fait aussi bien l'affaire. Je l'envoie sur le front à ma place. J'ai une enquête à mener et la sécurité de ce vol dépend de mon sang-froid.

À pas de loup, je me rapproche de Mme Simonet. Elle passe son temps à fouiller les poches de son sac à main. La fiole de Viandox est posée sur la tablette. Et s'il s'agissait d'un explosif déclenché par un détonateur de la taille d'un capuchon de stylo ? Je dois agir au plus vite, avant d'être réduite en miettes au-dessus de l'Atlantique. Je sauverai ainsi trois cents passagers et serai couronnée reine des hôtesses : je recevrai un bouquet de glaïeuls, un diadème en plastique, un pin's doré en forme de colombe.

Rodrigue est plongé dans la lecture de *Paris Match*. Je l'interromps un instant. Les retrouvailles entre copains d'école sont propices au bavardage, un parfait alibi pour approcher la kamikaze. J'ai la latitude de refaire le monde avec lui tout en espionnant la dame âgée.

— Alors, cher ami, lui dis-je, faussement décontractée, comment ça va ?

Il referme son magazine, heureux de me revoir, lui qui avait les meilleures notes en biologie et qui mangeait des Pépito. Je me souviens des miettes sur son pull jacquard. Aujourd'hui, son pull marine laisse deviner le torse d'un homme qui prend régulièrement la mer, qui prend le large, et qui apparemment n'emmène pas de femme avec lui. Je lui demande naturellement ce qu'il devient tout en jetant un coup d'œil par-dessus son épaule.

— Je suis ingénieur pour un bureau d'études spécialisé dans l'écologie et la biodiversité, m'annonce-t-il fièrement en articulant chaque mot.

— Tu œuvres pour la planète ! C'est merveilleux ! m'exclamé-je, tout en lorgnant du coin de l'œil Mme Simonet.

Il me détaille sa fonction au quotidien, m'explique l'impact des activités humaines sur l'environnement. Je l'écoute avec un sentiment de culpabilité. En qualité d'agent de bord, je suis complice de la pollution de l'atmosphère. Les avions rejettent du gaz carbonique, de l'oxyde d'azote, du dioxyde de soufre. Ils renforcent l'effet de serre, contribuent au réchauffement climatique et à la fonte de la calotte glaciaire. Je suis responsable de l'extinction qui menace les ours polaires. Quand j'y réfléchis, j'ai envie de démissionner.

— En tout cas, l'uniforme te va à ravir, dit-il, et tu as toujours un beau sourire.

— Oh, c'est gentil ça ! Toi tu as changé de lunettes, ça te va mieux.

— Oui… On m'appelait la Taupe à l'école.
— Et moi la Girafe !
— C'est dommage de s'être perdus de vue.

Mme Simonet essaie tant bien que mal d'extraire un objet du fond de son sac. Je regrette de ne pas avoir emporté de fourchette dans la poche de ma robe. S'il s'avérait que la retraitée est un monstre sanguinaire, je pourrais la lui planter dans la carotide. Une fourchette, ce n'est pas grand-chose, mais on manque de pied de biche en avion. Je ne sais pas d'où elle vient, je ne connais pas ses antécédents, j'ignore les tenants et les aboutissants de toute cette affaire. Elle a peut-être un rapport de près ou de loin avec la French Connection. Je compte sur Rodrigue pour m'aider à neutraliser la vieille. Cette dernière me tend une enveloppe adressée à «l'hôtesse de l'air» : un terme générique. Moi ou une autre, la première qui passe.

— C'est pour vous, me dit-elle, j'avais oublié de vous la donner. Vous vous appelez comment ?
— Bérengère.
— Vous habitez où ?
— À Paris.
— Vous aimez le Jardin des Plantes ?

Je déplie la lettre et m'empresse de la lire, pensant y trouver les revendications d'un groupe révolutionnaire.

> Bonjour, je vous confie ma mère qui va rendre visite à mon frère. Il lui arrive de perdre un peu la boule. Si elle vous pose trop de questions, mettez-la devant un film, ça l'endort. Bon courage !

La missive n'est même pas signée. Je la replie et la glisse dans ma poche comme une pièce à conviction.

Mme Simonet a des yeux verts aux reflets dorés, deux billes d'opale scintillant dans un jeu d'éclats multicolores. La douceur et la vulnérabilité émanent de son visage pâle. Je pose avec tendresse ma main sur la sienne, qui est froide, marbrée de veines bleutées. Elle me rappelle celle de Mamie d'Orly, je la lui tenais, à la maison de retraite, quand elle ne pouvait plus quitter son lit. Mes jours de congé, je lui rendais visite pour lui raconter mes voyages. La place Rouge à Moscou, les buildings de verre à Chicago, les rizières en terrasse de Bali. À travers mes paroles, elle voyageait et, doucement, elle s'endormait.

— Relaxez-vous, madame, je m'occupe du reste.
— Ça veut dire que je peux regarder la télé ?
— Allez-y, faites-vous plaisir.
— Il y aura un peu de vin rouge après ?
— Oui ! C'est la fête aujourd'hui.

J'aimerais m'asseoir à côté d'elle comme je le faisais avec ma grand-mère. Lui masser les mains et les tempes, voir ses yeux se fermer et s'ouvrir sur un rêve. J'aimerais avoir la chance de revivre cet instant pour l'éternité.

Rodrigue plisse le front. Il comprend la situation. L'avion est propice à la rencontre de gens un peu spéciaux et il ne s'attendait pas à voyager en compagnie d'une dame qui a la tête dans les nuages. Il l'aide à brancher le casque audio, l'ajuste sur sa tête en faisant bien attention de ne pas abîmer sa mise en plis. Puis il lui montre comment faire défiler les chaînes en appuyant sur le bouton. Elle lui caresse tendrement la joue. C'est un moment purement magique pour elle. Un coussin pour caler ses lombaires, des écouteurs sur les oreilles et bientôt un verre de vin rouge. Elle est aux anges. Au bout du compte, je ne pense pas qu'elle soit kamikaze.

8

À dix mille mètres d'altitude au-dessus de l'Atlantique, je suis comme enfermée dans une boîte de sardines. Une relation de confiance s'instaure naturellement entre collègues. Autant essayer de vivre ensemble, comme une grande famille. La lettre de Mme Simonet passe de main en main. J'attends les réactions de mes collaborateurs, de mes camarades, de mes frères et sœurs en uniforme bleu.

Marie-Jo manifeste sa grande compassion judéo-chrétienne :

— Allons bon ! Manquait plus que ça !

Dylan n'en pense rien. Il évalue son tour de bras et entame une série de cinquante pompes dans l'office. Dès qu'il a trois minutes de temps libre, le steward s'efface au profit du sapeur-pompier.

Les hôtesses Millennials se déchargent également de l'affaire. Elles ont choisi de travailler en business class. Elles jonglent avec des verrines et des seaux à champagne, préparent une farandole de mini-feuilletés au cheddar, des brochettes de crevettes naines persillées, des canapés au chèvre et à la mousse de poivron. Autant dire qu'elles sont overbookées. Le palais délicat des passagers à haute contribution requiert une attention permanente. Certains viennent de gagner au Loto et méritent un service en cabine exceptionnel. Elles n'ont pas une minute à consacrer à cette pauvre dame âgée qui voyage en classe éco.

Corinne est partout et nulle part à la fois. Elle fait le yo-yo entre l'avant et l'arrière de l'appareil, installe des nappes en business class, lance des verres d'eau en classe éco, trouve ça chouette, la vie. Elle surjoue l'action avec sa touffe auburn. Elle m'épuise.

Nous sommes donc là, enfermés dans cette boîte de sardines, pour recréer une ambiance chaleureuse comme à la maison. Mme Simonet pourrait être notre grand-mère, il est bon d'être à ses petits soins. La dernière fois que j'ai vu la mienne, elle ne se rappelait plus que j'étais sa petite-fille. Elle me lançait ce regard abrupt et austère que l'on jette à quelqu'un qui entre dans votre chambre sans frapper. J'ai cru avoir fait une bêtise, comme le jour où j'avais cassé son assiette avec le château de Blois peint dessus. Elle m'a demandé si j'étais la nouvelle infirmière. Sous le choc, je n'ai pas trouvé de réponse adéquate. Je lui avais apporté des madeleines à la fleur d'oranger, ses préférées. Il y a eu un silence, une atmosphère pesante. J'aurais pu être la cousine germaine du type qui joue au squash avec l'aide-soignante, elle m'aurait accueillie de la même façon. J'ai posé mon cadeau sur la table et je me suis réfugiée dans le couloir pour respirer un grand coup. Je serrais les poings. Mamie d'Orly était en train de me quitter et ce n'étaient pas des madeleines qui allaient la retenir.

— Je veux bien m'en occuper, dis-je en levant la main.

Tout le monde me dévisage comme une scoute à la tête d'une œuvre de charité chrétienne. L'équipage n'en attendait pas moins de ma part.

— Elle tourne en boucle. Bon courage ! me fait remarquer Marie-Jo.

J'ai toujours rêvé d'être hôtesse de l'air pour servir d'intermédiaire entre le voyageur et l'horizon. Donner de l'espoir et recréer l'émerveillement perdu. Je chasserai la brume de la tête de Mme Simonet et j'y mettrai un peu de féerie.

— *OK, boys and girls !* On y va ! s'exclame Corinne en sautillant dans l'office.

À ce stade du vol, l'avion se transforme en restaurant avec vue sur les nuages. Très chic. En business class, les hôtesses Millennials gratifient nos VIP d'une timbale de saumon fumé, de ravioles de courge au safran, de champagne millésimé et de vin grand cru. Ils termineront en beauté le repas avec la ronde des gourmandises. En classe éco, le plateau regroupe une julienne de légumes sous cellophane, un plat qui a la substance d'un risotto et un mini-brownie au goût de polystyrène.

Je suis complice de cet affreux système de castes, cependant je refuse de considérer les passagers de la classe éco comme de tristes gueux. À travers le hublot, la couleur du ciel est la même, mais une majorité de voyageurs ne connaîtra pas le goût d'un sorbet à la poire pochée aux amandes accompagné d'une coupe de Moët & Chandon. C'est bien triste. À moi de leur offrir cette part de magnificence dont ils sont privés, un sourire de connivence, une présence chaleureuse, un morceau de pain supplémentaire. En catimini, j'apporterai une mousse aux fruits de la passion à Rodrigue et Mme Simonet. Mes passagers favoris. Mes petits chouchous. À présent, le rideau s'ouvre. Que la lumière soit.

Je tracte un chariot de quarante plateaux-repas qui ne possède pas la direction assistée et pèse un âne mort. Les dents serrées, je fais la forte. Une hôtesse-bien-comme-il-faut est toujours en gainage, jambes fléchies, le dos droit. Elle ne peut pas travailler dans une boîte de sardines, de jour comme de nuit, sans avoir une santé de fer et un bon équilibre émotionnel. Sinon, elle craque et finit dans un asile à se balancer d'avant en arrière au bord de son lit. Elle chantonne alors «Je te tiens, tu me tiens, par la barbichette», s'arrache les cheveux et mange ses crottes de nez. Elle s'oublie.

Je distribue les plateaux de chaque côté de l'allée en maintenant une cadence rythmée. Mes gestes sont harmonieux, symétriques. Je pivote sur mes hanches en un ballet bien orchestré. Le type à l'iPad, assis près du hublot, ne daigne pas relever la tête. Je l'interpelle, il ne répond pas. Il faut reconnaître que garder en permanence le casque sur les oreilles ne favorise pas une bonne communication. Alors, je déplie mon corps souple comme une liane, tends le bras et me penche pour poser le plateau sur sa tablette. Là, il se passe quelque chose : je me suis tué les lombaires, déboîté le bassin, mais le passager remarque enfin ma présence.

— Que souhaitez-vous boire, monsieur ?
— Bière !

J'ai pris le soin de faire une phrase assortie d'un sourire. J'espérais une autre réponse qu'un simple mot beuglé depuis le hublot, j'attendais un sujet, un verbe, un complément d'objet direct, si possible avec une marque de politesse. J'entends le mot «bière». L'onde sonore passe par l'oreille interne qui décode l'information diffusée au cerveau. Je me penche à nouveau et dépose une canette sur son plateau. C'est magique.

— Voilà, monsieur.

Pas de réponse. Pas de merci. Ce passager a basculé à tout jamais dans la catégorie «grand con à l'iPad». Il lui sera difficile de s'en décrotter. Je parie qu'il se conduit ainsi partout dans le monde, et que même à Bogotá on le surnomme «*El gran cabrón*». Je continue de sourire car cela fait partie de mon cahier des charges. Une hôtesse-bien-comme-il-faut doit laisser croire qu'elle est perpétuellement heureuse. Elle invite au voyage. Dans son for intérieur, elle se répète un vers de Baudelaire: «Là, tout n'est qu'ordre et beauté, luxe, calme et volupté.» Elle n'est autorisée à faire la grimace que si un réacteur explose et que l'avion tombe sur le Groenland. Je souris à tout le monde, même à la bouteille d'eau minérale figée sur le chariot: elle est porteuse de milliers d'oligo-éléments qui parcourent mon corps et contribuent au bon équilibre de mon organisme. Je me sens tout à coup moins seule dans la vie.

Sur l'allée parallèle à la mienne, l'enfant-roi n'en finit pas de faire des siennes: debout sur son siège, il pousse un cri d'animal sauvage et jette un morceau de pain à la figure de Marie-Jo. C'est une agression physique préméditée, une atteinte portée à la doyenne des hôtesses. D'un revers de la main, celle-ci balaie une miette collée à son front. Je la sens quelque peu courroucée. Limite à cran.

— Désolée, lui dit la mère, c'est un enfant incroyable, débordant d'énergie.

— Non, madame. C'est un sale gosse. Il est juste pénible et mal élevé.

— Je ne vous permets pas !
— Eh bien moi, je m'autorise à vous le préciser.
— Je vais me plaindre auprès de la chef de cabine.
— Allez-y, je m'en fous ! Je suis bientôt à la retraite.

La mère en reste bouche bée, les yeux écarquillés. Derrière elle, les danseurs de country se mettent à taper sur leurs tablettes.

— On a faim ! On a faim !

Ils décident de faire tourner les foulards en cabine comme on fait tourner les serviettes à un mariage. C'est la liesse à dix mille mètres. Le gros rougeaud s'est détourné du whisky-coca, il réclame à présent un jus de tomate et surtout de la vodka et du Tabasco. Je m'use à me considérer comme une mère nourricière aux yeux des voyageurs. Même si, ironie du sort, je n'ai pas d'enfant. Tout passager devient alors un substitut de chérubin à qui je sers une louche de purée. Ils sont tous assis comme à la cantine, turbulents et gueulards, à quémander leur pitance. Comment travailler calmement dans ce charivari ? Les danseurs de country frappent de plus belle sur leurs tablettes. Forte de mon expérience depuis vingt ans, je suis capable de philosopher et de citer Jean-Paul Sartre : « L'enfer, c'est les autres. » Le monde est grand et je suis toute petite, larguée au milieu de ce tumulte, un foulard à pois noué autour de ma gorge et cette saloperie de collant de contention qui me rentre dans les fesses.

L'avion est alors pris de secousses. Chaque membre de l'équipage se fige devant son chariot, en alerte. L'annonce est imminente.

« Madame, monsieur, nous traversons une zone de turbulences, veuillez attacher votre ceinture. »

Ce sont des mots magiques pour calmer la foule.

La mère bloque son enfant-roi sur le siège. Comme il pleure, elle lui enfonce un morceau de pain dans la bouche. Marie-Jo se retourne vers les danseurs de country qui, en attendant leur plateau-repas, entament un rock step dans l'allée.

— Ho, les cow-boys ! On se calme !

Je patrouille de mon côté afin de vérifier que les passagers sont correctement attachés. Certains continuent à mâcher leur risotto. D'autres ont posé sur leurs yeux un masque de nuit et mis des bouchons dans leurs oreilles, désirant expressément qu'on leur foute la paix. Mme Simonet éponge le front de Rodrigue avec un mouchoir en papier. Il a lâché son *Paris Match* pour se cramponner aux accoudoirs. Visiblement, il traverse une mauvaise passe.

— Il y en a pour longtemps ? demande-t-il.

— Non, juste quelques minutes…

— Vous croyez en Dieu ? l'interroge à nouveau Mme Simonet.

J'invite Rodrigue à fermer les yeux, à inspirer et expirer profondément, à se concentrer sur les mouvements de sa cage thoracique, à trouver en lui ce petit port de pêche où s'ancrent les bateaux, les jours de tempête. Il n'est pas en mesure d'accueillir ces suggestions picturales. La bouche de travers, il souffle comme un veau atteint de grippe bovine.

— Vous êtes un gentil garçon, le console Mme Simonet. Si on meurt, vous irez au paradis.

— Je ne veux pas mourir ! Je suis trop jeune !

— Vous avez quel âge ?

Une hôtesse-bien-comme-il-faut sait prendre le pouls des passagers. Elle soulage les petits bobos et les grands malheurs, gère les crises d'angoisse, de tétanie, d'épilepsie, toutes les crises. Mieux vaut être une bonne hôtesse de l'air qu'un mauvais ministre.

D'un coup sec, je décroche le poignet de Rodrigue de l'accoudoir. Il s'empare aussitôt de ma main et la plaque sur sa poitrine.

— Sens mon cœur ! Tu ne trouves pas qu'il bat vite ?

Me voilà prise d'un trouble aigu. Je frôle le berceau des sentiments d'un homme. Je perçois la mélodie de ses pulsations cardiaques. Ce matin encore, je n'étais qu'un plan cul, une gourgandine de bas étage à qui l'on ne donne rien. Maintenant, j'effleure le cœur d'un beau brun à lunettes. C'est un muscle avec des artères, des contractions incessantes, des désirs et des paradoxes. Dans le thorax de Rodrigue, la machine fonctionne à merveille. Il reprend son souffle peu à peu. Ses yeux plongent dans les miens, distillant la gratitude. Nous sommes au commencement du monde, juste après la création des arbres et des rivières. Un homme et une femme se rencontrent au milieu d'une zone de turbulences. Il n'est pas rasé, naturel, brut. Je porte une feuille de vigne sous ma robe turquoise, à moins que ce soit une culotte en maille côtelée.

— Vous êtes mariée ? me demande Mme Simonet.
— Non.
— Ça tombe bien. Rodrigue non plus.

En principe, je dois vérifier la cabine et assurer ma mission de sécurité. Je dois aussi terminer le service et nourrir les passagers en manque de glucides. J'ai appuyé sur la pédale de frein du chariot dans l'allée et les danseurs de country réclament du pain. Je fais semblant de ne rien entendre. J'ai la main sur le cœur de Rodrigue et les cils prêts à se frotter aux siens. A-t-il un profil sur Tinder ? Préfère-t-il la compagnie des monitrices de ski ? Aime-t-il les tomates à la mozzarella aspergées de vinaigre balsamique ?

— Pardon ! Je suis claustrophobe en avion, dit-il.

— C'est touchant, un homme qui avoue ses peurs.

— Reste près de moi, ça me fait du bien.

Il m'implore, tel un chevalier à genoux devant sa dulcinée. Mais voilà qu'en classe éco, théâtre de nos émotions, Mme Simonet secoue sa fiole de Viandox, brisant quelque peu la magie du moment.

— Excusez-moi, je peux avoir mon plateau ?

Elle ne tourne pas de l'œil à la vue du risotto. Embarrassée, elle cherche sa fourchette et son couteau. Rodrigue se trouve un objectif pour apaiser sa frayeur : il vient en aide à la dame âgée, ouvre le sachet plastique qui contient les couverts, déplie la serviette en papier et l'installe sur son gilet en laine. Elle a la mine réjouie.

— Bon appétit, lui dit-il.

— Merci beaucoup. Vous êtes beau garçon et vous êtes vraiment gentil.

Ici, le temps suspend son vol. Je n'ai d'yeux que pour lui qui prend soin de l'aïeule, de la sagesse et de la fragilité incarnées. Je voudrais rembobiner le film et me repasser la scène en boucle. Il a la stature du gendre idéal, la carrure du mari exemplaire, la droiture du bon père de famille. Il porte le prénom d'un valeureux héros prêt à tout pour récupérer la main de celle qu'il aime. Rodrigue et la grand-mère. C'est le plus beau spectacle de la journée.

— On est bientôt arrivés ? me demande Mme Simonet. On est où, en ce moment ?

— Quelque part sur le nuage numéro huit.

— Oh, c'est haut !

Enfant, je me posais souvent de grandes questions d'ordre métaphysique sur le bonheur. Un jour, je suis entrée dans la cuisine pour interroger Mamie d'Orly, qui avait les mains plongées dans l'eau de vaisselle. Elle m'a dit : « Tu sais, ma puce belle, avec ton grand-père, je suis sur le nuage numéro huit. » Voilà qui a attiré ma curiosité et mon scepticisme. « C'est où, ça, Mamie ? » lui ai-je demandé. Et elle m'a répondu : « Juste au-dessus du septième ciel ! » Effectivement, ce devait être très haut, plus haut que je ne pouvais l'imaginer. Je rêvais d'atteindre un jour ce bonheur absolu.

Tournant la tête vers le hublot, je contemple la blancheur de ces masses légères aux formes cotonneuses qui chatouillent l'azur. C'est une caresse des yeux. Une petite voix intérieure me convie à apprécier les choses de la vie, essentielles et gratuites. Vois, ma fille, comme le monde est beau. Ce moment de poésie est gâché par le gros rougeaud qui me sonne sans relâche depuis le fond de l'avion.

— Hé, poupée ! Il reste de la vodka ?

Dans un avion, je tutoie le paradis, et en une fraction de seconde je suis plongée en enfer.

9

Je tire, je remorque, je rebrousse chemin. À force de manipuler ces chariots de plateaux-repas, je risque un tour de reins. Le service en cabine a duré deux heures et demie. Il aurait été plus long si j'avais été une geisha en charge de la cérémonie du thé. En bonne ambassadrice de l'art et du raffinement, j'aurais alors dû jouer du luth en classe éco, agenouillée sur un coussin. Je suis bienheureuse d'en rester là, de ranger tout le matériel dans l'office, d'avoir accompli dignement cette étape du vol sans avoir esquinté mon vernis à ongles.

À bord se trouvent une dame sénile, des danseurs de country alcoolisés, un enfant-roi infernal, un grand con à l'iPad, un couple de jeunes mariés qui s'aime à la folie et me place face à l'échec de ma vie. La probabilité de terminer mon existence dans une maison de repos est élevée. À bien des égards, je trouve du réconfort auprès de Marie-Jo.

— Je ne supporte plus le gros rougeaud de la rangée 52, dis-je en m'aérant la voûte plantaire.

— C'est un gros dégueulasse, confirme-t-elle.

Corinne tire la sonnette d'alarme avant que le stress ne paralyse nos mouvements. En bonne chef de cabine, elle nous encourage à ne pas nous laisser abattre et nous rappelle qu'après la pluie vient le beau temps, qu'il y a des jours avec et des jours sans, qu'aime-toi et la vie t'aimera. Elle nous invite à nous prendre par la main comme des dévots de Krishna, à répéter en chœur un mantra issu de l'âge d'or du transport aérien, transmis par des générations d'hôtesses.

— On est belles ! On est fières ! On est hôtesses de l'air !

Nous sommes trois femmes en robe turquoise pratiquant la psychologie positive à l'arrière de l'appareil. Normalement, juste après, on retrouve du cœur à l'ouvrage.

À cet instant précis, suis-je belle et fière ? Suis-je à la hauteur de ce qu'on attend de moi ? Ai-je la prestance d'une sémillante quadragénaire manager d'une ONG à but non lucratif ? Les hôtesses Millennials entrent dans l'office alors que je n'ai pas encore eu le temps de ressentir le pouvoir spirituel du mantra. Tiffany, Lesly, Cindy et Krystal se regroupent pour faire un selfie. L'une d'elles vit un drame existentiel :

— J'ai une ride !
— Où ça ?
— Là, regarde !
— N'importe quoi.
— Si, je t'assure ! J'ai une ride !

À pas même trente ans, la jeune hôtesse se met la pression. Elle est mariée à un agent immobilier qu'elle a trompé avec un footballeur. Je le sais puisqu'elle se vante d'être un objet de convoitise à travers le monde mais craint de descendre de son piédestal. Devant cette unique marque de flétrissure, chacune y va de son conseil. Les copines passent en revue les poches sous les yeux et les cellules mortes.

— Pour retrouver un bon teint, la solution, c'est le peeling.

— Un sérum hydratant peut faire l'affaire.
— Un masque à la bave d'escargot, c'est top !

Corinne et Marie-Jo éprouvent le besoin urgent de déguerpir. Elles ont d'autres préoccupations dans la vie et craignent surtout que leurs conseils ne soient pas recevables. La quinqua et la sexa ne se sentent pas d'une grande utilité pour commenter la jeunesse qui part à vau-l'eau.

La tracassée à la queue-de-cheval se tourne alors vers moi, qui suis la seule représentante des hôtesses ayant dépassé les dix mille heures de vol. Je suis entre deux âges, ni midinette ni charogne, encore bien balancée, même si on ne me pardonne plus les erreurs de jeunesse. Les Millennials me jugent de la tête aux pieds.

— Toi, Bérengère, ça ne te fait pas peur de vieillir ?

Je toussote. On ne force pas une hôtesse-bien-comme-il-faut à révéler ses secrets. Elle s'entoure de mystère et se drape de glamour, elle est faite pour les lumières chatoyantes. Elle croque dans un chocolat fourré à la noisette et remercie Monsieur l'ambassadeur de l'avoir tant gâtée. Mais la nouvelle génération d'hôtesses a brisé la glace et je suis flattée qu'elles me demandent conseil. Pour elles, je veux bien faire une exception.

— Bon, voilà… j'utilise une crème anti-âge enrichie en extraits de banane verte.
— Et tu es contente du résultat ?

Son air dubitatif n'a rien de sympathique. Le résultat s'affiche sur ma figure et il me paraît flagrant. Je suis belle et fière, libre et indépendante, un exemple pour ces jeunes femmes. Elles ne sont pas supposées me dévisager avec pitié.

— Quel âge me donnez-vous, les filles ? leur demandé-je, un peu anxieuse.

— La quarantaine.
— Ouais, bien tassée !
— On voit tes rides et tes crevasses.
— Tu n'as jamais été tentée par le Botox ?

Rien ne les arrête, ces péronnelles ! Une petite crispation au coin de la bouche. Je pince les lèvres pour ne pas hurler et leur tirer la queue-de-cheval. Une ride et c'est un monde qui s'écroule. Une ride et on ne voit plus la sagesse, la classe et l'élégance. Hier encore j'étais cette jeune hôtesse fraîche et évaporée. J'ai basculé dans le clan des vieilles à une vitesse fulgurante. Je préfère déguerpir à mon tour et siroter une tisane avec Marie-Jo, écouter ses histoires de chat s'il le faut. Dylan ne m'en laisse pas l'opportunité. Il me rattrape au vol et m'enlace devant le four.

— Toi ! Enfin !
— Ne le prends pas mal, mais j'allais faire des démarches commerciales auprès des passagers.
— Ça te dirait de prendre un verre avec moi à l'arrivée ?
— Tu veux dire… tous les deux ?
— J'te kiffe, bébé.

Ce jeune steward est un incorrigible dragueur. Il se permet certaines familiarités en m'appelant par un surnom affectueux. Soit dit en passant, j'ai échappé à « bibiche », « cocotte » ou « mon œuf de caille en gelée ». Il hausse un sourcil et me fait une bouche de canard. Je ne suis pas du genre à courir après le premier éphèbe qui me fait du gringue, a fortiori s'il est affublé d'un vilain bouton de fièvre. Dylan insiste : il m'étreint de ses bras musclés, pose une main sur ma hanche, me laisse envisager une sieste crapuleuse. Il semble crier au monde entier son intention de faire de moi sa chose.

Je redeviens désirable, n'en déplaise aux hôtesses Millennials qui chuchotent dans mon dos. J'étais sacrifiée sur l'autel des femmes quittées, je renais à la vie dans les bras d'un jeune Apollon. Il me serre fort contre lui, me fait sentir l'ardeur de son désir. C'en est presque gênant.

— Dylan, jeune fou.

— Fou de toi, bébé.

— À ce point ! Tu pourrais séduire n'importe quelle jolie hôtesse autour de toi, pourquoi moi ?

— Je kiffe les femmes d'âge mûr.

Je lui décoche une réponse sans appel et un coup de genou dans l'entrejambe.

— Je ne suis pas vieille !

Plié en deux, les mains jointes devant ses parties intimes, la bouche grande ouverte, il est incapable d'émettre un son. C'est beau tout nu, mais c'est fragile. Les Millennials gloussent. Il vaut mieux en rester là afin d'assurer une bonne cohésion de l'équipage. Je cours me réfugier dans un autre endroit. Le problème, c'est qu'un avion n'offre guère d'espace pour s'isoler. Si ce n'est pas l'office ou le cockpit, ce sera donc les toilettes. Mon envie d'uriner se fait pressante, j'avoue me retenir depuis ce matin. Au bout de quatre heures de vol, je ne peux plus repousser ce moment fatidique où je vais me retrouver devant une cuvette utilisée par des dizaines de gens avant moi. On n'imagine pas une hôtesse-bien-comme-il-faut soulager ses besoins physiologiques. On l'imagine tout en retenue et en légèreté pendant dix heures, en train de déplier des couvertures ou distribuer des cornets de glace en éclatant de rire. Personne ne doit savoir qu'à un moment du vol, elle cède à la contrainte de la petite commission.

Je me glisse discrètement derrière la porté des toilettes. Chaque fois, c'est le drame. Comment rester digne dans ce lieu sans que mes cuisses entrent en contact avec le trône ? Je suis belle et fière, je parcours le monde. Je rencontre des tas de gens qui transportent des micro-organismes. Au secours.

Selon un rituel bien établi, je soulève ma robe, baisse mon collant de contention puis ma culotte. Les fesses à l'air, la température est plus frisquette. Je fléchis mes jambes sans m'asseoir complètement et me retiens aux parois par les coudes. Surtout ne rien toucher. Il existe une certaine image de la femme française dans le monde, et elle ne correspond pas à ma position actuelle. Les yeux fermés, je pense à une forêt enchantée, aux grenouilles qui coassent, aux chouettes qui hululent, aux biches qui réent. Pour faire en sorte que ma présence ici soit de courte durée, je parle tout bas à ma vessie, au-dessus de l'Atlantique. Je lui demande de se dépêcher. C'est au moment où je crois en avoir terminé que l'avion se met à trembler.

« Madame, monsieur, nous traversons une zone de turbulences, veuillez attacher votre ceinture. »

Je suis projetée d'un côté puis de l'autre. Ma bouche s'éclate contre le lave-mains en inox. Je la sens doubler de volume, j'ai mal. Dans le miroir, je vois cette femme au foulard à pois, cul nu, qui dissimule ses traces de fatigue sous une couche de maquillage. J'ai peur qu'elle finisse sa carrière sur des vols Paris-Brest, à distribuer des sandwichs au thon pleins de mayonnaise. Une larme est retenue sous mon œil droit par un trait de mascara ; elle porte en elle le poids de l'amertume, des années qui passent et se ressemblent trop. Je stagne dans les airs sans espoir de voir la vie du bon côté. Dans quelque temps, j'aurai toujours des problèmes de Twingo, mon gardien d'immeuble me cataloguera comme un cas désespéré, des hommes m'enverront sur Tinder des photos de leur sexe turgescent sans avoir été sollicités, les Millennials me conseilleront d'avaler des pilules de collagène. J'essaie de ne pas craquer, mais la tristesse gagne du terrain. Mes doigts se crispent sur le rebord du lave-mains. Les passagers ignorent que les hôtesses de l'air se cachent dans les toilettes de l'avion pour pleurer.

Je sors de mon refuge avec peine, afin de vérifier que tout le monde est bien attaché. Les danseurs de country font silence et me fixent étrangement. Loin de passer inaperçu, mon passage en cabine déclenche une cascade de rires. On me pointe du doigt, on me siffle. Mme Simonet me fait des petits signes pour m'indiquer que quelque chose se trame dans mon dos. Et pour cause : ma robe turquoise est restée coincée dans mon collant. Tout le monde a vu ma culotte, sauf le grand con à l'iPad qui ne m'octroie aucune attention depuis le départ. Pour le coup, ça m'arrange. J'ai les fesses presque à l'air, un maquillage qui coule sous les yeux, une bouche enflée, on dirait une prostituée du New Jersey. Rodrigue en oublie sa peur en avion et applaudit mon sens de la provocation. Lui qui m'a connue adolescente avec des pulls informes me surprend court vêtue. Il ouvre sa boîte à calembours et autres jeux de mots.

— Quel culot ! s'exclame-t-il.

— Ce n'est pas drôle ! je lui réponds en baissant ma robe.

Corinne m'attrape par le bras comme si j'étais une polissonne à mettre au coin. Elle m'entraîne hors de la vue des voyageurs. J'ai vingt ans de métier, douze mille heures de vol au compteur, de l'avenir dans la compagnie. Si je veux être promue chef de cabine un jour, ce n'est pas le moment de tout gâcher en allant montrer mon derrière aux passagers.

À l'office, elle me prend les mains pour me ramener dans le droit chemin. Ensemble, on répète son mantra.

— On est belles ! On est fières ! On est hôtesses de l'air !

Marie-Jo s'approche de nous, les bras croisés, la diplomatie toujours chevillée au corps.

— Dis donc, t'es une grosse cochonne, en fait.

— Stop ! dis-je en me bouchant les oreilles.

Je voudrais ouvrir une porte de l'avion et sauter en parachute, atterrir sur une île déserte, avoir pour seul compagnon un perroquet au plumage multicolore. Quitter le monde des humains qui me réclament du pain ou du jus de pomme sans cesse. Relire les romans de Barbara Cartland à l'ombre d'un palmier. Au milieu de ce conciliabule, Rodrigue fait irruption, le cheveu plus en bataille qu'au décollage.

— Excusez-moi, je crois qu'il y a le feu.

— Ça va, on a compris, lui dis-je, ce n'est pas parce que tu as vu ma culotte que j'ai le feu aux fesses.

— Non ! s'écrie-t-il. Il y a vraiment le feu !

Aucune remarque des passagers ne doit être considérée comme idiote, surtout quand elle concerne l'eau, le feu, ou des serpents dans l'avion. Nous passons la tête hors de l'office. Un dégagement de fumée jaillit du siège du grand con à l'iPad, qui fait un bond et se cogne au plafonnier, entraînant un mouvement de panique dans la cabine.

— Doux Jésus ! m'exclamé-je.

— On est dans une sacrée merde, lâche Marie-Jo.

10

— Y a le feu ! On va tous crever !

Les choses ne pouvant pas être plus claires, il n'en faut pas davantage pour déclencher un tohu-bohu dans la cabine avec des cris, des sauve-qui-peut, des chaussures et des couvertures qui volent jusqu'au plafond. Je vois ma vie défiler sur un air de violon : Mamie d'Orly m'emmène à la course aux ânes, je me la pète avec mon nouveau blouson à la boum de Marie-Laure Lafargue, premier baiser dans une soirée karaoké complètement foireuse, quatre fautes au code de la route c'est dommage, Mamie d'Orly m'offre sa broche argentée et me dit : « De toute beauté ! » Des images se succèdent dans un travelling, comme au cinéma. Je ne veux pas que le film s'arrête. Je mérite une belle fin, quand même. Je ne peux pas crever sur cette moquette non shampouinée.

Quand le feu se déclare dans un avion, on peut envisager le pire. Quelques minutes suffisent pour que l'appareil devienne incontrôlable. Une hôtesse hautement qualifiée ne se contente pas de brasser de l'air, elle ne recule pas devant le danger. Elle passe à l'action. Vite, j'ouvre un placard dans l'office pour décrocher un extincteur. J'enfile une cagoule de protection respiratoire qui écrase mon chignon et revêts une paire de gants, idéale pour retirer les tomates farcies du four.

— *Go, go, go*, Bérengère ! s'écrie Corinne.

Elle prend l'interphone pour entrer en contact avec le cockpit et informer les pilotes de la situation.

— À la guerre comme à la guerre ! me lance Marie-Jo en me tapant sur l'épaule.

On n'a jamais vu un pompier en robe turquoise, mais une bonne hôtesse de l'air n'écoute que son courage. Je me précipite en cabine avant que l'on vire au film catastrophe. En sauvant les passagers, je sauve ma peau et offre à l'univers l'occasion de me réserver un beau destin.

Le grand con à l'iPad se tient debout sur son siège et gesticule en tous sens. Sa tablette numérique s'enflamme. La coque en plastique a fondu sur un côté. On est loin de l'époque où un passager pouvait se cacher dans les toilettes pour fumer, déclenchant ainsi l'alarme anti-incendie. On le prenait par le col, on lui mettait deux claques, et parfois c'était la police à l'arrivée. Aujourd'hui, l'ennemi, c'est la batterie au lithium que l'on transporte dans sa poche. Chaque citoyen du monde n'ayant pas crié haro sur la technologie devient un pyromane potentiel.

Je fais un grand signe de la main aux passagers trop curieux. Ils comprennent d'eux-mêmes qu'ils doivent dégager.

— Poussez-vous ! je gueule comme une poissonnière de Rungis.

Les danseurs de country se planquent derrière le dossier des sièges. Je vise l'objet du délit et décharge entièrement l'extincteur. « Ce qui ne nous tue pas nous rend plus forts », disait Nietzsche. Alors, je mets toutes les chances de mon côté. Une hôtesse-bien-comme-il-faut connaît ses rudiments de philosophie. La tête enfouie dans une cagoule de protection respiratoire, elle cherche la vérité et cultive la sagesse. S'autorise à méditer sur le sens de la vie. Là, par exemple, en aspergeant l'iPad, je pense à Spinoza : « La peur ne peut se passer de l'espoir et l'espoir de la peur. » Si j'étais restée tapie derrière la cloison, je n'aurais pas été d'une grande efficacité. L'avion se serait enflammé comme une torche géante et nous aurions été désagrégés en particules de feu d'artifice. La vie est rare et précieuse, un souffle de quelques années. Mamie d'Orly disait : « Envole-toi, ma puce belle, envole-toi haut, monte sur le nuage numéro huit. » C'est là que je veux rebondir, c'est l'escale où je ne suis pas allée, le nid douillet où je n'ai encore jamais défait ma valise.

Dylan me rejoint avec une cagoule sur la tête, un extincteur sous le bras, l'écusson des pompiers volontaires tatoué sur le biceps. Nous voilà tous rassurés. Enfin un peu d'action. Je le soupçonne d'avoir trouvé le temps long jusqu'ici. Il prend les choses en main, analyse rapidement le domaine d'intervention, s'arc-boute à un dossier de siège. Il sait que dans ce métier, il faut toujours être prêt à partir au feu, et nous en fait une remarquable démonstration cet après-midi. « Sauver ou périr ! » scande-t-il, avec la conviction du pompier volontaire qui a prêté serment. À son tour, il vide entièrement l'extincteur sur la tablette numérique pour éviter une reprise d'incendie. Dès lors, on peut déclarer l'iPad complètement hors service.

Le grand con en est bouleversé. Il me tombe dans les bras en pleurant comme un gamin qui récupère son jouet cassé. Un filet de morve lui pend au nez et se colle à mon épaule. Sympa. Mme Simonet s'approche de moi avec des préoccupations immédiates.

— Excusez-moi, quand est-ce qu'on descend ?

Elle ne s'est rendu compte de rien. Elle croit peut-être que je me promène pour le plaisir avec des gants de four, une cagoule sur la tête et un extincteur à la main ? La candeur de la question me fait sourire derrière la visière ininflammable. Je lui refourgue le grand con, sorte de petit-fils de substitution. Elle lui caresse le dos et le console, dans un réflexe de grand-mère attentionnée.

— Faut pas vous mettre dans un état pareil, mon garçon. Vous avez quel âge ?

Il marmonne une réponse mais sa voix est couverte par les applaudissements des voyageurs. Les danseurs de country font tourner les foulards. Le couple de jeunes mariés s'embrasse de plus belle, l'avenir devant soi, à la perspective de faire des bébés selon les positions clés du *Kama Sutra*. On me félicite. On me voue au bleu. On me serre le gant de four, car ma main est emmitouflée dedans. Des remerciements foisonnent, me font chaud au cœur, mettant en lumière la salvatrice des corps et des âmes que j'incarne. La mère de l'enfant-roi me pointe du doigt.

— Tu vois, poussin, la dame-du-jus-de-pomme est aussi pompier.

Une révélation étrange flotte dans l'air, comme si chaque passager était chamboulé dans ses certitudes. L'hôtesse de l'air n'est donc pas cantonnée au service de plateaux-repas ? Il suffit d'une étincelle pour qu'elle devienne secouriste, soldat du feu, gendarme, maîtresse d'école, gymnaste et psychologue à ses heures perdues. Je suis une femme-orchestre qui revêt plusieurs casquettes. Un robot magique multifonction.

Je retire ma cagoule. Ma chevelure dégringole et se

colle à mon front luisant. Je ne suis plus aux normes d'une hôtesse-bien-comme-il-faut. Mon chignon a pris la forme d'un chou-fleur et une trace de morve orne ma robe turquoise. Est-ce que je me sens belle et fière ? Puis-je encore voir la vie du bon côté ?

— Tu as été incroyable, me glisse Rodrigue.

— Je ne ferais pas ça tous les jours.

J'essaie de remettre rapidement de l'ordre dans mes cheveux pour être présentable devant lui. Je préférerais qu'il garde de moi l'image d'une femme sophistiquée. Il me sourit en clignant des yeux, sincère et affectueux.

— Moi qui ai peur en avion, je ne sais pas comment tu fais pour supporter ça.

— Tu as eu une mauvaise expérience ?

— Je panique dès que les portes se ferment.

— Il faudrait suivre un stage antistress.

— Si c'est toi qui l'animes, je veux bien…

Son regard érige autour de moi un barrage qui ne laisse passer aucun bruit et m'imprègne d'une lumière nacrée. C'est l'aurore, la promesse d'un nouveau jour, un instant que je n'échangerais pour rien au monde. Je suis sur le point de perdre le contrôle et de tournoyer comme une toupie. Il émane une telle douceur de son visage. Je ne m'en étais pas rendu compte à l'époque où il portait ses lunettes à effet de loupe pour lire, solitaire, des bandes dessinées sur un banc entre les cours. Je crois que je l'ignorais passablement. Aujourd'hui, je me détourne encore de lui mais pour une tout autre raison : je suis embarrassée qu'il ne me voie pas au summum de ma splendeur.

— Excuse-moi, mais je dois vraiment me refaire une beauté.

— Reviens vite !

Il cherche à me retenir dans un souffle et je m'exile vers l'arrière de l'appareil, avec ma cagoule, mon extincteur et mes gants de four. Mon corps est aussi mou que de la pâte à modeler. J'ai l'impression de survoler, en lévitation, la moquette de l'avion. Des papillons aux ailes indigo dansent autour de mon buste de femme courageuse et dévouée. Le gros rougeaud m'attrape par le bras et me ramène à une certaine réalité. Sa requête n'a plus rien d'exceptionnel.

— À boire ! dit-il.

Je lui enverrais bien un coup d'extincteur à la figure pour le calmer.

— Alors, poupée, t'as envie de me faire plaisir ou pas ?

— Écoutez, on se vouvoie, c'est mieux.

— Vas-y, fais pas ta mijaurée.

Trois postillons ont atterri sur ma joue. Je me dégage de sa poigne pour éviter les relents d'alcool qu'il exhale.

— Vous êtes irrévérencieux, monsieur.

L'air est beaucoup trop vicié par ici. Je prends congé de ce gougnafier. Encore quelques pas et je me réfugie dans l'office. Marie-Jo se tourne vers moi tout en mangeant une barre de céréales aux raisins secs.

— T'as fait du bon boulot, ma vieille ! Maintenant va te ravaler la façade. Tu fais peur.

Pourquoi se sent-elle obligée de m'appeler « ma vieille » chaque fois qu'elle me parle ? Pourquoi se sent-elle même obligée de me parler ? Ce serait une bonne chose qu'elle se décide à partir à la retraite. Ce serait même plaisant qu'elle s'arrête définitivement à Vancouver, s'offre un stage de tyrolienne et se perde en forêt. Elle tomberait amoureuse du moniteur, un ex-militaire des commandos parachutistes, qui lui conterait fleurette, accroché à une poulie glissant entre deux arbres. Il l'installerait dans sa cabane en bois chauffée au poêle. *Ciao*, Marie-Jo !

À mon retour du Canada, je ne la reverrais pas de sitôt, et ce serait aussi bien comme ça. Voilà le côté positif de ce métier : les équipages à bord ne sont jamais les mêmes. Je n'ai pas à subir du lundi au vendredi la même collègue pénible qui me raconte sa vie, son chat, ses reflux gastriques, et qui me donne envie de me pendre dans les sanitaires à la pause déjeuner.

— Tu savais que l'espérance de vie d'une hôtesse de l'air est réduite ? ajoute Marie-Jo.

— Pourquoi tu me dis ça ?

Ma question témoigne d'une grande naïveté et n'attend pas de réponse détaillée.

— Parce qu'un avion, ça dessèche et ça creuse les rides. En plus, ton corps gonfle et se rétracte, et tu te prends de la radioactivité dans la tronche.

Je me retiens au chariot de boissons pour ne pas défaillir. J'ai vingt ans de métier, douze mille heures de vol au compteur, peur qu'on me retrouve complètement déshydratée et plus irradiée qu'une biche de Tchernobyl.

— Tu veux une infusion à l'artichaut et à la myrtille ? Ça combat les radicaux libres.

Abasourdie dans ma robe turquoise, je souris jaune. Après un bref calcul mental, je constate qu'il me reste peu de temps pour faire un enfant. J'espère simplement qu'il ne viendra pas au monde avec un œil au milieu du front, une double bouche, des tentacules sur le crâne, ou toute autre mutation génétique.

11

D'aussi loin que je me souvienne, j'ai toujours rêvé d'être hôtesse de l'air. C'était au-delà de l'appel du voyage ; je voulais jouer à la dînette et porter un costume d'apparat. Quand j'avais six ans, Mamie d'Orly m'a aidée à écrire une lettre au Père Noël. S'il y avait une personne auprès de qui je pouvais émettre un souhait, c'était bien ce monsieur ventripotent au bonnet rouge qui boit du cidre en cachette.

> Cher Père Noël, ma sœur dit que tu n'existes pas mais moi je crois en toi. J'ai été sage et Mamie m'appelle puce belle. J'aimerais bien avoir un déguisement d'hôtesse de l'air s'il t'en reste en stock et aussi un panda mais maman dit que ça pue. Merci d'avance et prends pas froid. Gros bisous, Bérengère

Il avait pris note de ma lettre et m'avait apporté, chez Mamie d'Orly, une panoplie avec un joli calot bleuté. Mon père me prenait en photo, ma mère me trouvait grotesque. Je paradais devant ma sœur qui préférait jouer à Docteur Maboul, une activité plus cérébrale selon elle.

Après une adolescence au sein des Éclaireuses à me forger une âme bienveillante en jouant de la guitare dans les forêts, j'ai abandonné le bermuda et le béret pour faire de mon rêve une réalité. Ma licence d'anglais et mon certificat de sauvetage en poche, j'ai ouvert les portes de la compagnie aérienne. Et si je parade aujourd'hui, c'est dans un uniforme pour grande personne. La distinction et la coquetterie sont de rigueur.

Un début d'incendie en cabine a causé des ravages sur ma personne, mais il me faut moins d'une heure pour reprendre forme humaine. Je vaporise mon visage d'une formule truffée d'antioxydants. Un jet de laque et mon chignon banane retrouve sa superbe.

Dylan prend la pose du beau gosse et approuve dans son coin.

— T'as de beaux restes, me lâche-t-il.
— Merci. C'est très gentil, dis-je sans en faire une affaire personnelle.

Si nous vivions dans certaines contrées d'Amérique centrale, j'aurais l'âge d'être sa mère. Toutefois, ce genre de remarque a tendance à l'exciter, alors je préfère ne pas en rajouter. Il s'aventure dans mon dos, avec la démarche souple du félin en rut. Ses mains se posent avec assurance sur mes hanches. Rien ne semble freiner ses robustes intentions. D'un coup sec, je lui écrase le pied.

— Aïe !
— Oh ! Je suis désolée.
— Pas grave.
— Je suis tellement maladroite…

Montée sur mes escarpins, je suis invincible. Dylan recule et bat en retraite. La femme d'âge mûr est tonique. Elle a les idées engageantes et le genou taquin. La prochaine fois, le mien atteindra avec agilité ses parties intimes. Mon jeune collègue ne reviendra pas à la charge sans un slip à coquille, idéal pour les sports de combat.

Je l'abandonne dans l'office, avec son air de mannequin Calvin Klein qui a contracté un herpès labial, et m'en vais discuter un peu avec Rodrigue. J'aimerais bien savoir où il en est dans sa vie, ce qu'il a fait de ses rêves, pourquoi il n'est pas marié. Il semble avoir tout pour lui : belle allure, belle situation. À tous les coups, il garde ses chaussettes pour dormir et s'est fait plaquer par une femme qui ne supporte pas les odeurs de sudation plantaire.

Au milieu de l'allée, je tombe sur le gros rougeaud qui se dégourdit les jambes. L'autre allée est encombrée par des danseurs de country qui s'étirent les abducteurs. Dans un avion, la promiscuité ne se fait pas toujours dans la bonne humeur. Impossible d'éviter les corps qui se tamponnent, les membres qui se frottent. On doit composer avec des gens qui recréent un espace de gym pour prévenir le risque de phlébite. Mon moi intérieur refuse ce genre de situation et pourtant je me l'inflige. Je ne sais pas s'il faut rire de tout cela ou envisager de le raconter à un psy. Je dois être une irrécupérable masochiste.

— Je vous prie de m'excuser, monsieur.

Le gros rougeaud ne bouge pas. Il ne me laisse pas le choix. Je me faufile autant que faire se peut. Ma hanche adhère à son ventre tandis que je franchis le passage. Tout le plaisir est pour lui. Il pousse comme un râle de jouissance et je sens la chaleur de son souffle alcoolisé contre ma tempe. Je n'aurais qu'à craquer une allumette pour provoquer un retour de flammes. Ce supplice ressemble à l'enfer. Je m'efforce de ne pas rester bloquée entre un siège et son abdomen. Et là, ni vu ni connu, il me plaque la main aux fesses.

— Non mais vous êtes fou !
— Hé hé hé !

Lui, tout en rire crapuleux. Moi, les yeux exorbités. Je sens la moquette de l'avion se dérober sous mes pieds. C'est une main franche et moite qui a pris possession de mon derrière. Pourtant, à aucun moment la joie de vivre qu'injecte une hôtesse de l'air en cabine n'implique ce genre de comportement. Cela commence par des manières triviales et ça se termine par un viol dans les toilettes.

— Vous avez vu ça ? je demande aux autres passagers, en les prenant à témoin de cette violence ordurière.

La jeune mariée n'a rien vu, elle s'est endormie sur l'épaule de son mari, qui lui-même ronfle contre le hublot. Le grand con à l'iPad a interrompu toute activité cérébrale pour plonger lui aussi dans un profond sommeil, la bouche de travers, un peu molle. Au-dessus des nuages, tout le monde digère le risotto.

Je tourne la tête comme une girouette, mais je ne vois ni Corinne, ni Marie-Jo, ni les hôtesses Millennials. Aucune collègue ne viendra témoigner contre ce malotru dans un grand élan de solidarité féminine. Ce geste est une atteinte à mon intégrité ; il permet aux autres pervers de s'octroyer un droit de cuissage. Dans mon métier, je suis exposée au virus Ebola, à la dengue, au chikungunya, et maintenant à la main aux fesses. Jusqu'ici, je suis passée au travers de tout, sauf ça. Affolée, je cherche quelqu'un pour me prêter main-forte. Rodrigue vient de s'endormir, pelotonné sur son siège. Sa tête a basculé sur l'épaule de Mme Simonet qui somnole devant son écran télé. Je recule dans l'allée ou j'avance, tout dépend de quel point de vue on se place, et m'éclipse vers la cabine de pilotage. J'ai besoin d'une vue plein ciel, d'entrevoir un coin de paradis. J'échappe au gros rougeaud qui me lorgne avec un regard d'obsédé sexuel et dont le rire gras résonne en cabine.

Tiffany, Lesly, Cindy et Krystal me voient traverser en trombe la business class et secouent leur queue-de-cheval de façon synchrone. En état de choc, je passe le rideau. J'entre enfin dans le cockpit en claquant la porte et là, j'inspire.

Trop occupée depuis le début du vol, j'ai oublié à quoi ressemblent les pilotes. Ils sont beaux, Philippe et Rémy, tout croquignolets dans leur chemisette blanche aux galons dorés. Assis face aux commandes, ils se tournent vers moi pour m'accueillir dans leur antre. Devant eux, le ciel étend sa redingote nuancée de bleu et d'opale. Nous avons dépassé l'Atlantique et nous survolons le territoire canadien. Tout est calme. Tout va bien. J'expire.

— Ça va, Bérengère ?

J'ai du mal à répondre parce qu'il faut se rendre à l'évidence : ça ne va pas fort. Ça va même plutôt moyen. J'ai quarante ans et je n'ai même pas un chat qui m'attend chez moi. Les déceptions amoureuses ont jalonné mon existence et je vais finir aussi aigrie que Marie-Jo. Il me reste une mince chance avec un gros pervers ou un steward amateur de cougars, mais cette perspective a tendance à me déprimer encore davantage. Dans ces grands moments de doute, Mamie d'Orly disait : « L'homme de tes rêves n'existe que dans tes rêves, ma puce belle. Dans la réalité, il faut donner la main à celui qui n'est pas trop casse-pieds. Je te fais une mousse ? » C'était la reine de la mousse au chocolat. Plein de magnésium, le remède miracle contre la déprime. J'ai envie de briser un hublot et de sauter dans le vide, de m'évanouir dans un nuage, de mourir comme une fée.

— Ça va, Bérengère ? me répète Philippe. Tu as l'air un peu ailleurs…

— Non… enfin, oui… C'est juste qu'un passager m'a mis la main aux fesses et que je ne le vis pas très bien.

Les deux pilotes sont choqués. J'ai plaisir à pouvoir compter sur leur soutien masculin. Philippe ne peut pas tolérer une chose pareille, c'est un manque de respect envers un membre de l'équipage. Je ne l'aurais pas si bien dit et je n'en attendais pas moins de sa part. Il veut convoquer la police à l'arrivée et m'encourage à porter plainte.

— Je crois qu'il est soûl, je précise.

— Peu importe ! Qu'est-ce que tu en penses, chéri ?

Stupéfaction en plein ciel. Le commandant de bord vient d'appeler son copilote d'une drôle de façon. En général, il n'utilise pas de surnom qui implique des roses rouges, ni un dîner sur un bateau-mouche, encore moins une gondole à Venise.

— « Chéri » ! Tu l'as appelé « chéri » ?

— Mais non !

— Si, je t'assure !

— Tu as mal compris. Je n'ai pas dit chéri, j'ai dit Rémy.

— Non ! Tu l'as bien appelé « chéri ».

— Bérengère, arrête de dire n'importe quoi !

Le copilote rougit. Le nez plongé dans le dossier de vol, il brasse du papier, vérifie un à un les boutons sur le tableau de bord. Ne pipe mot. Je crains d'avoir mis le doigt sur un point délicat. Les gens s'imaginent qu'une hôtesse de l'air est forcément très convoitée, qu'un pilote expérimenté aspire à l'épouser et à en faire son hôtesse de maison, qu'il la couvre de baisers sur des draps en satin. Ce n'est pas totalement faux, mais ce n'est pas totalement vrai non plus. Parfois, la nature envisage les choses autrement.

— Dites-moi, les gars, vous ne seriez pas en couple par hasard ?

— Qu'est-ce que tu racontes ?

— Et vous partez en vol le jour de la Saint-Valentin ! C'est tellement romantique !

— Bon, Bérengère, tu n'as rien d'autre à faire ?

— Vous pouvez me le dire, j'ai des amis homosexuels, en plus j'ai toujours été fan de George Michael.

— Ça suffit maintenant !

Philippe se lève de son siège pour me pousser hors du cockpit. C'est pile à ce moment-là qu'une alarme retentit et qu'un bouton rouge s'allume sur le tableau de bord.

— Pourquoi ça clignote ? je demande.

— C'est le calculateur, me répond Philippe en se rasseyant sans tarder.

— Et c'est quoi, le calculateur ?

— L'ordinateur de bord.

Rémy continue d'inspecter les boutons, cette fois pour une bonne raison. Il procède à une vérification rapide du système électronique avant de nous livrer son expertise :

— Je crois qu'on a une panne de réacteur.

— Quoi ?!

On ne peut pas y « croire ». On *croit* que le lait est caillé, que demain il va faire beau, que la Twingo est en panne et que ça va coûter un bras. En ce qui concerne les défaillances d'un avion, il faut être sûr et certain.

— Quel est le problème au juste ? je demande.

— On peut voler avec un moteur inopérant, on en a plusieurs en service... mais bon.

— Bon quoi ? je crie.

Les deux pilotes échangent un regard, un peu pâles, comme si l'heure avait sonné, comme s'ils allaient s'offrir un dernier baiser en plein ciel. Chacun sonde la conscience du danger dans la prunelle de l'autre, évalue le risque pour mieux le contourner.

— Il vaut mieux atterrir d'urgence, conclut Philippe.

J'aurais envie de m'attarder et de leur poser moult questions sur la mécanique et le pilotage, mais je crains de déranger. Mes problèmes avec les hommes, avec ma Twingo, avec la vie en général me paraissent dérisoires. Je relativise énormément. C'est l'effet positif d'une catastrophe aérienne qui se profile. Je sors du cockpit sans dire au revoir, sans claquer la porte, ce qui ajouterait du stress à l'état actuel des choses.

Une fois la porte refermée, la grande question est de savoir ce qui serait pire : mourir à quarante ans dans un accident d'avion ou finir ma vie seule sur un rocking-chair à broder au point de croix une tête de berger allemand ?

Au milieu de ces idées confuses, je vois Corinne agiter sa touffe auburn telle une marionnette sur ressort, toujours gaillarde et d'une vivacité pétillante.

— Alors, ça roule, ma poule ?

12

Devant la porte du cockpit, l'optimisme de Corinne risque de rencontrer ses limites.

— J'ai deux mauvaises nouvelles à t'annoncer, lui dis-je.
— Vas-y, je suis tout ouïe.
— D'abord, un passager m'a mis la main aux fesses.
— Oh ! Jeu de mains, jeu de vilain !
— Ensuite, on a une panne de réacteur.
— Quoi ?!

Elle m'écarte du passage et entre en coup de vent dans le poste de pilotage. Dans un avion, on ne connaît jamais la routine, il y a soit un incident humain, soit un incident technique. J'aurais préféré gérer un saignement de nez ou soulager une caisse de tympan mal aérée. Je pense à la catastrophe aérienne, à la mort imminente, à ma *To Do List* affichée sur le réfrigérateur. Tout ce que j'aurais pu faire seule ou à deux : visiter les châteaux de la Loire à vélo, réussir une tarte tatin, caresser un zèbre – c'est un animal pacifique avec plein de rayures, coquet et distingué, je n'en verrai peut-être jamais la couleur. Une boule d'angoisse fait son chemin insidieusement dans ma gorge.

« *Madame, monsieur, ici votre commandant de bord. Un problème technique nous oblige à nous dérouter vers Winnipeg. Je vous demande de regagner votre siège et d'attacher votre ceinture.* »

La foule des passagers pousse un cri d'effroi. Chacun se tourne vers son voisin. Et si le problème était plus grave ? Et s'il y avait une bombe dans l'avion ?

— Maman, on va exploser !

Certains se prennent la tête entre les mains. D'autres esquissent le signe de croix. Les accros aux faits divers se remémorent les crashs de ces trente dernières années.

— Ça s'est passé comme ça pour la Pan Am.
— On nous refait le coup de la TWA.
— Je savais bien que c'était une compagnie de merde !

La panique se propage plus vite que la varicelle. Les passagers s'agrippent à ma robe, exigent une explication. Je suis prise à partie alors que je ne sais pas piloter un avion. Actuellement, je suis même incapable de faire démarrer ma Twingo. Un réacteur en panne, c'est comme une pomme qui tombe d'un arbre. Pourquoi se passe-t-il quelque chose plutôt que rien ? Je ne les sens pas prêts à disserter sur la question. Alors, je me contente, pour museler leur peur, de mettre en avant les compétences de Philippe et Rémy.

— Rassurez-vous, tout est sous contrôle. Les pilotes sont hautement qualifiés et aptes à contourner le risque.
— Maman, on va s'écraser !
— Relaxez-vous, on s'occupe du reste.

La descente est bien amorcée. Les danseurs de country ont rangé leurs foulards et leurs abducteurs.

L'échauffement des chevilles, ce sera pour l'arrivée. On entend les cliquetis des boucles de ceinture qui déferlent en cabine. Une sensation d'aspiration vers le bas provoque son lot d'oreilles bouchées, de mal aux dents, de haut-le-cœur qui accompagne la nausée. L'enfant-roi, debout sur le siège, nous fait une démonstration de son art : il vomit dans les cheveux de sa mère. Celle-ci se met à hurler. Son fils, son petit chéri, la chair de sa chair, a flingué son lissage capillaire. Elle agite les bras comme une oie sauvage bat des ailes et colle une gifle à son mari, cette chiffe molle qui ne lève pas le petit doigt.

Sur la rangée voisine, le couple de jeunes mariés est lui aussi en panique, mais pour une tout autre raison.

— On va rater le concert de Céline Dion !

L'information est importante mais je n'en comprends pas l'urgence. D'un côté de la balance, il y a un grave problème technique qui met l'avion en péril, et de l'autre, une Québécoise au nez refait qui chante l'amour inconditionnel et absolu. Je les rassure et leur explique qu'ils seront réacheminés vers Vancouver dans les meilleurs délais.

— Mais le concert, c'est ce soir !

Devant leur misère, je reste muette. Rien ne garantit qu'ils arriveront à temps pour voir leur idole apparaître dans un nuage de fumée.

— Qu'est-ce qu'on va foutre à Winnipeg ?

Je prends l'air affligé de l'hôtesse pleine d'empathie qui comprend l'amour que place le voyageur dans les bras d'une chanteuse canadienne de type soprano lyrique.

— Vous ne comprenez rien ! On s'est embrassés la première fois sur une chanson de Céline Dion. Elle bénit notre amour. Ça fait six mois qu'on attend ce concert. Céline Dion, c'est notre cadeau de mariage !

— C'est fâcheux, j'en conviens.

— Arrêtez votre baratin ! Et dites à vos pilotes de mettre le turbo pour Vancouver.

Lui fronce les sourcils. Elle sanglote dans ses bras. Je sens que je vais sortir de mes gonds.

— Écoutez, ils savent encore ce qu'ils ont à faire ! Et on ne va pas se mettre la rate au court-bouillon pour Céline Dion !

Il grommelle des injures ; elle m'expose ses yeux rougis, pour bien me faire culpabiliser. Il sera difficile de maintenir une ambiance bon enfant dans un tel chaos. Je m'échappe avant d'être molestée, après avoir vérifié que tout le monde reste assis et attaché. Même la mère de l'enfant-roi, qui s'essuie les cheveux avec son pull.

Un peu plus loin, Mme Simonet ne saisit pas l'importance de respecter les consignes de sécurité. Sans doute ignore-t-elle que les turbulences dans les basses couches de l'atmosphère lui font courir le risque de décoller au plafond et de se briser les cervicales. Elle se lève de son siège et tourne la tête dans tous les sens, comme à la recherche d'un lapin en fuite ou de sa fiole de Viandox qui aurait roulé sur la moquette.

— C'est où, les cabinets ? me demande-t-elle.

— Il faut rester assise et attachée, madame.

— J'ai une envie pressante.

Voilà une nouvelle crise à gérer. Je prends la mesure du problème. Rodrigue, qui respire dans un sac en papier juste à côté, m'inquiète aussi. L'incident technique ne va rien arranger à sa phobie de l'avion. C'est lui que j'aurais dû venir voir en premier, pour lui tenir la main, plutôt que de déblatérer contre Céline Dion.

— Inspire, expire, je lui répète. Les pilotes ont la situation en main. Tout va bien.

— Non, ça ne va pas! Pourquoi on descend? Y a un pépin?

— En fait... c'est-à-dire que... on a un réacteur déficient.

— Comment ça?

— Un petit peu en panne, je réponds, embarrassée.

— Oh non!

Il replonge la tête dans le sac pour respirer. Ses mains tremblent. Il a l'air au bout de sa vie. J'aurais envie de le serrer dans mes bras pour le rassurer, mais une hôtesse-bien-comme-il-faut ne cède pas à ce genre de familiarité. Elle tranquillise le passager avec des mots, pas des câlins, encore moins des bisous. Elle enrichit son propos d'un champ lexical judicieux et, altruiste et miséricordieuse, elle ouvre ses paumes pour joindre le geste à la parole.

— Pense à quelque chose qui t'apaise, lui dis-je. Un jardin, un ruisseau, un envol d'hirondelles. Moi, par exemple, quand ça ne va pas, je pense à un zèbre.

Sachant qu'il œuvre dans l'écologie et la biodiversité, j'ai cru que des représentations de la faune et de la flore lui seraient profitables. Mais il se cramponne aux accoudoirs, le visage convulsé par la peur. Derrière lui, personne n'est susceptible de soutenir mon idée. Personne n'est d'humeur euphorique. Les danseurs de country sont dans un état de prostration avancé, excepté le gros rougeaud qui a l'outrecuidance de se lever pour se promener en cabine.

— Monsieur! Restez assis et attaché.

Je rebats les oreilles des passagers quatorze fois par vol, j'enfonce le clou depuis vingt ans... Il me semble que «Restez assis et attaché» est la phrase que j'ai le plus répétée dans ma vie, bien plus que «Passe-moi le sel» ou «Moi aussi, chéri, je t'aime».

— Monsieur! Veuillez...

Inutile de s'époumoner avec ce genre d'individu. Il refuse d'obtempérer. Il se rend à l'arrière de l'appareil d'un pas décidé. Je lui cours après pour le renvoyer à son siège.

— Monsieur!

Il franchit la porte des toilettes et se retourne vers moi dans l'entrebâillement. Sa braguette est grande ouverte. Le petit oiseau va sortir.

— Veuillez rester assis et attaché à votre place.

— Elle va pas m'empêcher d'aller pisser, celle-là!

Ce type suinte la goujaterie. Dans le genre mufle, il y a fort à parier qu'il a signé un contrat à vie. En guise de réponse, je lui claque la porte au nez. Au diable la frilosité! Mon geste est impulsif, aussi sec qu'un coup de fusil. Un grand fracas se fait entendre. Il va certainement saigner du nez, pleurer comme un gamin. Je lui mettrai deux morceaux de coton dans les narines s'il le faut.

Et puis, le silence.

Personne ne bouge.

Un silence étrange et qui n'en finit pas.

C'est alors que Mme Simonet, qui n'en fait qu'à sa tête, me passe devant. Elle entre dans les toilettes pour en ressortir aussitôt, embarrassée.

— Excusez-moi, il y a un monsieur qui dort dans les cabinets. Si vous pouviez lui dire de s'en aller, ça m'arrangerait.

Derrière elle, je vois le gros rougeaud affalé par terre, le dos contre la cuvette, la tête penchée. Il a l'air franchement mal en point. Une tache d'urine macule l'entrejambe de son pantalon. Dans un avion, il y a soit un incident humain, soit un incident technique. Parfois les deux en même temps.

Claquer la porte au nez d'un passager n'est pas du registre de l'hôtesse-bien-comme-il-faut. J'ai dû m'égarer un tant soit peu...

13

J'assène deux petites claques sur les joues du gros rougeaud.
— Monsieur ! Vous m'entendez ?
Pas de réponse. Deux claques un peu plus fortes. Son visage se balance de gauche à droite telle la tête d'une poupée désarticulée.
— Hou hou ! Monsieur !
Ses yeux sont révulsés et sa bouche ouverte, comme celle d'un spectre hurlant dans la nuit. Il a l'air assommé, ou mort. Peut-être mort. Je prends une grande inspiration dans les toilettes qui ne sentent pas bon à ce stade du vol. Coup sur coup, une bouffée de chaleur m'engourdit, puis un courant froid me glace les veines.
— Qu'est-ce qu'il a, le monsieur ? demande Mme Simonet.
— Juste un petit malaise.
— Il a mangé trop de risotto ?
— Oui, voilà.
Le gros rougeaud est inerte – lui qui était plein d'engouement pour le whisky, les seins et les fesses. On l'a vu rire et chanter fort. Désormais, il ne bouge plus. À tous les coups, je l'ai tué. En lui claquant la porte au nez, j'ai provoqué sa chute et il s'est cogné la tête contre la cuvette des toilettes. Un traumatisme crânien est si vite arrivé. Une hôtesse de l'air poussée à bout ne

mesure pas toujours sa force, elle peut fendre un parpaing d'une seule main, découper la tête d'un assaillant au sabre en poussant un cri de combat, flanquer la chair de poule à l'ennemi. Cachée sous ma robe turquoise, j'aurais la trempe d'un ninja.

— Monsieur ! Si vous m'entendez, serrez-moi les deux mains.

Il ne remue pas le petit doigt. Là, je commence à sérieusement paniquer. J'en ai la paupière gauche qui tremble et une démangeaison dans l'œsophage. Une hôtesse-bien-comme-il-faut ne peut pas avoir commis une chose pareille. Elle applique les techniques de maîtrise de soi lues dans les magazines. Aussi sage qu'un bonze sous un cerisier en fleur, elle ne pète pas les plombs en plein vol.

Je me retourne pour m'assurer que personne ne m'a vue passer à l'acte. Seule Mme Simonet est présente, mais elle a tendance à être déconnectée de la réalité. Son témoignage ne sera pas recevable. La version du malaise est très plausible. Un avion draine des anxieux, des claustrophobes, des intolérants au lactose, des gens qui refusent de porter des chaussettes de contention et souffrent de thrombose veineuse. Les passagers peuvent tomber comme des mouches pour plusieurs raisons. On ne remontera pas jusqu'à moi. Je suis Bérengère, après tout, la contenance et la gentillesse incarnées, la figure de proue d'un équipage.

La première chose à faire est d'extraire le gros rougeaud des toilettes en le tirant par les pieds. Je fléchis bien sur les jambes et tire fort sur mes bras. Le bougre est plus lourd qu'un chariot de plateaux-repas. Mme Simonet enjambe le corps étalé comme un cachalot échoué sur une plage.

— Excusez-moi, mais faut vraiment que j'aille au petit coin, me dit-elle en refermant la porte.

J'ai vingt ans de métier, douze mille heures de vol au compteur, et un cadavre sur les bras. J'ai déjà éteint un début d'incendie, alors si le ciel pouvait m'envoyer un peu de répit, je lui en serais reconnaissante.

Parfois, vous émettez une idée, vous espérez la providence, et tout l'univers conspire à réaliser votre désir. Le ciel entend ma prière et, ô ironie du sort, il m'envoie Marie-Jo. Elle surgit de l'office, les poings sur les hanches, telle une amazone sur les rives de la mer Noire.

— Qu'est-ce qui se passe ici ?
— Je l'ai trouvé inanimé.
— Ben v'là autre chose…

Elle s'agenouille devant lui et lui administre une bonne paire de baffes. Le gros rougeaud ne se montre pas plus réceptif.

— Merde alors ! On dirait qu'il a clamsé.

Elle vérifie qu'il n'a gobé aucun œuf dur ni un quignon de pain susceptible d'obstruer sa trachée.

— Ohé, les filles ! À quoi vous jouez ? s'enquiert Dylan, comme si la situation n'était pas assez explicite.

Quand deux hôtesses de l'air s'agenouillent devant un homme, ce n'est pas pour une session gratuite de massage érotique.

— Va chercher le défibrillateur, lui ordonne Marie-Jo. Et préviens Corinne. On a un macchabée dans l'avion.
— C'est méchamment grave !
— Plutôt, oui.
— Tu crois vraiment qu'il est mort ? je demande, anxieuse.

— Ouvre les yeux, Bérengère ! S'il était vivant, il t'aurait déjà mis la main au cul !

En bonne secouriste, elle commence le massage cardiaque, les mains jointes sur le sternum, et entame trente compressions fermes et rapides. Je suis pétrifiée comme quelqu'un qui a provoqué une catastrophe mais qui est fasciné par ce qu'il a fait.

— Reste pas plantée là ! crie Marie-Jo. Va chercher la bouteille d'oxygène.

Tout en me précipitant pour rapporter le matériel de secourisme, je me demande comment j'ai pu déraper ainsi. Combien de fois, au cours du vol, ai-je pensé « Je vais le tuer » ? C'était une élucubration très imagée, enfantine, comme dans les dessins animés, quand la souris confie au chat un pétard qui lui explose à la figure. Le chat ne meurt jamais. Il repart à la chasse. « Je vais le tuer », mais pas trop.

Marie-Jo arrive au terme des trente compressions thoraciques. Je l'assiste avec la bouteille d'oxygène. Le masque en plastique forme un groin sur le visage du gros rougeaud. Deux insufflations. Un peu d'air. La vie. Mme Simonet ressort des toilettes, sans chercher à comprendre que son urgence n'est pas la nôtre.

— Excusez-moi, mais il n'y a plus de papier dans les cabinets.

— Allez vous asseoir ! lui crie Marie-Jo.

Arc-boutée sur le passager, cette dernière ne lâche pas l'affaire et repart avec trente compressions. L'incident, qui ne passe plus inaperçu, attire l'attention des danseurs de country. Dans l'allée, ils s'approchent pour jeter un coup d'œil. Ce n'est pas tous les jours qu'ils voient l'hôtesse de l'air devenir pompier et ambulancière la même journée.

— Ben ça alors !
— Pov' vieux ! Qu'est-ce qui lui arrive ?
— Il a mangé trop de risotto, leur explique Mme Simonet.

Attroupés autour de nous, ils observent qui est en train d'agoniser dans l'avion. Le voyeurisme se propage à n'importe quelle altitude, du bord de l'autoroute jusqu'au-dessus des nuages. Corinne se fraie un chemin parmi les voyageurs et prend les choses en main. Elle les renvoie à leurs sièges comme une institutrice de maternelle, avec des petits mouvements de bras et des grands yeux de chouette.

— Hop hop hop ! Circulez, il n'y a rien à voir. Allez, allez, allez !

Dylan accourt avec le défibrillateur. Il déchire la chemise du gros rougeaud et place les deux électrodes sur le thorax à même la peau, puis il envoie un choc électrique. Le gros rougeaud décolle du sol, sans retrouver sa gaieté légendaire qui le poussait à nous gratifier de chansons paillardes. Il est inconscient depuis dix minutes déjà. Dans le manuel de secourisme, il est écrit qu'à ce stade, ce n'est pas bon signe. Le défibrillateur émet des messages sonores et nous invite à reprendre le massage cardiaque. Compressions, insufflations.

Corinne fait un appel médecin au micro, on espère une âme sensible, un urgentiste embarqué dans l'avion pour s'éclater en snowboard à Vancouver. Personne ne lève la main, sauf la mère de l'enfant-roi qui a toujours du vomi dans les cheveux et qui nous implore de lui apporter des lingettes. Les hôtesses Millennials passent le rideau et arrivent en renfort en classe éco. Elles vérifient que tous les bagages sont rangés, les passagers attachés, à l'exception de celui, mal en point, qui est allongé devant la porte des toilettes.

— Il a mauvaise mine, fait remarquer l'une d'elles.

— Merci du scoop, lui rétorque Marie-Jo.

Comme on le lui a appris en stage de secourisme, elle continue à se démener, même au bout de vingt minutes, même si les secours ne sont pas près d'arriver. Trop loin. Trop haut. Elle se dépense sans compter, engage tout son corps dans l'épreuve. Quelques perles de sueur glissent le long de ses tempes. Ses tresses se dénouent de son chignon.

— Tu vas respirer, mon cochon !

Les minutes passent et un bruit nous indique que le train d'atterrissage est sorti. On s'acharne autour du passager avec l'ultime espoir qu'il reprenne conscience. Dylan envoie de nouveau un choc électrique. En vain. Le gros rougeaud n'est plus qu'une carcasse posée au sol. Une hôtesse de l'air a une obligation de moyens, mais elle ne peut garantir de miracle. Elle sait qu'un glaçon rafraîchit un verre de vin rosé, qu'un sachet de Smecta répare les troubles intestinaux, mais elle ne fait pas danser la Macarena à quelqu'un passé de vie à trépas. En contact radio avec le SAMU, le commandant de bord nous confirme de cesser le massage cardiaque. Il va falloir regagner nos sièges et attacher nos ceintures.

— *OK, boys and girls !* On a fait de notre mieux ! s'exclame Corinne.

Je suis la seule à penser le contraire. Je n'ai pas fait de mon mieux. J'ai fait du plus mal. Ma conscience me rappelle que j'ai commis un acte inqualifiable. Je suis une vilaine, une chipie, une diablesse.

— Et si on continuait encore un peu ? proposé-je fébrilement.

Pour tous les membres de l'équipage, c'est hors de question. L'avion va atterrir. Nous devons rejoindre nos postes de sécurité et laisser le gros rougeaud refroidir devant la porte des toilettes. Marie-Jo nous fait une suggestion :

— Et si on le mettait dans le sac à viande ?

— J'ai une meilleure idée, nous dit Corinne. On va l'asseoir sur la dernière rangée de sièges, comme s'il piquait un p'tit roupillon…

Ses yeux pétillent d'ingéniosité. Elle ne s'est pas hissée à cette fonction de chef de cabine sans raison. Trois hôtesses chevronnées et un steward pompier volontaire ne sont pas en sureffectif pour transporter le corps. Je soulève l'objet de mon désastre et réalise qu'il fait son poids. Mes collègues l'ignorent, mais ils se rendent complices de la dissimulation de mon crime. Personne ne doit savoir à quel instinct j'ai cédé. Si nous étions au Colorado, je passerais à la chaise électrique devant une assemblée de danseurs de country, qui exprimeraient leur soif de vengeance sur des grandes pancartes marquées au feutre noir. À cet instant, ils ne prononcent pas un mot, prostrés sur leur siège, espérant atterrir avant que l'autre réacteur ne tombe en panne. Ils ne soupçonnent rien de la gravité de ce qui se trame dans leur dos. On installe le gros rougeaud sur la rangée de sièges vides, les talons posés sur le repose-pieds. Dylan lui bloque le bras contre l'accoudoir.

— Je n'avais jamais touché un mort avant, dit-il.

— Moi non plus.

— C'est le métier qui rentre, nous réplique Marie-Jo.

En quarante ans, elle en a sauvé, des passagers, et elle en a vu d'autres partir, au-dessus du Nevada ou au large du Sri Lanka. Elle a même mis un enfant au monde en survolant la cordillère des Andes. Elle a crié «Poussez!» à une femme en sueur, allongée, jambes écartées, sur une rangée de sièges, et tenu la tête du bébé avec des gants en plastique. Décès et naissances. Elle a touché de près le cycle de la vie.

— Qu'est-ce qu'on fait maintenant?
— On le laisse comme ça et on ne dit rien à personne.

Dylan lui pose un masque de nuit sur les yeux et lui enfonce des bouchons dans les oreilles.

— Voilà! Comme ça, on y croit mieux.

C'est poétique de mourir dans un avion. Votre dernier souffle s'échappe dans l'habitacle et s'évapore dans la stratosphère. C'est plus fabuleux que de crever sur le carrelage d'un bar-tabac, après avoir avalé de travers une pistache. Le gros rougeaud a l'air paisible, repu. Son dernier festin se compose d'une julienne de légumes sous cellophane, d'un risotto et d'un minibrownie au goût de polystyrène. Je reste debout à contempler sa dépouille tandis que Marie-Jo me fait de grands signes à l'arrière.

— Vite! Viens t'asseoir! On va atterrir!

Je la rejoins sur le strapontin avec l'horrible impression de détenir un secret qui fait de moi une criminelle. Mon geste a dépassé ma pensée. J'avais juste envie de lui broyer le cartilage du nez, pas de l'assassiner. Tout mon corps frémit au fur et à mesure que l'avion se rapproche du sol. Jamais, au grand jamais, je n'ai souhaité la mort d'un homme. Aussi salopard fût-il. Je croise les doigts pour qu'on s'en débarrasse au plus vite.

14

« Madame, monsieur, bienvenue à Winnipeg, il est 14 heures heure locale et la température est de moins dix degrés. »

Je pousse un cri d'effroi : ma valise ne contient qu'un short en toile et une chemisette en viscose ! Impossible de survivre dans cette contrée. Je vais devoir rester enfermée dans une chambre d'hôtel, à me lamenter sur les aléas du métier, m'alimenter d'un club sandwich à la dinde avec des frites ultra grasses.

Les danseurs de country félicitent les pilotes de nous avoir posés sains et saufs. Ils poussent la chansonnette, font rimer « croupion » avec « morpion », se donnent l'accolade en reprenant en chœur le refrain. Une vive émotion les submerge, à l'image des miraculés d'une catastrophe aérienne qui ne savent pas s'ils doivent rire ou pleurer, ou encore poser la main sur un brûleur à gaz pour vérifier si tout cela était vrai. Ils ont survécu à une panne de réacteur, ils sont extatiques et confiants dans la vie. Sur la dernière rangée de sièges, leur camarade a eu beaucoup moins de chance : le gros rougeaud penche lentement sur le côté.

« Madame, monsieur, l'état de santé d'un de nos passagers nécessite un débarquement prioritaire. Nous vous demandons de rester assis pendant l'intervention des secouristes. »

Personne ne s'est rendu compte de rien, mais la confidentialité est de courte durée dans un avion. Les danseurs de country se retournent pour constater que leur ami ne s'est pas relevé avant l'atterrissage. Gouailleur et turbulent, il avait une conduite très libre et tenait des propos gaulois ; il est désormais silencieux pour l'éternité. Les secouristes se précipitent à l'arrière de la cabine mais il n'y a plus rien à faire. Le pouls est absent, le souffle éteint. Ils l'embarquent sur une civière, sous le regard éberlué des passagers. Le gros rougeaud débarque les pieds devant.

— On est bien peu de chose, marmonne Marie-Jo.

Un claquement de porte mal placé, et c'est la vie qui s'en va. Si je n'avais pas raté mon vol pour Cancún, je n'aurais fait de mal à personne. Mes projets incluraient transat et crème solaire, je serais innocente et protégée par un indice cinquante. À travers le hublot, une nappe de brouillard étouffe l'aéroport et le sol enneigé. Winnipeg n'est pas la ville la plus accueillante en hiver.

— Je n'aimerais pas crever dans ce patelin, ajoute Marie-Jo en se rongeant un ongle.

J'ai un nœud à l'estomac. Je n'aurais jamais dû m'emporter devant ce sale bonhomme. J'aurais mieux fait de hausser les épaules et de lui envoyer Marie-Jo. En bonne chienne de garde, elle lui aurait gueulé dessus. Lui serait retourné à son siège en se tenant la vessie, et moi je serais restée une hôtesse de l'air irréprochable et représentative.

Je me sens rebelle, antisociale, borderline. Indigne de moi. Je m'efforce de ne rien laisser paraître, ni devant mes collègues ni devant les passagers.

Tous les voyageurs sont pressés de quitter cet appareil défectueux. Ils vont se regrouper dans l'aérogare, reparler de cette mésaventure en mangeant un hot-dog aux oignons grillés, et chercher leur porte d'embarquement. Une compagnie canadienne va prendre en charge la suite de leur expédition, en leur promettant des réacteurs solides et fiables, des réacteurs haute définition de manufacture nord-américaine.

Les jeunes mariés se précipitent vers la sortie sans se retourner, sans dire au revoir. Bien décidés à porter plainte s'ils manquent le concert de Céline Dion. La mère de l'enfant-roi s'en va, tête baissée, du vomi séché dans les cheveux, en traînant son fils par le bras. Le petit s'accroche à tous les accoudoirs et réclame encore du jus de pomme. Son père lui promet d'en trouver dans l'aérogare s'il est mignon, s'il est sage. Les danseurs de country commencent à trouver la journée longue depuis Saint-Médard-en-Jalles. Ils récupèrent leurs affaires sans trop se soucier de leur compagnon qui a passé l'arme à gauche. Je m'étonne un peu de ce manque de sollicitude. À croire qu'ils ne sont ligués que pour les chansons paillardes. Alors, je feins la tristesse pour me racheter une conscience, effacer tant bien que mal la tortionnaire qui sommeille en moi. Je m'approche d'eux, leur présente mes sincères condoléances, à la manière d'une hôtesse-bien-comme-il-faut.

— Croyez en mon affectueux soutien dans cette terrible épreuve, leur dis-je en joignant les mains.

— Pour le championnat de *country line dance*?

— Non... au sujet de votre ami.

— Le gros sur le brancard ? On le connaît à peine ! C'est un type qu'on a rencontré au bar de l'aéroport. Il venait de se taper des putes à Bangkok et il partait chasser le mouflon au Canada. On l'a trouvé vachement rigolo !

La perception de l'humour est très subjective. Personnellement, abuser d'une fille qui se dandine en string dans un bar ou abattre de sang-froid un animal cousin du mouton ne m'amuse pas. L'Univers m'a missionnée pour faire justice et venger toutes les victimes du gros rougeaud. J'aurais préféré qu'il m'épargne cette tâche et qu'il utilise Marie-Jo, c'est dans sa nature d'être désagréable et pugnace.

Les danseurs de country s'éloignent, reconnaissables à leur foulard rouge autour du cou. Ils laissent derrière eux un désordre de journaux froissés, de couvertures jetées au sol, de miettes écrasées sur la moquette. L'apocalypse.

Rodrigue m'attend dans l'allée. Il me demande simplement comment je vais. La question paraît banale, pourtant elle est fondamentale. C'est la seule personne à se préoccuper de moi aujourd'hui. Difficile de répondre sans avoir l'air de m'allonger sur le divan d'un psy. Faut-il commencer par ma mère indigne, mes tourments amoureux, ou ma place en ce bas monde ? Ce n'est ni l'endroit ni le moment. Alors, je souris en affichant grâce et bonheur pour donner le change. Il s'excuse d'avoir été ridicule avec la tête dans le sac. Je le rassure : c'est humain d'avoir peur en avion, et c'est émouvant d'entrevoir les failles d'un homme. Rien ne l'oblige à être un conquérant. Rodrigue rougit un peu, ôte ses lunettes et se pince l'arête du nez.

— Vous restez longtemps à Winnipeg ? demande-t-il.

— À vrai dire, aucune idée…

— On se reverra un jour ?

Il a toujours les yeux rieurs, même après une descente rapide, et des fossettes sur les joues qui lui confèrent un charme fou. Il me tend sa carte professionnelle avec son numéro de téléphone et son e-mail. Il n'est pas pensable qu'une hôtesse-bien-comme-il-faut donne ses coordonnées à un passager. Elle attend qu'il lui offre les siennes sur un élégant support coquille d'œuf. Ensuite, elle peut avoir des papillons dans le ventre et danser le madison en tapant du pied par terre. Nombreux sont les mariages qui sont venus couronner une rencontre au-dessus de la République tchèque ou du Wyoming.

— Que vas-tu faire de beau à Vancouver ?

— Une étude sur… la reproduction des castors en milieu naturel.

— Oh ! C'est mignon !

— C'est surtout un rongeur monogame, tu le savais ? Il reste fidèle à sa partenaire pour la vie, et ils copulent durant tout le mois de février.

— Ah ! Ils ont bien de la chance.

Je me réjouis d'apprendre que la vie amoureuse des castors est plus trépidante que la mienne. Tout le monde n'a pas le luxe de copuler non-stop dans sa tanière pendant vingt-huit jours.

Rodrigue jette avec nonchalance la bandoulière de son sac sur son épaule et me fait une bise sur la joue. Décontracté et affectueux, un brin aventurier. Est-ce que j'ai des pulsions sexuelles envers mon copain de 4e B à ce moment-là ?

Peut-être.

— Dommage que tu ne sois pas à Vancouver ce soir.

— Peut-être demain, si la réparation est rapide.
— Tu as ma carte. Fais-moi signe...

Il s'en va dans son joli pull marine. J'ai un léger pincement au cœur quand il disparaît dans la file des passagers. Si je l'avais embrassé à la boum de Marie-Laure Lafargue, ma vie aurait pris une autre tournure. On serait aujourd'hui heureux comme des castors, herbivores et fidèles l'un à l'autre. On aurait le poil moins humide, mais on s'aimerait fort.

— Excusez-moi, vous n'avez pas vu mon fils ?

Mme Simonet tire sur la manche de ma robe. Elle me sort de mes rêveries chimériques.

— Il vous attend à Vancouver.
— Et c'est encore loin ?

La pauvre dame est livrée à elle-même dans un pays étranger dont elle ne parle pas la langue. Elle aura du mal à trouver son chemin dans l'aéroport. Elle va demander au premier venu s'il est marié et s'il croit en Dieu. Je la confie à un passager habitué aux symboles et à la signalétique, accessoirement le dernier passager à débarquer de l'avion : le grand con à l'iPad.

— Monsieur, pourriez-vous prendre en charge cette passagère égarée ?

Il accepte d'un hochement de tête. Sa tablette numérique est pulvérisée, sa vie sociale temporairement inexistante, autant se rendre utile et faire une bonne action. Il passe un bras protecteur autour des épaules de Mme Simonet et l'entraîne avec lui. Il reste un grand con mais il laisse entrevoir tout de même une once de compassion.

Dans la passerelle, j'aide la retraitée à enfiler son écharpe tricotée et son manteau, et la serre fort dans mes bras. C'est comme un au revoir à la grand-mère que je n'ai plus, partie trop vite, envolée vers le nuage numéro huit. Je respire dans son cou. J'essaie de me souvenir de la dernière fois avec Mamie d'Orly. C'était à la maison de retraite, avant l'heure de la soupe aux vermicelles. Mme Simonet a le même parfum d'eau de Cologne et cette coquetterie de dame âgée.

— Prenez soin de vous, lui dis-je.
— Vous aussi. J'étais assise à côté de votre mari. Il est drôlement gentil.

Je n'ose pas la décevoir ni lui rappeler que je ne suis pas mariée. Elle s'éloigne, accompagnée du grand con, marchant clopin-clopant dans ce tunnel en tôle. Au bout de la passerelle, elle se retourne vers moi dans un éclair de génie.

— Je vous enverrai une carte postale ! crie-t-elle.

J'aimerais avoir la chance de lire son courrier, ses pensées décousues, mais qui, mises bout à bout, forment sûrement un texte poétique. J'aimerais entendre ses histoires et lui confier les miennes, lui parler de George Michael en écossant des petits pois sur la toile cirée de la cuisine. Un dernier bisou lancé du bout des doigts et la dame âgée disparaît dans un halo de lumière.

Un courant d'air froid dans la passerelle me glace. Je remonte aussitôt dans l'avion. En business class, Tiffany, Lesly, Cindy et Krystal sont scotchées à leur smartphone : elles ont frôlé la catastrophe aérienne et un selfie s'impose. Elles immortalisent ce moment avec un regard empli de drame et une bouche de canard. Dylan respire son aisselle droite, vérifie que son déodorant a tenu la route, avant de se lancer dans une cinquantaine de pompes. Marie-Jo feuillette un magazine en mangeant un chou au praliné volé sur un plateau.

— Je frôle le diabète de type 2 mais je m'en fous.

Assise sur un accoudoir, Corinne se lime les ongles. Loin de se laisser parasiter par les problématiques liées au sucre, elle a des réflexions existentielles :

— Ah là là ! Quel bazar ! Des vols comme ça, je n'en souhaite à personne !

Mon mutisme est perçu comme un état de choc. J'évite surtout de m'épancher et d'avouer le meurtre. Je pose une fesse sur un accoudoir, face à Corinne, et sors une lime à ongles pour l'imiter, telle une jumelle diabolique.

Nos pilotes sortent du cockpit avec une mauvaise nouvelle. Philippe a la cravate dénouée, l'air songeur et fataliste. Rémy continue de le dévorer des yeux, il le trouve encore plus craquant dans son rôle de commandant qui a épuisé ses ressources mais refuse d'abdiquer. Ils ont beaucoup discuté avec les mécaniciens, et après avoir fait un bilan, le constat est sans appel : la réparation du réacteur va durer deux jours.

— Et donc ?

— Donc on reste bloqués à Winnipeg.

Je reçois l'information comme un éboulement de terrain. En cette journée de la Saint-Valentin, je n'envisageais pas de me poser dans une ville industrielle qui enregistre un fort taux de criminalité. Personne n'achète le *Guide du Routard* pour aller à Winnipeg, personne n'envisage d'y faire du camping en communion avec le bon esprit canadien. Ce programme ne me convient absolument pas. À Marie-Jo non plus, d'ailleurs.

— Bordel ! Faut que j'appelle la voisine pour nourrir le chat.

— Mais on va dormir où ? j'ose demander.

— À l'hôtel de l'aéroport, précise Philippe. Il faut rester sur place. Une enquête est en cours. La police va nous interroger au sujet du décès.

— Ce n'est pas moi ! Je n'ai rien fait !

— Personne ne t'accuse, Bérengère.

Je blêmis. Je refuse d'être arrêtée et jugée pour homicide, de porter une combinaison orange, de croupir dans une prison où les femmes se disputent le shampoing. Ma vie ne peut pas s'arrêter dans cette province canadienne que je suis incapable de situer sur la mappemonde. Marie-Jo m'apporte son analyse de la situation et son soutien indéfectible.

— Le mec était bourré comme une caisse, il avait trois grammes dans chaque poche. Alors, quand c'est l'heure, c'est l'heure !

S'il y a une enquête de police, il y aura une expertise médicale. Ils découvriront qu'il s'est cogné la tête. Ils m'interrogeront sur la rixe qui nous opposait. Qui peut témoigner qu'il m'a mis la main aux fesses ? Si je me tais, je peux étouffer l'affaire. Sois forte, ma fille, sinon ta mère te rendra visite en prison pour te crier dans l'hygiaphone que tout ça c'est la faute de ton métier.

Chaque membre de l'équipage récupère son bagage cabine et sa valise en soute. Accablée, je traîne les pieds, j'abîme le talon de mes escarpins. Corinne tape dans ses mains pour me stimuler.

— Je viens de voir sur Google qu'il y a un bar karaoké à l'hôtel. C'est chouette ! Ha ha !

Corinne, toujours contente, ne comprend rien. Comment lui dire ? Nous avons essuyé un incendie, une panne de réacteur et un décès en cabine. Trois incidents graves se sont juxtaposés en une seule journée. J'ai besoin de consulter un marabout africain, pas de chanter dans un bar après avoir bu un pichet de mojito.

15

Quand une hôtesse-bien-comme-il-faut entre dans sa chambre d'hôtel, elle ne fait pas de galipettes sur le lit. Elle vérifie que le grand méchant loup n'est pas caché en dessous, inspecte les draps et s'assure qu'aucun poil de toison intime n'a été oublié. Elle vaporise un spray assainissant aux huiles essentielles pour détruire germes, acariens et champignons microscopiques, puis elle fait tomber son uniforme comme un rideau de soie. Elle retire les artifices du maquillage à l'aide d'un coton démaquillant et se retrouve noble et nue, telle une statue de la Renaissance.

Passé la porte, je ne fais pas de chichis : je me jette sur la housse de couette comme une ménagère un jour de soldes. Mes escarpins valdinguent au pied du lit. Je rampe jusqu'à la taie d'oreiller, qui embaume la lavande et la sauge. Cela me rappelle le petit bonheur des jours de lessive, quand Mamie d'Orly disait : « Je vais faire la buée. » Elle glissait des brins de lavande séchée entre les draps avant de les ranger dans l'armoire. En fermant un peu les yeux, je retourne dormir chez elle. C'était le temps de l'innocence, quand Papi nous achetait, à ma sœur et à moi, des Frizzy Pazzy qui claquaient dans la bouche et coloraient la langue. Si je ferme les yeux, j'ai l'impression que c'était hier. On jouait à cache-cache entre les serviettes de bain qui séchaient au grand air. Je levais la tête vers le ciel pour faire une bulle de chewing-gum aussi grosse qu'un nuage. La vapeur d'eau, la ouate, le drap en coton qui sent bon. C'est un coin douillet de ma mémoire qui fait la part belle aux rêves et j'ai besoin de rêver. Si je ferme un peu les yeux, je vais peut-être y arriver. Tout doucement…

Je me réveille dans un léger sursaut. Mon cou est engourdi, ma bouche pâteuse. J'ai la désagréable sensation de me remettre d'une soirée alcoolisée alors que je n'ai même pas bu de Get 27. La première question que se pose une femme envoyée aux quatre coins du monde est : où suis-je ? J'ai dans la tête des images de sapin jaune suspendu au rétroviseur, de colis piégé dans un aéroport, de porte qui claque au nez d'un grossier personnage. Les choses se remettent en place dans une suite logique d'événements aux conséquences funestes. J'aurais préféré que tout cela reste un mauvais rêve – une histoire sans queue ni tête qu'on raconte le matin aux collègues pour se dérider devant un bol de muesli. Marie-Jo aurait éclaté de rire et m'aurait donné un coup de coude avant de me passer la brique de lait de soja.

Je me redresse péniblement sur le lit. La chambre est plongée dans la pénombre. Je porte encore ma robe turquoise et mon collant de contention qui me rentre dans les fesses. Sur la table de chevet, le réveil digital m'indique que ma microsieste a duré six heures. C'est la nuit au Canada, le matin en France. Six mille kilomètres me séparent de ma penderie, de mes petites affaires, de mes mules à pompon. Je me tortille sur le matelas et pose les pieds par terre. Je suis la meurtrière en cavale qui se planque dans un hôtel. Le panneau *Do not disturb* n'empêchera pas les policiers de défoncer ma porte pour me clouer au sol et me menotter. Ils diront : « Vous avez le droit de garder le silence. Tout ce que vous direz pourra être utilisé contre vous. » Ils m'escorteront dans un fourgon bleu marine lancé à vive allure sur une rocade de Winnipeg, avec un bruit de sirène hurlante.

Mes jambes flageolent. Dans la chambre, il règne un silence de morgue. Je frissonne.

Un pas après l'autre, je trouve la force de me traîner jusqu'à la salle de bains. La lumière blanche du néon est très agressive. La trace de l'oreiller sur la joue, une crotte de crayon noir au coin de l'œil, la coupe de cheveux d'une sorcière qui vit seule au fond des bois... Il ne me manque qu'un vieux hibou posé sur l'épaule pour être terrifiante.

J'ai tué un passager d'un geste anodin et foudroyant. J'ai répondu à la violence que je subissais par une autre violence. De fil en aiguille, les idées noires se tissent : ma vie va s'arrêter ici, dans cette contrée froide et obscure. Je serai jugée et extradée vers Paris, avec les pieds enchaînés à un boulet. Je vais devoir quitter mon appartement. Mon gardien d'immeuble confiera aux caméras de télévision qu'il m'a toujours trouvée bizarre, à part, désaxée. Ma mère avouera à sa voisine qu'elle avait toujours rêvé d'avoir une fille comme la sienne, aussi sotte soit-elle – cela vaut mieux que d'élever une psychopathe. Seul mon père viendra me voir en prison. Il m'apportera un filet d'oranges, un petit feuilleté aux amandes et des vieilles photos jaunies de nous à Noël chez Papi et Mamie d'Orly. La maison d'arrêt sera la dernière étape de ma vie.

Je m'observe, nue, dans le miroir. Je tâte mes petits

seins et mes fesses un peu molles, pince un peu la chair. J'ouvre le robinet de la douche en dosant savamment ce qu'il faut de mélodrame et de tourment, puis je me frotte au gant de crin. Je ratisse les cellules mortes. J'extrais la racine du mal. Tout se disperse dans le bac en céramique et part à l'égout.

Une serviette enroulée en turban autour des cheveux, une crème de nuit sur le visage, dans ma nuisette en coton rose, je me remets au lit devant un programme télévisé. Un documentaire sur la pêche à la mouche présente Ginger, originaire du sud de l'Ontario, en chemise à carreaux et bottes en caoutchouc. Elle donne dix conseils pour les débutants.

« La pêche à la mouche vous fait rêver mais vous avez peur de vous lancer ? Écoutez-moi bien. D'abord, il faut bien choisir sa mouche. »

À partir de là, je zappe. Je parcours les autres chaînes pour tomber sur le téléachat. L'animatrice, blonde avec un serre-tête, milite pour un pique-nique immaculé, où l'on évite de salir sa jupe en s'asseyant sur l'herbe. Elle nous offre la primeur d'une glacière qui se transforme en table de camping. On vit vraiment une époque formidable. Les bras levés dans un grand geste de victoire, elle clame :

« Ultra compacte et légère avec une capacité de trente litres, cette glacière va vous sauver la vie ! »

Dans ma nuisette en coton rose, je doute beaucoup. La théorie de la glacière qui va changer le cours de mon existence me paraît inconcevable, à l'heure actuelle. C'est un lourd travail de communication mensonger. Impossible devant cet espace dédié aux déjeuners champêtres et à la joie, je préfère couper le son. Le silence dans la chambre laisse alors la place à des bruits imprévus. Un peu comme par une chaude nuit d'été, à la campagne, quand on dort la fenêtre ouverte et qu'on entend crisser les grillons. Derrière le mur, ce ne sont pas des insectes mais des éclats de voix. Une femme jouit, et elle tient à ce que ça se sache, comme si elle n'avait pas fait l'amour depuis des mois, elle s'en donne à cœur joie. Les râles s'accélèrent au rythme saccadé des coups de reins de son partenaire. Un œil rivé sur la télé, une oreille collée au mur, j'ai l'impression de passer à côté de quelque chose dans la vie. La blonde à serre-tête installe des gobelets sur la glacière pendant que la femme d'à côté pousse des cocoricos de plaisir. De quoi ai-je envie ? De partir en camping dans l'Ardèche ou de prendre mon pied comme jamais ? Je crois que, dans la pièce voisine, la tête de lit est en train de cogner contre la cloison. La femme est dans un état de jouissance extrême, comme soustraite du monde terrestre.

Il y a une excitation ou un plaisir masochiste à écouter l'orgasme des autres. Comme prise en otage par ces fornicateurs, je défais mon turban et mes cheveux mouillés tombent sur mes épaules. Je m'allonge sur le flanc, en position fœtale, un bras autour de l'oreiller. Je rêve d'affection, d'un doudou, d'un homme à l'hygiène bucco-dentaire irréprochable qui me trouverait plus belle qu'une monitrice de ski, qui me regarderait comme la Vénus de Botticelli accrochée au mur d'un musée florentin. En l'état actuel des choses, le téléachat comblera ma soirée. Je ne vais plus bouger jusqu'à en avoir des fourmillements. La sonnerie d'un texto me tire de cette léthargie. Surprise, horreur : c'est ma mère.

Je ferai une tarte aux pommes finalement. Ta sœur n'aime pas l'île flottante.

C'est la nuit ici, le matin là-bas. Je broie du noir et elle n'a qu'une obsession : être une incomparable hôtesse de maison. Elle m'a transmis cette recherche constante de la perfection portée à son plus haut degré. Fais pas ci, fais pas ça, sois polie, dis merci. Et j'en suis arrivée là. Je me morfonds entre quatre murs, au son d'un couple qui fait l'amour, pendant que ma mère place son estime personnelle dans une tarte aux pommes. Les gens derrière le mur n'ayant pas terminé leur petite affaire, je décide de lui téléphoner pour couvrir le bruit. Il va falloir lui annoncer la mauvaise nouvelle : mon absence au repas dominical. Surtout pas mon geste meurtrier, elle en ferait une syncope.

— Allô, maman ? Il m'en est arrivé une…

— Qu'est-ce qui se passe encore ?

Cette seule façon de répondre me donne envie de raccrocher.

— Je suis bloquée à Winnipeg contre mon gré.

— Ma pauvre chérie, que veux-tu que j'y fasse ?

— Je ne serai pas là dimanche.

— De toute façon, avec ton métier, c'est toujours la même chose.

— On a dû se poser en urgence à cause d'une panne de réacteur.

— Tu n'étais pas là à Noël.

— En plus, il y a eu un incendie en cabine.

— Tu vas manquer l'anniversaire de ton père.

— Et un passager est mort de façon inexpliquée.

— C'est à se demander si tu seras là pour mon enterrement.

— Maman !

— Tu as bien loupé celui de ta grand-mère.

— Maman, ça suffit !

Je hurle dans ma chambre sans interrompre l'activité sexuelle des gens d'à côté. Je sens une veine bleue palpiter sur ma tempe. Une hôtesse de l'air, c'est une femme qui exerce un métier complexe, qui vit en décalage permanent avec les autres, se couche quand Paris s'éveille, rate les anniversaires, loupe les premiers pas de bébé, manque l'enterrement de sa grand-mère. Elle doit accepter ce désagrément comme un revers de la médaille, sinon il faut changer de métier.

Ma mère me rappelle ce jour terrible où j'étais montée dans l'avion en ignorant que Mamie rendait l'âme. J'étais inquiète pour elle mais je refusais l'évidence. Après onze heures de vol, le texto était arrivé à l'aéroport de Bangkok : *Ça y est. C'est fini.* Froid et lapidaire. Un coup de sabre dans le ventre. J'avais fui le regard de mes collègues, très heureux de débarquer pour passer trois jours en Thaïlande. Dans le bus, j'avais fait comme si de rien n'était, afin d'éviter les coulures de maquillage et de rester dans le contrôle de moi-même jusqu'à l'hôtel. C'est là-bas que tout s'était précipité. Le réceptionniste m'avait tendu la clé de la chambre et j'avais couru vers l'ascenseur. J'avais jeté ma valise sur la moquette, fondu en larmes contre la penderie. Je pleurais celle qui me mettait du rouge sur les genoux quand je tombais de vélo, qui me faisait des crêpes les jours de grand malheur, ou de la mousse au chocolat pour réparer les bobos au cœur. Elle avait glissé sa main dans la mienne pour accompagner la fillette que j'étais à devenir une femme. Elle m'avait aimée, cajolée, consolée, et le message était clair : c'était fini. Mamie était partie au ciel en emportant mon cœur d'enfant. Plus personne ne m'appellerait «puce belle». C'était comme jouer à cache-cache dans le jardin avec elle, et soudain, entre les draps qui séchaient au soleil, elle s'était volatilisée.

Impossible de rejoindre l'équipage sur le *rooftop* pour siroter un cocktail dans une ambiance relax et jazzy. Aucune vue à couper le souffle ne compenserait mon absence à son enterrement. J'étais restée enfermée dans ma chambre à scruter le ciel pendant trois jours, à espérer que Mamie d'Orly était parvenue très haut, qu'elle avait posé ses valises au firmament, qu'elle avait rejoint Papi sur le nuage numéro huit.

— Vous auriez pu attendre mon retour ! dis-je.
— Allons bon… On n'allait pas la mettre dans le formol !
— Maman, tu dépasses les bornes.
— Et toi, ma chérie, tu passes à côté de tout.

Il y a comme un craquement à l'autre bout du fil. Comme chaque matin, ma mère trempe sa Cracotte au fromage frais dans le café tout en écoutant France Inter. Je mesure le fossé géographique et émotionnel qui nous sépare. Rien n'est chaleureux avec elle, tout est mécanique. Fais pas ci, fais pas ça, viens ici, mets-toi là. Et je continue de me conduire en bonne petite fille, reliant Winnipeg et Paris par téléphone, alors que j'aurais plus vite fait d'avaler une goutte de mort-aux-rats en me tirant une balle dans le pied.

— Tu m'en veux pour quoi au juste ? je lui demande. Parce que je manque ton festin royal ou que je ne suis pas devenue prof comme toi ?
— Peut-être les deux, répond-elle en mâchant sa Cracotte.

— Je te souhaite une bonne journée, lui dis-je froidement.
— C'est ça ! Et toi bonne nuit !

Il n'y a pas de place pour le silence. Quand je raccroche, la femme d'à côté reprend le dessus avec des couinements. Le bonheur des autres fait aussi mal qu'une piqûre de méduse. L'urgence est de couvrir ces bruits. Je monte le son de la télévision pour entendre la blonde à serre-tête lever le voile sur un fer à friser révolutionnaire. Elle est hilare à la perspective de se faire une mise en plis. Elle m'exaspère. Je zappe et je retombe sur Ginger, qui livre son énième conseil pour bien commencer la pêche à la mouche.

« Les meilleurs coups sont ceux du soir, la truite est moins méfiante quand la nuit tombe. »

Derrière le mur, la femme est en transe.

16

J'ai la désagréable impression que mon visage s'est affaissé depuis hier. Le poids de l'infamie, certainement. J'entame une série de grimaces pour tonifier mes joues en espérant que la femme de chambre n'entre pas à l'improviste. Elle se poserait de sérieuses questions sur ma santé mentale, elle appellerait à coup sûr des ambulanciers pour qu'ils me passent une camisole de force.

Une hôtesse-bien-comme-il-faut ne se laisse pas aller. Elle démarre sa journée par une série d'abdos-fessiers, histoire d'être dans la maîtrise de son corps, aux commandes de sa vie. Elle se relève en claquant sur ses cuisses, en teste la fermeté, sait que la peur n'évite pas le danger. Elle ne se colle pas à la fenêtre pour regarder les avions décoller comme une vache regarde passer les trains. Elle prend son destin en main.

Je n'ai pas étranglé le gros rougeaud. Je ne lui ai pas crevé les yeux avec mes pouces. Il n'y a aucune trace de mon ADN sur son corps. Il y a peu de chances que la police remonte jusqu'à moi. Je ne dois pas rester cloîtrée dans cette chambre ni adopter le comportement d'une suspecte, sinon je me désigne comme coupable. Je dois sortir au grand jour et vivre normalement. Combien de tueurs en série sont allés acheter une baguette de pain après avoir commis le pire ? Certainement plusieurs.

Winnipeg connaît des hivers rudes. Dans ma valise, un short et une chemisette ne me mèneront pas loin. Un seul allié peut me sauver de la déprime : mon maillot de bain. L'hôtel dispose d'une piscine intérieure et d'un spa, d'un jacuzzi avec des jets d'hydromassage, tout ce qui apaise le corps et l'esprit, tout ce dont j'ai besoin à la minute présente. Je revêts un peignoir blanc et moelleux et enfile ma paire de tongs. Je m'en vais devenir une nouvelle femme.

Les portes de l'ascenseur s'ouvrent sur un long couloir carrelé. Tout au bout, un royaume réservé à la nage et au bien-être. C'est le seul loisir mis à la disposition de ceux qui ont raté leur vol, ou subi une panne d'avion, ou échappé à la mafia locale. La piscine est installée sous une verrière. On peut y faire la planche en regardant le ciel, barboter en toute tranquillité, flotter dans le bleu chloré, se relier aux nuages. Tout est propre, harmonieux, immaculé. Tout baigne dans une chaleur humide, presque tropicale. Après avoir connu l'escalade dans l'horreur, je vais me déconnecter de la réalité.

L'endroit est quasi désert. Deux hommes épaule contre épaule échangent quelques confidences dans le jacuzzi. Je reconnais les deux pilotes de l'équipage et les salue cordialement. Philippe se redresse dans l'eau, surpris de me retrouver là. Il bouscule Rémy qui manque de boire la tasse. Nous nous faisons face, eux dans un bain à bulles, moi sur le carrelage. Ils n'ont pas l'air de remarquer que mon visage s'est affaissé. Ils ne perçoivent pas la tueuse née. Nous restons là sans rien avoir à nous raconter, hormis les banalités d'usage sur le décalage horaire et les bons conseils pour commencer la pêche à la mouche.

— C'est beau cette verrière, leur dis-je.

Ils se taisent, attendent que je parte. Je ressens un léger malaise. Ils ne souhaitent pas qu'on devine leur degré d'intimité, et pourtant je suis celle qui a tout vu, tout entendu, celle qui en sait trop. Inutile de leur rappeler que j'ai soutenu George Michael lorsqu'il a fait son coming out, renforçant mon admiration. Leur vie conjugale reste dans un placard ou dans un cockpit. Je prends congé en leur souhaitant une bonne journée, ce à quoi ils répondent poliment.

Après avoir posé mon peignoir sur un transat, je trempe un orteil dans l'eau. J'y entre à mi-cuisse sans difficulté. À l'horizontale, j'enchaîne les longueurs en dos crawlé. Ce que je vis actuellement me propulse au-delà de l'idée de félicité. La tension accumulée dans l'avion se relâche et je me consacre pleinement à cette sensation de liberté. Tout en moulinant avec les bras, je caresse l'idée d'être seule dans le bassin, de m'offrir un moment de grâce dans un endroit privatisé. Malheureusement non. D'un coup sec, ma main vient frapper un objet flottant, le nez d'un homme qui avance en dos crawlé et qui se croyait en terrain conquis lui aussi.

— Oh !
— Hé !

Dans le petit bain, nous avons pied mais peu d'éloquence. Je suis d'autant plus confuse d'avoir heurté le nageur que ce n'est pas un parfait inconnu. Les collisions réservent quelquefois d'heureuses surprises.

— Rodrigue !

— Bérengère !
— Qu'est-ce que tu fais là ?
— Et toi alors ?

J'ai envie de rire de ce concours de circonstances qui nous rassemble pour la deuxième fois en deux jours sur deux continents différents. N'importe quelle bonne copine me dirait sur un ton plein de sous-entendus que ce n'est pas un hasard. Elle ferait du bruit en aspirant son spritz à la paille, et je me poserais d'insondables questions d'ordre métaphysique. La probabilité de télescoper un copain d'enfance dans une piscine à Winnipeg est extrêmement faible. Mon camarade de 4ᵉ B, lui, n'a pas envie de rire. Il se pince le nez. Un filet de sang coule entre ses doigts et me renvoie à mon statut de femme maléfique.

— Saperlipopette ! Tu saignes ?

Sans prononcer un mot, il hoche la tête. Un petit vaisseau sanguin a éclaté, rien de méchant. Je ne sais pas si c'est lié à la conjoncture astrale, mais depuis hier je cause du préjudice aux hommes. Cheveux mouillés, je perds un peu mes esprits dans ce tourbillon de coïncidences. À moins que ce soit la vue du slip de bain que porte Rodrigue. La bosse de son sexe émerge du clapotis de l'eau. Je rougis devant les petits poils qui se battent en duel autour de son nombril. Je passe un bras autour de ses épaules, comme une sœur charitable et protectrice, et l'escorte hors du bassin. Au passage, j'adresse un signe de la main aux pilotes, figés comme deux Playmobil dans une baignoire. Ils ont l'air troublés de me voir en compagnie d'un beau brun au charme méditerranéen.

Peu importe si demain la rumeur court que je suis une fille qui racole à la piscine. Sur le carrelage froid, je répare les dégâts, ou prends soin de Rodrigue, tout simplement. Je me confonds en excuses en lui enfonçant deux morceaux de coton dans les narines.

— Je suis Miss catastrophe.
— C'est la deuxième fois que tu me fais du mal, dit-il.
— Ah bon ?
— À la boum de Marie-Laure Lafargue, j'ai pris le râteau de ma vie avec toi.

Jusqu'à présent, il avait évité le sujet. Il n'évoquait que des souvenirs anodins sur les effets secondaires de l'adolescence, mais la blessure au nez en ouvre une autre plus enfouie, plus redoutable.

Je feins le trou de mémoire alors que je me souviens très bien de cette soirée. Un moment transgressif où j'avais bu du Malibu en cachette. Rodrigue m'avait dans sa ligne de mire dès l'instant où il est arrivé. Il avait vidé son panaché d'une traite, s'était approché lentement et avait posé les mains sur mes épaules. Il mesurait facilement une tête de moins que moi. J'avais pensé : « Qu'est-ce qu'il me veut, ce nabot ? » Il était clair que sa langue voulait se tortiller dans ma bouche sans y avoir été invitée. Cette seule idée me dégoûtait et j'espérais qu'une copine me tirerait de ce guet-apens. D'un bond, je m'étais dégagée de son étreinte pour aller danser sur « Wake me up before you go ». George Michael. Quel bonhomme ! Je ne pouvais pas résister.

— Tu étais dans ton monde, ajoute Rodrigue, et je n'existais pas pour toi. La Taupe n'intéressait pas la Girafe.
— C'est la faute à l'âge ingrat, non ?

Avec du coton dans le nez, il me rappelle des

souvenirs lointains. J'avais des jambes interminables et une poitrine inexistante. Il avait des lunettes à effet de loupe et un duvet noir disgracieux. Nous refaisons le puzzle de notre adolescence avec appareil dentaire, voix qui déraille, sébum du cuir chevelu incontrôlable – une époque gouvernée par l'insouciance et les premiers flirts, les milk-shakes à la sortie du ciné, et George Michael qui se déhanchait sur une musique pop, boucle d'oreille en forme de crucifix, les cuisses moulées dans son 501. Torride.

— Tu portais des pulls jacquard.
— Et toi un chouchou rose fluo dans les cheveux.
— Oui ! C'était conseillé dans *Jeune & Jolie*.

Nous enfilons nos peignoirs. Rodrigue plaisante sur nos tenues de vacanciers en thalassothérapie. Lui non plus ne remarque pas que mon visage s'est affaissé. Ou alors il fait semblant de ne pas s'en rendre compte. Il me sourit, tendre et rassurant.

— Et du coup, tu repars quand ? me demande-t-il.
— Après-demain… logiquement.
— Je t'offre un smoothie en attendant ?

C'est une proposition qui n'est pas indécente. À l'étranger, on est livré à l'oisiveté. Tout est bon pour passer le temps en sirotant une boisson onctueuse et sucrée. Je pourrais suivre Rodrigue pour un trekking au Népal s'il me le demandait, même sans les bonnes chaussures de marche, et même si je ne sais pas boire à la bouteille.

— Ça te va bien, les cheveux détachés, remarque-t-il.

Quel vil flatteur ! Je lui fais la bouche en cœur en balayant ma frange collée à mon front.

Il aura suffi d'un appareil en panne et d'un autre complet pour que mon copain du collège reste cloué à Winnipeg. Il a vu tout le monde lui passer devant, Mme Simonet et les danseurs de country, le couple de jeunes mariés prêt à piétiner le premier venu pour ne pas rater le concert de Céline Dion. Rodrigue n'a pas fait d'esclandre, ce n'est pas son genre. Vancouver et les castors pouvaient attendre. Il a accepté d'être hébergé dans cet hôtel d'ici au prochain vol.

Au bar de la piscine, nous nous asseyons sur de hauts tabourets afin de commander un *green smoothie* à base de kiwi et de brocoli. Sa cuisse est à l'air libre, ferme et velue, une cuisse de randonneur. Je l'imagine en bermuda et Pataugas sur un sentier des Pyrénées, pointant l'index sur le pic du Canigou. Du haut de mon tabouret, ai-je un fantasme érotique qui inclue mon copain de 4e B ? Sans doute.

Je vois la vie du bon côté : si je l'avais embrassé à la boum de Marie-Laure Lafargue, nous serions peut-être un vieux couple aujourd'hui ; nous subirions l'ennui du quotidien, chacun à lire le journal de son côté, et nous n'aurions pas le plaisir de nous retrouver en tête à tête à Winnipeg. Je me persuade de cette idée.

— Tu es devenue une super-héroïne, dit-il.

— J'essaie surtout d'être une hôtesse-bien-comme-il-faut.

— Une hôtesse de l'air, c'est une femme super sympa qui distribue des plateaux-repas pour masquer sa réelle identité. Quand vient le danger, pas de panique, elle est là. Elle enfile son costume, elle court partout avec un extincteur ou une bouteille d'oxygène, des compresses, des pansements, du coton pour le nez. Rien ne l'arrête. Tu es une cascadeuse en talons.

Je ne trouve rien à ajouter à ce noble portrait. J'évite de lui préciser que j'ai tué un passager sur le dernier vol. Il ne m'a pas vue commettre une telle ignominie et je ne veux pas saboter mon charme de super-héroïne. Ses yeux caressent mon cou, s'attardent sur mon peignoir entrouvert. Je fais comme si je n'avais rien remarqué et avale une gorgée de smoothie en tournant la tête de trois quarts sur le côté. Mon meilleur profil.

Nous nous racontons nos vies depuis La Garenne-Colombes jusqu'à Winnipeg. Rodrigue a une légère crispation du visage quand il évoque son divorce, l'année passée. Son ex-femme est reporter de guerre, très investie dans son métier. Elle avait des priorités et il n'en faisait pas partie. Le sujet des enfants a eu raison du couple. Il en voulait en quantité raisonnable, deux pour que le premier ne s'ennuie pas. Elle, aucun. Il était malheureux. Elle était intransigeante. On ne négocie pas avec une femme à poigne qui se rend sur les fronts de guerre. Il se met à me parler des prénoms qu'il avait imaginés. Nous en avons plein en commun. C'est comme une grille de loto que nous aurions cochée ensemble et qui remporterait le jackpot.

— Et depuis ton divorce, dis-je en me raclant la gorge, tu n'as rencontré personne ?

— Non… Je galère un peu. Je bosse beaucoup.

— Et donc tu observes des castors en train de copuler ?

— C'est exactement ça ! Je suis devenu un horrible voyeur du coït animal.

Nous sommes deux quadragénaires au carrefour de leur vie qui espèrent rectifier le tir avant qu'il ne soit trop tard. Le barman nous offre du pop-corn pour accompagner nos *green smoothies*. Le maïs soufflé éclate sous mes molaires quand vient mon tour d'évoquer les blessures du passé : les hommes qui passent et ne savent pas ce qu'ils veulent, qui m'aiment un peu, beaucoup, à la folie ou pas du tout, entre 17 et 19 heures, les jours de semaine. Je refuse l'idée de congeler mes ovules pour tomber enceinte après cinquante ans. Je n'ai pas envie de consulter les résultats du bac depuis un fauteuil crapaud à la maison de retraite. J'ai connu des hauts et des bas, mais plus de bas que de hauts, toujours en gardant le sourire pour sauver les apparences – déformation professionnelle.

— Et je suis officiellement célibataire depuis hier matin.

— Après combien de temps ?

— Trois semaines !

Il lance un pop-corn en l'air et le gobe au vol avec aisance et dextérité. Tout est parfait dans sa gestuelle.

— Je te rassure, je m'en suis remise. Il m'a larguée le jour de la Saint-Valentin pour une monitrice de ski.

— Quand on est né couillon, on couillonne.

— Oh ! C'est ce que disait ma grand-mère !

Encore une affinité complètement dingue. Nous trinquons à cette bonne parole, aux amours futiles et dérisoires, au Canada qui nous rassemble au bord de ce bassin où règne une chaleur humide qui contraint presque à la nudité. Il saisit un pop-corn entre ses doigts et l'offre à ma bouche. Son pouce a une saveur caramélisée.

Sur un transat, nous continuons à faire l'éloge de la paresse. Je me suis étendue après un *avocado toast*, ma faim satisfaite mais ma conscience pas vraiment apaisée. Si l'enquête de police me désigne coupable de la mort du gros rougeaud, je peux dire adieu aux petits bonheurs simples : Rodrigue en slip de bain, l'éclairage naturel d'une verrière, les valeurs nutritionnelles d'un plat végan facile à digérer. J'ai peur que cette liberté s'échappe et ne revienne jamais.

— Tu sembles contrariée ?
— Juste un peu inquiète.
— Pour la panne de réacteur ?
— Oui, voilà…

Rodrigue gratte doucement la housse de mon transat. Il est tellement mignon avec ses deux bouts de coton dans le nez. Sa main descend timidement le long de ma jambe. D'abord, il palpe mon orteil puis mon pied, et se met à le masser afin de favoriser la circulation sanguine et de rééquilibrer les énergies. Il s'attelle à me révéler ses talents. Il est doué, sensible et attentionné. Je sombre dans la béatitude sans comprendre ce qui m'arrive. Un petit bonheur en plus, ce serait trop, je me mettrais à pleurer en me flagellant.

— C'est un vieux monsieur, au Cambodge, qui m'a appris la réflexologie.
— Toi qui as peur en avion, comment fais-tu pour voyager autant ?
— C'est un calvaire. Je suis claustrophobe à cause de ma sœur. Quand on était enfants, Chimène m'a enfermé dans un coffre à jouets.

Sur le carrelage de la piscine, le silence résonne. Je me retiens de pouffer de rire.

— Toi, Rodrigue, tu as une sœur qui s'appelle Chimène ?
— Ne m'en parle pas ! Ma mère était prof de français et amoureuse de don Rodrigue, le Cid de Corneille.

— Rodrigue, qui l'eût cru ? Chimène, qui l'eût dit ? Il y a toute une partie de ta vie que j'ignore.

— Parce que la Girafe ne s'est jamais penchée sur la Taupe.

Il a de beaux cheveux bruns, du coton dans le nez, un mélange de gaieté et de mélancolie dans le regard. Son enfant intérieur se connecte au mien. Nous sommes deux adultes en peignoir qui ont grandi très vite, parfois en courbant l'échine. Nous avons voyagé, observé le monde, rencontré la Terre et ses habitants. Nous avons ouvert des plans d'épargne logement, contracté des crédits auto, rempli les armoires et le congélateur, investi dans une machine à laver équipée d'un programme éco, arrosé les plantes vertes, réduit notre consommation de sachets plastique. La vie nous a gâtés, privés, priés de nous conformer et de ne pas nous plaindre. À quarante ans, c'est comme s'il manquait toujours quelque chose : nous nous réveillons le matin avec un sentiment de vide et d'angoisse, une impression d'inachevé, un besoin incessant de capter la lumière pour entamer une mue.

— Rodrigue, comment tu t'imaginais à quarante ans ?

Il ne répond pas et se concentre sur les terminaisons nerveuses de ma voûte plantaire pour évacuer mes tracas. Ma question en pose beaucoup d'autres. Je n'avais pas de rêves grandioses quand j'étais adolescente. Rien qui inclue du champagne, des courses en offshore et une résidence secondaire sur la Côte d'Azur. Je voulais juste avoir des enfants, faire des pique-niques, connaître la joie, chanter des chansons d'amour. Monter sur le nuage numéro huit tous les jours.

Que sont devenus nos rêves ? Les miens ont été broyés dans un réacteur d'avion qui n'est pas tombé en panne ce jour-là.

— Rodrigue, c'est vrai que le castor est un animal monogame qui reste fidèle à sa partenaire pour la vie ?

— Ils construisent des barrages et des huttes ensemble, me répond-il d'une voix suave et assurée.

— Ils ont une belle vie, les castors…

Entre ses mains, je sens une chaleur réconfortante envahir la plante de mon pied. Je ferme un peu les yeux et m'assoupis quelques instants. Sur ma voûte plantaire, Rodrigue dépose un baiser brûlant.

Il est déjà 18 heures à Winnipeg, 1 heure du matin à Paris. Tout le monde dort là-bas ; je m'étire sur un transat. Avec les massages, les baignades, les discussions qui coulent à flots, Rodrigue m'a emmenée très haut. À un moment, il a bien fallu redescendre sur terre.

Nous sommes les derniers clients de l'hôtel à quitter la piscine. Les pilotes sont partis bien avant nous, en surveillant de loin ce que je pouvais fabriquer avec ce beau brun en peignoir aux sourcils irrésistibles. Dans l'ascenseur, nous appuyons sur le même bouton, direction le même étage. Le hasard a de nouveau bien tissé sa toile. La question est de savoir si Rodrigue va m'inviter dans sa chambre.

Normalement, je suis une femme de principes qui ne couche pas dès le premier soir mais attend au moins le deuxième. Une hôtesse de l'air est trop souvent considérée comme un gadget, un kleenex ou un plan cul. Que dois-je répondre s'il me propose de boire un dernier verre ? Dois-je minauder en tournant la tête sur le côté ?

Il fait halte le premier. Devant sa porte, il met un peu de désordre à ses cheveux tandis que je me pose mille questions. Serais-je capable d'agir sans que les choses soient préétablies ? Pourrais-je briser le protocole dont je suis l'instigatrice ? Oserais-je faire pipi sous la douche ? Manquer ma séance annuelle de détartrage ? Me jeter sur Rodrigue et lui arracher son peignoir ?

Je contemple ses fossettes craquantes, son sourire de miel. Là, tout de suite, je me sens déchue, vilaine, pervertie. Une chaudasse.

— Bon… ben… bonne nuit ! dit-il.

De but en blanc, il me fait une bise sur la joue. Après m'avoir massé les pieds avec ferveur et passion, il met clairement une distance entre nous. Et la journée se termine ainsi : il ne me prend pas par la main, ne m'invite pas à boire la mignonnette de champagne qui trône dans le minibar, n'expose pas à ma vue les petits poils qui entourent son nombril. Soit les hommes se jettent trop sur moi, soit ils ne le font pas du tout. La déception doit se lire sur mon visage. Ce soir, une petite claque sur les fesses ne m'aurait pas déplu.

— On se voit demain ? ajoute-t-il.

— Oui… avec plaisir, je réponds en ravalant ma fierté.

Il ouvre la porte de sa chambre, étouffe un bâillement, s'excuse d'être un peu fatigué. Je me sens une éternelle quadragénaire esseulée. J'ai peur qu'il m'en veuille puisque je l'ai fait saigner du nez et que je lui ai mis un vent à la boum de Marie-Laure Lafargue. Il y a des blessures que l'on n'oublie pas et qui ne se referment jamais.

— Rodrigue, as-tu du cœur ?

— Va, je ne te hais point.

Une fois ces vers déclamés, il disparaît dans l'encadrement avec son coton ensanglanté dans les narines.

J'erre dans le couloir telle une clocharde qui titube gare du Nord. J'entrouvre mon peignoir pour évaluer mes atouts. Je ne me sens pas belle. Sans mon uniforme, je suis une fille insipide, qui n'attire pas le compliment, qu'on renvoie dans son lit. Je devrais arrêter les relations amoureuses, suivre les conseils de Ginger, hier soir à la télé, et me mettre à la pêche à la mouche. Je suis en train de faire intérieurement ce constat quand s'ouvre la porte de la chambre contiguë à la mienne. La chambre de la femme qui jouit très fort. Dylan surgit, rajuste son polo, bombe le torse et me salue avec un petit sourire en coin. Puis il repart, les mains dans les poches, sans me faire du gringue. Il a trouvé une alternative. Corinne me fait face sur le seuil, la mine réjouie, en peignoir comme moi bien qu'elle ne soit pas descendue nager. Je suppose qu'elle s'est adonnée à un autre genre de sport. La femme aux orgasmes monumentaux, c'est la chef de cabine.

— Ça va, cocotte ? me demande-t-elle.
— Toi... et Dylan...
— Ha ha ! C'est fou !

Mes cervicales se tassent et mes bras sont sur le point de se décrocher. Cette fois, mon visage s'est affaissé pour de bon.

— Quoi... ? Comment... ? Corinne ! Je te rappelle que tu es mariée !
— Ha ha ! Ce que tu peux être coincée, ma pauvre Bérengère ! Qu'est-ce que tu sais de moi, au juste ?

Corinne, toujours contente, ne l'est plus. Je bafouille, je bégaie. Sa question tombe à brûle-pourpoint.

— Tu crois savoir mais tu ne sais rien. Tu te fais des films ! Figure-toi que je suis au bord du divorce. Mon mari s'est barré avec une fille du Club Med Gym. Tu crois que je vais pleurer sur mon sort ? Sache, ma belle, que chaque femme est en droit de disposer comme elle l'entend de son cul !

Je n'ai pas le temps de lui répondre. D'ailleurs, je n'ai aucun argument. Elle referme la porte brusquement, me laissant un coup de vent, des interrogations planantes, et une sentence qui va tourner en boucle dans ma tête toute la nuit.

Je devrais frapper à la porte de mon beau brun, l'attraper par le col de son peignoir, lui dire «baise-moi». Chaque femme est en droit de disposer comme elle l'entend de son cul. Encore faudrait-il que Rodrigue s'intéresse au mien.

17

J'avais très envie de faire l'amour, à Winnipeg. Une chambre d'hôtel est moins insolite qu'un donjon ou une meule de foin, mais j'avais besoin de me changer les idées. J'étais fatiguée et particulièrement angoissée par le virage que prenait mon existence. Le gros rougeaud est venu me hanter toute la nuit. Il me disait : « Toi, poupée, regarde ce que tu as fait ! » Il avait les yeux jaunes, une écume blanche aux commissures des lèvres, un doigt accusateur pointé sur moi. Je me suis enfouie sous la couette, en chien de fusil, serrant l'oreiller dans mes bras.

Ce matin, la sonnerie stridente du téléphone me tire du sommeil. Une dame braille dans le combiné, sa voix nasillarde me donne envie de me taper la tête contre le mur.

— Un officier de police veut vous parler !

— Où suis-je ? je marmonne.

— Vous avez rendez-vous à 10 h 30 en salle de conférences.

— C'est à quel sujet ?

— Je ne sais pas... Je m'excuse du dérangement.

La réceptionniste raccroche aussitôt, laissant planer l'idée que les forces de l'ordre canadiennes sont en droit de me condamner pour avoir claqué une porte.

Demain, ma tête sera affichée dans les journaux, à

la page des faits divers, l'œil boursouflé et vide d'expression, comme ces femmes qui ont foutu leur vie en l'air. Je risque de partager une cellule de prison avec une fille aux cheveux gras qui joue de la guimbarde recroquevillée sur son matelas. Je ferai la queue au réfectoire pour un ragoût de bœuf et un quignon de pain dur. Je serai obligée d'utiliser des douches communes mal aérées, qui sentent la moisissure.

Rien ne me destinait à en arriver là. J'ai toujours été une fille discrète, qui aime jouer au Scrabble, danser le madison toute seule dans son coin, ramasser des feuilles mortes pour fabriquer un herbier. Je n'avais jamais commis d'impair ni cédé à la grossièreté. Tout ce que l'on pouvait me reprocher, c'était d'avoir rayé le pare-chocs d'une voiture et d'être partie sans laisser mes coordonnées.

Et puis, mon destin a basculé avant-hier...

Qu'est-ce qui pousse une hôtesse de l'air à devenir une tueuse accidentelle ?

A priori plusieurs raisons.

Je dirais que c'est la faute aux monitrices de ski, aux chauffeurs de taxi chauves avec une dent en or, aux boîtes de macarons abandonnées dans les aéroports, aux couples de jeunes mariés qui se lèchent la figure, aux danseurs de country un peu trop joyeux, aux chasseurs de mouflons qui ont la main baladeuse. Si on remonte aux origines, on peut dire que c'est à cause des Américains. Ce sont les premiers à avoir créé le concept d'hôtesse de l'air, ils ont assujetti ces femmes à la corvée, de jour comme de nuit, dans des cabines étroites et pressurisées. Ils ont offert un terrain propice à l'hystérie. Non, en fin de compte, le grand responsable c'est le système hormonal. Il joue des tours et oscille entre deux niveaux comme un avion : un jour ça va, un jour ça ne va pas. C'est bien connu, un homme en crise est drôle, une femme en crise est tout de suite névrosée et capable du pire. C'est ce que je répondrai aux juges quand je serai menottée.

Je fais des petits pas dans le couloir de l'hôtel, des pas de femme du monde respectable et distinguée, mais tombée de son piédestal. Que penserait Mamie d'Orly si elle me voyait avancer vers l'échafaud ? « T'es vilaine comme un pou, ma puce belle ! » Elle m'obligerait à rester dans un coin, puis m'appellerait pour déguster du pain perdu à l'heure du goûter.

J'essaie de gagner du temps avant d'être confrontée aux agents de police. Mon geste n'a pas d'excuse mais le gros rougeaud était une belle enflure. Il fréquentait des prostituées de Bangkok et tuait des animaux inoffensifs. Je préparerai ma défense grâce à Google Images. Je montrerai des photos de femmes soumises à des sévices sexuels, de jeunes filles au vagin éclaté, de girafes abattues en pleine savane, de mouflons décapités dans les montagnes. Je dirai au monde entier quelle ordure il était. Un collectif féministe et une association de protection des animaux se réuniront devant le Palais de justice, brandissant de grandes pancartes et scandant haut et fort : « Libérez Bérengère ! » Je deviendrai une figure adulée et contestée, invitée au journal télévisé suivi par des millions de téléspectateurs.

Devant la salle de conférences, je me présente en tongs, short et chemisette, mon manteau d'uniforme sur les épaules pour éviter les courants d'air. J'ai l'air d'une touriste rentrée précipitamment de Punta Cana pour assister à l'enterrement de sa mère. Je pense :

Voilà, fille, ton heure a sonné. Je vais être accusée de meurtre, incarcérée à perpétuité, avoir une raison valable d'abandonner toute vie sexuelle.

Je pousse la porte, qui grince méchamment. Un groupe d'hommes m'attend autour d'une table ovale. Un officier de police à la mâchoire carrée, deux médecins légistes en costume gris, un représentant du ministère de l'Intérieur venu expressément de Paris. S'ils avaient l'intention de m'intimider, c'est gagné. Je fixe mes tongs, mes doigts de pied, mon vernis à ongles qui s'écaille, comme celui d'une hôtesse négligée, d'une fille dépravée, d'une pute. On me serre la main. On me propose un café. On me scrute comme une bête curieuse et je sens bien que mon look ne fait pas l'unanimité. S'il existe un chic français, à cet instant précis je n'en suis pas la digne représentante. Les hommes bourdonnent autour de moi dans la froideur de cette salle. Une caméra est pointée dans ma direction, redoutable et menaçante. On me demande si j'accepte de répondre à quelques questions. Bien sûr, j'obtempère. Le contraire constituerait une preuve de culpabilité et ils n'hésiteraient pas à lâcher les chiens.

— *Do you speak English ?*
— Oui… enfin *yes !*
— De toute façon, l'entretien sera mené en français, me précise le représentant du ministère de l'Intérieur.

Il a pris le premier avion pour arriver en urgence. Il brasse du papier sur la table. Tout l'équipage est entendu pour une enquête de routine. C'est la procédure après un décès à bord, aucun besoin de s'inquiéter. Toutefois, l'assemblée des hommes souhaiterait connaître ma version des faits.

Je garde le dos droit sur ma chaise. J'ai l'impression

d'être une femme intrigante et mystérieuse, Sharon Stone dans *Basic Instinct*, quand elle répond aux inspecteurs en décroisant les jambes. Il ne faudra pas compter sur moi pour cette distraction. Je porte une vieille culotte sous mon short. Rien de sulfureux.

— Connaissiez-vous l'homme décédé dans l'avion ? me demande-t-il sur un ton monocorde.

— Non, pas personnellement.

— Avait-il bu beaucoup d'alcool ?

— Oui. Plutôt, oui.

— C'est vous qui l'avez trouvé inconscient, n'est-ce pas ?

— Oui… dans les toilettes.

— Pouvez-vous nous raconter comment ça s'est passé ?

Tous les hommes me scrutent dans un silence glaçant. Le médecin légiste canadien fait tourner son stylo entre ses doigts, prêt à me l'envoyer entre les yeux. J'ai l'impression qu'ils savent la vérité. Ils ont enquêté sur le terrain, contacté les danseurs de country, on leur a confirmé le conflit qui m'opposait au gros rougeaud dès l'embarquement. Ils attendent mon témoignage pour en tirer la conclusion que je l'ai tué de sang-froid, dans un geste féministe revanchard.

Je me sens comme une boule de flipper qui flippe. Je ne voulais faire de mal à personne. Bien sûr, mon geste n'est pas convenable, mais la main aux fesses, est-ce que c'est convenable ? Rien ne serait arrivé si j'étais restée tranquillement au lit à faire une grille de mots fléchés ou à regarder sur YouTube un tuto pour apprendre l'origami. Je me serais autorisée à pleurnicher sur mon célibat, j'aurais mangé un plat de nouilles chinoises. Je ne serais jamais montée dans cet avion.

C'est la faute à la conscience professionnelle qui s'est retournée contre moi.

Qui a envie de tout avouer dans l'existence ? Qui a envie d'anéantir le restant de sa vie ? Je n'ai pu compter que sur moi, et tout ce que j'ai construit, c'est à la force de mes bras fluets. Je ne vais pas laisser le gros rougeaud m'envoyer derrière les barreaux. Je prends une grande inspiration et me concentre pour ne pas bredouiller. Je relate les faits en édulcorant à peine, retrace la panne de réacteur, la descente rapide, ce moment de vigilance en cabine où tout doit être arrimé, Mme Simonet qui échappe à ma surveillance et s'aventure aux toilettes, et là, l'homme en question avachi par terre.

— Il s'est brisé la nuque, me précise-t-on en me coupant la parole.

— Ah bon… c'est-à-dire… quelle cruauté du sort !

— Le massage cardiaque était inutile.

Je déglutis avec peine. Mon manteau sur les épaules me donne chaud, une sueur tiède me submerge. J'ai omis de préciser que ce passager éveillait en moi les sentiments méprisables d'une folle sanguinaire et fait abstraction du claquement de porte. J'attends qu'ils abordent ce détail.

— Il y avait des turbulences, n'est-ce pas ?

— Oui… comme souvent à la descente.

— Le passager s'est cogné la tête contre la paroi. Il est mort sur le coup.

Sur ma chaise, je me fige comme une mouche, délicate et silencieuse. Je ne réponds rien, si telle est leur conclusion, et reste placide, au cas où on me soupçonnerait un tantinet. Ils observent certainement mes réactions, analysent mon langage corporel.

— A-t-il eu une dernière parole avant de mourir ?

Je ne suis pas certaine que « Elle va pas m'empêcher d'aller pisser, celle-là » soit le genre de phrase que souhaiterait entendre la famille du défunt. Quand on apprend la mort d'un proche, on espère qu'il n'a pas souffert, qu'il a fermé les yeux en ayant une pensée pour sa mère, qu'il a lâché dans un dernier souffle : « Comme cette vie fut belle ! » On s'attend à ce qu'il délivre des paroles porteuses de sens qui donnent envie de se prendre les mains dans un grand élan de fraternité. Dans l'affaire qui nous occupe, l'aveu du passager concerne un problème de vessie et ce besoin physiologique qui incite à se réfugier dans les gogues, alors je préfère le garder pour moi. J'édulcore à nouveau et fais non de la tête.

— Vous n'êtes en rien responsable, mademoiselle, c'était un accident. Nous vous félicitons pour vos actions à bord et pour votre sang-froid.

— Merci, je réponds avec un brin de mauvaise foi. Je n'ai fait que mon travail.

Les hommes approuvent, même s'ils ne connaissent pas grand-chose à ma fonction. Ils ne voient dans les hôtesses de l'air que des femmes qui s'activent en cabine et minaudent devant un gobelet de jus d'orange, des dames portant un ravissant bibi qui annoncent l'heure locale et la température à l'arrivée. Après s'être concertés quelques instants en faisant circuler un rapport de vol, ils coupent la caméra et m'informent clairement que l'entretien est terminé. Le représentant du ministère m'indique la sortie d'un geste plein d'amabilité à la française.

— Je suis libre alors ?

Il le confirme, sans équivoque. Affaire classée. Mes

épaules se relâchent et j'en perds mon manteau. Je me lève, belle et fière, à la manière de Sharon Stone et m'en vais avec mes tongs aux pieds. Je fuis ces hommes au regard fureteur qui ignorent tout des capacités d'une femme poussée à bout. Qui a tué le gros rougeaud ? Les turbulences ou mon claquement de porte ? La combinaison des deux, peut-être ? L'enchaînement des choses a fait que c'est arrivé. Fatalement. J'emporte mon horrible secret sous le manteau. Cette duplicité altère ma nature, me rend indocile, dangereuse et puissante, plus vivante que jamais. Je me révolte contre les malappris, les rustres, les phallocrates, les pignoufs. Devant la porte de la salle de conférences, je me retourne vers ces hommes pour clôturer l'entretien en leur clamant haut et fort qui je suis.

— Je l'affirme sans ambages, je reste vaillante en prenant de l'âge. Peu importe la difficulté, je l'affronte sans rechigner. Un avion traverse un ciel bleu ou des tempêtes, mais aucune turbulence ne me fera baisser la tête. Ma principale qualité est d'être adaptable, aux yeux du monde je demeure un agent de bord aimable. Au nom de mon métier je porte un flambeau, sachez que vous avez devant vous une hôtesse-bien-comme-il-faut.

Sous leurs regards médusés, j'effectue une sortie triomphale. Il ne manque qu'un air de violon pour rendre ce moment saisissant de vérité.

Désormais, je prends un nouveau départ avec panache. Je virevolte dans le hall de l'hôtel avec le désir de sourire à la vie et d'embrasser les plantes vertes dans les jarres en terre cuite. La réceptionniste doit me prendre pour une déséquilibrée mais je suis une femme libre, tout simplement. Le bonheur, c'est cette liberté de pouvoir errer en tongs dans un endroit chauffé, sans craindre l'opinion publique ni de finir en prison. Devant les ascenseurs, je croise Marie-Jo. Dans ma grande frénésie, je lui saute au cou.

— Qu'est-ce qui te prend ? Ça ne va pas ?
— Rien ! Tu m'as manqué depuis avant-hier.
— Allons bon !

À son tour, elle a rendez-vous avec les représentants de la police. Alors que je m'apprête à remonter dans ma chambre comme on s'enferme dans son boudoir, pour me reposer et me remettre de mes émotions, elle m'offre un *Paris Match* trouvé à bord, après le départ des passagers, au milieu des couvertures froissées.

— Il y a une grille de mots fléchés ?
— Mieux que ça : un truc pour roupiller. Un reportage sur la reproduction des castors.

Elle feuillette les pages pour me montrer l'article en question, illustré de photos sur la période d'accouplement, la durée de la gestation. Tout est écrit en caractères gras : « Le castor est un rongeur monogame. Il reste fidèle à sa partenaire pour la vie. » Toutes les déclarations animalo-romantiques sorties de la bouche de Rodrigue. C'était le magazine qu'il lisait quand je l'ai interrompu, le magazine qui a glissé de ses mains quand il s'est endormi, le magazine qui l'a aidé à se faire passer pour un ingénieur spécialisé dans l'écologie et la biodiversité. Il m'a recraché l'article comme un expert et, pauvre de moi, j'y ai cru. Qui est mon camarade de 4e B, en fait ? Et pourquoi est-il dans cet hôtel ? Il n'y a pas de hasard dans la vie, paraît-il, juste des petites manœuvres secrètes destinées à se percuter dans une piscine. Rodrigue est un fabulateur. Rodrigue est un goujat. Rodrigue est un beau salaud. Encore une fois, je tombe dans le piège de cette mythomanie vouée à séduire. Je roule le magazine dans ma main comme une matraque. Des bruits insupportables résonnent dans le hall et dans ma tête.

— Ça va, ma vieille ? Tu tournes de l'œil.

— Je vais sur le toit de l'hôtel. J'ai besoin d'air.

— Faut pas te mettre dans un état pareil pour des castors, sinon prends du Valium !

Je monte très haut. Aussi haut que possible. Le dernier étage m'offre une vue imprenable sur le firmament. Je déambule, les bras croisés, mes tongs râpant le sol givré. L'air froid me pique les mollets et me chatouille les joues. L'esplanade est déserte en cette saison. Tête en arrière, je communie avec le ciel. Lui et moi, c'est une grande histoire d'amour depuis vingt ans. J'inspire.

— Salut, ça va ?

Je me retourne : Rodrigue s'approche lentement, désinvolte et fringant. Une barbe de trois jours, sa paire de lunettes à fine monture de métal, les mains dans les poches d'un manteau en tweed. Je pense : *Sois forte, ma fille.*

— J'ai croisé ta collègue, celle qui râle beaucoup. Elle m'a dit que tu étais montée prendre l'air.

— Au plus près du ciel, mon refuge.

Il me décoche un sourire charmeur mais je reste de glace. Il hausse un sourcil. Je lui tends le magazine.

— Le castor est un animal monogame, lui dis-je. C'est écrit là.

Il ne répond rien. Pris comme un chien dans un piège à loups, il se contente de regarder les images. S'il suffit de lire *Paris Match* pour devenir ingénieur, alors je peux travailler à la NASA.

— Bérengère... je ne t'ai pas menti... j'ai juste déformé la vérité.

On ne m'avait jamais sorti une telle figure de style. Je lui donne trois secondes pour se justifier et je l'abandonne ici. D'abord, parce que je me méfie des bellâtres fanfarons ; ensuite, parce que je me gèle les pieds.

— J'ai refusé d'embarquer pour Vancouver, j'ai reporté mon vol.

— Pourquoi ?

— J'ai fait demi-tour et je t'ai suivie jusqu'à l'hôtel.

— Plaît-il ?

— Je voulais rester près de toi et mieux te connaître.

J'entends un écho de violons romantiques. J'entends le vent froid me ronger les lobes d'oreille. J'entends Rodrigue me dire qu'il n'a pas beaucoup de temps, qu'il doit reprendre l'avion car il est attendu à Vancouver.

— Il n'y a jamais eu de reportage sur les castors. J'ai inventé ce truc.

— Tu es marié avec une Canadienne, c'est ça ?

— Non... J'ai rendez-vous pour un entretien d'embauche. J'ai décidé de quitter la France.

Les violons s'arrêtent dans un crissement de disque rayé. Chaque fois que je rencontre un homme, il y a un problème. Rien ne coule de source, et c'est bien au-delà des concessions à faire. Mamie d'Orly répétait que l'homme de mes rêves n'existait que dans mes rêves et que, dans la réalité, je devais tendre la main au moins casse-pieds. Encore faut-il qu'il reste dans les parages.

Rodrigue, qui l'eût cru ? Je suis envahie de mots et de gestes mais je reste transie par le froid. Nous nous retrouvons seuls sur le toit d'un hôtel, comme des amoureux qui se préparent aux adieux.

— Pourquoi tu ne m'as rien dit ?
— Parce que je voulais qu'on rêve, qu'on fasse comme si on allait construire des barrages et des huttes ensemble.
— Tu pars à quelle heure ?
— Maintenant.

Il baisse la tête, relève le col de son manteau.

— Si je ne t'ai pas fait entrer dans ma chambre hier soir, c'est parce que je n'osais pas... Enfin, je ne voulais pas... C'est sans lendemain, tu comprends ?

Nous subissons le froid comme un châtiment. Il n'y a rien à ajouter car notre histoire s'arrête là. L'aventurier sentimental se languit de la belle en robe turquoise, mais il part s'installer à des milliers de kilomètres de là. Cette idylle d'adolescents qui se retrouvent vingt-cinq ans après fait rêver sur le papier, mais ne fonctionne qu'au cinéma. La girafe et la taupe, c'était le temps d'une journée.

— On se reverra ? demande-t-il.
— Toi à Vancouver, moi à Paris. Qu'est-ce que tu comptes faire ?
— On peut garder contact sur Facebook.

Je suis une hôtesse de l'air de quarante ans avec douze mille heures de vol au compteur. J'ai le droit de me poser un peu, d'envisager une vie sur terre et de savourer le plaisir à deux. Je n'ai pas envie de vivre une relation à travers un écran.

— Rodrigue, j'ai froid... Tu me serres dans tes bras ?

Il a ouvert son manteau pour que je me blottisse contre lui. C'était chaud et douillet. Je n'y suis pas restée longtemps. C'était comme monter sur le nuage numéro huit et en retomber aussitôt. Effleurer le bonheur est trop brutal, je n'y suis pas habituée. En revanche, la tristesse est un sentiment familier. Peu importe le couteau qui remue dans la plaie, je suis accoutumée à la blessure. Je l'emporte dans ma chambre.

Je lui ai souhaité une bonne journée, un bon vol, une belle vie à Vancouver, et je suis repartie vers l'ascenseur. Mon projet était de vider le minibar. Boire pour oublier les nuques brisées et les amours contrariées. La dernière image que je garderai de Rodrigue, celle qui hantera ma prochaine nuit, c'est une silhouette dans la blancheur de l'hiver expirant de la vapeur d'eau. Un souvenir évanescent.

18

Les dix lieux incontournables à visiter à Winnipeg m'ont quelque peu échappé. Je n'ai vu qu'une piscine et un *rooftop*. C'est le problème, quand on n'a pas la valise adéquate, on reste cloué à l'hôtel et on tourne en rond, on tue le temps. Tuer ne devrait plus figurer dans mon vocabulaire. Je vais bannir ce verbe.

Winnipeg ne cache pas sa richesse culturelle. On y trouve certainement d'authentiques pépites d'architecture, des galeries d'art de peintres canadiens issus du néoréalisme, un florilège de chants lyriques en plein air. Il y a de quoi remercier la vie de vous avoir transporté ici. Un jour, je taperai du poing sur la table et proposerai à une bonne copine: «Tiens! Et si on partait en vacances à Winnipeg?» Elle hésitera à me répondre, se demandera si j'ai fumé de l'herbe, puis se laissera tenter. Nous feuilletterons ensemble le *Guide du Routard* et nous ferons justice à cette province canadienne méconnue. Passeport dans le sac à main, nous vivrons une grande aventure.

En attendant, j'en ai ma dose, de Winnipeg. Il a bien fallu repartir et cette idée m'a mise en joie. J'avais hâte de retrouver Paris, la place de Clichy, mes mules à pompon. De laisser les drames derrière moi. Ce qui s'est passé à Winnipeg, quel que soit le niveau d'altitude, doit rester à Winnipeg.

L'équipage se retrouve dans le hall de l'hôtel, comme prévu, en uniforme. On se fait la bise, on a le cœur léger. Le commandant de bord aide le copilote à faire son nœud de cravate. Dylan a toujours son herpès labial et m'ignore complètement. En revanche, il suit Corinne de très près, de la remise des clés au réceptionniste jusque dans le bus. Au grand bonheur de Tiffany, Lesly, Cindy et Krystal, nous prenons un moyen de transport qui offre un accès gratuit au wifi. Elles profitent encore des réseaux sociaux jusqu'à l'aéroport, avant de se couper du monde pendant dix heures. Je ne partage pas leur délire. Je n'ai pas Facebook et je n'éprouve pas la curiosité d'aller y chercher Rodrigue. Le front posé contre la vitre, je contemple les champs de neige qui défilent. Je pense à lui. Son visage et ses cheveux en bataille se dessinent sur la blancheur du paysage. Que fait-il à cet instant ? Visite-t-il un appartement avec chauffage au sol ? Mange-t-il une saucisse-frites dans un boui-boui ? Est-il heureux de prendre un nouveau départ ? Prend-il un air songeur en levant la tête vers le ciel ?

Une des hôtesses Millennials me tape sur l'épaule.

— Tu sais, je voulais te dire : la robe turquoise, ça fait très mémère. Mais le chignon banane, c'est top.

— Ah bon… merci.

— Le rétro, c'est méchamment tendance.

— Merci, Tiffany.

— Non, moi, c'est Krystal.

— Ah… OK.

Je la laisse à sa rubrique mode et retourne à mes arbres nus, aux plaines enneigées, à la tristesse mortifère. La collègue n'a pas envie d'en rester là et me tape derechef sur l'épaule.

— Tu as vu ? C'est ma poupounette.

Sous mes yeux, elle déroule une collection de photos de sa fille : en grenouillère, dans un bac à sable, en train de pleurer sur les genoux du Père Noël. La poupounette dans tous ses états.

— Tu as vu comme elle est jolie !
— Oui... Elle est belle comme un cœur.

Elle étale sous mes yeux sa fierté personnelle, ce qui enorgueillit l'homme et anoblit la femme sur terre – si jeune et déjà mère –, pensant que cela peut me captiver ou devenir communicatif. Je le vis comme une agression.

— Tu as vu ? Là, elle mange une compote.

Oui, j'ai vu. En vingt ans de vie en équipage, j'ai vu ce genre de photos un million de fois et partagé la joie de mes collègues dans un grand élan de camaraderie. J'ai secrètement espéré être la prochaine. Les cigognes l'ont entendu autrement. Elles n'ont jamais survolé mon immeuble. C'est peut-être dû à la pollution causée par les pots d'échappement, place de Clichy.

Au fil des années, j'ai appris à détourner la tête pour éviter que cette joie débordante me pique les yeux. Dans quelques heures, je vais retrouver ma vieille Twingo en panne et une machine à laver entartrée. Pas de mari, pas de poupounette. Dans mon sac à main, il n'y a pas de photos de bébé, juste des sachets de tisane au romarin.

La collègue revient à la charge avec allégresse.

— Tu as vu ? Là, elle fait du pédalo avec son papa.
— Stop...
— Quoi ?
— Oui, j'ose te le dire. Je m'en fous de ta vie.

Grimace. On dirait que sa mâchoire vient de se

disloquer. Je la plante devant son dépliant de photos plastifiées et me retourne vers la vitre du bus pour communier avec le paysage. Devant moi, Corinne a la main posée sur la cuisse de Dylan. Marie-Jo appelle son chat.

« Coucou, mon cœur, maman revient demain matin. Cette fois, c'est sûr, maman te fera plein de câlins. Sois sage, maman t'aime fort. »

Quel genre de femme ai-je envie de devenir? Une vieille cougar ou une mère à chats? La vie semble me mettre devant le fait accompli et me sommer de faire un choix. Une infinie mélancolie m'envahit.

À l'avant du bus, dans son rôle de commandant de bord, Philippe nous adresse un message empreint d'humanité. Il cite Saint-Exupéry: «Nous sommes riches aussi de nos misères.» Il nous félicite de notre travail, de notre acharnement, même si nous ne sommes pas parvenus à réanimer ce passager. C'était un malheureux accident: il s'est brisé la nuque, nous n'avons rien à nous reprocher. Engoncée dans ma robe turquoise, je me fais très discrète et m'abstiens de relever le nez. Il cite encore Saint-Exupéry: «Dans la vie, il n'y a pas de solutions, il y a des forces en marche; il faut les créer, et les solutions suivent.» Il parle de crépuscule plus obscur que d'autres, de terres argileuses semées d'embûches, mais après la nuit vient le jour. Depuis son siège, Rémy, le copilote, admire son éloquence. Il le regarde amoureusement, c'est flagrant. Philippe est l'homme de sa vie et il nous remet une couche de Saint-Exupéry: «Le plus beau métier d'homme est le métier d'unir les hommes.» Puis il conclut son discours en nous informant qu'une cellule d'aide a été mise en place pour nous à l'arrivée. Si jamais l'un d'entre nous souhaite consulter un psy, craquer devant lui et se moucher très fort.

— Pas la peine.
— Non, merci.
— Pas pour moi.
— Moi non plus.
— Je veux rentrer vite pour revoir ma poupounette !
— Moi, je n'ai pas le temps, je dois nourrir mon chat.

Le message est passé. Philippe se rassoit à côté de Rémy. Il lui caresse le menton à la dérobée. Au loin, nous apercevons la tour de contrôle de l'aéroport de Winnipeg.

Je continue de ruminer ma tristesse. Devant le paysage hivernal, je m'interroge longuement sur la nécessité de contacter une cellule de crise. J'en aurais trop à raconter. Je serais capable de faire pleurer le psy.

L'aérogare sent très fort le hot-dog. Nous la traversons en file indienne pour rejoindre l'avion. Une voix s'énerve au micro et appelle d'urgence les derniers passagers attendus pour Ottawa. Je marche, tête baissée, et manque de me faire bousculer par un groupe de Chinois qui courent, chargés de sacs Calvin Klein.

Nous croisons des policiers avec des chiens. Ils jettent un coup d'œil aux hôtesses Millennials qui savent admirablement faire la moue. Un berger allemand s'intéresse à mon cas. Il tire sur sa laisse pour s'approcher de moi et flairer ma valise. Pourtant, je ne transporte ni drogue ni saucisse. J'ai du mal à comprendre pourquoi l'animal s'excite ainsi sur mon bagage. Le policier s'amuse de voir son chien renifler mon genou et le bas de ma robe. Ses coéquipiers m'observent étrangement et forment un cercle autour de moi. Mon cœur s'emballe. La police canadienne a peut-être changé d'avis. Elle a fait circuler ma photo et organisé une gigantesque chasse à la femme. Elle va me plaquer au sol en plein aéroport au moment précis où je me croyais libre de quitter le territoire. On va me jeter dans un fourgon et je vais me retrouver en détention provisoire en compagnie d'une adolescente ayant trucidé sa mère avec un couteau à pain. Mes jambes deviennent toutes molles. J'essaie de tendre le bras et d'appeler à l'aide un membre de l'équipage, Corinne ou Marie-Jo, mais aucun son ne sort de ma gorge. Le berger allemand me fixe de ses pupilles noires. Il a l'instinct de déceler la part d'ombre chez l'être humain ; il *sait*, pour le claquement de porte et ses conséquences. Il devine la femme perfide qui se cache sous mon uniforme. S'il pouvait parler, il dirait : « Je sais ce que tu as fait, bouffonne ! » Alors qu'il est sur le point d'aboyer et de donner l'alerte, je détourne la tête pour fuir son regard perspicace. L'animal me lèche le tibia. Sa langue baveuse s'étale sur mon collant de contention. Il va me sauter à la gorge, ses canines s'enfoncer dans mon artère carotidienne. Je vais me vider de mon sang.

— *Help!* je lâche, dans un souffle.

Le policier ricane un peu et tire sur sa laisse.

— *He really loves you!*

S'il pouvait moins m'aimer, j'en serais très heureuse. Ensemble, ils s'en vont poursuivre leur patrouille. Je reste tétanisée quelques instants devant la vitrine d'un duty free : j'ai failli être défigurée par un animal carnivore. Marie-Jo rebrousse chemin pour me récupérer, blanche comme un linge.

— T'avais pas de sex-toy dans ta valise au moins ?
Je fais non de la tête. Bien sûr que non.

L'avion est garé au bout du terminal. Après quinze minutes de marche avec nos valises à roulettes, nous arrivons enfin sur notre lieu de travail. Nous allons décoller pour Vancouver avec une cabine vide. Nos passagers nous attendent là-bas depuis deux jours. Ils vont être en colère de nous voir, ou heureux, pour la même raison.

Les pilotes mettent les moteurs en route pour un saut de puce. J'aime l'idée d'un bond léger et sans encombre entre deux destinations, un court laps de temps pour se reposer avant d'affronter un vol de nuit. Ce n'est pas tous les jours que l'hôtesse de l'air devient passagère. J'applique un fluide glacial sur le contour de mes yeux, j'incline mon dossier. Marie-Jo éprouve le besoin de se joindre à moi et de m'offrir une infusion d'angélique chinoise rapportée de Pékin.

— Bois ! Ça dope les souris dans les laboratoires.
Elle s'assoit pour discuter entre filles. Soudain, elle me tape sur la cuisse comme une vieille copine qui a envie de s'en payer une bonne tranche.

— Alors dis-moi, ça fait quoi de claquer la porte à la gueule d'un passager ?

Je me brûle en avalant une gorgée d'eau chaude.

— Fais pas ta sucrée ! J'étais dans l'office quand ça s'est passé.

— Tu m'as vue ? je lui demande d'une voix qui déraille dans les aigus.

— Disons que j'ai fait semblant de ne pas te voir.

Elle boit une gorgée de son infusion énergisante. Ses yeux pétillent de malice. Elle était dans l'office quand je me suis énervée contre le gros rougeaud, et aux aguets, comme une espionne, ou une concierge d'immeuble qui guigne derrière son rideau. Cette bougresse a les moyens de me faire chanter. Mais elle n'irait pas loin avec moi : je n'ai pas d'argent, je ne suis même pas actionnaire de la compagnie.

— Tu n'as rien raconté à la police, j'espère ?

Elle a ce rire de clown effrayant, des lèvres rouges, des gencives proéminentes, des dents jaunes.

— Je ne l'ai pas tué ! Je t'assure, ce n'est pas moi ! Ce sont les turbulences.

— Ça, c'est ce qu'ils ont cru ! Et ça t'arrange bien.

Ce clown démoniaque remet en cause une hypothèse crédible et jette l'opprobre sur ma personne. Je suis l'ogresse. Je suis la brute. Je suis la Mère Fouettard qui claque le beignet aux passagers. Elle est le témoin à charge qu'il faut zigouiller, la vieille morue qu'il faut scalper. Je tourne la tête en tous sens pour vérifier que nous sommes bien seules à l'arrière de la cabine.

— Qui d'autre est au courant ? je lui demande tout bas.

— Personne.

— Qu'est-ce que tu veux de moi, au juste ?

— Calme-toi, Bérengère.

— Qu'est-ce que tu as raconté à la police ?

Elle hume son infusion. Prend son temps. Apprécie de me voir ratatinée sur mon siège.

— J'ai dit que, dans notre métier, la règle d'or, c'est de se faire confiance, que ce n'est pas forcément simple avec toutes ces gonzesses qu'ils ont recrutées, mais que sur ce vol, s'il y en a bien une sur qui j'ai pu compter, c'est toi !

C'est bien la première fois que je l'entends me faire un compliment. Il résonne encore dans l'habitacle de l'avion pressurisé. Elle me prie de le prendre comme il vient et de fermer ma bouche.

Elle ne le répétera pas deux fois. J'obéis aux ordres de la doyenne des hôtesses. Je fais silence. Ensemble, nous avons tracté des chariots de plateaux-repas, affronté des danseurs de country, effectué un massage cardiaque, serré les fesses à l'atterrissage. Cependant, quelque chose me turlupine. Elle n'a jamais été spécialement sympathique avec moi ; on ne se téléphone jamais entre les vols ; c'est juste une collègue qui ronchonne tout le temps. Pourtant, en omettant de raconter certains détails sur les faits, elle me protège, elle vient vers moi en bonne camarade, de celle qui croise les doigts et jure de garder un secret. Et c'est très surprenant de sa part.

— Moi aussi, je me suis souvent pris le chou avec les passagers, dit-elle. Mais le claquement de porte, ça, je n'avais jamais osé. Tu es loin d'être une nunuche. Tu es mon idole, Bérengère. C'est la première fois que je dis ça à quelqu'un.

Je suis son idole et c'est le compliment suprême dans la bouche de Marie-Jo. Il ne s'agit pas d'un propos tenu à la légère. Solidarité féminine ou d'hôtesse de l'air, peut-être les deux confondues, elle me fait savoir que nous avons des atomes crochus. Si novice que je sois en matière de claquement de porte, j'ai déjà une longueur d'avance sur elle. Elle m'ovationne, me couvre de fleurs, me tresse une couronne. Des canaris jaunes et bleus volettent autour de mon aura d'icône. En me penchant sur sa joue, j'y dépose un bisou.

— Arrête ! J'ai horreur de ça.
— Tu es un sacré personnage.
— Des comme moi, on n'en fait plus, hein ?
— Tu vas nous manquer quand tu seras partie à la retraite.

Elle détourne subitement la tête vers le hublot. Elle s'en fiche, pourtant, du ciel et des nuages, elle les voit depuis quarante ans. Je n'en suis pas certaine, mais je crois percevoir ses yeux légèrement embués, comme si l'émotion était présente mais que Marie-Jo était super entraînée à la rétention lacrymale. C'est une force de la nature. Elle garde pour elle mon horrible secret. En un vol, elle est devenue mon alliée. Nous sommes belles et fières, nous sommes hôtesses de l'air, ensemble encore nous allons vendre du rêve. Alors je lui prends la main, qu'elle serre très fort. Elle ne prononce plus un mot jusqu'à la descente.

Après l'atterrissage à Vancouver, les pilotes vérifient le plein de carburant. Nous nous activons pour lancer l'embarquement et accueillir nos passagers. Je me positionne près de l'issue de secours. Je fais l'hôtesse-bien-comme-il-faut, agréable et disponible, toujours un petit mot gentil aux voyageurs. Je dis : « Bonjour, bienvenue à bord. » Certains râlent, exigent un surclassement en raison du préjudice moral engendré par le retard. D'autres préfèrent garder le silence et les yeux rivés sur leur téléphone portable. Il y a des bébés qui pleurent, des gens qui rapportent des robots de cuisine à des prix défiant toute concurrence, des mamies qui refusent d'enfermer leur bichon frisé dans un sac. Rien d'inhabituel en somme.

À chaque embarquement, il y a toujours un retardataire. Un passager arrive précisément au pas de course juste avant la fermeture des portes. C'est un monsieur coiffé d'une casquette, plutôt bel homme dans son jean bleu foncé et sa chemise en denim. Il se présente à moi comme un voyageur égaré en cabine. La suite est un enchaînement de gestes troublants. Il lâche son sac à bandoulière, retire sa casquette, met ses cheveux bruns en bataille. Et là, je m'aperçois que ce voyageur ne m'est pas inconnu, que je le rencontre pour la troisième fois dans trois villes différentes : Paris, Winnipeg, Vancouver. N'importe quelle bonne copine avalerait son spritz de travers devant cette étrange coïncidence. Une hôtesse-bien-comme-il-faut n'appelle jamais un passager par son prénom, elle préfère laisser ce réflexe à une barmaid de PMU qui a quelques accointances avec des piliers de comptoir. Mais le désir est plus fort que la raison.

— Rodrigue !

Il me sourit, timide, embarrassé. J'ai l'impression que l'avion tremble sous mes pieds. À moins que ce soient mes chevilles qui me lâchent.

— Je rentre à Paris, me dit-il.
— Et ta nouvelle vie au Canada ?
— Oublie Vancouver !

L'entretien d'embauche s'est bien passé, mais il a décliné l'offre. Il a pris le temps de mûrir sa réflexion en mangeant un *bacon cheeseburger* dans un fast-food. Après avoir déambulé dans une rue piétonne, sa décision lui est apparue, évidente. Son projet d'exil est de l'histoire ancienne. C'était un coup de folie, la crise de la quarantaine. Il a acheté un billet d'avion sur mon vol car je suis son hôtesse de l'air préférée, celle qui n'hésite pas à lui prendre le pouls ou à lui mettre du coton dans le nez. Je me tétanise dans ma robe turquoise, mon foulard à pois me serre la gorge. Rodrigue m'explique tout ce qu'il n'a pas osé me dire sur le toit de l'hôtel. Les mots murmurés, en tête à tête, devant une issue de secours.

— Après mon divorce, les choses n'ont pas été simples. On avait des habitudes, des amis communs. Je voulais fuir Paris, changer de décor, un aller sans retour. Et puis le jour de mon départ, tu es apparue sur un escalator. Toi, mon coup de cœur d'adolescent, mon premier émoi, ma première gifle aussi. J'ai eu une poussée d'adrénaline.

Un peu comme moi, présentement, dans mon uniforme cintré. Ce mélange de bouffée de chaleur et de fourmillement dans les mains.

— Je n'ai plus voulu te quitter. Je t'ai suivie jusqu'à l'hôtel. Et le temps d'une escale, c'est comme si je m'étais retrouvé à cette boum, sauf que cette fois tu m'as remarqué, et tu as comblé un vide en une journée.

Cette lueur dans ses yeux, de l'or noir dans la pierre volcanique. Je reste coite sous l'effet de l'émotion. Hier, à Vancouver, sous un vent humide et glacial, il a compris que tout plaquer ne résoudrait pas les problèmes. Il n'avait fait que les emporter ailleurs et les ruminer, le décalage horaire en sus. Si tous les divorcés devaient s'exiler, le monde entier jouerait aux chaises musicales. Sa vie n'est pas au Canada. Sa vie est à Paris. Alors, il a décidé de faire demi-tour, de garder son travail, de rester auprès de ses proches.

— Bérengère, tu as chamboulé mes projets d'évasion.

J'aime quand tu me regardes en douce. Quand tu as cet air un peu ailleurs comme au bon vieux temps. Quand tes cheveux sont mouillés et ta frange collée au front. Quand tu poses ta main sur mon cœur et que tu me forces à penser à un jardin, un ruisseau, ou un zèbre.

J'ai besoin d'ouvrir l'issue de secours et de respirer une bouffée d'air frais.

— Tu m'acceptes à bord, dis ?

Mon foulard à pois m'étrangle. Je desserre le nœud.

— Tu m'acceptes dans ta vie ?

C'est trop beau pour être vrai.

— Je connais un resto italien au quartier des Batignolles qui fait de bons gnocchis. J'aimerais t'inviter, si ça te dit…

J'en dis que les gnocchis me ballonnent, mais je ne veux pas anéantir son enthousiasme. À bord, il est M. Angeli ; mais pour moi il est Rodrigue, le garçon qui laisse traîner des miettes sur son pull jacquard, à qui j'ai mis un vent lors d'une boum. Vingt-cinq ans plus tard, je décide de faire justice. Une petite voix intérieure me dit : *Fille, écoute ton corps plutôt que ton mental. Sens-toi libre comme l'héroïne d'un film de Jacques Demy qui s'élance dans les airs sans subir la loi de la pesanteur*. Fini l'hôtesse-bien-comme-il-faut ; fini les convenances, la bienséance, la pudeur et la décence. Je suis rebelle et canaille. Au diable la frilosité.

Je me jette littéralement sur lui.

Rodrigue, qui l'eût cru ?

Il bascule contre la cloison de l'appareil. Dans une succession de gestes mal coordonnés, sa main vient se plaquer contre le bas de mes reins. La mienne attrape sa nuque. Nous sommes dans la position d'amoureux sur le point de se donner leur premier baiser. Une image onirique et picturale. Je perds l'équilibre. Il me retient dans ses bras. Et quand nos bouches s'effleurent, avides d'extase, une décharge électrique remonte le long de ma colonne vertébrale. J'en perds mon escarpin. L'avion n'a pas encore décollé que j'ai déjà atteint le ciel, le nirvana, le nuage numéro huit. Nous nous embrassons comme si nous étions seuls au monde, oubliant quelque peu les passagers en classe économique qui assistent au spectacle et se mettent à applaudir joyeusement.

Dans sa grande bonté, Marie-Jo bénit cet amour naissant depuis l'autre allée :

— Dis donc, ma coquine, tu caches bien ton jeu, en fait !

19

Il se produit un événement merveilleux, et c'est toute votre façon de voir les choses qui change. C'est le baiser qui tire la princesse d'un profond sommeil, laquelle se taperait bien une potée auvergnate sans lésiner sur le jarret de porc. C'est le baiser qui transforme le crapaud en prince, lequel se rend utile en taillant à la serpe une forêt de ronces. L'éclosion d'un nouveau jour bénit de sa lumière un champ de coquelicots. Dans ce baiser, c'est la vie qui palpite.

Le vol retour vers Paris a été un enchantement. J'ai distribué mes plateaux-repas en chantonnant «tralalala tralalalère». Les râleurs et les sceptiques se sont calmés et ont savouré leur hachis Parmentier. Tout en tournoyant gracieusement dans l'allée, j'ai assuré la distribution de gobelets d'eau minérale, et suis passée en cabine avec des verseuses d'eau chaude. J'ai renversé du café sur le pantalon en flanelle d'un passager et nous avons ri ensemble de ma maladresse – je lui ai brûlé la cuisse au troisième degré mais il ne m'en a pas tenu rigueur. «Ce qui ne nous tue pas nous rend plus forts», lui ai-je dit en bonne philosophe pragmatique. Il s'est fendu la pêche sur son siège. Tout était régal et délice. Rodrigue se tenait près de moi, et c'est tout ce qui comptait. Il n'y a quasiment pas eu de turbulences, rien qui l'incite à respirer dans un sac en papier. Il me lançait des œillades amoureuses à chacun de mes passages. Marie-Jo s'en est aperçue.

— Dis donc, il a le béguin pour toi, ce gringo !

— Tu penses qu'il est croque-love ?

— En tout cas, je n'ai jamais vu un passager faire demi-tour pour une hôtesse de l'air, aussi gigolette soit-elle !

Je l'ai trouvé si beau quand il s'est endormi, la bouche ouverte, contre le hublot, un filet de bave ruisselant le long de son menton. J'aurais voulu respirer son haleine, me blottir contre lui sous la couverture. On dit que le coup de foudre survient en un regard, mais c'est parfois moins rapide. Il peut suivre un long processus de vingt-cinq ans.

Au petit matin, l'avion a embrassé la piste dans un atterrissage en douceur. Les passagers ont débarqué en nous remerciant de ce vol formidable. J'ai dit : « Bonne journée et à bientôt » avec un large sourire, après avoir vérifié mon chignon banane dans le miroir des toilettes. J'étais impeccable, même après une nuit en l'air, une véritable hôtesse digne de ce nom. Dans l'aérogare, j'ai salué Corinne, Dylan, Tiffany, Lesly, Cindy et Krystal. Et souhaité tout le bonheur du monde à Philippe et Rémy, de se marier et d'avoir beaucoup d'enfants. Ils m'ont fait les gros yeux, les galons dorés sur les manches de la veste, la casquette vissée sur la tête. Et puis j'ai serré Marie-Jo dans mes bras, peut-être pour la dernière fois avant son départ en retraite.

— Prends soin de toi et de ton chat.

— Et toi, vas-y mollo sur les portes de toilettes… Et arrête de me coller comme ça !

Elle a glissé un sachet de thé vert à la menthe bio dans la poche de mon manteau, et je suis repartie guillerette, en tractant ma valise à roulettes, retrouver mon beau brun à lunettes. Il m'attendait devant la borne de taxis, en plein froid, protégé par son manteau en tweed. J'ai couru vers lui. Fichtre ! Qu'il est beau !

Dans la voiture noire aux vitres fumées, nous nous faisons du genou. Nos doigts sont entrelacés. Paris s'éveille sur un fond de jazz et nous fait la promesse d'un soleil d'hiver.

Je descends une fois arrivée place de Clichy ; Rodrigue, lui, continue sa course jusqu'à la porte de Vincennes. Nous nous embrassons une dernière fois, mais nous avons déjà prévu de nous retrouver : il passe me voir dans l'après-midi, c'est promis. Je n'avais pas l'intention de le faire monter tout de suite. Je dois passer l'aspirateur, mettre en route une lessive, récurer des joints du carrelage – en d'autres termes, conserver un peu de glamour et de mystère avant qu'il s'immisce dans mon quotidien. J'ai envie de me mettre à nu au fur et à mesure, de lâcher prise dans la chambre en ayant la bonne conscience d'être épilée, de lui demander : « Et mes fesses, tu les aimes mes fesses ? » À la lumière tamisée d'un abat-jour, il répondra oui, assurément.

Je lui envoie un bisou de la main quand le taxi redémarre. Sur le trottoir, des pigeons exécutent une parade amoureuse. Il n'y a rien d'autre à faire qu'être heureux. Comme chaque matin, mon gardien d'immeuble est allé acheter son journal et il m'a surprise bouche contre bouche avec un inconnu dans une Peugeot 508 noire. Je deviens alors une femme avec de l'avenir sur terre.

— Alors, madame l'hôtesse, on a trouvé un amoureux ?
— Peut-être…
— Si c'est pas mignon, tout ça !
— Et vous, comment allez-vous ?
— Oh, ma foi, plutôt bien. À part l'arthrose qui ne me quitte pas.

Je m'engouffre dans l'ascenseur qui a subi un dépannage en mon absence. Comme si j'avais claqué des doigts et que les choses étaient rentrées dans l'ordre. Il se produit un événement merveilleux, et les objets cassés sont de l'histoire ancienne…

— Et sinon, il sait réparer les voitures, votre amoureux ?

Pas le temps de lui répondre, je suis tractée jusqu'à mon étage dans un halo bleuté. Je tire avec deux doigts sur mon collant de contention qui me rentre dans les fesses.

Rentrée chez moi, je constate que le bouquet de fleurs sur la table n'a pas encore fané. Je baisse la fermeture éclair de ma robe turquoise, qui choit sur le parquet. Je la fourre dans la panière à linge sale et détache mes cheveux en tournoyant dans la salle de bains. À l'étage du dessus, la fille de la voisine se met à jouer de la clarinette. Les notes s'unissent dans une mélodie entraînante. Je me douche au son d'un concerto et mon esprit divague vers un verger en fleurs.

Quand je me glisse dans le lit, la fille de la voisine décide d'entamer une série de claquettes. En temps normal, de si bonne heure, après une nuit blanche, je le vivrais très mal. Aujourd'hui j'estime qu'il n'y a pas d'heure pour explorer sa créativité. Il faut bien que jeunesse se passe. J'enfonce deux bouchons en mousse dans mes oreilles et c'est parti pour une longue sieste. Rodrigue a promis de passer me voir dans l'après-midi, et c'est toute ma façon de voir les choses qui change.

Quelques heures plus tard, je me réveille en douceur. Je fais la salutation au soleil d'hiver, qui pointe ses rayons à travers mes fenêtres. Il est midi passé, un jour de semaine. La plupart des gens se ruent dans des brasseries ou des sandwicheries, esquivent un coursier à vélo ou une trottinette, courent après un bus ou un métro bondés. Combien ont le cœur en fête aujourd'hui ?

J'enfile un survêtement souple et confortable. Après m'être préparé une soupe de concombre à la menthe pour rester fraîche et éviter les ballonnements, je déjeune sur un coin de table en lisant l'horoscope du jour. « Amour : N'attendez plus ! Prenez votre destin conjugal en main. Il y a de la romance dans l'air. » Quelle clairvoyance ! Ce magazine n'éclaire pas seulement mon quotidien, il détient la vérité. Je suis aux anges.

J'attaque mon ménage avec une joie immense. Une musique cool et rythmée m'accompagne dans l'appartement. Je passe l'aspirateur en dansant le madison. C'est la danse populaire qui déride même les moins dégourdis. Tout est dans le croisement de jambes et le mouvement du bassin. Pas chassé avant gauche sur deux temps et hop ! Quelqu'un sonne à ma porte et me coupe dans mon élan.

Ciel ! Rodrigue est en avance.

Ce coquin a failli me surprendre avec mes gants en caoutchouc en train de lutter contre le calcaire. Je vérifie qu'aucune feuille de menthe n'est collée à mes gencives et découvre avec effroi mon visiteur de l'après-midi : ma mère, dans son col roulé kaki.

— Ah, c'est toi !
— Merci pour l'accueil. Bonjour, ma fille.
— C'est-à-dire que j'attends de la visite.
— Il suffit de me le dire si je te dérange.

Elle entre sans vraiment y être invitée, suspend son manteau, me signifiant par là qu'elle ne compte pas repartir de sitôt, et heurte mes pots de fleurs dans le salon.

— Pauvres plantes vertes ! Tu as encore oublié de les arroser. Comment veux-tu garder un homme si tu laisses crever ton yucca ?

En temps normal, j'aurais trouvé un prétexte adéquat pour la faire fuir. Je me serais raclé la gorge et, dans un toussotement, je lui aurais rappelé que mon travail m'emmène vers des régions tropicales, que le virus Ebola se propage partout, qu'il a une période d'incubation de trois semaines et qu'on en meurt après une horrible agonie. Aujourd'hui, je la laisse s'installer sur le canapé, faire comme chez elle. Elle passe un doigt sur la table basse pour vérifier l'absence de poussière, mais ne trouve rien à redire. Elle grommelle un peu car son café tarde à venir. Je m'interroge sur sa présence ici et ses arrière-pensées, tout ce qui risque de m'éclater à la figure et d'entraîner un matricide.

Elle ne débarque pas souvent à l'improviste. Elle vient peut-être m'annoncer une mauvaise nouvelle. Une maladie auto-immune ou la fermeture du château de Vaux-le-Vicomte pour travaux ?

— Qu'est-ce que tu fais là, au juste ?
— Tu es aimable avec ta mère, ça fait plaisir.
— Quel drôle de vent t'amène ?

— Figure-toi que je me promenais aux Batignolles et j'ai pensé faire halte chez toi. Comme quoi, je ne suis pas forcément une peau de vache.

— Dis-moi ce qui cloche !

Je sens qu'elle mobilise ses forces physiques et morales pour faire preuve de cordialité avec sa fille.

— Bon, voilà… Ton père m'a entendue te reparler au téléphone de l'enterrement de Mamie, et il trouve que j'abuse un peu. Il m'a priée de venir m'excuser.

Elle est assise sur le canapé, je suis debout dans le salon. La conversation est à l'arrêt. J'attends la suite mais elle reste silencieuse. En bonne Samaritaine, je joins les mains. Je lui servirai un café avec un petit chocolat, même un verre de porto si tel est son désir, à la condition qu'elle s'exprime.

— Je m'excuse, dit-elle enfin. Voilà, tu es contente ? Je manque de tact. Je dois mettre de l'eau dans mon vin. Je suis soupe au lait. Je suis rabat-joie… je suis…

— Une vraie peau de vache.

Elle s'agace toute seule entre deux coussins, fait des grands gestes avec les mains, tire sur son col roulé.

— Prends garde à toi, maman ! C'est fini, tes remarques désobligeantes. La prochaine fois, je te claque la porte au nez.

— Baisse d'un ton, ma fille !

— Et crois-moi, tu resteras sur le carreau.

— Non, mais comment tu parles à ta mère ?

— Comme j'aurais dû le faire depuis belle lurette !

Je porte un survêtement, prête pour la lutte gréco-romaine. Je pourrais renverser ma mère par un tour de hanche et la bloquer tête-bêche sur le tapis. Je l'étoufferais entre mes cuisses. Elle bat en retraite, n'osant pas s'opposer à la guerrière qui est en moi.

Elle se radoucit, m'appelle «ma chérie». Elle a envie de me dire quelque chose de gentil mais ce n'est pas fréquent chez elle. Et donc les mots ne viennent pas facilement. En général, ils sortent comme des gifles.

— Ton métier, c'est un vrai problème, m'explique-t-elle, et ce n'est pas seulement à cause de l'enterrement de Mamie ou des Noëls que tu manques...

— Alors c'est quoi ?

— C'est la peur que tu ne reviennes pas. Chaque fois que ton avion décolle, j'y pense. Et s'il t'arrivait quelque chose ? Un accident ou un attentat ? Qu'est-ce qu'on ferait, ton père, ta sœur et moi ?

— Maman, tu as pris autant de risques en prenant le métro pour venir ici que moi pour aller à Kuala Lumpur.

— Bon, d'accord, on a compris ! Et maintenant, il vient ce café ou je dois voyager en business class pour ça ?

Je pourrais la ligoter sur une chaise et la gifler sans m'arrêter. Elle reste ma mère. Cette mère-là. Elle a un sale caractère et un fond de mauvaise foi, mais elle fait la démarche de venir me présenter ses excuses, aussi concises soient-elles. C'est assez inhabituel pour que je le remarque. On ne va pas se serrer dans les bras pour autant ni échanger des recettes gourmandes et variées d'œufs-cocotte.

Faisant preuve d'indulgence, je lui prépare un café. Elle se réchauffe les mains contre la tasse. Je lui lis son horoscope, elle hoche la tête d'un air incrédule. Le mouvement des planètes et l'alignement de Mercure et Vénus ne l'enthousiasment pas. Je lui confie les péripéties de ma dernière rotation, seulement les plus belles, celles qui sont racontables. Mon escale à Winnipeg, mes retrouvailles avec Rodrigue scellées par un baiser spectaculaire.

— Tu te souviens de lui ?
— Il était un peu joufflu, non ?
— Il a une sœur qui s'appelle Chimène.
— Tu vas encore nous ramener un péquenot ?

Et quand on parle du loup, il sonne à son tour. Ma mère se précipite à la porte mais je la rattrape par son col roulé. Elle tente d'ouvrir, je la pousse contre le porte-manteau. Mon beau brun est de retour, comme promis, reposé et rasé de frais, avec ses lunettes sur le nez. Il porte un survêtement lui aussi. Cette concordance vestimentaire est stupéfiante. Nous sommes faits l'un pour l'autre. C'est sûr.

Au premier abord, il est un peu embarrassé de rencontrer ma mère. Je ne comptais pas la lui présenter si vite mais elle s'impose à lui et cherche à le mettre à l'aise à sa manière.

— Comme tu es beau, Rodrigue ! Comme tu as changé ! Faut dire que tu étais un peu ingrat quand tu étais petit.

Il rit de bon cœur.

— Merci, madame. Effectivement, j'ai connu une époque difficile.

En plus, il est gentil et poli. Il n'ose plus prononcer un mot, comme dans une boum, quand on découvre que les parents sont restés cachés dans la cuisine pour chaperonner la soirée. Et forcément, à un moment donné, ça va jeter un froid. Ma mère est du genre à mettre les pieds dans le plat.

— Il va falloir le garder, celui-là, me dit-elle en me balançant un coup de coude.

— Maman, tu étais sur le point de partir.

— Moi ? Non.
— Si ! Tu as des choses à faire.
— Mais non !

Je la foudroie du regard, à la façon d'une ado qui voit sa mère sortir de la cuisine et gâcher sa boum en dansant devant ses amis sur Boney M.

Heureusement, Rodrigue a du répondant : il me propose de m'enlever à mes tâches ménagères qui ne font rêver personne, de m'emmener faire un tour dans un endroit secret. J'accepte volontiers en décrochant ma doudoune du portemanteau.

— Je dois me changer peut-être ?
— Non, tu es parfaite comme ça.
— Et moi alors, qu'est-ce que je vais faire toute seule ? interroge ma mère.
— Rends-toi utile, arrose mes plantes vertes.

Je lui fais un petit signe de la main en refermant la porte. C'est une joie intense de la voir avec ses yeux de lièvre pris dans les phares d'une voiture.

Nous sommes lancés dans la vieille Citroën de Rodrigue, direction porte de Pantin. Il a l'air narquois de celui qui refuse de vendre la mèche et joue à chaud ou froid. Sous un tunnel, je réalise combien la vie me prend de court. Jamais je n'aurais imaginé me retrouver sur le boulevard périphérique avec un ancien copain de collège, tel un couple qui va s'acheter des jardinières en prévision des beaux jours. Mon rêve.

Au milieu du tunnel, mon moteur cérébral se met en route et crée son lot d'angoisses. Nous sommes à l'aube de notre histoire et un couple doit pouvoir tout se dire. Cependant, Rodrigue ignore que je vacille sur un fil tendu entre le bien et le mal. Le claquement de porte. Le gros rougeaud à la nuque brisée. Mon horrible secret.

— Rodrigue, je dois t'avouer quelque chose.
— Quoi ?
— Je n'ose pas te dire ce que j'ai à te dire, pourtant il faut bien que je te le dise...

Il baisse le son de la radio. J'hésite à poursuivre. Il est fougueux et passionné. Je suis sur le point de tout gâcher. Il n'est pas de bon ton d'avouer lors des premiers rendez-vous : « J'aime jouer au Scrabble et fabriquer un herbier. Et au fait, j'ai tué quelqu'un... » Je m'entends lui confier des choses regrettables qui lui fassent faire demi-tour. Je m'entends piétiner les joies que m'offre le destin.

J'ai droit à l'amour, moi aussi, aux nuits câlines, à ma poupounette. J'ai envie de faire du pain grillé pour mes enfants, des volcans dans la purée, de la soupe aux vermicelles pour qu'ils grandissent. Nous ferons des balades en forêt, du canoë sur des lacs, des crêpes à la confiture de cerise. Il y aura de la joie, du rouge sur les genoux, la petite Souris qui passe sous l'oreiller. Toutes les vérités ne sont pas bonnes à dire. Je ne suis peut-être pas obligée de détruire le bonheur que l'on place entre mes mains.

— Alors, dis-moi !
— Non, rien.
— Vas-y !
— Bon, voilà... je porte des mules à pompon, je lui réponds après une courte hésitation.

Il éclate de rire et me félicite de mon audace, parce que je suis une fille épatante, parce qu'il n'y en a pas deux comme moi. Quitte à me perdre à son tour, il doit également m'avouer quelque chose.

— Sache que je porte des vieux slips à rayures.

Nous sommes soulagés d'avoir chacun un argument qui tue l'amour. Nous sommes adultes et responsables, prêts à faire des concessions sur les slips et les pantoufles. Nous avons la vie devant nous, et c'est merveilleux. Et au bout du tunnel, je pose la main sur sa cuisse. Telle une veuve noire immobile sur sa toile, cachée dans l'obscurité, je préfère garder pour moi mon horrible secret. Il n'en saura rien. Jamais.

Il se gare devant une ancienne usine désaffectée. Un endroit glauque. Un coupe-gorge. Je m'interroge alors sur la santé mentale d'un homme qui s'appelle Rodrigue, doté d'une sœur prénommée Chimène. Quelle enfance tragique a-t-il eue ? Ne possède-t-il pas un fort potentiel de schizophrène ?

— Qu'est-ce qu'on fait là ? je lui demande d'un air naturel.

— Viens. C'est important pour moi de t'emmener ici.

Quand il me fait ses yeux de velours, je ne peux rien lui refuser. Main dans la main, nous traversons le parking et passons la porte de ce grand complexe. L'espace accueil recrée l'ambiance conviviale et rustique d'un chalet savoyard, boisé du sol au plafond. Un sapin géant trône au milieu. On est en février et personne n'a eu l'idée de retirer les décorations de Noël. Une jeune femme à dreadlocks et sandales en cuir vient à notre rencontre. Elle nous offre un jus de brocoli fait maison et nous tutoie allègrement.

— Salut à toi, l'amie. C'est ta première fois ?

J'acquiesce, évidemment, et je bois. Le jus de brocoli est un peu âpre. Dans son dos s'ouvre un espace lumineux où se dressent des blocs de béton gigantesques. Des gens en tenue de sport grimpent dessus comme des écureuils. Le but de ma présence ici me paraît flou.

— Rodrigue, tu peux m'expliquer ?
— L'escalade, c'est ma passion. Je voulais partager ce moment avec toi.

Cela rejoint mon sentiment dans la voiture : on n'est pas obligés de tout partager, du moins pas tout de suite. Rien n'astreint à tout s'avouer dès le premier rendez-vous. On peut garder son jardin secret, surtout quand il concerne les sports extrêmes.

— Normalement, je vais à Fontainebleau, dit-il, mais comme il fait froid...
— Tu vas monter jusque là-haut ?
— Mieux que ça. On y va ensemble !

Il est convaincu de son idée. Moi pas vraiment. Je fais un tour d'horizon des blocs d'escalade et je regrette de ne pas être restée en compagnie de ma mère avec un thé au caramel devant *Des chiffres et des lettres*.

— Tu sais, en général, je préfère jouer au Scrabble.
— On en fera un demain.

C'est le mot qu'il fallait dire pour me persuader. Le mot que j'attendais. Rodrigue croit au jour d'après, quand un baiser volé dans un avion est une invitation à faire l'amour, quand une nuit ne suffit pas et que l'odeur de l'autre devient indispensable, quand on accepte d'être en désaccord au supermarché au sujet des yaourts au lait de vache ou au lait de brebis, quand on reproche à l'autre d'avoir appuyé au milieu du tube de dentifrice et que cela dépasse l'entendement. Rodrigue croit à l'achat d'un canapé convertible, d'une penderie en kit à monter, d'un appareil à raclette pour recevoir les copains. Il est certain de suivre son instinct, d'avoir abandonné son projet d'exil canadien, de m'avoir suivie là-bas et ramenée ici. Il veut faire le pari. Il veut prendre le risque. Il fait des choix pour aujourd'hui et pour demain. Il me fait une place au cœur de sa vie.

Alors je lui prends la main. Je me laisse happer par les lumières de ce lieu rocambolesque. Nous traversons la grande salle jusqu'à un bloc de quatre mètres, destiné aux débutants. Au sol, des tapis mous amortissent les chocs en cas de chute. Je reste perplexe concernant la dose d'adrénaline qui m'attend.

Après un petit échauffement des poignets et des chevilles, Rodrigue m'initie à sa passion. Il passe devant et saisit les prises d'escalade peintes de couleur vive. Il m'encourage à monter en poussant sur les pieds plutôt que de me hisser à bout de bras.

— La force est dans le gros orteil, dit-il.
— Tu sais, j'ai un peu le vertige.
— Tu montes beaucoup plus haut en avion.

Dans un avion, mon rapport à l'altitude est différent. Je suis coupée du lien terrestre, projetée à une vitesse horizontale. Je n'ai pas forcément le loisir de regarder en bas. Ici, je suis clouée contre une paroi en béton, à deux mètres de haut. J'évalue toutes les probabilités de chuter et de rouler sur les tapis mous, d'être complètement ridicule.

— Rodrigue ! Il y a un problème. Je ne peux pas continuer.

Mon beau brun se retourne vers moi. J'aimerais avoir le goût du challenge. La peur se lit dans mon regard.

— Courage ! Pense à quelque chose qui t'apaise, me

lance-t-il avec un clin d'œil. Un jardin, un ruisseau, ou un zèbre !

Il existe des filles très rock 'n' roll qui adoreraient le suivre dans ce genre d'activité. Vêtues d'un legging, d'une brassière et d'un bandeau en mousse, elles grimperaient avec dextérité en écartant bien les jambes. Elles feraient tout pour me le chiper. Agrippée au bloc, je compte jusqu'à trois et fournis un effort supplémentaire. À présent, il faut grimper. Ce matin j'étais perchée sur un nuage, cet après-midi sur un rocher. Que la force soit avec moi. Le visage levé vers le sommet, j'ai une pensée pour Mamie d'Orly. Qu'est-ce qu'elle dirait de me voir ainsi ?

Certainement que je me débrouille toujours pour avoir les fesses en l'air.

20

Quand la musique débute, Rodrigue et moi sommes côte à côte. Nos mains s'effleurent mais nous prenons garde à ne pas entrer en collision.

Un pas à droite rejoint par le pied gauche. Petit jeté du pied gauche vers l'avant droite. Nous claquons des mains. Nous sommes en rythme. Dans ma chambre, je lui apprends à danser le madison. C'est un loisir moins risqué que l'escalade et qui n'implique aucune tenue particulière. J'ai noué un paréo polynésien autour de mon buste, il remue son derrière dans un vieux slip à rayures. Il me suit dans la chorégraphie mais tout est prétexte pour me basculer sur le lit. D'une animalité torride, il dénoue mon paréo avec les dents. C'est le début du printemps, les oiseaux chantent, j'ovule. Telle une fleur béante, je sécrète un nectar de jouissance. Il ne cache pas la turgescence de son désir. Toutes les conditions sont réunies pour m'empêcher de rentrer dans ma jupe cintrée d'ici quelques mois.

Là, sous les draps, je glisse sans retenue, j'en oublie mon prénom. Je suis la femme qui porte une feuille de vigne et qui rêve d'aventures. On s'abandonne à cette matinée, sans contrôle, sans tourment. Les gestes ne sont pas calculés et ne présument de rien. Nos souffles sont tendres et sauvages. Rodrigue embrasse mon ventre avec un désir vif et persistant.

C'est un dimanche comme un autre pour une hôtesse de l'air. Un dimanche où elle doit laisser derrière elle la danse et l'amour, sacrifier la fin du week-end en amoureux pour aller travailler. Elle n'a pas le temps de choisir quatre œufs frais, un bol entier de lait, de verser de la farine, un souffle de levain et une larme de miel, pour faire un gâteau d'amour à son nouveau fiancé.

Mon costume de super-héroïne m'attend sur un cintre. Le textile produit une énergie rayonnante sur ma peau. J'ajoute à l'eye-liner un trait au ras des cils. Le chignon banane apporte sa touche de glamour et fait de moi une globe-trotteuse sophistiquée, prête pour une mission en vol Paris-Tokyo. J'ai quarante ans, vingt ans de métier, douze mille heures de vol au compteur, et le monde est dans ma main.

Rodrigue est resté nu, comme l'homo sapiens à l'éveil de l'humanité s'étirait les muscles près de sa grotte avant d'allumer un feu. Il m'enlace devant la porte d'entrée.

— J'veux pas que tu partes.

— Ne t'en fais pas, je reviens vite.

— On fera des bébés ? demande-t-il en dégrafant ma robe turquoise.

— Rodriiigue ! Je vais être en retard ! Tu veux me corrompre, c'est ça ?

— Peut-être bien…

J'aime quand ses yeux noirs me capturent et que ses mains libèrent mes cuisses de mon collant de contention. J'aime quand il me délivre de ma cuirasse.

Après l'amour, il trouve le moyen de prolonger ce moment en me conduisant à l'aéroport. Je dois faire du ciel le plus bel endroit de la terre. À mon retour, Rodrigue fera de ma terre le plus bel endroit du monde, le plus ensoleillé, le plus fertile, le plus émouvant.

J'arrive sans encombre et bien escortée. Un dernier baiser dans la voiture avant de se quitter. Un autre pour fêter notre premier printemps ensemble. Un autre encore car rien n'empêche les amoureux de découvrir de nouvelles étoiles dans leurs yeux. Nous nous retrouverons dans quatre jours, allongés l'un sur l'autre dans un alignement parfait. Avant de descendre, je vérifie dans le rétroviseur que mon rouge à lèvres ne s'est pas étalé sur ma joue.

Il me rattrape par le bras, m'embrasse dans le cou une dernière fois pour retenir mon parfum. Silence. Je soupire un peu. Il ne fait jamais semblant de me garder pour lui, de me ralentir dans l'élan, de m'envisager comme une super-héroïne qui a le cœur à l'ouvrage et du pain sur la planche. Ici, mon histoire avec lui reste en suspens avant de reprendre son cours. On parlera des vacances d'été, de ma mère qui tient absolument à lui faire son île flottante, de mon père qui a un couteau suisse à lui offrir, de mes neveux qui veulent déjà jouer à chat perché avec leur «tonton». Il me laisse partir sans m'appeler ma fraisouille, mon lapin rose ou mon chou en sucre. Heureusement. À bientôt, mon amour.

Je traverse l'aéroport d'un pas léger et triomphant, au milieu des voyageurs qui courent avec des chariots de bagages. Un enfant, du chocolat barbouillé autour de la bouche, me pointe du doigt. Je suis la dame-du-jus-de-pomme super pressée et je lui envoie un baiser de la main. Il lâche son ballon gonflé à l'hélium. Une tête de Mickey s'élève vers le plafond et se balade au gré des courants d'air. Elle nous observe d'en haut, la mine réjouie.

Je presse le pas vers l'escalator. Toujours le même. Entrée dans les locaux de la compagnie. Hôtesses et stewards se promènent dans les couloirs à la recherche de leur salle de briefing. On se reconnaît, on cogite, on réfléchit à quand remonte la dernière fois. Non, ce n'était pas avec moi le fou rire à Las Vegas, quand le sosie d'Elvis Presley a perdu son dentier sur une table de poker. Et non, nous n'avons pas passé la nuit ensemble au milieu des lémuriens dans une forêt tropicale. Si ce n'est pas moi, ce doit être une autre. Désolée, je file. À bientôt, mon grand.

Aujourd'hui, le chef de cabine, c'est Jean-Luc. Je l'aime bien. J'ai souvent travaillé avec lui. Il est gentil mais pas très causant. Il habite seul avec sa mère dans un grand appartement. Il s'est dégarni avec le temps. De vieilles copines sont là aussi : Nathalie, Florence, Isabelle et Véro. On se fait la bise, trop contentes de se retrouver pour partir au pays du Soleil-Levant.

— Comment ça va, ma belle ?
— Oh là là, ça fait un bail !
— Tu n'as pas changé !
— Arrête ! J'ai un peu forci…

Deux hôtesses Millennials, au carré déstructuré et en pantalon moulant, s'approchent de moi. Nous faisons connaissance. Elles tâtent mon chignon banane du bout des doigts.

— On voulait savoir si c'était un vrai.

Je m'esclaffe. Quelles petites effrontées ! Savannah et Thalia croient peut-être que je suis une contrefaçon, une fraude montée sur escarpins, une falsification d'hôtesse ? Elles sont tellement drôles. Je leur explique en deux mots la facilité déconcertante à réaliser cette coiffure à l'aide d'un peigne. Tout est dans la torsade de cheveux.

— Et on peut ajouter un élixir de brillance…

J'ai l'impression de parler toute seule. Elles m'écoutent à peine, ayant déjà replongé le nez dans leur smartphone. Je n'en fais pas une affaire personnelle et me tourne vers Jean-Luc, qui sollicite mon professionnalisme. Il me présente Kaori, une nouvelle embauchée d'à peine vingt ans qui effectue aujourd'hui son premier vol. Il me la confie car je suis une hôtesse chevronnée, je devrai lui montrer les ficelles du métier. Tête baissée et mains jointes, elle s'incline légèrement pour me saluer. Elle semble fragile avec son teint de porcelaine et ses cheveux noirs et brillants attachés en chignon. On dirait un petit rat de l'Opéra qui se prépare à monter sur scène.

— Je m'appelle Kaori Lamousse. Ma mère est née à Osaka et mon père à Sarcelles.

— C'est merveilleux ! Comment se sont-ils rencontrés ? je lui demande, curieuse et romantique.

— En plein ciel. Elle était hôtesse de l'air et lui passager.

— Il va falloir me raconter tout ça. J'adore les histoires d'amour qui démarrent dans les avions.

Nous nous asseyons côte à côte, prêtes à écouter Jean-Luc. Kaori croise ses jambes en même temps que moi. Elle me regarde avec insistance et émerveillement. Elle vise un idéal. C'est presque gênant.

— J'espère être une bonne hôtesse de l'air comme vous.

— Tu as un très joli prénom, Kaori.

— En japonais, il signifie : « petit à petit l'oiseau

fait son nid ». Ma mère imaginait une hirondelle qui rassemble des brindilles pour faire sa maison. Elle voulait que moi aussi, avec plein de joie, de rencontres, et parfois de tristesse, je construise ma vie.

Cette jeune hôtesse me délivre un brin de psychologie positive. J'inspire profondément. Sur cette image bucolique à tendance zen, nous nous tournons vers le chef de cabine pour écouter son briefing. J'ai déjà l'intime conviction qu'ensemble nous allons vendre du rêve.

L'équipage traverse l'aérogare en file indienne. Aujourd'hui, le commandant de bord est une femme. Elle est accompagnée de son copilote aux cheveux poivre et sel. Elle se tourne vers nous, telle une mère poule, pour s'assurer que tout le monde suit. Nous marchons sur le carrefour du monde, à 6 646 kilomètres de Cincinnati et 8 762 d'Oulan-Bator. Nous sommes infiniment petits et extrêmement précieux. Des grains de sable sur Terre. Des points dans l'Univers.

Au bout de la passerelle d'embarquement, j'envoie un cœur à Rodrigue, un emoji, avant de me mettre en mode avion. Kaori s'arrête devant les baies vitrées qui donnent sur les pistes. Elle est subjuguée. Son premier vol célèbre son démarrage dans la vie active. Petit à petit, l'oiseau fait son nid, et il s'envole très haut. Kaori a cet éblouissement dans les yeux que l'on retrouve chez ceux qui vivent leur première fois, qui n'ont rien à perdre mais tout à gagner. Elle me rappelle une fille que j'ai bien connue, il y a vingt ans, qui était impatiente de monter dans un de ces appareils qu'elle voyait décoller depuis le jardin de sa grand-mère. Un premier vol c'est le début d'une carrière, donc d'une histoire, c'est comme ouvrir un nouveau roman, le chapitre d'une vie.

Kaori est née quand j'ai démarré ma carrière, et aujourd'hui nous partons ensemble à la conquête du monde. Je serai sa collègue exemplaire, son puits de conseils, sa grande sœur attentionnée. Alors je pose une main sur son épaule. Forte de mes vingt ans de métier et douze mille heures de vol au compteur, je lui adresse ces quelques mots :

— Peu importe la difficulté, tu l'affronteras sans rechigner. Un avion traverse un ciel bleu ou des tempêtes, mais aucune turbulence ne te fera baisser la tête. Ta principale qualité sera d'être adaptable, aux yeux du monde tu demeureras un agent de bord aimable. Au nom de notre métier tu portes un flambeau, sache que tu seras une hôtesse-bien-comme-il-faut.

Épilogue

Le même sourire affable collé aux lèvres, j'assure aux passagers un espace de détente et de convivialité. En business class, une dame fait appel à mes services. Elle a les cheveux courts à la Jean Seberg, un magnifique camée attaché à une chaîne dorée, de grandes lunettes à verres teintés. Elle m'adresse de grands gestes secs et nerveux.

— Madame, que puis-je pour vous ?
— C'est un scandale ! hurle-t-elle. Le sorbet que vous m'avez servi n'est pas assez froid !

Furieuse, elle le jette sur la moquette. Le message est clair. Le sorbet à la fraise s'éclate contre mon escarpin, éclabousse le bas de ma robe fraîchement sortie du pressing. Des traces rouge sang maculent le textile turquoise. La passagère me dévisage, agressive, redoutable, son nez pointant comme un bec menaçant.

Mes doigts se replient, ma mâchoire se contracte. Une force intense et brutale s'empare de mon corps. Je ne suis plus Bérengère, je suis une machine de guerre. Je dois contrer la bêtise et la méchanceté. Je m'imagine prendre cette vieille roulure par le cou et l'étrangler, serrer fort jusqu'à la sentir au bord de l'asphyxie, voir ses joues se violacer, écouter le rachis cervical craquer doucement comme un os de poulet. Je la vois ahurie sur son siège, n'ayant pas la force d'écarter mes mains, subissant le déchaînement de ma colère.

Cette idée fait son chemin, me traverse l'esprit puis disparaît. Je n'en ferai rien. Je ne vais pas me dédommager de ce préjudice comme une cinglée. Il en faut, de l'indulgence et de l'humilité, pour être une hôtesse-bien-comme-il-faut. Je prône le stoïcisme et la magnanimité. Une forme d'adaptabilité. Alors, je me replie dans ce petit port de pêche où s'ancrent les bateaux, les jours de tempête. Là, je respire. Rodrigue me rejoint sur un vieux banc en chêne traité contre l'apparition de mousse et de pourriture. Ma main glisse le long de sa nuque et rencontre ses boucles brunes. Je pose ma tête sur son épaule. Je suis une femme amoureuse.

REMERCIEMENTS

À mon éditrice, Anne Carrière, et à l'équipe de la maison d'édition, pour leur accueil et leur prévenance. Ici, le mot « maison » prend tout son sens.

À mes « lecteurs test » qui ont écopé d'un drôle de travail : Romain, pour ses conseils judicieux et son infinie patience ; Juliette, pour son attention de lectrice avisée et ses recommandations devant un spritz ; Isabelle, pour sa bienveillance et sa sensibilité pour le monde fascinant de l'aéronautique ; Marie-Agnès, qui est revenue à la charge pour jouer au roman-feuilleton avec moi le temps d'un été.

À Manon Bucciarelli, pour l'illustration de la couverture[1] et son univers almodovaresque.

À toutes les hôtesses de l'air que j'ai rencontrées, qui font un beau métier, et qui n'ont jamais été avares de confidences.

À Virginie, qui m'a aidé à trouver le titre de ce roman et qui est l'hôtesse de l'air la plus valeureuse que j'aie connue.

Sans vous, ce livre n'aurait jamais pris son envol. Merci pour ce bon voyage.

---

1. Il s'agit de la couverture du grand format aux éditions Anne Carrière.

Du même auteur :

Roland est mort, éditions Anne Carrière, 2016.
Je ne sais pas dire je t'aime, éditions Anne Carrière, 2017.

Le Livre de Poche s'engage pour l'environnement en réduisant l'empreinte carbone de ses livres. Celle de cet exemplaire est de : **300 g éq. CO_2**
Rendez-vous sur
www.livredepoche-durable.fr

PAPIER À BASE DE
FIBRES CERTIFIÉES

Composition réalisée par Soft Office

Achevé d'imprimer en mai 2020 en Espagne par
Liberdúplex - 08791 St. Llorenç d'Hortons
Dépôt légal 1re publication : juin 2020
LIBRAIRIE GÉNÉRALE FRANÇAISE
21, rue du Montparnasse – 75298 Paris Cedex 06

75/5137/2

ENEMY OF MY ENEMY

RICH...

aethonbooks.com

ENEMY OF MY ENEMY
©2022 RICK PARTLOW

This book is protected under the copyright laws of the United States of America. No part of this publication may be reproduced, stored in a retrieval system, or transmitted, in any form or by any means, without the prior permission in writing of the publisher, nor be otherwise circulated in any form of binding or cover other than that in which it is published and without a similar condition including this condition being imposed on the subsequent purchaser. Any reproduction or unauthorized use of the material or artwork contained herein is prohibited without the express written permission of the authors.

Aethon Books supports the right to free expression and the value of copyright. The purpose of copyright is to encourage writers and artists to produce the creative works that enrich our culture.

The scanning, uploading, and distribution of this book without permission is a theft of the author's intellectual property. If you would like to use material from the book (other than for review purposes), please contact editor@aethonbooks.com. Thank you for your support of the author's rights.

Aethon Books
www.aethonbooks.com

Interior design, print and eBook formatting by Josh Hayes.
Artwork provided by Filip Dudek.

Published by Aethon Books LLC.

Aethon Books is not responsible for websites (or their content) that are not owned by the publisher.

This book is a work of fiction. Names, characters, places, and incidents are the product of the author's imagination or are used fictitiously. Any resemblance to actual events, locales, or persons, living or dead is coincidental.

All rights reserved.

Dedicated to my good friend and the luckiest man I've ever met, Tim Fletcher for all his help and encouragement over the years.

PROLOGUE

Jock Navarre wiped a hand across his eyes and glanced again at the holographic display. "Freighter CCV-13889 *Juneau*, you are cleared to dock," he droned, seeing the green halo surrounding the fat, ugly, ungainly ship's profile as it hung in space a hundred kilometers from the station. Behind it, the blue, brown and green arc of Tahn-Skyyiah hung suspended in the firmament, so much more welcoming than the antiseptic white of the Commonwealth Garrison station.

Until you actually go down there and see it, Navarre amended to himself. *I'd rather sit up here in orbit for a year than have to live down there with those tight-ass, grumpy bastards.*

"Hey bud." Navarre heard a voice through the shroud of holographic images that surrounded him and he shifted his control chair backwards out of the projection circle to see a tall, slender man with pinched, dark features striding casually through the hatch of the Docking Control Center. His blue Commonwealth Spacefleet uniform was as neat as the 'fresher in his quarters could make it, but was worn with an air of sloppiness that hung over the man like a cloud. "Shift almost over?"

"You know it is, Sal," Navarre sighed, leaning back in his

chair. "Our schedules haven't changed in over a month, have they?"

"Since you pissed off Commander Kage, you mean?" Salman Kapoor said with a malevolent chuckle.

"Hey, I was following protocols," Navarre insisted plaintively. "It's not my fault some Tahni territorial governor got his shorts in a wad because his transport didn't have proper clearance."

"Preaching to the choir, bud." Sal raised his hands in a placating gesture. "I think half those assholes still won't accept they lost the war."

"It's only been fifteen years," Navarre grumbled, sliding his chair back into place at the center of the control display. "You'd think it'd have sunk in by now."

"Technician Kapoor," a female voice carried over from across the control room, "do you have any actual work to do or are you here to distract Technician Navarre from his?"

"Sorry, Lieutenant Price," Kapoor said, coming to attention as the officer stepped over from the other side of the control room. Her uniform was everything his wasn't: tailored perfectly, every fastener carefully aligned right down to the straps on her boots. Her hair was cut shorter than his and her dark eyes looked as if they were capable of burning a hole through Salman Kapoor. "I thought Jock was almost off duty and..."

"Technician Navarre has four minutes and thirty-two seconds left before his shift ends," Price informed him. "You can either wait in the corridor or you can stand quietly and stop being a distraction." She cocked an eyebrow at him. "The third alternative is that I call your shift supervisor and report you."

"Yes, ma'am," Sal said, stepping back and standing against the bulkhead. "I'll be quiet, ma'am."

Price nodded sharply and started to turn back to the other side of the work area when she paused, eyes focused on something in Navarre's display.

"What are they doing?" she asked, and Navarre turned to see that she was staring at the avatar of a Tahni cargo hauler approaching in a docking orbit.

"That's the scheduled laser-launch capsule from the planet-side distribution center," he told Lt. Price, fighting not to shrug. She didn't like enlisted men being casual with officers. "Their lading is..." he snuck a look at the readout before continuing, "...bulk foodstuffs for the base processors. It should be docking in a couple minutes."

"I can see that, Technician Navarre," Price snapped impatiently. "What I want to know is, why is that capsule on a heading for the passenger lock instead of the cargo lock?"

Navarre blinked, then pulled up a schematic of the station next to the line that showed the trajectory of the cargo capsule. The Commonwealth Orbital Garrison which had kept a watchful eye on the Tahni homeworld these last fifteen years was a huge, armored, spinning barrel with non-rotating docking facilities at each end. The north polar docking ring was for non-military cargo---food, raw materials for the fabricators and such---while the south polar ring was for passengers and sensitive military cargo.

It was also where the stations weapons were emplaced...

"Oh, shit," Navarre muttered, hands flying through the haptic holograms as he hunted down the manual override for the capsule's automatic guidance controls. "I'm taking manual control," he told Price, surprised his voice was so calm given the roiling in his stomach.

Navarre brought up the maneuvering thrusters and ordered them to shunt the capsule to a slightly lower trajectory, towards the south polar docking facilities. The order went through and was confirmed by the cargo capsule's on-board control systems. And then nothing happened.

"The capsule is not responding to manual controls, ma'am," he reported, feeling a surge of panic. "Orders?"

"Issue an alert to the North Polar docks and adjust its orbit with the Gauss cannon," she rattled off as if she'd had the answer memorized and had practiced it before her shift.

"Aye, ma'am," he confirmed, then opened a line to the secure docking ring even as he brought up the targeting systems for the Gauss cannon. She could have ordered him to hit the capsule with the lasers, but if the beam weapon didn't completely vaporize the craft then whatever fragments remained would still impact the docking ring. The solid rounds from the coilguns were the size of small groundcars and would push the capsule into a different trajectory that would hopefully take it clear of the station. "Attention docking security," he droned as he brought the coilguns to bear, "we have a rogue cargo capsule headed your way. Attempting to redirect with the Gauss cannons. Please prepare for debris collision."

Before they could respond, before he could give the order to fire, before Price could say another word, the capsule's thrusters did finally fire...but not the maneuvering thrusters. The main drive, the one that should have had its fuel supply exhausted by the trajectory transfer after the launch laser had taken it into orbit, ignited with an intense flare of hydrogen and oxygen. The capsule covered the few kilometers to the North Polar docking ring in a second.

"Collision alert!" Navarre yelled at the same time as Lt. Price, and he tensed up instinctively, even though he knew he wouldn't feel the impact from where they sat deep in the armored core of the station.

Then his display whited out completely before disappearing in a spray of grey static, and he *did* feel something: a rumbling that was not like an impact at all, but more like the entire station wobbling on its axis as if the whole thing had been struck by a giant hammer.

"What the fuck?" Sal had time to exclaim as he stepped away from the shuddering bulkhead.

It was the last thing Salman Kapoor ever said. Before he had time to draw another breath, the Commonwealth Spacefleet Orbital Garrison at Tahn-Skyyiah erupted in a fusion explosion as hot as the heart of a sun, and abruptly ceased to exist.

CHAPTER 1

Seen by the light of day, Skintown was a warzone. It had burned on that night five years ago, when the Skingangers had gone to war with the Predecessor cultists in a paroxysm of violence that had left entire blocks of Harristown in ruins. They had killed each other and leveled buildings in a conflict over whether humans were created in perfection by lost alien gods or the human body was a flawed product of random chance that could be and *should* be replaced by the cold efficiency of machinery. Harristown's government lacked the funding to rebuild the neighborhood, so it stood in all its stark ugliness, a monument to a larger war that had stretched from Earth to the farthest reaches of the Commonwealth.

The battle had been about ideology, but the war had been about money and power, like all wars. At least the ones who had started it, the Corporate Council that had controlled the Commonwealth economy for a century, had fought it for money and power. Caleb Mitchell had fought his war for his family and his home.

So why are you fighting this *one?* he asked himself as he stepped carefully through the wreckage of the old black market bionics lab.

"What exactly are we hoping to find here, Cal?" Pete asked. Caleb turned and saw that his younger brother was kneeling beside an overturned operating table, careful not to touch the crimson stains that darkened its white polymer surface.

It was easy to forget that Pete was in his thirties now. He still had the same boyish look to his face, though his hair was cut shorter and he seemed less worried about whether it or his clothes were in style. Actually, it had been months since Cal had seen him---or any of them---in anything but grey utility fatigues. Hell, he'd only seen Rachel out of them because they slept together.

Sometimes anyway, he stifled a snort. Rachel wasn't exactly happy about all this, and he couldn't blame her. She'd thought they'd been done with all this five years ago, after they'd taken down Andre Damiani and the Corporate Council. Then a hired assassin had come after him at home on their farm, and they'd been dragged back into another web of intrigue, this time in a race for the Northwest Passage, the Transition Line that led out of the Cluster and into the rest of the galaxy. They'd thought they'd been up against a group of mercenary former intelligence agents bent on retrieving Predecessor technology and using it to seize power, but things hadn't been that simple.

"This was one of Cutter's secret labs," Cal reminded Pete. "It's where he had his..." He hunted for a word. "...duplication technology." He shrugged. "The General thought it would be a good place to start trying to track down what he was up to five years ago."

"I still don't get how Cutter did it," Pete said, stepping around a charred support beam that stuck out of the ground like a grave marker. "I mean, I understand how he made the clones of himself..."

"Not really clones," Cal corrected automatically, after having heard the same lecture from Cutter himself many times.

"Genetic duplicates, assembled in a lab by nanotech. Clones are just like an identical twin born as a baby."

"Okay, whatever." Pete rolled his eyes. "Anyway, I get how he could make the duplicates of himself, put a headcomp and a neurolink in them and then upload his memories to them and make a copy of himself." He made an expression like he'd bitten into something distasteful. "I mean, it's kind of creepy, but I understand how it works. What I don't get is how he's supposed to have replaced military officers with these genetic duplicates."

"He started small," Cal explained. "He got that DSI agent Laussel while he was out in the field, and whoever else he got after that he used Laussel to lure in."

"Not how he got access to them," Pete clarified, "how he got *control* of them. I mean, if you construct a duplicate and read the original's memories into it, it's just like the original. How did he turn them into his flunkies?"

Cal frowned, seeing something in the wreckage. He reached through a stack of splintered and peeling buildfoam flakes and began clearing away the twisted and burned remains of a supply cabinet. Beneath it he could just barely make out a gap between two sections of the building's foundation, and with the thermal filters implanted in his eyes, he could see a difference in the heat background in a small square of the fusion-form aggregate.

"I don't know how he did it," Cal admitted, brushing the square clean as he spoke. "But he was able to do some serious cutting-edge shit penetrating headcomps the last time we were with him. I wouldn't put a little brainwashing past him."

"Did you find something?" Pete wondered, stepping over to where Cal was kneeling.

"There's something down here," his older brother said, digging his fingertips into the crack in the foundation. Muscles rippled under his sleeves and, unseen beneath them, byomer muscle augments connected to his headcomp with superconductive artificial nerves worked in concert with the natural musculature to lift over a hundred kilograms of fusion-form aggregate and biphase carbide reinforcement out of five years' worth of built up soil and detritus.

He didn't grunt with effort and there was no strain on his face as he pulled the meter-square trapdoor up on its side, then dumped it backwards to crash back into the debris with a heavy crunch of buildfoam being crushed to powder. A cloud of dust rose in the air, obscuring everything for a moment; when it cleared, Cal could see the upper end of a ladder that led down a shaft as narrow as the opening, only the first few meters visible even in the direct sunlight.

Out of the corner of his eye, Cal could see Pete staring a little at the massive hatch lying in a still-settling cloud of dust; and he realized that his brother hadn't often seen him use his full strength.

"Let me know if you need any help with that," the younger man said quietly, mouth quirking up at the edge.

Cal snorted a laugh, then lowered himself feet first through the hole and began climbing down the ladder. He paused just before his head passed below the entrance and fixed Pete with a look.

"Give me a couple minutes to make sure it's not rigged with a trap or caved in or something," he instructed.

Pete nodded silently. Cal fought back another laugh at that as he began descending. A few months ago, he would have expected an argument; but Pete had seen for himself in the interim just how hard his big brother was to kill.

Have to write a thank you note to the Spacefleet techs that did the work, he thought. It surprised him that this time, he was half serious. In years past, he'd thought of the augmentation he'd received during the War with the Tahni as a curse, a burden he'd shouldered to protect his world, Canaan, from an alien threat. Even when he'd been fighting the Corporate Council five years ago and his only advantage had been that augmentation, he'd still felt as if giving into the need to become the Killing Machine once again was sacrificing his humanity.

This last few months, though, he'd seen people---and things that *used* to be people---who had truly given up their humanity; and he'd seen that even an alien cyborg "born" in a lab could prove himself more human than most men. He let out a hiss of breath as the thought of Trint stung his memory with fresh pain. During the war, he and the Tahni Imperial Guard cyborg would have been the most vicious of enemies, but circumstances had thrown them together against the Corporate Council and they'd wound up saving each other's lives.

Trint had lived with him and Rachel and Pete, as one of the family, for four years there on Canaan; and Cal had let himself believe that he was through with the violence and corruption and intrigue. Then Robert Chang, the former DSI Cadre infiltration specialist who had become the street surgeon they knew as Cutter, had maneuvered and manipulated them into leading him to the fabled Northwest Passage, the one Transition Line that led out of the Cluster and into the larger galaxy, where the technology of the fabled Predecessors waited for the taking.

What Cutter hadn't counted on was the Skrela. The ancient, genetically engineered enemy of the Predecessors, they spread like a virus and destroyed any civilization they encountered; and they were still there, waiting in hibernation just on the other side of that Transition Line for the door to re-open.

Cutter had forced Cal into using the Predecessor AI to open the closed Transition Line that led into the greater part of the galaxy and the Skrela had come through it. That demented bastard had left them there, of course, and they'd nearly been killed before General Murdock had picked them up. But Trint had stayed. Someone had to stay to close the Transition Line back into the Cluster, and Trint had insisted he be the one to do it, even though it meant he would have to stay on that side of the passage, with no hope of ever returning.

Cal knew that it had been Trint's choice, but guilt still ate at him every time he thought about it. He suddenly had the thought that perhaps guilt over leaving Trint behind was the reason he'd agreed to help General Murdock with this operation in the first place.

He shook the thought away and concentrated on trying to discern what was below him. Even using his thermal and infrared filters, he couldn't see much; the shaft was too narrow and the bottom of it was an indistinct blob. There was no noise from below, not a heartbeat nor a sound of movement, and Cal kept descending. The ladder took him down a good twenty meters before he could see a floor beneath him, and it was a floor coated with dust but otherwise free of debris or wreckage. The battle that had demolished the building above hadn't touched what was hidden below.

Cal sighed as he considered the bare tile floor a meter below him. He couldn't detect any electromagnetic activity with his implant sensors, couldn't see any power conduits active on thermal, but there was only one way to be certain that the room wasn't rigged. He let go of the ladder and the soles of his boots impacted the floor below with a hollow, echoing thump.

Nothing. No sonic stunners, no electrical incapacitation fields, no explosives, no traps of any kind; just a dead silence that grated at his nerves. He tried examining the space around him on thermal and IR, but the total lack of ambient light down there made it difficult: the sun coming down the shaft only illuminated a few meters of floor. Cal took a chance and pulled a small flashlight from his belt, shining it around and following the beam with his eyes.

The hidden chamber was as large as the building's foundation, but packed with gear, and high end gear at that. Bank upon bank of holographic computers stretched from floor to ceiling, worth a fortune on the open market, with enough storage capacity to record every memory of a man's lifetime; which was exactly what Cutter had used them for. They were silent now, their power supplies long cut off, and all the memories that they had once held were gone like leaves on the wind.

"I don't see anything," he called back up to Pete. "You can come on down."

Pete only climbed about three quarters of the way down the ladder before dropping the rest of the way and landing in a crouch to absorb the impact as a cloud of dust rose around him. Caleb saw him wince slightly and grinned.

"You've been spending too much time in lighter gravity lately," Cal reminded him.

"Not all of us have government-supplied super-muscles," Pete returned, taking out his own flashlight and looking around. "So, this is another one of Cutter's memory storehouses? Damn, that guy is paranoid."

"He died twelve times," Cal reminded him. "You'd be paranoid too."

Pete stopped and squinted at his older brother. "You sound almost like you've forgiven him."

Cal considered that for a moment before shrugging philosophically. "Well, it's not like I can hunt him down and exact revenge, is it? I mean, he's so far gone he may as well be dead. All me sitting here stewing about how much I hate him will do is give him power over me from clear the other side of the galaxy."

"Yeah, but the mess he left is still screwing with our lives," Pete pointed out, stepping across the chamber to kick sullenly at one of the computer housings. "And I'm not so sure he isn't still running things." He looked back to Cal. "How do we know he didn't leave behind another copy of himself so he could have his galaxy and eat it, too?"

"I talked about that with Kara and General Murdock," Cal admitted, still searching the room. He ran a finger across the surface of a computer bank then wiped the dust off on his pant leg. "We're pretty much in agreement that it doesn't fit with Cutter's personality. He thought of the duplication process as a means to immortality, a continuation of himself after death. He had to know that the moment two of his duplicates existed at once, they'd each develop different memories and different personalities from that point on. That would make his entire concept of himself as an immortal meaningless: he'd just be one copy of many."

Cal paused, focused on a section of wall between two banks of computer consoles. The echo of his voice had come back just *slightly* different from that patch of buildfoam, according to the analysis his headcomp had done automatically. He approached it carefully, kneeling down beside it and tracing a finger along the gnarled surface.

"What is it?" Pete asked, coming up behind him to look over his shoulder.

Cal whispered a thought to his headcomp and twin plastalloy talons slid silently out of synthskin patches behind his right wrist. Anchored in the byomer bone reinforcement along his forearm, they were surrounded by nerves and muscle tissue, a permanent part of him for the last twenty years. He punched the talons into the buildfoam where he'd sensed the gap, and he could feel them penetrate the outer surface and then through into empty space. He wrenched the blades back and forth, breaking loose chunks of buildfoam in a spray of dry powder, then wedged them in as far as they could go and pried downward. A twenty centimeter square section of wall crumbled into bits.

He shined his flashlight through the cloud of dust and saw a dark-colored plastalloy case about ten centimeters squared covered in bits of buildfoam. A corner of Cal's mouth turned up with the beginnings of a satisfied grin.

"I knew Cutter wouldn't risk his memory to a volatile storage medium," he said, gesturing with his flashlight. "This has got to be the physical backup."

"Great," Pete said without much enthusiasm. "I hope I'm not

the one who has to sift through Cutter's head for the last four or five years."

"Pete," Cal said, his face turning grim as he regarded the metal case, his tone suddenly serious and business-like, "get out of here now."

Pete tensed, eyes darting around, his right hand falling to the grip of the pistol holstered at his hip. "What? Is someone coming?"

"There's about a kilo of HpE sitting behind the case," Cal told him, still staring at the container, trying to keep his voice calm despite the fact that his stomach was churning. "Get up the ladder, now, and get the hell away from here."

Pete automatically made a move towards the ladder but hesitated, looking back to Caleb.

"You're coming too, aren't you?" he asked.

"Pete, there's enough here to collapse this whole block on top of us," Cal said, head snapping around toward his brother, the strain starting to make its way into his tone. "Get the fuck out of here now."

"Only if you go too," Pete insisted. Cal almost laughed; the stubborn look on Pete's face could have been a mirror of his own, he realized, and they were both a mirror of their father when he had his mind set on something.

Wish I'd had a chance to make things right with Dad before the Tahni killed him. The thought struck Cal suddenly and unexpectedly, and it took a moment's effort to shake it off.

"We need this intell, Pete," Cal tried again. "Go...I'll be okay."

"Don't bullshit me, bro." Pete made a chopping motion with his hand. "You're hard to kill, but not even you could survive that. Just get out with me and we'll come back with an explosives disposal crew from the Constabulary office..."

"I don't think we're going to have time for that," Cal said, shaking his head. "This is a low-tech booby-trap, no electronics to set off detectors; but I'm hearing some sort of analog timing mechanism. I must have tripped it when I broke through the wall."

"Can't you just grab the case and we'll get out of here, then?" Pete asked, taking a step back, seemingly really believing for the first time that they were in actual danger.

Cal sighed, grabbing for patience. His younger brother, despite having fought the Tahni as a teenager and then spending several years as a Constable, had never been in the military and never got in the habit of following orders and saving the questions till later.

"I can't be one hundred percent sure," Cal said quietly, "since it's unpowered and analog, but I *think* there's a pressure pad under the case that will blow the bomb if I move it."

"So what the fuck are you gonna' do?" he demanded.

"The detonators have to be thermal," Cal mused, kneeling down in front of the hole in the wall to get a better look. There was a way to overload a thermal detonator. They'd taught him about it in his training during the war, and thanks to his head-comp, he never forgot anything.

The success rate for that method, however...

"If you want to help," Cal told Pete, resigning himself to the fact that his younger brother wasn't going to leave, "grab this handle on top of the case and, when I say, jerk it out of the hole as quickly as you can."

Pete stared at him with wide eyes, doubt written all over his face, but then he shook his head and moved forward, hesitantly reaching past his brother and holding his hand poised over the recessed grip that topped the plastalloy case. Cal retracted his wrist talons and pulled his sidearm from its holster.

"Whoa!" Pete looked from the gun to his brother and back again. "Are you going to *shoot* it?"

Cal almost laughed at the expression on his younger brother's face. "Thermal detonators are handy because they don't require a constant charge and you can leave them laying around for years, but they're not as reliable. You can overload them with a thermal pulse...like from a laser."

"And that works?" Pete's voice was nearly a squeak and now Cal did laugh.

"It's not normally recommended," he admitted. "But I'm not a Normal, right?" He clapped Pete on the shoulder, trying hard to sound reassuring. There was little alternative since Pete wouldn't leave. "It'll be okay. Just pull that case out the second I say, and don't fuck up."

Cal saw Pete steel himself, a slight tremor leaving his hand as he took a deep breath.

"Okay, I'm ready."

"When I say 'go,' yank it and get clear," Cal instructed, lining up his pulse pistol at a downward angle into the hidden compartment.

Pete's fingers hovered above the case's handle, almost touching it.

"Go."

From the time Cal spoke the word to the time Pete pulled the case clear of the hole in the wall less than a second and a half passed; but to Caleb's heightened senses and boosted perceptions, it seemed like it took interminably long minutes for the plastalloy container to break free of the opening, trailing a spray of buildfoam fragments and dust behind it that tumbled through the air in slow motion like a volcanic eruption. Then the mechanism of the booby trap was visible, low-tech and ingenious in its simplicity and thankfully just as easy to understand and target.

Cal didn't consciously remember touching the gun's trigger pad, but as time snapped back into gear it was firing. A cartridge---molded from the same kind of HpE as the bomb---detonated in the pistol's reaction chamber and the self-consuming shell's 20 kilojoules' worth of heat energy was channeled through the lasing rod in one precise pulse of visible light. Cal could see it clearly in the dust and haze of the darkened chamber, a flash of red-tinged white as the laser heated the air to plasma, then a thunder crack that echoed off the walls and shook loose more dust as air rushed to fill the superheated, evacuated corridor the pulse had burned.

It was a tricky shot: he had to graze the edge of the block of HpE close enough to chop through the tops of the detonator pins where they protruded without hitting the mass square enough to set it off. Fortunately, the researchers in the Commonwealth Spacefleet Intelligence lab responsible for his recreation had given his headcomp targeting software worthy of an assault shuttle. The detonators disappeared in a brief and harmless flash of vaporized chemicals and a puff of smoke that drifted up anticlimactically.

Cal found himself holding his breath, staring at the block of HpE, waiting to see if he'd screwed up and they were both going to die.

I shouldn't be so afraid of it anymore, should I? he thought, still anticipating the explosion that would end him. He'd been on a first name basis with death for over fifteen years, long enough that he didn't get nervous every time the Reaper walked into the room.

"Is it gonna' go off?" Cal heard Pete ask a bit hesitantly behind him.

"No, I don't think it is," he said, engaging the safety on his pistol and sliding it back into its holster. He glanced back and saw Pete letting out a deep breath, clenching the dust-covered case to his chest like a baby. "Let's head up. I'll hold that for you." He reached out a hand for the case and Pete handed it over---a little reluctantly, Cal thought, as if the weight of it was some comfort to him.

Cal looked the box over as Pete ascended the ladder. The case had a simple latch in the front without any sort of high-tech lock; he flipped the catch and levered off the lid. Inside was rack after rack of stacked data crystals, each about the size of his little finger. There were dozens of them, each engraved with an alphanumeric code. It was definitely a solid-state backup for the holographic computer storage, though probably not a complete one. Even this many data spikes didn't represent enough storage to hold over forty years' worth of a human life.

Hopefully, it would be enough.

Cal resealed the case and tucked it under his arm as he climbed back up the ladder. Sunlight glared as he came closer to the top and he glanced away, squinting, hand searching for the next rung. Another hand grabbed it and Cal accepted the boost it gave him, getting a purchase with one foot and then levering himself up to the surface.

He'd known who it was before he'd grabbed the hand, so he was unsurprised to see the lean, sharp-edged face of Jason Chen staring back at his. Jason towered over him with the height of someone born to lower gravity---an Offworlder; and like all Offworlders on a parochial world like Canaan, mistrusted when he and his family had arrived working for the Commonwealth government. Jason had one companion among that close-knit group of neo-Quakers, one boy who hadn't cared that he was different. That had been Caleb, his closest friend and, for a while, his only friend. That was before the war, though.

After the invasion and the occupation, attitudes had changed and "us" suddenly became a larger enough word that it meant any man who'd fought the Tahni, not just the members of the New Society of Friends, and now Jason Chen was the well-respected Chief Constable for the colony...Cal's old job. He wore the new position well, Cal thought.

"I'm sure there has to be some good reason you didn't stop by and let me know you were back on-planet," Jason said, disapproval in his voice.

"Sorry, Jase," Cal replied, his tone contrite as he shook his old friend's hand. "This was supposed to be quick and quiet and the fewer people who knew about it, the better." He shrugged. "Orders."

"Orders, huh?" Jase repeated, eyebrow arching skeptically. "Since when do you take orders from anyone anymore?"

"How did you know we were here?" Cal asked, changing the subject with little subtlety, not least because he was genuinely curious, given the counter-measures he'd used to avoid detection.

"Well, whoever's giving you orders," Jase said dryly, "you can tell them that even when you spoof the surveillance drones with computer generated loops, you can't anticipate the daily foot patrols we send out here." He snorted. "I always check on them via the drones and when I was able to contact them on their 'links but couldn't see them on the visual feed, I knew something was up."

Pete laughed, sitting down on a loose block of aggregate. "Yeah, nothing gets by you, Jase," he said, sounding a bit manic after the close call down in the hidden lab. "By the way, you might wanna' get some bomb techs down that hole. There's a shitload of HpE down there that someone needs to take care of."

Jason's blasé, vaguely annoyed manner shifted abruptly to alarm as he stepped back involuntarily, staring down the open shaft.

"Seriously?" he asked, looking back to Cal for confirmation.

"Seriously." Cal slapped the side of the plastalloy case. "This is the intelligence we were after and it was rigged to blow." He looked around, eyes narrowing. "To be honest, we need to get this out of here before the wrong people see it."

"Shit," Jason breathed. "I'll get a team down here ASAP." He glanced sharply at Cal, a bead of sweat rolling from his short-cut dark hair and nearly into his eyes before he swiped it away. "Is the reason you're here connected to the attack?"

"What attack?" Cal asked, shaking his head, expression blank.

Jason blinked. "You didn't hear? It's been all over the TCN Instell reports the last hour."

"I'm not getting automatic updates," Cal told him, "because

I've been blocking my ID codes from the net." He shrugged. "I'm not here, remember?"

"Well, you know the Spacefleet Garrison Station in orbit around the Tahni homeworld?"

"Yeah," Cal acknowledged. "What about it?"

Jason shook his head grimly. "It's not there anymore."

CHAPTER 2

Hesperides sparkled like a jewel set in the surface of Eden's southernmost continent, reflecting the afternoon light of 82 Eridani. The oldest and most densely populated of all the Commonwealth's extrasolar colonies, Eden was home to nearly half a billion people; over half of them lived in Hesperides, the capital. From where he stood at the apex of Armstrong Street, at the top of a glorified hill the locals called Mount Dilmun, Deke Conner could see most of the city laid out before him in all its intricate and carefully designed splendor. Every street, every neighborhood was pre-planned according to a computer-generated plan and built by automated construction 'bots on the bones of the original colony.

The buildings were interconnected and accessible from efficiently designed public transportation, the housing blocs convenient to everything the people there needed, and the city ended where it ended, with a minimum of sprawl. The idea had been to do things right from the beginning, to minimize the impact that humans had on the planet's finely-balanced ecosystem. In practice...

In practice, the whole place gave Deke the creeps. The people here were like ants, and he knew it was the same in most of the megacities back on Earth. He'd grown up in an old city, untouched by the ravages of the Sino-Russian War and the chaos left in its wake, not rebuilt into one of the interconnected *hives* that housed most of Earth's population. The thought of living cheek-by-jowl with tens of thousands of people as your next-door neighbor made his skin crawl, even though he knew on an intellectual level that the arrangement was crucial to energy efficiency and preserving Earth's biological diversity.

Screw the bears, he thought irreverently. *I need room to move.*

He turned away from the lights of the city and back toward the largest structure outside Hesperides' cyclopean walls. The Commonwealth Military Recreation Facility at Eden was run by the Fleet, and Deke had often thought they kept it separate from the city proper as much to protect the mindset of the military personnel from corruption by the mundane as to protect the citizens of the city from the ravages of sailors and Marines on leave after months cooped up in a ship. The Rec Center, as it was known colloquially, looked like a luxury resort from the outside: well-manicured fields that offered golf courses, horseback riding and hang-gliding; kilometers of hiking trails that led into the surrounding mountains; and access to a very natural-looking artificial lake for sailing and swimming.

The main building reminded Deke of a 200-year-old casino he'd seen preserved in the Trans Angeles West Historic District on a trip his family had taken back when his parents had still been together. It was ornate and un-self-consciously anachronistic, a refuge from the present and from the technologically intensive life aboard a starship or on a garrison station.

He watched as a transport landed on the main pad on the other side of the Rec Center, a boxy tiltrotor coming in from the spaceport with another load of troops on leave from Inferno, Eden's less hospitable sister planet and the home of Fleet Headquarters. Two dozen men and women in blue fleet jumpsuits or grey camo Marine fatigues filed down the ramp, rowdy enthusiasm in their energy of their gait, ready to blow off some steam and party. He remembered being one of them, a long time ago.

And now he was one of them again, in a way. He smoothed down the dress jacket of his Fleet Intelligence black uniform and smiled thinly.

Deke stepped away from his personal flyer and followed the group of new arrivals into the main building. The entrance hallway greeted him with a wash of overpressure to keep out insects and a quiet, automated announcement over his neurolink communicator that his military ID and leave orders had been confirmed and "have a wonderful time at the Commonwealth Military Recreation Facility."

"I'll do my best," he murmured to himself.

The main lobby was devoted to lodging, and the group of enlisted fresh from the spaceport headed there in a loud gaggle; Deke bypassed it and waved off the human attendant who glanced at him with a "can I help you with anything?" look. He headed straight through the red-carpeted lobby and strode purposefully into a richly-appointed corridor lined with reproductions of classical sculptures. The automated guidance system tried to inform him via neurolink that he was about to enter the Justin Throneberg Memorial Lounge before he cut it off with an order to his headcomp to filter any other system messages based on importance.

The lobby had been gaudy and brightly lit, while the corridor had become gradually dimmer as he traversed it; by the time he reached the lounge, it was darker than the approaching night outside. People could and did come here at any time of day; the place catered to those whose bodies were still on a different time schedule from Hesperides. The lounge was already crowded, with most of the tables occupied and half the bar full as well.

They had human bartenders here, he noted with instinctive approval. None of the damned automated drink dispensers that cheaper joints would have. People didn't come to bars *just* to get wasted, they came to lower their inhibitions while they braved human contact, even if the contact was just with the man or woman handing out the drinks.

He pulled a stool out from the bar and perched on it, waiting patiently for the long-haired blond woman busy behind the drink dispenser to notice he was there.

"Hello Captain Parsons," she said after a few moments, rewarding him with a genuine-seeming smile. "Nice to have you back again. The usual?"

He returned the smile, knowing she probably had a feed from the facility's computer system running to a contact lens that provided her with his name, the last time he'd visited and what he'd ordered.

"Sure, Sandi," he replied. She had a name tag, but he already knew her name. His memory had been pretty good before he'd had a bleeding-edge headcomp wedged into his skull near the brain stem. "Make it nice and strong for me."

"Of course."

He nursed the drink quietly for a few minutes, less patient now than he'd been with the bartender. He knew for a fact that he'd timed his visit perfectly; someone should already have been on their way. He absently ran a hand through his brown hair, cut shorter than it had been in fifteen years, and his fingers brushed the cold metal of the 'face jack behind his right ear and another at his temple. The feel of the computer interface jacks seemed like some cancerous growth and his stomach rebelled for a moment in a sudden twist, as if he'd woken up in someone else's body.

There she was. He could sense her thermal signature and heartbeat before he saw her and he worked the right expression onto his face before she could speak.

"Good evening, Captain Parsons." The voice was silky smooth, just like the woman behind it. He turned and took her in, such a lovely combination of business and pleasure in one tall, delightfully proportioned package. Her hair was short and dark, her eyes an impossible shade of grey that had to have been a product of genetic tinkering by her parents, and her cheekbones were miracles of either nature, her parents' aesthetics or perhaps a surgical restructure. She was dressed in an exquisitely tailored business gown that he could tell had been grown as a single piece in a nanite bath.

"It certainly is now, Director Xiang," Deke returned, raising his glass to her in greeting.

"I've told you before," the woman said with a t'sk. "Call me Illyana."

"Sorry, Illyana," he acknowledged, buying a strategic moment with a sip of his drink. "Just have some other things on my mind today."

"That's why you're in my facility, Captain Parsons," she said, a hand falling on his arm, "to forget about work for a while, right?" She smelled like a gentle hint of flowers, he thought.

"If I'm supposed to call the Director of this whole place by her first name," he countered, putting a bit of nervousness into his grin, "then you could at least call me Loyce." He shrugged. "After all, I'm just a lowly Captain."

"Loyce, you are the one who is keeping the Commonwealth safe," she said with more sincerity than he thought even he could fake. "I'm just doing my best to make the lives of our military men and women a little bit better."

"I wish you could actually do that for me," Deke said, affecting a depressed sigh. "But I'm not sure anyone can at this point."

"Oh Loyce," Illyana said with a sympathetic tilt of her head, "is it your wife?"

"Officially former wife now." He nodded, taking a long drink and looking away from her as if he were uncomfortable discussing it. "The marriage contract is up and Raina sent me notice that she's not going to renew it this time."

"I'm *so* sorry," the woman told him, her hand squeezing his upper arm. "I know you were hoping she might change her mind." She cocked an eyebrow. "Perhaps I can arrange for some companionship to take your mind off things?"

Deke fought back a chuckle as he thought about how Kara would react if he took Illyana up on that offer. But he knew that Illyana figured that wasn't why he'd come, and he had a part to play.

"No, thanks," he said a bit sadly. "I'm afraid it wouldn't help right now. I don't know what would." He paused, frowning. "Well, I *do* know, but I can't..." He shook his head as he trailed off.

Illyana glanced around as if checking to see if anyone was listening, then leaned in close to his ear. "Come with me somewhere we can talk."

Deke made his face grim and mildly conspiratorial as he followed the woman out of the bar, leaving his drink behind: Loyce Parson's account would be charged for it. Illyana led him behind the bar, through a door marked "Authorized Personnel Only" and past a couple of puzzled glances from employees in the narrow hallway. The route took them down a short set of stairs and then to an isolated freight elevator that opened to her palm print on an ID plate. He opened his mouth to say something as the doors closed, but she shushed him and chose a floor.

They descended at least three levels before the doors hissed open and they stepped out into a dimly-lit hallway on what seemed like an unoccupied floor somewhere below ground. The hallway beyond the elevator looked unfinished, the walls bare and buildfoam-white.

"Where are we?" he asked, hearing the elevator doors shut behind them.

"This floor is under construction," she explained, turning to face him. "Now we can talk." She sighed, clasping her hands in front of her. "Loyce, you know that what you want, besides being illegal and against military regulations, is potentially very dangerous and addictive."

"I understand," he said. He held his hands up as if pleading. "But it's the only thing that makes it bearable, Illyana. I'm not proud of it---I told you last time that I hadn't even tried it before last month. But I just need something to get me through the next little bit...until I can get used to Raina being gone." He felt a tear trickling down from his eye on cue and on orders. "Can you help me?"

"Just this one time, Loyce," she said, sounding very reluctant. "And you have to promise me that you won't tell anyone about this."

"Of course not," he quickly agreed. "I'd be kicked out of the Fleet if anyone knew."

"Come this way."

She led him to the end of the hall and into what seemed like the only furnished room on the floor, a large space filled with computer consoles and what looked like some sort of medical equipment. Most of it was concealed beneath sterile white covers, except for a single gurney.

"What is this place?" It wasn't as hard to put some trepidation into his voice this time.

"It's going to be a treatment center for Post-Traumatic Stress," she lied easily. "Right now though, it's a convenient place for you to...indulge in your activity."

"Have you...have you done this before?" Deke asked her hesitantly.

"I don't like to," she told him with a hint of sadness in her voice. "But there are some brave men and women such as yourself who find themselves with nothing else that will dull the pain, and I can't bring myself to force them to deal with criminals."

God, she's good, Deke thought. *I'd almost believe her if I didn't know better.*

Illyana stepped over to the gurney and lowered the gate along its right side, motioning for him to lie down. He levered himself onto the mobile bed and slowly laid back, swinging his legs onto it before she raised the gate again. His eyes were on her as she walked to one of the covered stations and lifted the white plastic sheeting to retrieve a small module from a locked drawer. It was innocuous looking, the kind of module used to load software into implant headcomps via the interface jacks ubiquitous in and out of the military, but he knew what it held---or, rather, what she wanted him to *think* it held: illegal ViR streetware, designed to directly stimulate the pleasure centers of the brain.

"I'm only going to set this for an hour," she warned him. "Longer than that would be dangerous."

"Okay," he acquiesced easily. He felt a flutter in his stomach that might have been fear. Not of her, or of what she held, but the addiction it represented. It would be so easy to give into what people had come to call "the dreaming," especially for someone like him. That was the reason he'd never even indulged in legal full-immersion Virtual Reality since he'd received his implants, much less this kind of thing.

Illyana stepped around behind him and carefully and gently plugged the module into the 'face jack at Deke's temple. He made his face seem eager, not showing the feeling of revulsion the sensation gave him.

"I'll be here when you come out," Illyana promised, patting his shoulder reassuringly.

Then she pressed the control on the side of the module to load the software and stepped back, anticipation on her face that she no longer cared if he saw. Deke stiffened suddenly and his eyes went wide as his back arched. His limbs twitched as if he were trying to move but couldn't and his mouth tried to open in a silent scream.

"It's all right, Loyce," Illyana whispered, looking as if she felt sorry for him, if not for her actions. "In a little while, you won't have to worry about Raina anymore..."

"Honestly, I was never *that* worried about her," Deke said, rising up and plucking the module out of his head. Now he did laugh at the look of shock on Illyana's face as she stepped back, banging into a sheet-covered table and barely keeping her balance.

"How..." Illyana stuttered, using the table behind her for support. "How are you...?"

"How am I not paralyzed and drooling while your little toy," he gestured with the connection module, "uploads my memories to your holographic computer banks?" Her mouth dropped open and he laughed again. "Because these damn things," *which I can't wait to get rid* of, he thought as he rubbed at the 'face jack on his temple, "don't connect to anything but a DSI Secure Storage site, and you are fucking under arrest."

I always wanted to say that.

"You don't know what you're doing," Illyana said, shaking her head. "If you're DSI, you can't be doing this..."

"And yet I am," Deke sighed, sliding a small neural restraint out of his pocket. "So, how about we save the histrionics for the holding cell?"

"They won't let you do this," she warned, sliding away from him as he approached with the restraints.

Deke knew it was coming. He knew she wouldn't have brought him down here alone without any security, so when the door to the chamber opened and half a dozen of the center's guards crowded through, he wasn't the least bit surprised. He supposed they thought themselves intimidating in their mottled grey body armor and visored helmets, but the nonlethal sonic stunners that filled their hands didn't impress him, and neither did the haphazard way they entered the room.

Illyana's mouth was opening to give them an order when Deke went into motion, his headcomp dosing him with artificial and natural adrenaline as well as a cocktail of other drugs and hormones that caused everything to slip into slow motion from his perspective. He crossed the room in two long strides and was on the first of them before the last had got through the door.

Can't kill them, he reminded the Machine that was controlling his motions, a Machine that was a combination of his own instincts, his headcomp's programming and decades of experience. *Don't know if they're involved in this or just being duped into thinking they're doing their job.*

He snatched the sonic stunner from the lead man's hands with little effort, breaking a few fingers when they instinctively tried to hold onto the carbine, then slammed his heel into the security guard's plant knee. The guard went down screaming behind his visor and Deke took a fraction of a second to consider his newly acquired weapon. Their helmets were probably shielded against sonics, so he used the heavy carbine as a club instead, swinging it in an arc that took the next security officer in the solar plexus. The armor kept the blow from being fatal, as Deke had known it would, but it threw the guard backwards and took the next two down beneath him.

That blocked the last two from clearing the door and Deke didn't give them time to figure out their next move; he leaped the pile and came down with a heel kick that broke the collar bone of the woman on the right and drove her to the ground, sending her stunner clattering to the floor. The last man almost had time to fire, but Deke's makeshift club took the gun out of his hands with one swipe, then took out his knees with the backswing.

The two who'd been knocked down by the second guard were trying to get up, but so slowly and clumsily that Deke felt as if he were ambling towards them rather than running. He kicked their weapons away, then rendered one immobile with a blow to the chest that drove the wind from his lungs before taking the time to bend the other's helmet back for a slap to the carotid that put her out.

Any time you want to join the party... he broadcast over his neurolink as he walked back across the room to Illyana, who was frozen in shock, looking at him with sheer terror in her eyes.

She didn't resist this time as he slipped the neural restraints onto her neck; her arms went slack as she lost voluntary muscle control in her upper body.

What? he "heard" the answer. *You think you got* all *the security guards?*

Kara McIntire walked through the door, not even glancing down as she stepped over the prone guards, looking just as sleek and deadly as the day he'd met her in the back room of a bar on Thunderhead. She was dressed now much as she was then, in a black leather jacket and generic grey utility fatigues tucked into calf-high spacer's boots. No uniform, but then she didn't need one here: she wasn't the one working undercover.

"Good evening, darlin'," Deke drawled. "Sorry," he corrected himself with feigned contrition, "Major darlin'."

"It's a good thing I can't replace you, Conner," she grumbled good-naturedly. She walked over to Illyana and tapped a finger on the woman's cheek. "Director Xiang..."

"Illyana," Deke corrected *sotto voce*, earning a glare.

"Director Xiang," Kara McIntire started again, "we know exactly what you've been doing here, and we know how it started. What we need from you is whose memories you've stolen and how many of them have been replaced with duplicates. You can talk to us here, or I can disappear you to a DSI blacksite and no one will ever see you again."

Illyana didn't respond. She didn't look sullen or stubborn, Deke thought, more like someone going into shock. As he watched, he could see an involuntary twitching in her cheek, a fluttering of one eye and a peculiar twisting of her mouth.

"Something's off with her," he commented quietly, stepping away from the woman as if she were a bomb about to detonate.

"Director Xiang?" Kara said, her face creasing in a frown. "Illyana?"

The woman collapsed to the ground, seizing violently, foam starting to come from the corner of her mouth.

"What the *fuck*?" Deke blurted, checking around for threats instinctively but not seeing anything.

But Kara was staring intently at the fallen woman. "Look at her eyes, Deke," she said, her voice so cool and even that no one who didn't know her could have told she was scared.

Deke leaned over cautiously and saw the whites turning red with burst blood vessels.

"Where have we seen this before?" she asked him.

"Yeah," Deke realized. "This is what Cutter's penetration program did when he was interrogating that mercenary." The former street surgeon had used a method of his own development to hack into the man's headcomp and access his memories...forcefully. The effects had been drastic, and very much identical to what they were seeing now. "Shouldn't we call the medics?"

Kara cocked her head to the side in a motion he'd come to learn was indicative of her using her neurolink communicator; then her eyes cleared and widened.

"We're being jammed," she said tightly, gaze darting around. "Nothing's getting out of the Rec Center, the external network is shut down."

"Shit," Deke muttered, glancing down at Illyana Xiang, dying from a cerebral hemorrhage on the ground at his feet. "She's connected to a network in here," he announced, receiving the data from his headcomp's analysis. "Not the Rec Center web, this one is internal and local to this room." He ran a test with his neurolink and nodded. "I can piggyback onto the signal; I think I can access whatever it is."

"Whatever it is," she reminded him sharply, gesturing at Illyana, "is *killing* her."

"Relax, love," Deke reassured her. "I'm not here for my looks, you know? My wetware's a bit more advanced than what Cutter was used to dealing with."

It had been a while since Deke had run a penetration program; his line of work for the last several years hadn't required much in the way of sophisticated software hacks. But it was like riding a bicycle, for his headcomp anyway. He gave it the correct instructions, set the firewalls and then let slip the Dogs of Cyber-war. If he'd had the time, he could have monitored the progress of the program, but it would work just as well if he weren't paying attention.

"All right, I'm running it," he told Kara, his focus turning outward again. "But if someone's locked the comm's down..."

He didn't have time to finish the sentence.

When they came, they didn't take the elevator; Deke told himself he should have figured it wasn't the only way down. Instead, a hatch opened in the ceiling at the far side of the room and they dropped in one by one, soles touching the floor with solid thumps, betraying a mass that belied their appearance. There were three of them, two men and a woman, dressed in ordinary Fleet blues with enlisted ranks on the collars; they looked unremarkable, with regulation haircuts and the faces of Normals whose parents had lacked the funds to engineer them in the womb.

It was all a lie. He could tell that just by a thermal scan. Isotope power packs dotted their bodies like stars, a dead giveaway of bionic augmentation; Kara had the same setup from her days as a DSI cadre during the war, but Deke was fairly certain these guys weren't DSI---because he was.

All three shared a purposeful, machinelike glare fixed on Deke and Kara, and none seemed inclined to talk; they just fanned out across the room, one of the men moving to block the exit. None of them were visibly armed, for the same reason that neither Deke nor Kara carried a gun: the security scanners at the entrances to the facility. They *could* have gotten away with it due to their position in the Department of Security and Intelligence, but the scanner might have alerted their targets to their presence.

But not all weapons were visible.

Deke's implant talons extended with a thought and he was

in motion. One of the two males was too far away, blocking the exit, while the female was closer to Kara, so Deke went after the other man with a lunge that crossed the distance between them in a fraction of a second.

He was nondescript, his head depilated and his face blank and unemotional, a cipher even as he stepped into Deke's attack. Normally, when Deke slipped into combat mode, time seemed to slip into slow motion; but this guy was fast. When Deke went for a quick slash to the throat with his talons, they were immediately locked up with the byomer claws that had extended from the ends of the man's fingers.

He was *strong* too---at least as strong as a DSI cadre, Deke realized as he tried to muscle past the block and couldn't. Deke gave himself over to The Machine, the combat program that ran symbiotically between his headcomp and his brain, and the two of them stepped through a brutal dance of move and counter-move that required his total concentration. He barely registered the crackling snap coming from Kara's implant laser and had no idea whether it had struck home or had any effect; and he could barely keep any attention open to watching for the third of the group in case he decided to jump into the fight.

Blood flew from their frenzied tangle and Deke wasn't certain whose it was. He barely felt if any of the other man's blows had struck him and was only dimly aware which of his own strikes had landed. Everything was a well-rehearsed pattern, devised by the Commonwealth's best artificial intelligences by studying the hand-to-hand combat arts and sciences of centuries of recorded history and then tested via simulation, Virtual Reality and feedback from actual fighting. It wasn't perfect, but it was a damned site better than most had, even those with boosted reflexes.

Abruptly, without being fully aware of the steps that had taken him there, Deke's right arm shot into an uppercut and his talons pierced through under his opponent's chin and into his brain. The hairless man slumped back, the life going out behind his eyes, and his finger claws slid slowly out of Deke's left shoulder, trailing a trickle of blood. Deke retracted his talons and let the dying man collapse to the floor, finally gaining the space of a heartbeat to glance around.

He'd barely turned when he sensed rather than saw the third man, the one who'd been blocking the exit, charging at him. Deke's leg came up in a turning back side kick almost of its own accord, and he had a brief flash of his attacker out of the corner of his eye before his heel struck solidly in the man's gut. He was taller, a meter-nine maybe, and built heavier than his now-dead compatriot, but the two were alike in their bland, hairless anonymity and their implant finger claws: spikes of byomer concealed beneath the skin, extruding and hardening when exposed to the proper electromagnetic charge.

This guy also had a nasty laser wound in his upper torso, thanks to Kara's implant laser Deke was sure, which was probably why he hadn't joined the fight till now.

Have to thank her for that when I get the chance, he thought.

His kick threw the taller man back several meters until he fetched up against the cooling tower for a holographic computer and caught his balance. Deke lunged to follow through just as the tall man pushed away from the liquid nitrogen tower and they met in mid-air halfway between. Deke ignored the dizzying collage of the room that spun through his vision as he and the second man collided and tangled in a whirlwind of flailing hands and feet. He ignored the distant pinpricks of suppressed pain that tried to force their way past his headcomp's barriers; and he ignored the crashing of equipment and the sound of another laser discharge. Instead, he focused all his attention on the open, nasty burn wound in the man's upper chest.

The wound wasn't fatal, wasn't debilitating, but it was a weakness, as much psychological as physical; while the combat computer was ingenious, it couldn't think exactly like a human and couldn't follow a hunch. The man he was fighting wouldn't necessarily be hurt more by the wound, but lacking an implant computer as sophisticated as the one in Deke's head, he would be conscious of it and wouldn't be able to help over-guarding it...

And there it was. Just a slip of the guard up toward the chest when it should have gone down. Deke almost winced as he ripped upward with his talons, gutting the man from groin to sternum. He saw the stalwart, emotionless mask slip from the man's face as his mouth dropped open with shock and his face slackened. He was boosted, but there was just so much damage a man could take and keep fighting. His guard dropped and Deke sliced across his throat, nearly severing his head.

Deke spluttered, shaking his head and spitting out the blood that had splashed across his face, then turned to see Kara standing over the body of the female, shuddering slightly as she caught her balance. Her armored jacket was scored with a dozen parallel scrapes from the dead woman's finger claws that hadn't been able to penetrate, and blood seeped from the side of her neck and her right leg where no armor had stopped them. The dead woman stared at him with sightless brown eyes, her head facing him while her body was turned the opposite way.

Deke pulled his eyes away from hers and back to Kara's. "We have to go."

"Is the penetration complete?" she asked with frightening matter-of-factness, given that she was covered with blood.

"It's downloading now," he told her. "But this won't be it." He gestured at the three dead augments. "This was just the closest they had."

Whoever they *are.*

She looked around, pausing to frown at Illyana, who had ceased convulsing and was clearly dead, blood dripping from the corners of her eyes. Some of the security guards they'd overpowered were recovering, but not a one seemed interested in taking them on again. One had his helmet off and was staring at them in horror, his face blanched white, teeth clenched as if he were afraid to speak for fear of being noticed again.

"We can't go up the elevator," she decided. "Let's try the way they came in."

Deke nodded, moving to where the hatch in the ceiling still yawned open. He leaned over quickly and carefully, risking a glance to make sure no one was waiting above to blow the head off of anyone who approached. Instead, he saw a smooth shaft that led up a few meters through the ceiling and into another room.

Deke shrugged to Kara, crouched, and then sprang upward with all the power the byomer implant muscles in his legs could offer. He sailed through the shaft and planted his feet wide to catch floor at the top, his talons extended, arms wide.

But there was nothing. The room was empty except for a bank of monitors, a table and a simple couch. And a door.

Come on up, Deke transmitted to Kara over his neurolink, moving aside to make room for her.

Her ascent wasn't as smooth as his; she lacked the byomer muscle augments, fitted instead with bionic implant joints like the three assassins they'd just fought. She grabbed at the edge of the hatch and pulled herself up, her left index finger extended, scanning back and forth. He wondered how much charge the implant laser had left; without it, she'd be unarmed, though not helpless of course.

"After you," she said, nodding toward the door.

Deke snorted ruefully and moved to the exit, slapping the contact panel and ducking through. The corridor outside was narrow and dimly lit, leading past several closed and unmarked doors and ending in a steep and dark stairwell barely wide enough for one person to traverse. It brought out the claustrophobia in Deke, but he ignored it and charged up the stairs, hoping he didn't meet anyone heading downward: close-quarters combat in a stairwell so narrow his shoulders were only a centimeter from the walls could get pretty ugly.

He met no resistance though, met no one at all. And as he pushed open the door at the top of the stairs, he understood why. The door had been soundproofed, but as soon as it was opened he was hit by the blaring klaxon of an alarm, its warbling call only interrupted by an automated voice urging evacuation of the Rec Center facility through the nearest exit. Deke tried to shut the noise out as he checked up and down the wider, better-lit hallway that stretched both ways from the door.

He could tell it was a maintenance area from the holographic markings on the wall, and he caught a glimpse of a couple employees jogging away around the corner to obey the evacuation order. Seeing no threats, Deke retracted his talons and moved out, following the path the fleeing maintenance workers had taken and waving for Kara to follow.

"This is bad," he yelled to her over the alarms as they jogged through the hall.

She didn't say anything, but he knew she had to agree. If someone was clearing the whole facility, it probably meant they were getting rid of witnesses.

Deke called up the layout of the place from his headcomp and got an idea of where they were: the maintenance section was a floor down from the main casino, but there was still a ground exit not that far away. He turned right at the next junction and found himself in the flow of a few dozen workers as they all made their way toward the same egress.

They all seemed like your typical worker drones to Deke, all wearing identical light green coveralls fitted with an ID tag at the chest, and all seemed so caught up in the confusion that they didn't seem to notice him or Kara. Until one wide-eyed female with long red hair tied into twin ponytails glanced at him and her eyes got even wider.

"Oh my God!" she blurted, loud enough to be heard over the klaxons. "All that blood!"

Deke could see her about to shout something, perhaps a warning to the others, and he was microseconds from delivering a non-lethal chop to the carotid when Kara caught up with her.

"I'm Major McIntire, DSI," she told the woman, leaning in next to her ear and flashing her official ID. No one else could have heard over the alarms, but Deke's hearing was pretty far from Normal. "You need to keep quiet, keep what you've seen to yourself and vacate this building."

The redhead looked even more frightened than before, but she nodded energetically and kept silent as Deke and Kara hurried on past her. The hall widened as they made their way through the pack of workers, until it led into a loading dock where tubs of foodstuffs for the kitchen processors and plastic crates of raw materials for the fabricators had been brought in on pallets and laid out in neat rows. Large, double doors yawned open, revealing a wide ramp up to a service lot where cargo haulers would line up to drop off the pallets, though none waited just now.

The crowd had thinned out as Deke and Kara had wound through it, and there was nothing between them and the exit as they stepped out into the loading dock, weaving between pallets. Then something below the conscious, something instinctive that might have been a too-fast-for-thought warning from his implant sensors, made Deke grab Kara's arm and pull her down with him behind a motorized pallet jack. He heard the beginnings of a curse come from her just before a barrage of high-energy laser pulses passed through the space they'd just been occupying and sliced into a maintenance worker ten meters behind them. His torso blasted apart in an explosion of superheated bodily fluids and he collapsed, dead before he hit the ground.

Screams echoed louder than the thunder cracks of the laser and the crowd scattered, some taking cover while others ran back into the halls. Deke risked a look through a gap between two containers on the pallet shielding them and caught a glimpse of a gunmetal grey suit of powered armor advancing down the ramp, the multiple barrels of a Gatling laser still spinning down from the first burst. A ton of biphase carbide stomped heavily on the fusion-form ramp with spiked footpads and two more followed in a wedge formation twenty meters behind it.

"We're fucked," Deke declared, shaking his head.

The lead trooper spun toward them with surprising litheness for so much bulk and Deke and Kara sprinted to the right as the Gatling laser opened fire again, the spinning barrels picking up dozens of hyperexplosive cartridges per second and pulsing their heat energy through its multiple lasing rods. Dozens of kilojoules of energy ripped into the pallet they'd been hiding behind, vaporizing raw food and powdered metal in a cloud of polychromatic fire.

Deke heard shrapnel smacking into the stacked tubs and crates around him and felt a sharp sliver of plastic slice into his leg but didn't stop running. He had no thought to fight the armored troopers, not unarmed; he knew their only chance was to get out, and even that chance wasn't a great one. There was an emergency exit on the opposite side of the loading dock; he'd seen it in the plans he'd called up on his headcomp. It was thirty meters away and he felt as if it might as well have been on the far side of the planet, but he zigzagged a course through the pallets toward it anyway, knowing there was no choice.

The laser spoke again and more pallets exploded around them, fire alarms joining the already blaring security alerts as the air filled with a thick haze of multicolored smoke and the ear-shattering din of the sirens and warnings. Deke was thrown to the ground from the force of the blast, and sensed Kara landing next to him. He jumped into a crouch almost immediately, but he could see the Gatling laser swinging his way and the other troopers clearing the door, and he knew that there was no way they were going to make the exit.

Deke had never prayed before, not even during the war when he'd had his leg blown off by a Tahni mecha, but he considered for just a moment asking anyone who was listening to get Kara out of this alive. And someone answered.

Get down.

Deke grabbed Kara and fell on top of her, putting his back to the approaching enemy; and then there was a searing light that Deke could see even facing the other way and with his eyes closed, and a blast of heat and sound and pressure that buffeted him like a storm. Deke felt himself being thrown through the air and he lost his grip on Kara, slamming against the far wall with enough force to break a Normal's neck.

Deke ignored the moment of pain that even his headcomp couldn't totally shut out, rolling over onto all fours and trying to force his eyes open. The loading dock was a tableau of utter devastation, with a scorched and smoking wedge cut through the stacks of pallets. The wedge of destruction had consumed everything in its path, including the armored troopers, and penetrated the far wall before spending itself in the dense fusion-form of the building's foundation. He levered himself to his feet, frantically searching for Kara and finding her only a couple meters away from him, wedged beneath an overturned stack of plastic crates. Their load of raw silica powder had burst through and she was half buried in sand.

Deke heard a roaring as he stepped toward her to help her up, and he thought for a moment that the explosion had damaged his ears. Then he realized that there was a spaceship landing on the ramp outside the loading dock.

"Are you okay?" he asked Kara as he pulled her up, sending crates and tubs tumbling and sand spilling off of her.

"I'll live," she murmured, half in a daze, shaking sand off of her face. "What the hell was that?"

"I'm just guessing here," he said, feeling slightly light-headed, "but I think it was a plasma cannon."

"Yeah, sorry about that," a familiar voice called out from the direction of the loading bay doors.

Deke glanced around sharply, hand searching automatically

for a sidearm he wasn't wearing, but then relaxed slightly. The figure emerging from the billowing smoke and wreckage was short and slender, and his gait was distinctively graceful and lithe, like a dancer's. He was dressed in nondescript civilian clothes but a heavy pulse pistol hung at his side with a familiarity that suggested it belonged there. As he approached closer it was easier to make out his lean, angular features and dark hair formed into a close-cropped Mohawk.

"Woulda' used something less catastrophic," Reginald Nakamura explained apologetically, "but there wasn't enough time." He shook his head. "There still isn't...we need to get the fuck out of here right now."

Deke didn't argue with him and, for a wonder, neither did Kara. He followed her as they picked their way through the carnage and fairly stumbled up the ramp with Reggie Nakamura trailing them, eyes open for threats. A dull grey delta shape waited there for them, stretching out far enough that its broad wingspan wouldn't have fit through even the wide loading dock doors. It was a missile cutter by design, just like his old ship *Dutchman*, and the sight of it triggered a pang of loss as he thought about her wreckage smoldering on an unreachable planet on the other side of the galaxy. His had been a war surplus vessel, though, while this one still retained the gleam of novelty.

He could hear the whine of the turbines idling as he and Kara walked up the boarding ramp into the utility bay of the *Aurora*, and before Reggie even hit the control to raise the hatch, the engines began to spin up and the ship lurched into the air once more. Deke and Kara grabbed for handholds to steady themselves as they ducked through the utility bay's hatch into the ship's cockpit. The woman in the pilot's seat was even shorter than Reggie, with spiked brown hair, a heart-shaped face and dark eyes that had always seemed to Deke to have the twinkle of some mischievous thought lurking in them. Unlike Reggie, she wore a Commonwealth Fleet uniform rather than civvies---and she still looked damned good in it, Deke thought.

"We have assault shuttles inbound," Commander Holly Morai informed them tersely, eyeing them to make sure they were strapped into their acceleration couches before feeding power to the engines.

Deke felt himself pressed into his seat as the jets sucked in air and ran it through the ship's reactor to superheat before ejecting it at supersonic speeds.

"Assault shuttles?" Kara repeated, disbelief strong in her voice. "*Whose* fucking assault shuttles?"

"I haven't run their transponder IDs," Morai responded drily, not looking away from the controls, "but given that they somehow have clearance to fly over Hesperides, I'm guessing they're military."

"That powered armor was definitely military," Deke put in, "but it wasn't Marine issue; I've never seen that configuration before."

"Shit," Kara swore softly. "The duplicates Cutter put in place are making their move." She looked at Deke. "Whatever you got from that download, we need to get back to Inferno and analyze it."

"We're not going back to Inferno," Reggie told her. "We got a message from the Bulldog: we have to head to Highland. Cal's going to meet us there."

"Why?" Deke wondered. "What's going on?"

Reggie let out a sigh and shook his head. "I hope you liked Tahn-Skyyiah as much as I did," he said resignedly, "because we're going back."

CHAPTER 3

The horizon seemed to stretch on forever here, Rachel thought. Highland was so different from Canaan, so open and rugged and just *big*. From where she stood on the roof of the Savage/Slaughter LLC operations center, Rachel Lowenstein-Mitchell could see the kilometers-deep canyons which had been cut through the soft sandstone by the fast-flowing current of the Tamanend River. The river was the longest on the planet, carving its way across the whole northern continent on its way to the Western Sea. It was breathtakingly beautiful, a landscape of deep reds and oranges, of arches and hoodoos and colorful strata; and yet it was also breathtakingly barren. Here and there you could see a patch of green where lichen clung to the loose rocks, sucking away whatever moisture was available, but not so much as a patch of grass decorated the plateau.

There was much more varied flora---and fauna---at the bottom of the canyons, where the river allowed life to spring forth; and she knew from what she'd studied in the databanks these last few weeks that there were actually forests on the extreme southern edge of this continent and over a larger portion of the one to the south. But life had a shallow hold on this world and there had been nothing to draw colonists to it after its discovery only a few decades ago. Sure, you could build the labs to grow the food you needed and send machines to collect the raw materials for it from the river valleys, but why would you bother with that expense on a world with not much in the way of mineral resources, in a star system with little else to offer?

So, Highland had been a rare habitable planet with no large settlements other than a few research stations and the odd squatter. Until Vontez Slaughter, an officer in the Marines during the war, had come across it in the records and mentioned it to his childhood friend, who just happened to be Captain Keller Savage, one of the last few surviving members of Omega Group---unofficially known as The Glory Boys. The two of them had been looking for a way to use their wartime training to make a little money, and putting together a mercenary company had seemed like a good idea. There were always conflicts in the Pirate Worlds, and having a well-trained paramilitary force to guard shipments or pull security for construction on new worlds was a lucrative way to make a living. Highland had provided the perfect place to build a base to train that force. The intervening years had turned a mercenary company into a battalion and their reputation had brought them work first from the Corporate Council and now from its various successors.

She could see movement in the distance, where flyers were taking troops to training sites deep in the canyons. They were the only humans on this continent, a thought that scared her a little. She wondered how far they could trust these people.

Caleb hadn't talked much about Keller Savage. He'd told her stories about his partner and best friend Deke, of course, and Mat M'Voba, their Executive Officer, and about General Murdock, the infamous "Bulldog." He'd talked about the other members of his unit he'd thought were assholes, like Brian Hammer who'd wound up dying in the invasion of Tahn-Skyyiah, and Roger West, who'd later turned out to be a Corporate Council spy. He'd even mentioned that he and Holly Morai had once been involved, sort of, in a casual wartime sort of way. But he hadn't said anything to her about Savage, other than to comment once that the man had been good at his job.

Now that she'd met him, she understood what Cal had meant.

"Rache." She heard Cal's voice behind her and turned to see him emerging from the roof exit. He was wearing a gun belt, and she realized suddenly that she couldn't imagine him without one. The thought sent a shudder up her back for some reason. "They're ready in the briefing room," he told her.

She nodded, stepping over to precede him down the stairs. "Pete said you saw Jase while you were in Harristown," she told him. "How are he and Lisa doing?"

"Good," he said with a nod. "He's really stepped into the job. I knew he could. He's a better cop than I ever was."

"I miss them," she admitted, the words perhaps sounding more wistful than she'd meant them to.

Cal must have caught the tone, because he slipped an arm around her, giving her a comforting squeeze. "This won't last forever," he promised.

She looked into his broad, honest face, into those earnest, blue-grey eyes and believed that he believed that. She wasn't sure if she agreed with him, but she kept it to herself for now.

"I wish I could have gone with you," she said instead, as they reached the bottom of the stairs and took a left towards the briefing room, following a sign on the wall. The sign wasn't even holographic, she noted: this place had originally been built on a shoestring.

"Me too," he agreed, sighing. "But we were only feet-wet for a few hours anyway. It's probably better that way...if we'd stayed any longer, it would have been even harder to leave again."

She was saved from having to formulate a reply to that by their arrival at the Operations Center briefing room. Like the rest of the facility, it was pretty basic, built for function rather than looks or as a platform for bleeding-edge technology. A simple round table was surrounded by cheap, collapsible chairs, with the only amenity being a holographic projector mounted on the ceiling, dark and inactive at the moment.

She and Cal took a seat next to Pete and she squeezed his arm affectionately, then nodded to Deke and Kara, who were on the other side of the younger man. She could just about stand to be around Kara McIntire now, which was progress after hating the woman for the last five years for her part in turning their lives upside down. Deke...Deke was like a crazy, irresponsible uncle, she thought. She regarded him with affection tempered with caution, knowing how close he and Cal were but also knowing the crazy risks they took when they were together. Deke looked uncharacteristically glum, she thought. She knew he and Kara had been the last to arrive and she wondered just what intelligence they'd brought back that could bring his irrepressible mood down.

The other four at the table she had only met recently. The elfin woman with the short, brown hair and the blue Fleet uniform was Holly Ann Morai, the only surviving female from Omega Group; Rachel knew she was an officer in the Fleet Attack Command now and she wasn't sure how General Murdock had stolen her away for this. Next to her was Reggie Nakamura, CEO of a fairly large executive protection agency for the last ten years and yet to Rachel he still seemed like a man more comfortable in a fight than behind a desk. He was in generic grey utility fatigues and a leather jacket and, like all the others, was armed. The way the handgun rode on his hip seemed natural, like it was at home there.

Then there were their hosts, seated across the table from

Holly and Reggie, making quiet comments to each other with the sort of verbal shorthand typical of couples or partners. Hell, they could be both, for all she knew. She'd only met Vontez Slaughter and Keller Savage a few weeks ago and in the time she'd spent with them, she still hadn't learned a single personal detail about either one of them. Slaughter, especially, was a cipher. She knew he was an ex-Marine and he wore his Savage/Slaughter dress uniform with all the pride of that former Marine officer. He was a tall, powerfully-built man, his dark hair was cut short, with some sort of stylized design shaved into one side, and his cafe-aux-lait skin was drawn tight over his squared-off face. But the expression on that face was as unreadable as his dark eyes.

Keller Savage was as tall as his partner---of course, to her all non-Canaanites seemed tall---and even broader through the shoulders, probably thanks to the Omega Group augments, but his manner was more casual and relaxed. He wore olive drab fatigues with the mercenary battalion patch emblazoned in subdued colors on the chest, their sleeves rolled up to his elbows, and his red-blond hair was as long as Deke's had been before he'd started working with the DSI, though more chaotic than styled. His eyes though...he had grey eyes, perhaps a shade darker than Cal's, eyes of pure gunmetal. When she looked into them, she saw a weapon more than a human being.

Cal had told her, after the war, about what he called The Machine: the killing trance he would go into when the combat programming in his implant computer took over his actions, processing and focusing his sensory input, using his brain faster than he could by shutting out all the conscious level decision making, as if it were his own instincts. He had spoken of an unshakeable fear that someday the Machine would take him over and not give him back, and he had let slip just once that he thought this might have happened to other people on his team.

She wondered now if he had been talking about Keller Savage.

"I guess we're all here that's coming," Savage said in a drawling accent she couldn't place. It was a bit like Roger West's and she thought she remembered that they were both from around the same place back on Earth...well, the same continent anyway.

"Where's General Murdock?" Kara asked, frowning. "He was supposed to be part of this planning session."

"He lit out of here the minute he got the news about Tahn-Skyyiah," Savage told her, shrugging expressively. "Said to go ahead without him, that he'd be back in a couple weeks."

"Well, isn't that fucking special," Deke muttered, slapping a palm on the table in exasperation.

"It doesn't matter," Cal declared flatly. "We have actionable intelligence and we need to get to work. If Murdock doesn't like what we come up with, he shouldn't have left it in our hands."

"Agreed," Holly Morai said with a curt nod.

"You always did have a way with words, Caleb," Reggie Nakamura mimed applause. "So, what have we got?"

"We've had our best techs working the data that Cal and Deke brought back," Savage said. "It's all pretty heavily encrypted, but we've made some headway." He looked over to Slaughter. "Captain Slaughter, you wanna do the honors?"

The former Marine stood, straightening his uniform jacket with an automatic gesture, then cleared his throat.

"It'll take weeks to sort through that much raw data," Slaughter began, his voice as clear and sonorous as a professional singer. "But we've run both databases through a few algorithms and we've caught some overlap." He touched the 'link at his wrist, then whispered a command into it and the holoprojector above the table snapped to life.

Three faces floated above them, two men and a woman, the collars of Commonwealth Spacefleet uniforms visible at their necklines. They were obviously military file photos, each with the same pose and neutral background.

"You know Captain Denarius Laussel, DSI," Slaughter went

on. "The other two are Lieutenant Rita Antonov, Fleet Intelligence and Commander Jai Yanto, Attack Command. They are the only three officers we're are one hundred percent certain are Chang's duplicates, so we cross-referenced them to see if there's anything or anyone in common."

He touched his 'link again and another face appeared, this one less sharp and posed and more along the lines of a long-distance surveillance shot. And it was the face of a Tahni. Rachel blinked away a trick of memory that wanted to make it Trint's face, and realized quickly that this Tahni male was very different from her lost friend. Trint's face had been broad and powerful, while this male was skinnier and unkempt, tufts of hair growing unmanaged behind his flattened ears and a ratty horsetail that wrapped around his throat half-heartedly. His eyes appeared sunken beneath his brow ridges and they seemed so dark they almost glinted in reflection of the light.

"Holy shit," Cal breathed and Rachel turned to look at him, noticing that everyone else had turned as well. Cal's eyes were wide. "I know that guy. I mean, I've seen him, in Harristown...down in Skintown a few years back."

"How can you be sure?" Reggie cracked, snorting a laugh. "They all look alike to me."

"Yeah, well," Savage interrupted, seeming like he knew when to cut off one of Reggie's moods, "there's a good reason you might have seen this guy. He used to work for Robert Chang."

"His name is..." Slaughter trailed off, checking his 'link again. "Ryl'n-Kah-Rint-yar." He shrugged. "He goes by Kah-Rint, and that's about as much as we know about him. He started working for Chang sometime prior to his first sighting six years ago and has very rarely been seen on Canaan, so the speculation was that he did Chang's dirty work offplanet."

"And he contacted all three of the...replacements?" Kara prompted.

"That's not evident yet," Slaughter corrected her. "All the

algorithm can tell us so far is that there is some connection between them and this Kah-Rint."

"Come on, we're ignoring the fucking elephant in the room here," Deke said, waving a hand demonstratively. "Does anyone really think that the attack on the Tahn-Skyyiah garrison isn't related to all this somehow?"

Slaughter clasped his hands behind his back and took a deep breath and Rachel thought perhaps the man was searching for patience. Finally, he turned to Kara. "What does the DSI think?"

"Given the brazen nature of the attack in Hesperides, I've been trying to avoid open contact," Kara admitted, a bit reluctantly Rachel thought, "but everything I've been able to suss out says that all indications point to a Tahni terrorist group pushing for independence from the Commonwealth. We don't have any names yet, but there's a Fleet Intelligence investigation ongoing."

"Fleet Intelligence?" Caleb repeated, sounding surprised. "I thought you said that they were being phased out since General Murdock took control of the DSI."

"As everyone has noted," she returned, a slight grating tone to her voice, "General Murdock isn't around right now, and neither am I. Bureaucracy, like nature, abhors a vacuum."

"And one of the three replacements we know about is in Fleet Intel," Holly Morai mused, steepling her fingers. "I wonder if that's a coincidence."

"In my line of work," Kara returned, "there are no coincidences."

Reggie snorted a laugh, shaking his head. "Well isn't *that* all ominous."

Holly shot him a quelling glance. Cal had mentioned to Rachel that Holly had always been upbeat and talkative when they'd served together. She wondered what had happened to make her so serious and stolid. "So, you don't have any connections with the investigation, Major McIntire?"

"I'm afraid not, Commander Morai," Kara told her. "The only

DSI agent in the system was on the garrison station when it was destroyed."

"It's like I said a week ago, then," Keller Savage cut in. "We need someone on the ground at Tahn-Skyyiah."

"We need several someones on the ground," Holly corrected him. "Even if we restrict it to their capital city, we're talking, what? Ten million people?"

"Ten million angry, resentful Tahni people," Reggie corrected her. "I'm sure they'll be happy to cooperate with our investigation."

Holly rubbed her temples, closing her eyes. "You know why the two of us were never teamed up during the war, Reggie?" she asked tiredly.

"Bad luck for you?" he assayed with a smirk.

"Because the team psychologist Dr. Rhajiv said I'd kill you myself within a week," she corrected him.

"All right," Caleb cut in sharply, "so we're going to need at least two teams on the ground." He glanced around at all of them. "Who goes?"

"Kara and I should go," Deke asserted. Caleb looked at him curiously, and Rachel knew why: Cal had mentioned to her that Deke had turned from his life as a go-it-alone outlaw to his work with the DSI with the zeal of a convert. It was strange, seeing someone you thought you knew change so drastically.

Kara chuckled, thumping Deke on the arm. "Thanks for volunteering me," she said, sarcasm heavy in her tone. "He's right, though," she admitted to the others. "I have to go in order to maintain our cover, which will be reestablishing a DSI presence in the system. Deke is officially on the roster now as well, so he has an excuse too."

"I'm attached to the DSI temporarily," Holly offered thoughtfully and Kara nodded.

"You can be our pilot," she said, grinning. "I like the idea of having an Attack Command Squadron leader as my personal pilot."

Holly raised an eyebrow, but didn't comment.

"There's still a problem," Keller Savage said. "That's only three and everyone else is a civilian. How are you going to get any of the rest of us in?"

"You're out," Kara told Savage bluntly. "And you know why."

Savage grunted but didn't argue. Rachel looked at Caleb and he shrugged uncomfortably. "Savage/Slaughter is officially *persona non-grata* with the Commonwealth government."

"It's no fuckin' secret," Savage said, waving it away. He looked directly at Rachel and she did her best not to flinch at having those weapon-sight eyes aimed at her. "We took a job in the Pirate Worlds for the Sung Cartel a few years back, wound up getting into a running gunfight through *Novye Moscva*. There were some civilian casualties..." He shrugged. "We cut ties with the officer who ran the operation, but it caused a stink. And especially after the business with the Corporate Council getting broken up and we used to do work for them, well, we aren't exactly welcome in the Commonwealth."

"Which isn't important to us right now," Kara elaborated, "but Colonel Savage's face was plastered all over the NewsNets during the business with the Russian *bratva* and we don't need to draw attention to ourselves." She gestured to Reggie Nakamura. "You can't go for the same reason. Your company has been advertising all over the colonies for ten years now. Too many people in Fleet Intell would know your face."

"Damn," Reggie muttered. "Stuck in the rear with the gear."

"Actually," Kara told him, "you could use your contacts to try to track down the replacements we already know are in place. You have an excuse to be on Inferno, after all, with your Executive Protection deal with Commonwealth diplomats."

"If you're looking for volunteers for the mission to Tahn-Skyyiah," Pete said, "I'll throw my hat in."

"No," Caleb said quickly, and Rachel thought she noticed

him glance at her before he went on. "I want you and Rachel to head back to Canaan."

"Why?" she asked him, eyes hardening. They'd had it out about him trying to protect her and he'd promised to stop shuffling her off to a corner like a child.

"Kah-Rint," he declared, pointing at the face in the hologram. "We need to track him down, and I need you two to work with Jason to do it."

"Why us?" Rachel wanted to know. "Why aren't you going?"

"Because I'm going to be on Tahn-Skyyiah," he answered, sighing with resignation.

"You're still a civilian," Savage pointed out. Rachel noticed a certain...respect, was it? Maybe fear even? in the mercenary's tone when he spoke to Caleb that wasn't there with anyone else.

"I must be getting patriotic in my old age," Cal said, grinning ruefully as he looked over to Kara. "Consider me un-retired, Major."

Deke was chuckling and offering Cal a playful salute, but for some reason, Rachel felt a sinking in her gut at her husband's words. She couldn't escape the sense that somehow, they were all in too deep now to ever get back out again.

———

Tyya-Khin squeezed his eyes shut and pressed his fists to his ears, trying to shut out the thunder of multiple tons of alloy-armored death marching by. Their spiked soles pounded the ground, cracking pavement beneath them with each coordinated step as twin lines of Commonwealth Marines filed by in the street outside. Tyya-Khin had seen them coming as he looked through the open entrance to his family's shop, seen the crowds running ahead of their advance even before he'd heard the loudspeakers repeating the automated warnings for everyone to get to their homes and remain indoors.

The warnings echoed from the sky, projected from hovering

drones and broadcast over every public communications link, but they couldn't drown out the bass thunder from the pounding feet of the Marine battlesuits. He could feel the wall of the shop vibrating against his back as they passed in the street thirty meters away; his lips moved as he repeated a prayer to the Emperor silently to himself. It was instinct; he hadn't believed in the God-Emperor for many years, even before the humans had banned His worship. If the God-Emperor had any real power, He wouldn't have allowed these humans to set foot on the holy ground of the Tahn-Khandranda, the City of the People of God. He surely wouldn't have allowed them to kill his physical avatar in the war, wouldn't have allowed His people to lose that war so badly...

Unless it was our sin that lost the war, Tyya-Khin thought. It wasn't the first time he'd had the thought, and he knew he wasn't the first to have it. The Sinners were the largest remaining faction of believers and held high position in the puppet government. He was sure the humans had encouraged the growth of the Cult of the Sinners, and might have even created it themselves. That didn't mean they were wrong, though.

Finally, the column of armored Marines passed, their aftershocks fading, the last vestiges causing a small rattle in the ceramic oblation bowl Tyya's father still kept on the altar by the door. Ever the traditionalist, his father.

Tyya scowled at the altar as he rose from the floor and strode purposefully through the partially-open courtyard, passing under the cloth awning that covered the shop entrance. He didn't enter the workshop, didn't even stop to check on his father. He could hear the clatter of metal on metal as the man continued to work, ignoring the passage of troops as he had ignored everything else since he'd returned from the war. Tyya passed the main entrance and walked by the private door to their living quarters as well, heading directly for a short stairway that led down into the storage cellar beneath the shop.

He paused before the closed door at the end of the stairs, kicking at the frame softly in a prescribed pattern. The rounded, stone door slid aside on its tracks with a strained scrape and the dim light of an oil lamp trickled through to the shaded twilight. Tyya stepped through, not looking back when the door closed behind him.

"They're gone," he said quietly, "for now."

"I had dared to hope," the female seated cross-legged on the dusty floor spoke, her tone harsh and unpleasant, "that we had seen the last of these days."

Tyya tried not to look at her, but his eyes wouldn't follow his will. She was attractive, her hair long and woven into four separate braids that fell across her strong shoulders provocatively. Her robes were the darkest crimson and covered her from neck to calf except for her shoulders and upper arms, and he could sense as much as see the swell of her hips and breasts. Hormones raged in him, nearly uncontrollable. He knew the humans worked side by side with their females and he still could not fathom how they did it.

"It is not the Path to have a female here among males," the older man seated on a stool in the corner of the room declared with anger that might too have been fueled by his hormones. The priest was imperious even in this filthy store-room, impressive and glowering with hooded eyes and cheekbones that could slice bread and a gown so black it ate what little light there was. "The God-Emperor does not shine on it."

Tyya fought back a derisive snort, but the female did not bother to hide hers, and the older male stared daggers at her.

"We must meet when and where we can," the fourth Tahni in the store room said soothingly. "Propriety must yield to pragmatism."

Tyya peered at the male carefully. He still wasn't sure he trusted this one. He was older than Tyya, as old as his father, though not as old as the priest. He was dressed as a common merchant or tradesman, but Tyya guessed it was camouflage.

This one was far too shrewd and crafty to be a common anything, despite appearances.

"You called us here, despite the danger and irregularity," the female said and Tyya gritted his teeth and fought hard for control of his urges. "What do you propose?" She was bold; she spoke as if she were back in the Female Holdings outside the city and not in the world of males, where women rode in enclosed carriages and never went unguarded.

"The humans are reacting," the Tahni who called himself Kah-Rint argued decisively, "but they are still reeling from the loss of their headquarters. We need to keep them reacting and not acting."

"I still wonder how those responsible managed to destroy the station," Tyya said, not without suspicion, as he moved to a closed crate full of metal shavings and sat down on it. The basement smelled of metal and wood and dust. "I can see how someone might be able to hijack the supply capsule...but to smuggle a weapon of that size on board would require resources that are difficult to rationalize."

"Those I represent command impressive resources," Kah-Rint assured him.

"Then why do they not attack the humans themselves?" the priest wanted to know.

"Because, Esteemed R'jin-ya-Tarl-Kan, though they too count the Commonwealth government as an enemy, they have their own aims and their own agenda." Kah-Rint tossed his head in negation. "They are the enemy of our enemy, yet I would not call them our friend."

"Then why should we trust them?" the female asked.

"I do not say that we *trust* them, Y'aa-an-Roh," Kah-Rint corrected her, his face pleasant yet somehow frighteningly cunning as well. "I say that we *use* them. I do not care what profit they seek by overthrowing their masters, I care only what confusion they can sow for our good."

"This counsel seems wise to me," Priest Tarl-Kan said, signifying agreement. "What would you have me tell those who still follow the Path in our city?"

"We must tell our youth to rise up and strike at the Commonwealth oppressors," Kah-Rint declared forcefully. "We need to distract their armored soldiers and then hit them at their bases while they are occupied."

"Many of our young men and women will die in such attacks," Y'aa-an-Roh said, hands pressed together in a gesture of deep concern. "And what will be the result? Merely more of the human troops sent to our home, more destruction visited upon our cities."

"There will be death," Kah-Rint acknowledged. "But not in vain. There is more that I can't share with you yet. If you are arrested, what you don't know will not hurt the cause. But I swear to you by the blood of my ancestors that this will not end with the Tahni people again in bondage."

"Who will be our commander?" the priest asked. "You?"

"I am needed elsewhere," Kah-Rint said. He looked to Tyya. "You will lead us, D'sinn-Tyya-Khin-Lun."

"I have never seen war," Tyya protested, coming to his feet. "I am not a leader."

"Could the son of General T'Sonn-Yon-Kara-Tin not be a warrior?" Kah-Rint asked quietly but shrewdly. "Could he help but be a leader?"

"My father," Tyya spoke hesitantly, embarrassed, "is not the man he was during the war."

"Which is why we have spoken to you, not him," the female said and he saw a glint in her eyes that actually made him take a step toward her before he halted himself through an effort of will.

"Is the Matriarch with us?" Tyya asked her, looking away to make his brain begin working again.

"Pending my judgment of this meeting," Y'aa told him. "And I mean to recommend she support you."

Tyya closed his eyes and drew in a breath.

"Very well, then," he said, trying to sound stronger than he felt. "Once again we go to war with the humans."

"This time to the death," Kah-Rint added.

Tyya saw the pleased expression in the man's eyes and for some reason, it sent a chill through him.

Whose death?

INTERLUDE:
INSIDE THE NORTHWEST PASSAGE CORRIDOR

N'lyn-Trint-yar regarded the projection of the isolated star system that had been his home for months now, watching the two habitable moons and one terrestrial planet traverse the silent geometry of their orbits. He idly wondered if he was actually seeing it with his eyes or whether the sentient computer system that ran things here was feeding it directly into his brain.

If you're curious, the AI answered over his neurolink, *the feed is...*

That's all right, Trint interrupted. *I don't really need to know.*

What he did know was that he was still inside the same sphere-shaped structure he'd entered months ago. There was really no need to leave when he could see everything in the star system with a thought.

He focused on one of the terraformed moons of the system's largest gas giant and the image zoomed at dizzying speed from an orbital view that had showed the colorful bands in the planet's atmosphere to a close-up of the moon. Thick, white clouds parted beneath the automated microdrones that surveilled the moon constantly; and the blues, greens and browns of the world below came into focus. Narrowing his gaze sank him deeper into the atmosphere until he was standing on a plain outside a forest, near a lake. Wooden huts---more like cabins, really---sprang up around him and he could see humans moving between them in the light of the rising primary. Even in daylight, the gas giant hung in the sky, a faded grey and yellow presence like a god watching them from the heavens.

And maybe that's how they think of it, he reflected. They certainly looked primitive enough to hold such beliefs. Their clothes were rough and hand-sewn from wool and hide and fur, their weapons mostly wood and bone with just the bit of metal that Donald Yu had managed to teach them to work in his years among them. Concentrating on the Earth-man, he could see him, bearded and rugged as any of the others after decades stranded on a world so far from his home, yet peopled by humans just like him.

They had been settled there by the Resscharr, the race that humans had come to know as the Predecessors. Trint hadn't followed the whole scientific explanation, but he gathered that the Predecessors had evolved on Earth long before humans and then left the planet after some sort of cataclysm, but remained involved in tweaking the development of the human race. To the Tahni, the Predecessors had done much more than tweak; they had raised them to sentience quickly. Perhaps too quickly, he realized now. He noted that, although the Predecessors had taken samples of humanity and Earth life from various ages to keep alive here in this corridor system to the Northwest Passage, they hadn't brought along any Tahni...

The villagers in the human settlement looked to be doing fairly well, and he noted that Yu and his wife were expecting another child. He shifted his focus outward and was quickly soaring through space from one viewpoint to another as he rode a wave of observation drones all the way to the other terraformed moon, the one inhabited by the debased descendants of the Predecessors. Left behind when the rest of the race had abandoned this section of the galaxy and closed off all the

Transition Lines behind them tens of thousands of years ago, they had regressed to the point where they could no longer manufacture or even repair the technological devices of their ancestors.

Now, the ones who'd hoarded what weapons and devices that still functioned after all these millennia were the ones who ruled in a society that worshipped the technology almost as much as they revered the ones who'd made it. He peered down at the largest city on the moon, the night on that side of the world lit by the stars and the glowing disc of the gas giant, the streets also lit by crude electric lights with carbon fibers...powered by a reactor that had run unmaintained for almost twenty thousand years. Resscharr guardsmen patrolled the streets, walking with a reverse-kneed gait that seemed unnatural to him. The striations in their long faces deepened in the shadows, their swept-back, feather-like hair glinting in the glare of the streetlights. The two of them carried spears.

The sight of them made him uncomfortable, somehow. Perhaps it was the idea that the beings who had created his race had allowed themselves to sink this low.

They were not the most impressive individuals to begin with, the AI told him, and he thought he could sense the haughty note of superiority in its tone. *They were the ones who couldn't bear to leave the place we'd called home for so long. It took only a few generations for them to fall into savagery.*

I'd appreciate if you wouldn't access my thoughts when I'm not actually addressing you, Trint scolded the sentient computer system, not for the first time.

Apologies, it responded. It had never given him its name and it seemed pointless to ask for one: there was no one else around. *I have begun to sense, after this time spent becoming familiar with your thought patterns, that you are discontent with your living arrangements. Would you prefer to live with the humans, or perhaps the Resscharr?* A pause. *Or is it simply that you miss your friends?*

I do miss them, Trint admitted. *But even more, and more oddly, I miss home. Home on Tahn-Skyyiah, though I've not been there for many, many years. To return would have meant death in those days; yet even knowing I could return, if only to die, was somehow a comfort. Now there is no way I will ever see my homeworld again.*

It was hard to say how he knew the computer was hesitating. How do you read a pause from a disembodied voice in your head? Yet somehow, he did know.

That, the machine finally broke its silence, almost reluctantly, *is not strictly true.*

CHAPTER 4

The last time Caleb Mitchell had set foot on Tahn-Skyyiah, he'd landed in a stealth drop pod just ahead of the main invasion force in an effort to take out the control centers for orbital defenses. Stepping off the boarding ramp of Kara McIntire's cutter, he felt decidedly more exposed and insecure than he had fifteen years ago. The spaceport was a few kilometers outside the capital city of Tahn-Khandranda, surrounded by remote sensors and energy fences, and patrolled by stun drones and Fleet Security troops armed with deadlier weapons.

Maintenance techs, supply specialists and transportation crews seemed to be scrambling everywhere, all with a look of near-panic accentuated by the ever-present salt stains from dried sweat. It was mid-afternoon and Tahn-Khandranda was in the midst of its summer; the temperatures hovered around forty degrees Celsius, even with the breeze from the nearby inland sea. The heat only exacerbated the anger and fear in the faces of the men and women around him. Some had friends who'd been aboard the garrison station, but all of them felt the loss.

Had they landed at the port a few weeks ago, there would

have been Tahni workers here and there, employed to perform non-military jobs, to service civilian spacecraft. Not today. Not a Tahni face was to be found anywhere inside the security perimeter.

"The place hasn't changed much," Deke said, stepping down the ramp behind him. Cal glanced around and saw Deke staring at the spires of the city in the distance. The tallest buildings were the Justice Center and the Palace of the Governor, twin needles that rose above the rest and had been repurposed from the Imperial Center which had occupied the structures before the invasion.

"Looks different without the temples," Cal opined, shaking his head. There had been three of them: huge spheres that formed a triangle around the Imperial Center, but they were gone now as if they had never been.

"Well, we couldn't very well let them keep worshipping the Emperor we'd just deposed, could we?" Holly asked reasonably. She'd changed out of her Fleet uniform and into civilian clothes, though not without protest. She wore a sidearm now as well, which hadn't taken nearly as much convincing. "Even if they'd wanted to, which most of them didn't."

"They didn't really worship the Emperor," Kara corrected her as she brought up the rear after locking down the ship's systems. "Not the physical, mortal Emperor. It was more like the man---well, the Tahni---was the avatar, or vessel for an eternal, spiritual being." She shrugged. "It's complicated."

"Most things are," Deke muttered.

"We need to check in at the temporary operations base Fleet Intell has set up," Kara told them. She grimaced. "I'm not crazy about announcing our presence, but if we don't get clearance, we'll wind up getting arrested by our own troops."

"Then what?" Holly asked her as they walked through the chaos of the spaceport towards the grey buildfoam domes recently erected next to the spaceport's main facilities. "Tahn-

Khandranda is a big city, and even with these civvies," she gestured to her own clothes, "I don't see us blending in."

"We've already been over the basics," Kara said, and Caleb could tell she was suppressing a sigh. "Deke and I will be concentrating on the laser launch facility and everyone who had access to it. You two will work the opposite angle, looking into known threats."

"Won't Fleet Intell already have checked them out?" Cal wondered, voicing a question he hadn't thought to bring up during Kara's abbreviated briefing on the flight from Highland.

Kara snorted. "None of those pansies would venture out into the city, not without a full Marine escort. They'll send out insect drones and run computer models and then haul a few people in and question them for a day before letting them go. As if someone capable of planning this," she waved upward demonstratively, "isn't capable of covering their tracks. Whole service has gone to hell these last couple years," she muttered the last sentence under her breath, but Caleb could hear it and he knew the others could as well.

Kara regarded Caleb evenly. "You were a cop for a long time, Captain Mitchell," she said. "Go be one for me."

―――

"You were a cop for a long time, Captain Mitchell," Holly Morai muttered in mocking impression. "How the hell does Deke put up with that uptight bitch?"

Cal chuckled softly. "You get used to her," he said, eyes scanning back and forth as he watched the street for threats.

"I'd rather not," Holly shot back, her own eyes surveying the other side of the street. Tahn-Khandranda was laid out according to some Tahni logic, and apparently they didn't have any such thing as zoning or neighborhoods in the human sense. There were no commercial districts or residential districts or *anything* districts. Temples and factories were scattered among family homes, which usually doubled as something else: workshops, storefronts, schools, training centers and other things that Caleb couldn't imagine. It made finding your way around complicated, even with computer and satellite guidance, but Cal was devoting most of his attention to the Tahni adults watching him from their windows and doorways.

All of them were males. He knew from wartime briefings the why of it, the biology of it, but it still struck him as damned creepy. He watched them watching him, staring with resentment or curiosity or sometimes overt hatred in their ridged eyes. He thought he knew Tahni faces well enough now to tell. Their clothes were the most alien thing about them, he thought. Combinations of clothes and colors and patterns and coverings that just didn't seem to make sense to him added up to something that somehow covered torsos and legs, but in ways that twisted his vision. More than the ridged eyes, more than the recessed nose or the flattened ears or the too-long fingers with too many joints, the little things like clothes and the shapes of doors and windows were the most alien things to his eye.

"Why the hell didn't we take a vehicle?" Holly wanted to know. "I feel like the main course walking through the fucking restaurant."

"You never used to be this grumpy, Holly," Cal said, facing her for just a moment so she could see his grin to take the edge off the comment. "They had you sitting at a desk too long?"

She didn't reply for a moment, and he thought perhaps he'd offended her. "Back during the war," she finally said, her voice soft and distant, "I always thought that, once everything was over, I could just step back into the life I'd had before. I tried not to let everything that happened to us change me, because I was holding onto my mom and dad and my sister and our apartment back in Ottawa."

"Things changed," Cal guessed. "Been there, done that."

She chuckled. "Yes, I suppose I'm whining after what happened for you on Canaan. But it wasn't the enemy that had changed my home, it was my family. Mom and dad split up while I was gone, and it wasn't at all what you'd call amicable." Her tone went bleak. "My sister Callie took it hard and wound up retreating into black market ViR."

Cal winced. Callie had been the whole world to Holly back in the day. There had been pictures and videos of the little girl everywhere in Holly's room.

"I'm sorry, Holly," he said earnestly. "I didn't know."

"No reason you should have," she said. He could hear the shrug without looking at her. "It's not as if any of us kept in touch. Anyway," she went on, the wistfulness hardening quickly into something more pragmatic, "I applied to stay in the Fleet. There wasn't much need for augmented assassins at the time, so I was stuck in Attack Command."

"And how has that gone for you?" Cal asked her, watching carefully the group of four young Tahni males that was approaching them from one of the house/shops across the street.

"It's a living," she allowed, and he could tell by the direction of her words that she was looking the same way he was. "Trouble?"

"We'll see," Cal replied, his voice calm.

He felt via his implant sensors that Holly was splitting off from him, going to the other side of the street to spread out the focus of any possible attack, and he nodded approval to himself. All those years away from the action hadn't made her forget her training, at least.

The four Tahni couldn't have been that far out of adolescence, Cal figured. From the data he'd audited during the war, that meant that they'd only recently been initiated into adult society and allowed to visit the female sectors for the first time for their ritualistic first mating. They were old enough to think themselves adults, but still young, dumb and full of piss and vinegar, as his grandfather used to say. Cal had always suspected grandpa was cleaning the saying up a bit.

"What do you want here, human?" the one in the lead asked him in Tahni. Cal noted they ignored Holly and he fought back irritation. They were used to trying to pretend females weren't there, because to focus on them would unleash a storm of hormones they could barely control.

Fuckers are lucky the Predecessors helped them out, Cal mused. With a biological limitation like that, they never would have achieved a technological civilization otherwise.

He shook off the sociological rumination and focused on the Tahni facing him. He was a large male, broader across the shoulders than average, with muscles that bulged beneath his wrap-around tunic and hands nearly twice as large as Cal's. His face looked as if it had been carved out of the heart of an oak and his dark eyes were set deep beneath his pronounced brow ridges. His hair was cut in the Tahni warrior fashion, with a strip down the middle of his scalp running into a long, stylized ponytail that wrapped around his neck multiple times.

The last was an affectation, or perhaps a political statement: he was too young to have fought in the war, though perhaps his father had.

"I'm looking for a priest of the old Path," Cal responded, calling on his headcomp's translation program to guide his rusty Tahni and hoping that the program wasn't leaving out some crucial local body language that might cause a fight. "He is called Tarl-Kan."

There was a mumbling between two of the other youths, but the leader silenced it with a slash of his hand and turned back to Cal.

"Why do you want to speak to a priest of the Path?" he demanded. "That church has been banned by your government."

"Yet he is still a respected, influential gentleman," Cal pointed out, keeping his hand away from his holstered pistol to try to keep the young Tahni calm. "I would speak with him on whether he would use his influence to restrain or to encourage violence."

"You speak of restraining violence, yet you come here armed." The Tahni motioned toward Cal's pistol.

"I'm a soldier," Cal admitted. "I've killed a lot of people, Tahni *and* humans." He eyed the young male meaningfully. "A *lot*. As I get older, I favor peaceful solutions when possible. They leave fewer stains on my soul." He made an expression that was as close as he could come to the Tahni equivalent of a smile. "That doesn't mean I won't defend myself from those who have yet to learn that lesson."

The male said nothing for several seconds, and Cal had nearly resigned himself to the idea that he was going to have to fight his way out of this when he finally spoke again.

"I will take you to see Tarl-Kan," the young male said. "You will leave your weapon with the female when you go inside. It will be up to the priest whether or not he agrees to speak with you."

Cal could sense Holly bristling at this, and he quickly neurolinked to her *Take it easy. They're basically just kids.*

Like they get any better when they're older, she returned cynically.

"Let's go," Cal said to the Tahni.

It was about another kilometer to the house---more of an apartment really, subdivided in a four-story-tall building that also held a family catering business and two other living spaces. The priest's was on the ground floor, around the back of the shop, and Cal had to believe it was a comedown for someone who had once been just two steps below the Chief Priest of the One Path. The entrance was an oval doorway blocked by a slab of local rock, locked into the door frame by massive, complicated hinges. The Tahni male raised a hand to them just outside the door and Caleb gave a sign of affirmation.

He unfastened his gun belt and handed it off to Holly, who

slung it over her left shoulder and eyed the Tahni youths doubtfully.

If anything happens...

I'll call you, he promised.

Cal waited a few meters from the door while the youth kicked at the frame, then called for Tarl-Kan by name. There was an unintelligible grunt from inside and then the door grated open a crack, not revealing anything from where he stood. The younger man spoke softly through the opening, glancing back at him a few times, then listened attentively. Finally, he motioned for Cal to come forward and the door opened wider to admit him.

The Tahni waiting inside that door was perhaps the oldest one Cal had ever seen. The Tahni didn't believe in anti-aging treatments and the Commonwealth had chosen not to force them into it just yet, so he could tell without doubt that Tarl-Kan was unabashedly *old*. His face was sagging and cracked, his hair shot with grey and his knuckles gnarled and swollen where they clasped his walking stick. He was dressed warmly and a small fire crackled in the hearth behind him despite what Cal thought of as oppressive heat.

The door slammed shut behind them and Caleb knew without turning that the younger Tahni had closed it from the outside, leaving the two of them alone in the small apartment. The furniture was simple and looked hand-made, and the walls were bare except for a mounted ceremonial blade that Cal recognized as being the weapon of the Emperor's personal retainers.

"Worthy Priest," Cal bowed his head to the old Tahni. "I am called Caleb Mitchell, and I thank you for agreeing to speak with me."

"Sit," Tarl-Kan invited, waving to a stool across from the hearth. "Be a guest in my home, as humble as it is."

It took Cal a moment to realize that the priest had spoken to him in English.

"You speak my language well, Worthy Priest," Cal said, sitting gingerly, worried that the cloth and wood stool might not hold his bulk. It creaked and shifted but seemed to settle in solidly beneath him.

"It seemed prudent to learn the ways of our conquerors," the old male said, lowering himself onto a bench opposite Cal's seat. "Though your language is exceedingly strange and makes no sense at all."

It was odd watching an alien attempt his language, Cal reflected, and knew the reverse must be true. His body language and facial expressions didn't match the words and it seemed difficult for him to wrap his mouth around the sounds.

"Well," Cal allowed, "you didn't evolve to speak it."

"If I follow your news broadcasts correctly," Tarl-Kan said, "we did not evolve at all. We were made into what we are by the beings you call the Predecessors."

Cal tried not to show his surprise, both at the fact that the Tahni priest kept up with the Instell NewsNets and that he seemed to accept the story of the Predecessors interfering with Tahni evolution to produce an intelligent hominid artificially. Many humans still refused to believe it.

"Worthy priest," Caleb began again, "I've come here because I believe you still hold respect and influence in this city and I wish to know how you intend to use it."

"You speak of the attack on your military space station," the priest said shrewdly. "You think it is a prelude to something larger."

"No one would make a move like that and then not follow through," Cal agreed. "I think whoever is behind this will eventually come to you for help in reaching your people."

"And how would you have me reply to them, human?" Tarl-Kan made a head movement that Cal knew signified amusement. "Should I advise my people to be well-behaved cattle, moving where you say, living as you say, *worshipping* as you say?"

"I am less concerned about how you worship, Worthy Priest," Caleb tried to sound soothing, "and more worried about your young males needlessly dying in yet another war."

"Yet you yourself have killed many of our young males," Tarl-Kan said, dark eyes shining in the firelight. "I know what you are, *Tahn-Skii'ana*."

Caleb stiffened, shocked at the term. The *Tahn-Skii'ana* were the Tahni spirits of death that hunted down the enemies of the Emperor and killed them silently in their sleep. They were faceless, ghostly beings with curved talons that grew out of their hands, dripping with the blood of the unworthy. The commandos of Omega Group, the Glory Boys, had been designed to resemble the superstition in an attempt to demoralize the Tahni troops.

And how the fuck would he know about any of it?

"I was present for the Emperor's private councils," the priest answered as if reading his thoughts. "Towards the end, we knew about you." He made a sound that Cal knew was laughter, though he thought it might have been devoid of real humor in this context. "The Emperor became quite fixated on killing you, almost to the exclusion of more pressing matters. To the point where he used up one of our most vital intelligence assets to retrieve your names and images."

The old priest leaned back, casually tossing his ponytail off of his shoulder and down his back. "I know who you are, Caleb Mitchell, and I know *what* you are."

Cal's brain was working furiously, trying to decide how to respond. Finally, he decided to bull through it without even bothering to deny.

"If you know what I am, Worthy Priest, then you know I'm not afraid of death," Cal said, eyes and voice turning hard. "Nor am I a stranger to war. So you can trust my word when I tell you that what will happen to your people if you rise up now will not be a war. It will be a slaughter, and one that will stain the souls of my people even as it wipes your civilization from history. I have no great love for the Tahni or for you, but I would spare our conscience from having to kill you."

The Tahni priest peered at him carefully, and even after living with Trint for four years, Cal couldn't read his face. Finally, he made a positive motion with his hand.

"I believe you, warrior," Tarl-Kan said. "You have my respect as well, for your honesty and your concern for the soul of your race. Perhaps though, you should consider that it will not be as one-sided as you think...perhaps we are not alone in this fight."

Cal tried to keep his face neutral. There was no telling how familiar this priest was with human body language and he couldn't afford to show surprise. So, there *was* a connection between Cutter's duplicates and the attack on the garrison station. They'd suspected it, but this was confirmation, at least to him.

"I'd be wary of who you consider allies, Worthy Priest," Cal warned him. "The enemy of your enemy is not necessarily your friend. It may be beneficial to whoever arranged the attack for you to rise against the Commonwealth, but will they care when your people are dying in the streets? Will they care enough to come to your aid?"

"To use a phrase you humans are fond of," the priest answered him quietly and calmly, "time will tell."

Cal, we got trouble. You need to get out here.

"Shit," Cal breathed, rising to his feet and heading for the door.

The latch mechanism gave him a moment's pause, but his headcomp prompted him to pull the correct lever and the massive door fell open at a touch. Stepping outside, he could hear them before he saw them: a hollow drumbeat of biphase carbide on aggregate pavement coming around the corner towards them. He caught the furtive movement of insect drones swarming around them, broadcasting what they saw and heard back to the troops controlling them.

Cal's eyes flitted toward the young Tahni males that had led them to the priest's house. They were looking toward their leader, clearly drifting into flight or fight mode.

"You should get out of here now," Cal told them. "You don't want to get caught up in this."

"We have to protect him," the leader said, setting his shoulders.

"You can't protect him from them," Cal said, gesturing at the corner, at the steadily approaching crescendo. "Go now."

The young male looked at Cal, locking eyes with him for a moment. Then he spoke quietly to his fellows and they turned down the street away from the approaching troops, walking at first but then quickening their pace to a jog. Cal let out a deep breath he hadn't realized he'd been holding; he really hadn't wanted to hurt those kids.

When the armored Fleet Marines rounded the corner, it was almost a letdown. There was only a single squad, a half dozen of the armored hulks, led by a tall, striking woman in the uniform of a Fleet Intelligence officer.

I guess Fleet Intell does leave the office every now and then, Holly commented to Cal via neurolink, the snide tone of the remark making it through the digital translation.

Cal ignored the barb, watching the armored troops spreading out in a semicircle around the back door to the multistory building, watching the uniformed woman as she approached him. Her skin was the color of aged hardwood, her eyes were slate grey, and her blond hair was cut shoulder-length. Cal knew that the military didn't allow cosmetic manipulation of skin, eye or hair color for anyone on active duty, so she obviously came from a family wealthy enough for pre-fertilization genetic selection. Cal wondered what the hell she was doing in Fleet Intelligence.

"You're Commander Morai and Captain Mitchell," she said in a smooth, well-modulated voice as perfect as any other part of her. It wasn't a question. "I was informed by Major McIntire that you might be here."

She wasn't offering introductions, so Cal read her identity off the data encoded in her military ID chip. Holly beat him to it, though; which was only fair, he thought, since she outranked him.

"That's us, Commander Del Toro," Holly confirmed. "Is there a problem?"

"No problem at all, Commander Morai," Del Toro told Holly, smiling. "I just wanted to account for you before I sent my people in."

Cal felt hackles raising on his neck as two of the battlesuited Marines approached the door to Tarl-Kan's room, one taking up a station to the side while the other moved directly to the door. It still stood partway open from where Cal had exited, so the trooper put a massive, armored hand against the door and pushed. The heavy portal swung aside as if it weighed nothing and light poured into the room, revealing the priest still sitting placidly on his bench, waiting with his hands folded.

"Are you sure this is a wise move, Commander?" Cal asked her, hissing a sigh through his teeth.

"Until I receive orders to the contrary," Del Toro replied, not bothering to look at him, "Fleet Intelligence is in charge of this investigation, Captain. The priest is a known anti-Commonwealth agitator."

Cal bit back his instinctive reply. He was back in the military, nominally at least; he couldn't mouth off to a superior officer.

"Step out of the dwelling with your hands behind your head," one of the battlesuits demanded in Tahni over its public address speakers, the voice of the man within sounding tinny and unnatural to Cal, as if it was from a machine.

Cal saw the priest regard the machine with hooded eyes, and for a moment he thought that Tarl-Kan was going to make the Marines squeeze inside his apartment and pull him out. Cal fought back an inappropriate snort as he imagined one of the powered battlesuits bashing around inside the one-room apartment like a clumsy giant. But instead, the Tahni priest gathered himself and stood proud and straight before walking towards the door.

The two Marines backed up, flanking him as he stepped through the opening and into the light, slowly and leisurely raising his hands and touching them to the back of his head. There was something about the way he walked, something about his stance that tickled at Cal's mind in a way he couldn't quantify. So when one of those hands came out from behind his neck holding a small handgun, Cal wasn't entirely surprised.

It was a weapon designed to avoid scans, constructed of polymer and firing darts using compressed gas: Cal had seen them before, had used them before. The Machine in his head calculated that it would take him nearly a second to close the distance between himself and Tarl-Kan, and that this would likely be too late. It also worked out the priest's most likely target and calculated that he could, indeed, do something about that. Cal reached his left arm out and grabbed Commander Del Toro by the shoulder, yanking her backwards off her feet just as three darts passed through the space her chest had recently occupied, disintegrating harmlessly on the armor plating of one of the other members of the Marine squad.

Del Toro's butt hadn't quite hit the pavement before the Marines opened fire. The armored suits were probably equipped with nonlethal crowd-control munitions, Cal thought, but in the heat of the instant neither of the troopers inside the armor thought to use them. Instead, converging bursts of laser-fire struck Tarl-Kan and erupted with a thunderclap of explosively heated bodily fluids; the concussion of his torso literally blowing apart knocked Cal and Holly to the ground meters away.

Cal hit on his shoulder and rolled into a crouch, eyes darting around for approaching threats, but all he saw was the two armored troopers standing there motionless, the mottled surface of their battlesuits splattered in burned blood and bits of flesh. Commander Del Toro was picking herself off the ground, eyes wide, mouth in a taut line. Her sidearm was in her hand and he was impressed she'd had the instincts to draw it, though he noted it was shaking a bit.

"Jesus," she said softly, slowly lowering her weapon. "What was he thinking?"

"He was an alien, Commander," Cal pointed out, hopping to his feet in a single motion, his voice sounding strangely calm in his own ears. "An alien who was a priest of a religion no human fully understands."

"So?" she asked, tone harsh with adrenalin and annoyance.

"So maybe we shouldn't assume we know how he'll react when we send a squad of Fleet Marines to arrest him," Cal said with a shrug.

Out of the corner of his eye, he saw a young Tahni girl peeking around a corner of the building, probably from one of the families that shared the building. The females stayed with their fathers and brothers and uncles till they hit puberty, then they were sent to live with the women. She stared at them with eyes wide, her face a mask that Cal couldn't read.

"I think we need to head back to the base," Holly Morai said quietly. Cal glanced at her and saw an unfocused look to her eyes that meant she was getting something over her implant neurolink.

"What is it?" he asked, tensing up slightly.

"Check out the local independent net," she said grimly.

Cal saw Commander Del Toro calling up the net on her 'link even as he pulled it up via his implant communicator. It wasn't hard to find: it was the most-viewed story on the local indie network. There was no commentary yet, just a video. A video recorded by a remote drone, most likely operated from someone in one of the buildings around them. It showed the Marine trooper opening the apartment door and Tarl-Kan coming out with his hands over his head...and then skipped directly to a barrage of pressure-pulsed lasers blowing him apart. Then there was a location code that gave the street address, before the video began to repeat.

Cal disconnected the link and glanced over at Commander Del Toro.

"I think you might want to consider calling for a dust-off, Commander," he said, holding out a hand to Holly. She passed him his gun belt, but she was shaking her head.

"I just tried," Holly told them. "Someone's running a jammer. We could triangulate and take it out, but..." She shrugged, waving around them at the surrounding buildings. "It could be anywhere within a half a klick and they could keep moving it."

Major Del Toro looked as if she were about to say something when she was interrupted by the unmistakable dull thump and rumble of a distant explosion. Their heads all whipped around and already Cal saw a cloud of smoke rising from the direction of the base, glowing red just below the swiftly setting star.

"Something tells me they're going to be too busy for air support anyway," Cal commented, trying to keep his voice casual for the benefit of the troops around him. He pulled his heavy pulse laser from its holster and gave Holly a look. "You ready?"

Holly Ann Morai scowled at him and pulled her own handgun, checking its load with a practiced eye before she answered. "Told you we should have brought a vehicle."

CHAPTER 5

"I'm going to kill that bitch," Kara McIntire muttered, shoulders shaking as she tried hard not to slam a fist into the flimsy, bare buildfoam wall.

"At least she gave you some working space," Deke pointed out cheerfully, gesturing with his cup of coffee at the tiny, bare-bones office that confined them. There was a desk, two folding chairs and a years-out-of-date holotank...and a coffeemaker. "I think she would have been just as happy to tell you to get off the planet, if she could have gotten away with it." He shook his head, the corner of his mouth quirking upward slightly. "What the hell did you ever do to this Del Toro, anyway?"

"I've never met her before," Kara said sourly, settling gingerly into the chair behind the desk, as if it might collapse under her weight. "But she's Colonel Syke's XO."

"Sykes?" Deke repeated, eyes narrowing. "You mean that Fleet Intell guy back on Inferno? The one you basically insulted and treated like shit?"

Kara winced, but nodded. "Apparently, she has some personal loyalty to the man, God knows why."

"I'm surprised he survived the attack on the base," Deke said, eyes clouding with the memory of the Predecessor starship raining destruction down on the Fleet Headquarters on Inferno only a few months before.

"He nearly didn't." Kara's voice was grim. "He spent weeks regenerating organs in a tank and apparently, he and Felicia Del Toro both blame me for it personally."

"Well, you do make friends wherever you go," Deke said, making a face at the coffee and setting the half-full cup down on the desk. "So, do we warn Cal and Holly that Commander Pain in the Ass is heading out to arrest their priest?"

"I wonder if she's just doing it to spite me," Kara mused thoughtfully, fists clenching and unclenching in her lap, "or if she'd already planned this and we just forced up her timeline?"

"Don't know her well enough to say for sure," Deke replied, "but if you were right about the Intell office here not wanting to go out in the field, she might be doing this just to show you up."

"That would be awfully half-assed of her," Kara's tone was sarcastic, but her eyes were still deep in thought, "but not totally out of character." She made a decision in that moment, looked up to catch Deke's eye. "Call them, let them know," she said.

"Roger that," he confirmed and his eyes took an unfocused look for a moment...then too quickly came back into focus and widened slightly. "I'm not getting a signal from either of their neurolink transmitters. Someone's jamming them," he said decisively.

Kara came to her feet abruptly, hands braced on the desk. She quickly searched the current frequencies and call signs on her headcomp and tried connecting to Commander Del Toro's 'link.

"It's a full spectrum jam," she said, shaking her head. "Nothing is getting into that part of the city, not even satellite signals."

"Fuck me," Deke breathed, face twisting into alarmed fury. "That's got to be coordinated and planned, Kara." He turned towards the office door. "We have to go get them out of there..."

Before Kara could take a step around the desk, a sharp, crashing roar shook the room like the fist of God and tossed both of them to the floor in a cloud of powdered and flaking buildfoam. Kara landed catlike on the balls of her feet and palms of her hand, and saw Deke in a three-point stance across the room from her, glancing around sharply with his sidearm already in his hand. The room's main lights had winked off, their power feeds severed, but the chemical ghostlights built into the floor cast everything in an unearthly green pallor. She heard alarms sounding even as the base's automated security systems announced via her neurolink communicator that there had been an explosion.

No shit, she reflected.

"Attention all personnel," an announcement came over her neurolink and the speakers outside as well, "the base is under attack and there are hostiles inside the defensive perimeter! All personnel to emergency defense stations immediately! All Tahni inside the perimeter are to be considered hostile!"

"Ah, for God's sake," Deke said with a sigh, coming to his feet. He seemed, Kara thought, less alarmed and more annoyed. He slapped the door's touch plate and waited for a moment before deciding it wasn't working; then he pulled open the emergency panel and yanked the manual release. The door popped aside a few centimeters, letting him grab it and shove it the rest of the way into its wall recess.

Smoke and dust drifted into the office as the door opened, and with it the sound of pounding feet and distant screams, and another explosion, this one further away. Deke started to take a step outside, but Kara put a hand on his arm, holding him back for a moment as she tried to access the base's security net...and failed.

"The security feed is down," she told Deke and saw from his reaction that he understood the ramifications of that: the automated defense systems would be inoperative and they wouldn't have any drone coverage.

"Guess we do this the old-fashioned way," he said, what might have been a grin passing briefly over his face. Then he ducked through the door and she followed him outside.

Kara didn't know what she'd expected when she reached the end of the corridor and the door to the compound, but what she saw was worse. The first explosion had been a shuttle: she could see the mushroom cloud from its destruction wafting high above the landing pad, blood red in the light of the setting primary star, and flames still licked off of burning wreckage scattered over a perimeter of hundreds of meters. Amongst that burning wreckage were the smoldering bodies of Fleet personnel and at least one ruptured suit of Marine powered armor.

The human part of Kara cringed at the human carnage, but the experienced intelligence operative in her winced at the damage the explosion had done to the other assault shuttle and the ground support craft which had been on the landing pad near it. There would be no air support unless there happened to be a shuttle on the way down from orbit.

And they really could have used some air support, she thought, catching glimpses of furtive movement between the base's temporary dome structures. Somewhere on the other side of the base, or maybe over in the spaceport, she could hear sporadic laser fire and another large explosion as the attackers clashed with Marines or Fleet security personnel; but around their building she saw nothing but running, panicked technicians and intelligence analysts...or their bodies.

"They're wearing Stealth armor," Deke said beside her, stabbing a finger at a tall figure running from cover to cover about fifty meters away, barely visible in the growing darkness.

Watching the black-clad runner through the thermal filters in her lab-grown eyes, she saw that it was the steady yellow of the background temperature, and nearly invisible on infrared. She didn't have the same quality of audio enhancement as

Deke, but she knew that the specially designed armor would mask heartbeat and respiration as well.

Trying to keep one eye out for more of the infiltrators, Kara moved to one of the fallen Fleet security troopers a few meters from the exterior door and quickly and efficiently relieved him of his pulse carbine and magazine pouches. She tried not to look at his face, but couldn't help seeing the bloodshot whites of his eyes as he stared death in the face. Swallowing a mouthful of bile, she slung the ammo pouches over her shoulder and hefted the carbine, feeling comfort in its solid weight.

"Where are we headed?" Deke asked her, eyes scanning, handgun held at the ready.

Before she could answer, he spotted another attacker racing across the gap between a suite of offices and a buildfoam dispenser only thirty meters away and snapped off a burst of laser fire from his pistol. The pressure pulses struck the Tahni male in the neck, in the gap between the shoulder armor and his full-face helmet, and the helmeted head separated from the body in an explosion of superheated blood. The decapitated body began to slump to the ground...and then disappeared in a fireball of heat and pressure that swept past Deke and Kara and smashed them both to the ground.

Kara felt the breath squeezed from her lungs by the concussion, felt a burning on her exposed skin like she'd been out in the sun with no protection. Her head felt like someone had smashed it with a sledgehammer and she knew that if she hadn't been augmented, she would have been dead from the shockwave. Her vision had gone dark and she rubbed at her eyes with the back of her hand to clear the dirt from her face. A cloud of dust and smoke billowed around them, slowly clearing as a light, evening breeze swept across them.

"Jesus *Christ*," Deke coughed, rolling onto his hands and knees as he tried to get his lungs working again. "Fucking Heartbreakers..."

Kara nodded, still unable to speak. "Heartbreakers" were

explosives worn on the body of an infiltrator and rigged to go off if the wearer's heart stopped, to try to take out the ones who'd killed him. Some troops called them "fuck-you's," but the official reports discouraged that particular nickname. She'd heard about the Tahni using them during the war, but never seen one till now.

"Ops center," she croaked, her throat feeling like it was full of broken glass, and Deke nodded. Unlike the storage buildings and offices made from cheap and quick buildfoam pours, the base's Operations center was a fortress ringed by biphase carbide walls and Gatling laser turrets. If anyplace on the base could hold, it would be the Ops center.

Unfortunately, the Ops center was in the middle of the compound, nearly a kilometer from her office, which was on the side of the base closest to the spaceport. Between it and them were a dozen other temporary offices and garages and at least one repair bay, along with a lot of construction equipment, which left a lot of places that could conceal threats.

"Let's go," Deke said, levering himself to his feet. His hair was singed and smoking and his clothes were blackened and covered in dust and she had to think she looked even worse, but she got to her feet anyway because there wasn't really any choice.

Another blast shook the ground, this one from the direction of the commercial spaceport, and Kara felt the claws of panic at the back of her mind, a feeling of inescapable fate stalking them. She tried to shake it off as she followed Deke, walking backwards for a few steps every few meters to keep a watch behind them.

After a hundred meters of that, a barely-perceptible movement in the shadow of an atmospheric condenser tower caught her eye and she nearly fired by instinct before her neurolink read the IFF signal coming from a Fleet uniform. She waved a signal to Deke, then sprinted the ten meters to the cage-like support at the base of the spindly tower.

Thick biphase carbide supports sank into an aggregate foundation that was fused on a molecular level with the soil and Kara had to duck under the crossbeams between those supports to reach the woman's hiding place. She was young, looking lost in her Fleet-issue utility fatigues, her brown eyes wide with fear as she hugged her knees to her chin. There were scorch marks on the legs of her pants and the ends of her light brown hair were burned short, indications that she'd been too close to one of the explosions.

This close, Kara could read her ID code from her uniform's transponder: Janice Claiborne, Technician Second Class, Communications Specialist. She'd enlisted in the Spacefleet six months ago and this was her first assignment out of training.

"Janice," Kara called softly, going down on one knee. The young woman's eyes widened as they darted toward her.

"Who are you?" the young enlisted woman asked tremulously, her voice sharp with paranoia.

"I'm Major McIntire," Kara told her, trying to sound confident. "Captain Conner," she motioned back at Deke, "and I are with the DSI and we're trying to get to the Ops center. It's the only place around here that might qualify as safe. You want to come with us?"

"I don't have a gun," Janice said plaintively, hand clenching as if she really wanted one right about then.

Wordlessly, Kara pulled her own sidearm from its holster and offered it to the young woman, butt-first. Janice Claiborne stared at it for a moment, then snatched it and checked its load with a practiced move that surprised Kara. Janice must have noticed it in her expression because the corner of the young woman's mouth turned up.

"My mother is a Marine Colonel," she explained, holding the gun at high port as she clambered to her feet.

"Well, let's make Mom proud then," Kara told her, leading her back out to where Deke was waiting, crouched behind a water pipe junction.

Deke glanced at Janice, cocking an eyebrow. "Don't shoot me," he commented drily.

"Not unless you deserve it," Janice promised gravely and Deke barked a laugh.

"I see you've found a kindred spirit," he told Kara before moving out again, this time with the young enlisted woman walking between them.

As they moved inward towards the center of the base, Kara could hear more concentrated gunfire, punctuated by chains of explosions, which she thought were more Heartbreakers going off. Here and there were bodies---all of them human, most technicians and functionaries, by their uniforms---and at intervals small, smoking craters where Tahni infiltrators had self-destructed upon death. Smoke drifted low in the humid air, obscuring the buildings of the base and the spaceport and isolating the three of them in a shifting pocket of visibility.

"I think the Tahni had the same idea as you," Deke said, nodding towards the sound of gunfire. "That sounds like it's coming from the direction of the Ops center."

"Or that's where they figured the survivors would be heading," Kara reasoned.

"They have to be seeing this from orbit, right?" Janice asked hopefully. "I mean, the *Thaddeus Moore* is in cislunar space still..."

"Assault shuttles from the *Thad* would take hours to get here," Kara told her, trying not to sound too harsh. "I suppose they could reach us with a missile strike quicker than that, but I'd just as soon they didn't."

Before Janice could respond to that, Deke raised his left hand in a fist and sank to a knee. Kara took a knee beside him, carbine at her shoulder, and she could see out of the corner of her eye that the younger woman with them was crouching down in imitation. Deke quickly went from a crouch to a prone, laying belly-down in the packed dirt, and Kara and Janice followed suit.

"Up there," Deke murmured next to her ear, pointing with the muzzle of his pulse pistol at the massive metal bulk of a buildfoam dispenser situated about halfway between them and the next temporary dome.

Drifting smoke and the gathering darkness did its best to hide the machine from view, but the thermal and infrared filters built into her eyes showed her a glowing red outline moving slightly against the blues and yellows of the inactive dispenser. The Stealth armor hid the Tahni infiltrator, but it couldn't hide the heat of a recently-fired weapon. Kara scooted backwards and pointed the shooter out to Janice, whispering a quick explanation.

"What's the plan?" Janice asked, almost seeming relieved to finally see a live, concrete enemy she could shoot at.

"Cover me," Deke instructed, then scrambled to his feet and started running before Kara could argue with him.

"Damn it!" she hissed, bringing the muzzle of her carbine up and cutting loose a burst near where the infiltrator was hidden...though not too near, since she didn't want to set off an explosion thirty meters away again.

Beside her, Janice extended her borrowed sidearm and fired carefully, though Kara knew the young woman could barely see the dispenser much less the Tahni behind it. The laser pulses from their weapons flared sun-bright as they ionized atmosphere in their wake and burned trails of white plasma through the smoke. Metal from the dispenser vaporized in polychromatic flares and the crackling bangs echoed across the open field.

It looked damned impressive, Kara thought, like a Fourth of July fireworks show back home in Chicagoland. But apparently their target wasn't so impressed that he forgot to shoot back. Actinic flashes of superheated air passed less than a meter above them as the Tahni infiltrator blindly returned fire.

Wonder where they got the laser weapons, Kara thought as she tried to bury her face in the dirt. Then she answered her own question: *Probably the same place they got the Stealth armor.*

She rolled two meters to the left and started to bring her carbine up to fire again when suddenly the enemy's weapon went silent, leaving only a white thermal glow in its wake.

"Come on up," she heard Deke call.

She touched Janice on the arm. "Move fast," she cautioned the woman.

She held back as she crossed the distance to the buildfoam dispenser, trying not to outpace the younger woman too badly; they reached the machine together and ducked down beneath the shelter of a dispenser arm. Deke was there, pinning the black-clad Tahni infiltrator to the ground with a knee to his back. He didn't bother controlling the male's arms, since both of them were broken, bent at unnatural angles out at his sides. A low moan issued from inside the opaque visor of the helmet but the Tahni didn't attempt to move or fight.

Kara saw his laser rifle laying a meter away to the side, along with a shoulder bag that had slipped open, spilling out spare power crystals for the weapon. She sniffed with a bit of professional disdain for the Tahni design, which used crystal power spikes rather than the hyperexplosive cartridges the Commonwealth lasers used.

"You should have waited for me to give the go-ahead," Kara chided Deke mildly, knowing she was wasting her breath.

"Oh, you know you'd have sent me after we argued about it for a minute," Deke said with a shrug. "And we didn't have time to spare. Anyway, you think this asshole," he smacked the Tahni on the back of the helmet with a palm, "knows anything worth asking?"

"Not worth the risk that he'll figure out how to trigger his Heartbreaker," Kara said, shaking her head. "Janice, grab his weapon and ammo."

The enlisted woman looked at her curiously, but did as she was told, sweeping the power crystals back into the shoulder bag and slipping the strap over her head, then handing Kara back her sidearm and picking up the laser rifle.

"What do you want me to do with him?" Deke wondered, shrugging.

Kara's mouth thinned into a hard line. There wasn't much choice. She took a step toward the downed infiltrator, then slammed her heel down into the side of his neck, at a spot precisely designated by her headcomp's files on Tahni anatomy. The infiltrator's vertebrae crunched under the sole of her boot and she felt a twist in her stomach that she fought to suppress. His shoulders hunched and he gasped in a breath inside his helmet, and then he went still. Deke glanced up with a look of vague annoyance, then lifted his weight off the armored Tahni, rising to his feet.

"Ma'am!" Janice Claiborne gaped at her, eyes wide with horror. "What the hell are you doing?"

"We have a couple minutes before his heart stops," Kara said evenly, ignoring her reaction. "Run."

CHAPTER 6

"Oh, this is bad," Holly muttered, slowing to a halt.

Cal had to agree. They hadn't even made it a kilometer back through the streets of Tahn-Khandranda when they'd hit the roadblock. It was well placed, he thought with an expert's appreciation. They'd walked into an architectural bottleneck, funneled by twin blocks of ten-story tall wedges filled with low-income housing and large, communal workshops. The streets had been clearing even before they'd entered the---well, Cal thought he might as well label it an industrial neighborhood, since it was as close as the city came to one---and now they were empty and he felt very much like a bug on a plate.

The roadblock was as simple as it was effective: two massive excavators had been parked across the road, nose to nose, like the guardians of some ancient temple; the small gaps left between them had been jammed with stacked shipping containers, probably packed with sand or dirt to weigh them down. He couldn't see anyone manning the barricade, but that didn't mean they weren't under observation.

Behind them, he could hear the whining of servos as the three-meter tall battlesuits ground to a stop and Commander

Del Toro stepped up between them, hands on her hips. She'd been fairly quiet up till now, but he could see that she was getting her confidence back after being rattled by the incident with the priest.

"Can your Marines blow a hole through that?" Holly asked her, gesturing at the roadblock.

Del Toro frowned, but shook her head. "They're mostly armed with anti-personnel and crowd-control weapons." She turned to the leader of the Marine squad. "Sergeant Gutierrez," she said, "have two of your people clear out those shipping containers and make a gap for us."

Cal felt the hairs on the back of his neck rise and was about to say something when Gutierrez responded over his public address speakers. "Ma'am," he objected, "they may have them booby-trapped."

"You have chem-scanners in your suits," Del Toro replied. "They'll detect any explosives."

"Commander," Cal spoke up, taking a step around the Intelligence officer to face her eye-to-eye, "there are ways to fool chem-scanners. They had to know we'd try to get past the roadblock; we shouldn't let them dictate our route."

"We should go back," Holly agreed. "Find a way around."

"That's crazy," Del Toro declared and Cal could again see the fear in her eyes that he'd noticed back at the priest's apartment. "They'll have a blocking force waiting for us." She turned back to Gutierrez. "Sergeant, you have your orders. Clear those containers and make us a passage."

The NCO stood stock-still for a moment, and Cal thought the man was considering telling her to go to hell, but finally he responded. "Aye, ma'am."

The system's primary was below the horizon now and the buildings that rose on either side of them threw the street into deep shadow that was barely relieved by the glow of the chemical streetlights that lined the pedestrian walkways. That didn't mean much practically when he and Holly and the Marines all had thermal and infrared vision, but psychologically it gave Cal even more of a sense of claustrophobia. And it surely made him feel even more trepidation when two of Sergeant Gutierrez's enlisted men lumbered toward the roadblock, while the others spread out to cover the perimeter.

"You're in command, ma'am," Cal said to the woman, trying not to let the scorn he felt make its way into his tone, "but there is no way in hell that barricade isn't being defended."

"Nothing a bunch of civilians have is going to touch those battlesuits," Del Toro declared with the confidence typical of someone who'd never had a shot fired at them.

"Did you not hear those fucking explosions?" Holly demanded, evidently not as worried about pissing the woman off as Cal was. "What d'you think they are, celebratory fucking fireworks?"

"Commander Morai," Del Toro clipped off with a frostiness that lowered the ambient temperature ten degrees, "you would do well to remember who is in charge of this investigation *and* these Marines."

Holly's shoulders began to bow almost imperceptibly, but Cal knew her well enough to tell when she was about to explode and he interceded with a hand on her arm. She glanced around quickly, seemingly alarmed at the contact, but then he felt the tension go out of her as she saw the look on his face.

"Forget it," he told her quietly. "It's going to happen no matter what we do. Just get ready."

Holly nodded, letting a breath go in a heavy sigh as she moved off to one side of the street and he headed for the other. Del Toro shot daggers at Holly with a glare, but then did the sensible thing and retreated from the center of the street, joining Cal by the wall, holding her sidearm in a low ready position.

He kept one eye on her as he watched the two armored Marines reach the section of the roadblock where the cylindrical shipping containers had been stacked three deep, right in the middle between the cabs of the excavators. The cabs themselves were open and empty, and their controls had been ripped apart to impair any attempt to move them apart; he could see the panels hanging open from over thirty meters away.

"This is way too involved," he murmured, half to himself. "There's no way they threw this together since Holly and I left the base."

One of the two Marines rotated his Gatling laser upward and back over his shoulder on its gimbal, freeing both three-fingered hands to grasp the cargo containers; while the other trooper scanned the roadblock, his weapon following the motion of his head.

"What are you saying?" Del Toro asked sharply, and he glanced back to see her staring at him with suspicion in her eyes.

The Marine used byomer muscle fibers to grasp the lowest of the cargo containers by its utility hooks, and isotope-powered servos whined with energy as they lifted the thing; the two above it shifted precipitously with almost-living groans of polymer and alloy.

"Who knew you were coming out here to arrest the priest?" he asked her.

"I passed the mission through the chain of command, of course," she said, shaking her head. "And I filed a copy of my op order with the commander of the Marine Battalion..."

"Why didn't you just put an announcement on the local datanet?" Cal said with an exasperated sigh.

The topmost of the three containers toppled off the stack with a plaintive scraping creak and the Marine on lookout stepped back quickly, getting out of the way before it slammed into the pavement. Cal tensed, half expecting the cargo container to explode on impact; but it landed with an anticlimactic thud, an inspection hatch breaking open on the side to let loose sand spill out of it onto the street.

In the fading light, the dark, volcanic sand looked a bit like a pool of blood, Cal thought.

With the top container gone, the battlesuited trooper was able to lift the other two with a grip on the side utility hooks, scraping the bottom along the pavement with a sound that set Cal's teeth on edge. As the containers moved away from the gap beneath the cabs of the excavators, they revealed something else in the shadow of the four-meter-tall front wheels...something boxy and black and totally invisible on thermal and infrared.

"What's..." Del Toro had time to say before Cal grabbed her around the waist and jumped just as far away from the road-block as he could.

The night lit up like the primary had decided to rise again, throwing every shadow into sharp relief and giving everything an unreal clarity; Cal had a sense of timelessness, like he was suspended in mid-leap for hours rather than seconds. All that collapsed into nightmare reality when the shockwave hit, smacking him out of the air like a bug.

Cal managed to twist around and hit on his back and felt as if he'd been driven ten centimeters through the pavement; he wasn't sure if the thunderous reverberation was from the explosion or the roaring in his ears from the impact. He knew it was bad when he didn't feel anything for a long moment. His headcomp had turned off his pain receptors, and it didn't do that without a damned good reason.

And then he knew; his implant computer systems squirted a status report into his brain and it was as if he had known all along. Major concussion, because there was nothing all the bone reinforcement and support webbing for his organs could do to keep his brain from hitting the inside of his skull. Major contusions to both kidneys, collapsed lung, major bruising, a perforated eardrum. But nothing that couldn't be fixed on the run by his nanites. Thinking was hard, though...he felt a fog across his thoughts and he knew what was going to happen next.

Something clicked behind his eyes and he could feel The Machine surging to life, could feel his headcomp's tactical programming detect his impaired state and begin to take over his decision-making process. He turned to the side and saw Commander Del Toro lying next to him, her clothes torn and blackened and covered with blood where shrapnel had shredded her. Her head was twisted around to the back, and she was quite obviously dead. He grabbed her handgun and jumped to his feet, dimly aware that his outer clothing was ripped and burned away, revealing the black byomer Reflex armor suit he'd worn beneath. Smoke drifted off of him as he walked slowly, struggling for balance, a pistol in each hand.

The street was shrouded in billowing clouds of black smoke, and flames licked off the cabs of both excavators. Of the shipping containers, there was no sign: they'd been blasted to shrapnel and a fine coating of black sand carpeted the street. The Marine who'd been clearing the roadblock was dead; he'd taken the full brunt of the explosion. The fact that his biphase carbide armor had absorbed the blast from what had to have been kilograms of hyperexplosives was the only reason Cal was still basically in one piece. The trooper's battlesuit had been peeled away in jagged strips and what was left inside was a mass of charred, unrecognizable tissue.

The other trooper at the roadblock was lying on his back a few meters further away, the front of his armor a solid, sooty black; for a moment, Cal thought he was dead as well, but then his arms started to move fitfully, trying to turn himself over.

Strong stuff, that armor, Cal thought with a giddiness brought on by the concussion.

The other four Marines were picking themselves up off the ground, their suit motors whining in protest; except for the squad leader---he had been propped up against a building wall and was staggering slightly as the suit tried to get its balance. That left...

"Holly!" Cal found himself shouting without intending to. He wondered whether he was just not thinking straight or if his headcomp had decided that shouting was the best strategy since their neurolink comms were being jammed. "Holly!"

"Here," he heard her croak from the opposite side of the street.

He followed the sound and saw her stumbling forward, strips of smoldering clothing hanging from her black Reflex armor, hair singed away on the back of her head but her pistol still in her hand.

She shook her head, her eyes looking glazed over. "Is that silly bitch dead?" she asked, waving at Del Toro's prone form.

"Yeah," Cal answered. "We will be too if we don't get out of here."

Not trusting his voice to hold up, Cal jogged over to Sgt. Gutierrez, who looked faceless and battered inside his scarred, seared, sand-covered armor. He was facing his dead trooper, and though Cal couldn't see through the bare alloy of his helmet, he imagined the man was staring at the corpse...because he would have been.

"Sergeant," Cal said, trying to get ahead of his tactical programming and pull himself together, "we have to move!"

There was a long, silent moment and he wondered if the NCO had slipped into shock.

"Yeah...yes, sir," the man's voice came over the armor's exterior speakers. He shuffled around to face the downed trooper, who had managed to roll over onto his belly and push himself halfway up. "Abdi," he called through the speakers, apparently not able to use the suit's radios with the jamming. "Is your suit operational?"

Abdi's exterior speakers must have been damaged by the explosion, because he didn't respond verbally, just raised a hand to wave. The hand was still up when three rockets slammed into him almost simultaneously, streaking downward from the roof of the building behind them.

Everything seemed to slow down for Cal and his consciousness stepped away, as if he were watching a movie about himself at half-speed. He turned and raised both pistols upwards, their muzzles tracking with his eyes towards the roof of the windowless wedge of building, searching on infrared and thermal because the clouds of smoke rising from the burning excavators still obscured everything on visual.

He saw...nothing. No sign of the heat signature of a living being or even of the rocket launcher. His headcomp processed the data and came to the same conclusion that he did, perhaps a half second later than his intuition: the enemy was wearing Stealth armor and using coldgas rocket launchers that didn't leave a thermal trace.

"Covering fire!" Sergeant Gutierrez bellowed, his amplified voice echoing between the buildings. "Target the roof!"

Gutierrez and the other three remaining troopers opened up with their Gatling lasers, raking the edge of the roof of the buildings on either side, hundreds of laser pulses slicing apart the night in a thunderstorm of unleashed energy. Sound and light assaulted Cal's senses, but his headcomp shut everything out as he and it consulted about the best way out of the ambush in a silent conference that took less than a second.

He had to get Gutierrez' attention, but radios were being jammed and he didn't feel like stepping in front of the Sergeant with his Gatling laser firing, so he whipped the pistol he'd taken off of Del Toro overhand and sent it banging off the armor over the NCO's face. Gutierrez' armor jerked in surprise, and for a moment Cal thought the Marine would shoot him by instinct, but the gimbal-mounted Gatling laser fell dark as he saw Cal make the hand motion to cease fire.

"That wall!" Cal told him, pointing at a spot of bare, beige stucco about ten meter in front of him. "Blow us a hole!"

Gutierrez didn't hesitate; he swung his weapon into line and opened up, pouring round after round into the wall in a solid stream of blinding, incandescent light. Stucco and rock vaporized explosively and Cal raised an arm to guard his face, trusting his Reflex armor to protect the rest of him. Out of the corner of his eye, he saw Holly running across the street to take up a position behind him while the other three Marines continued to lay down covering fire at the rooftops.

There. Movement, in the flickering shadows of the excavator fire. Cal spun and raised his pistol, trying to acquire a target with no heat signature in impossible light and absolutely no time. He fired a long burst, hoping for a lucky hit, but the pulse discharge was swallowed up in multiple missiles shooting out of man-portable launchers. Three of them kicked free of their launchers on coldgas before their motors ignited; they flashed across his vision and he jerked his head around to see them detonate against the armor of the Marine furthest toward the opposite side of the street. The trooper was engulfed in a globe of fire as plasma from the shaped-charge warheads punched fist-sized holes through his chest armor and sent him toppling to the pavement, surrounded by a glowing wreath of toxic smoke. Cal emptied his pistol's magazine along the trajectory his headcomp had calculated for the missiles; then turned as he reloaded and yelled back at Gutierrez.

"Through the wall!"

"Lee, Marmon, with me!" Gutierrez bellowed to his last two surviving Marines, then he turned and slammed his shoulder into the blackened and crumbling section of wall and plowed through it in a spray of dust and ash.

Cal didn't wait to see if the troopers obeyed; he immediately ducked through the three-meter-tall hole the Sergeant's armor had broken through the wall, knowing Holly would follow him. Utter darkness greeted him, even his night vision eye mods not able to penetrate the clouds of dust and smoke inside the blasted room. The part of him that was still Cal hoped there hadn't been any innocent people in the room when Gutierrez opened fire through the wall; The Machine didn't give a damn.

Nothing living showed on thermal and nothing tried to attack him or the Sergeant, so he just put his left hand against the back of the man's armor and let him lead all of them out of the room, dragging his feet to avoid tripping over debris on the floor. Gutierrez put his shoulder down and crashed through the nearest doorway, enlarging it substantially as the flimsy interior wall crumbled on impact. The hallway was dimly lit and still hazy with smoke, but at least Cal could make out details on infrared. He glanced behind them and saw a dead end ten meters down the corridor, only one narrow door interrupting bare wall in that direction. Seeing anything the other way was difficult with the imposing bulk of Gutierrez' battlesuit blocking off most of the hallway, but he managed to catch a glimpse under the suit's upraised right arm of the corridor stretching into the distance farther than he could make out. Only ten meters down was a junction with another, larger passage that led off to the left.

"Take that left," Cal directed the NCO. "Get us out the quickest exit to the next street over."

"Got it," Gutierrez' voice boomed through the hall on his public-address speakers.

Cal could feel the floor shuddering with the footsteps of the battlesuits, could hear their booming stride echoing off the walls, and he knew that anyone listening would figure out where they were quickly. They had to get out of the building and clear of the trap they'd sprung. Cal forced back a thought from The Machine that he and Holly would be better off on their own, without the high-signature battlesuits of the Marines.

Gutierrez pounded around the corner into the broader corridor and Cal had a better look at what was ahead. The hallway was brightly-lit and wide enough for cargo carts to fit through two abreast and he could see one of them sitting up against the left wall about twenty meters down. Broad double-doors lined both sides of the hallway at evenly spaced intervals for deliveries, and fifty meters down at the far end of the building loomed the corrugated metal of the main loading bay door, but they were all secured and the long corridor seemed unoccupied.

Cal sprinted past the lumbering battlesuit, chafing at its

glacial pace and feeling like the walls were closing in on them. He was fairly confident the insurgents wouldn't have suspected they'd break through the wall into this building, but it wouldn't take them long to figure it out. They'd need numbers to take out the Marines and he needed to get the group moving too fast for numbers to get in place.

He skidded to a halt next to the control panel for the cargo door, slapping a palm on the surface to wake up the display; it was in Tahni that quickly melted into plain English under the gaze of his headcomp's translation program. It was biometrically secured, but it was also decades out of date; a few seconds of cracking guided by his headcomp unlocked the controls and sent the door jerking upward with a grind of ancient and poorly maintained motors and a deafening clatter of metal on metal. Cal registered a presence beside him and suddenly realized that Holly was standing next to him and had been for a few seconds.

By the time the Marines had caught up with him, the door was open about up to his thighs and Cal dropped down and rolled under it, rising to a crouch on the ramp of the loading dock. He swore under his breath. The other side of the building wasn't really a street at all, just an alley less than a hundred meters long, where cargo trucks could pull up to unload---though none, unfortunately, were around at the moment. The next building over was devoid of windows and doors until about ten meters up, and the alley ended in another bare wall where the buildings connected to share a superstructure, which left them with two alternatives: stay inside and try to find another exit, or chance getting cut off in the dead-end alley.

If we stay in the building, we could wind up getting trapped inside it, he thought quickly. *Wouldn't be bad if we had more ammo; but other than the lasers, these guys have mostly crowd control shit.*

"So," Holly said from her position just to his right, "we keep moving."

It wasn't a question. "Yeah," he agreed, looking behind him

as Sgt. Gutierrez and his Marines ducked under the fully-open doors. "I'll go check out the street."

"My turn," Holly said, shaking her head. He felt an instant's irritation as she sprinted down the loading ramp and out into the alley, and he wasn't sure why. Maybe it was because she'd been out of action for so long, while for him it sometimes seemed the action had never ended. Or maybe it was the concussion.

Rusty or not, Holly hadn't forgotten anything: her technique was textbook as she checked both ways down the connecting street before signaling the all-clear and beckoning for the others to advance. Cal felt like he was leading a marching band on a street parade back home with the battlesuits pounding the pavement behind him; but when he reached the end of the alley, he saw that the streets were empty.

They were warned, he realized. No cargo vehicles on the street either, he noted. Nothing they could use to un-ass the area quickly. Just shuttered windows and locked doors.

"We need to head north," Holly decided, indicating the street to their right. "That'll take us out of the metro area and into the city's green belt. They won't be able to roadblock us there and we can follow it all the way around to the base."

"You heard the Commander," Sgt Gutierrez barked. "Move it out, top speed."

Cal let the Marines push ahead of him, one of the junior enlisted taking point, with Gutierrez about ten meters behind him. Holly fell in beside Cal, jogging quickly to keep up with the Marines.

"Shouldn't one of us run point and scout for them?" she asked him softly, still unable to communicate via neurolink because of the jamming.

"You got a big-ass suit of powered armor?" he asked her, hearing his own words slurred still from the head trauma. "'Cause I don't."

"You want them to spring any traps instead of us," she said, realization in her eyes---and perhaps a bit of horror, he thought.

Cal shrugged, unapologetic. "We're not mine detectors."

"I don't recall you being this...pragmatic," Holly commented dryly.

"None of us are who we used to be," he said dully. "Let's get out of this shithole alive and you can make me feel guilty later."

CHAPTER 7

"There they are," Deke muttered into Kara's ear. "But what the hell are they doing?"

Kara shook her head, but didn't answer; Janice Claiborne didn't even look at Deke, her eyes fixed on the centimeters-thin gap between the two cargo containers that sheltered them. Through it, she could see what the other two were looking at: nearly two dozen of the Tahni infiltrators, anonymous and indistinct in their black Stealth armor, were gathered behind the cover of a storage shed only a hundred meters from the outer wall of the Operations center.

Most of them were pulling security, spread around in a perimeter with lasers pointed outward, while four of them maneuvered a cargo jack up a paved path that led from somewhere in the direction of the spaceport. On the bed of the motorized jack was a dull metal container about two meters long and nearly as wide, and by the depth the tracks of the cargo jack sank into the dirt when it left the path to take cover behind the building, it must have weighed several hundred kilos.

Janice was just happy they'd managed to get this far without getting shot. They hadn't seen any other enemy troops along the way, but they'd found plenty of friendlies. All of them dead. She'd known some of them and was trying very hard not to think about that.

"That box looks pretty heavily shielded," Kara said finally, "but I'm still getting a fairly high thermal reading on it."

"Yeah, I noticed that," Deke murmured. "And what do you think would put out that much heat even inside a shielded container?"

"What are you talking about?" Janice hissed, finally looking away from the Tahni to glare at the two of them.

"There's a nuclear weapon inside that container," Kara told her plainly. The woman's eyes went wide, her face pale, and she felt a cold lump somewhere in the pit of her stomach.

"They know they can't breach the Ops center before we get space support," Kara went on, nodding towards the structure beyond the storage shed, its walls looming twenty meters tall and nearly a kilometer around the perimeter, with Gatling laser turrets every ten meters paired with spotlights that threw the surrounding buildings into sharp relief. "So, they're going to take a short-cut and nuke the whole place."

"But..." Janice trailed off, shaking her head in disbelief. "But even if it's low yield, they'll kill thousands of Tahni people in the city..."

"Then I guess we should be good Samaritans," Deke said, grinning crookedly, "and go kill all those motherfuckers."

"Just the three of us?" Janice asked, looking back and forth between Deke and the twenty-two Tahni on the other side of the cargo containers. "Why don't we alert the troops in there?" She gestured at the Ops center.

"If they think they're gonna' be overrun," Deke pointed out, looking more patient about having to answer that question than Kara did, "they'll just trigger the bomb now."

"Shit," Janice said quietly. She closed her eyes for a moment, trying to control her breathing and slow her pounding heartbeat, then pulled her stolen laser weapon into the ready position. "All right. What do you want me to do?"

Deke glanced at Kara and shrugged. "You're the boss."

Kara snorted, shaking her head slightly. "I'm the boss except when you want to run off and do your own thing," she corrected him. Her nose wrinkled slightly as she fell silent, calculations running behind her eyes. "All right," she said after a moment, "our primary goal is to get control of that nuke. The question is, are we worried it's connected to their Heartbreakers?"

"I doubt these guys are even wearing Heartbreakers," Deke said confidently. "They wouldn't chance having so many in one place...one guy gets capped, it could set off all the others."

"Okay then," Kara decided. "Janice, give us five seconds to get into position, then concentrate your fire on any of them who get near the bomb."

"And don't shoot us," Deke cautioned her, a stern look on his face. "It's really fucking annoying."

"Yes, sir," she said, moving off to the side of the cargo container and hoping to God that it was filled with something that would stop laser fire. She looked back over at Deke and Kara, who had taken up a position at the opposite end of the stacked containers. Kara gave a nod, and then they ducked around the other side, vanishing into the night.

Janice counted silently to five, then took a deep breath and spun around the edge of the cargo container, laser coming to her shoulder. The optics for the weapon were equipped with night vision, and it was dark enough now that she needed it. She settled the targeting triangle on one of the infiltrators guiding the cargo jack and her finger touched the trigger.

Janice had fired Commonwealth pulse lasers many times in training; this felt different, with less of a vibration since it didn't use a hyperexplosive charge to create the thermal pulse. There was just a barely-audible hum before a brilliant flash and the familiar snap-crack of superheated air. The Stealth armor the

Tahni were wearing was designed more to mask their heat and sonic signature than to resist military-grade weapons lasers, so she didn't bother trying to aim for weak spots, just put the round right into the infiltrator's chest.

The Tahni male jerked as the two-shot burst penetrated his chest armor and Janice could see him falling to his knees out of the corner of her vision, even as she moved to the next target. She was dimly aware, somewhere below conscious thought, that she had just killed someone for the first time in her life.

The other Tahni were beginning to move, but she was able to track one more of the infiltrators who'd been operating the cargo jack before he could find cover. She touched the trigger pad for a heartbeat too long and nearly gasped at the long burst she let loose. Vaporizing metal and plastic sparked off the cargo jack as a couple stray shots hit it, but most of the burst chopped into the Tahni insurgent, hitting him side-on and taking off his left arm at the shoulder before slicing through his neck.

Janice felt bile rising in her throat but before she had time to feel grateful that it was too dark to see well, a sudden blast of return fire punched into the cargo container less than a meter from her head. She cried out as hot gas burned her cheek and neck, then she jerked back behind cover, gritting her teeth to keep from cursing with the pain. Her cheek stung but her neck felt like she'd been branded. She could hear laser blasts vaporizing material off the other side of the cargo container and she ducked down, running to the other end and sliding down into the dirt.

The wind went out of her as she landed on top of the Tahni weapon, but she forced herself to crawl forward, wheezing and gasping, until she cleared the opposite side of the cargo container. She swung the laser into place, pulling it up to her left shoulder and trying to focus on the light-intensifying optics. Then she blinked.

What was visible through the optics was a blur of motion highlighted periodically by eye-searing blasts of pulse fire or by

Tahni bodies flying through the air in sprays of blood. She tried to find a target but nothing stood still long enough to shoot...or at least for her to shoot. Kara and Deke didn't seem to have to that problem. They moved like nothing she'd ever seen, like nothing human, not even the boosted humans she'd heard about. And where they moved, the Tahni insurgents died; some fell to laser fire, some to blades that seemed to come right out of Deke's arms, some to the brute force of kicks that broke necks or spines.

Finally, three of the insurgents broke and ran and Janice had a shot. She tracked the fastest of the three, missing with her first burst but finally slicing across the Tahni's legs with the second. He went down in a heap, thrashing in pain, and she hosed the rest of the rounds in the weapon's magazine in a swathe across the last two. One went down from her fire but the second kept running, until a burst from Kara's pulse carbine put him down only meters from the others.

You just shot two people who were running away from you, she heard something whisper into her mind. She ignored it, concentrating on trying to figure out how to reload the Tahni laser in-between furtive glances around to make sure there wasn't anyone else coming behind her.

"Goddammit," she swore softly, fumbling with the clip of spare power crystals as she tried to figure out how to fit it into the slot in the foregrip of the laser.

"You gotta' twist it to the right," Deke offered helpfully, somehow standing just behind her left shoulder for all that she hadn't seen him move.

Janice bit back a startled curse and tried not to glare at him as she took his advice and seated the power clip into the side of the carbine. She took a deep breath and tried to calm herself before she looked back up at him. His uniform was torn and bloodied, though she didn't see any obvious injuries on him, and he seemed as calm as if he'd just taken a stroll through the garden.

"What *are* you?" she asked him, shaking her head.

"I think we're fucked," Kara's voice came from over by the cargo jack. It took Janice a moment to realize the DSI officer wasn't answering her question.

She rose from her crouch and stepped over to the cargo jack, trying to keep a careful eye on the ripped-apart corpses scattered about it without actually looking too closely at them. She felt something wet and yielding under her boot and gritted her teeth but kept walking.

"What's wrong?" Deke asked, putting a hand on Kara's shoulder in a motion that was very much unlike what Janice would have expected from a junior officer towards his superior.

"I can't be sure," Kara told him, looking visibly shaken and also looking like it wasn't a feeling she was used to, "but I think this thing is on a timer."

Janice felt her blood run cold and saw Deke's eyes go wide.

"How do you know, ma'am?" Janice asked, her grip tightening on her carbine instinctively.

"There's wide-spectrum jamming still going on," Kara explained, one hand hovering just above the dull-grey casing of the bomb, as if she was afraid to actually touch it, "so they aren't triggering it remotely. But there are absolutely no external inputs built into this casing. Not even a laser line-of-sight receiver." She let a deep breath hiss out through her teeth. "I can't think of any other way they could detonate it."

Deke squeezed his eyes shut for a moment, looking like he was trying to wrap his thoughts around the situation. When he opened them, she saw a bit of clarity in his expression.

"We have to get it out of here," he said. "We don't have time to wait for them to crib together an EOD team."

Kara nodded, then paused as if she was trying to remember something. "The closest thing is a hopper, if it's still intact," she said, finally. "It's in the lot by the command barracks, back that way," she gestured in the direction of the city, "almost a klick."

Deke nodded, then handed over the pulse carbine and the spare magazines to Kara. "You'll need these more than me."

"Don't get killed," she told him sternly, but with a look in her eyes that belied the tone.

"You too."

And then he was gone, moving so quickly and quietly that Janice could have believed he simply disappeared.

"Ma'am," she said hesitantly to Kara, "do you think the...the Tahni, the ones attacking, do you think they'll come after the bomb?"

"It's their main effort," Kara said coolly, eyes still searching that spot of darkness where Deke had vanished. "They'd be stupid not to."

"Shouldn't we get help from the Ops center, then?" Janice motioned in the direction of the fortified structure. "They're just right there. I could run over and tell them..."

Kara snorted in mild amusement and Janice trailed off. "No comms, remember?" she told the younger woman. "As wound up as they must be by now, they'd shoot you the minute you stepped around the other side of this storage shed."

"Fuck," Janice muttered, slamming a fist into the side of the bomb case, then blanching slightly as she realized what she'd done.

"Janice," Kara said, her voice warmer, less scornful than before. Janice looked at her and saw that the expression on her face had softened. "You did very well. Your mother would be proud of you."

"Thanks," Janice said. Kara smiled at her, then started stripping weapons from the bodies.

Yeah, Janice thought. *Mom will be proud as hell...when they hand her my posthumous medal.*

CHAPTER 8

"We got movement up ahead," Sgt. Gutierrez announced over his public-address speakers.

Cal was veering off to the side even before the three remaining Marines began to slow to a halt, trying to get a look down the street, as well as trying to keep clear of the huge target that the battlesuits represented. For all her earlier attempts to shame him, he noted Holly was also moving away from the Marines, trailing behind them and off to the left.

Scanning the surrounding buildings, Cal felt as if they were walking through the cyclopean ruins of some ancient city rather than an active, living metropolis. The streets were deserted, bereft of people, vehicles, even pets. No lights decorated any of the doors or the slits that passed for windows, and the signs that normally displayed the wares sold in various workshops were uniformly dark. The only illumination was the occasional glow of chemical ghostlights lining the roads, and many of those were dark as well: sabotaged in advance.

They'd only made it about three kilometers from the ambush site and they were still in a highly industrial area, but the construction here looked different and Cal could see what looked like the Tahni equivalent of apartment blocks on the upper floors of factories that stretched twenty stories above them. He searched for the movement the Marines had spotted, scanning from the rooftops of those buildings downward; he spotted the motion up ahead, where the street curved to follow the contours of a large building.

A lone Tahni was watching them, trying to hide in the shadows of an awning but blatantly visible on thermal and infrared. He was short and looked like an adolescent, judging by his style of clothing.

"Want me to take him out, Sergeant?" one of the enlisted men asked, the servomotors of his Gatling laser mount whining as the barrel traversed.

"Negative," Gutierrez answered immediately. "He's unarmed." The NCO turned his armor toward Holly slightly. "Ma'am, I hate to ask, but..."

"I'll do it," Cal said, trying not to let the exasperation leak into his voice. Gutierrez had to be at least as scared as...

Cal nearly froze when he felt that thought complete itself.

As scared as I am. When the hell had that happened?

Cal moved further into the shadows, falling into a crouch at the edge of the elevated pedestrian walkway and hesitating there for a moment to take another look at the Tahni lookout. The male still hadn't moved and still seemed to be fixed on the Marines, not even noticing when Cal began to skitter forward on hands and knees. The ghostlights that ran along the bottom of the walkway had been smashed, and broken shards of brittle polymer littered the edge of the street like it had been put there by design to give him away. Cal managed to avoid stepping on it, his augmented senses working through his headcomp to make his hands and feet move to just the right spots to make the least amount of noise and motion.

Between his computer-guided movements and the chameleon camouflage of his Reflex armor, Cal was able to get within meters of the lookout without being spotted. It *was* a kid, just like he'd thought; barely an adolescent, only a year or so past the ceremony that marked the end of childhood for a Tahni, when the females left their homes and the males began to train for adult life. Certainly not old enough to be out here on his own.

Cal slowed his advance to a crawl, moving a centimeter at a time and watching the young male out of the periphery of his vision, giving weight to the old soldier's superstition and not looking at him directly. The kid was frightened, his hands shaking and sweat beading on his high forehead, and he looked as if he wanted to run but was more afraid of what would happen to him if he did. Cal moved a few centimeters closer and then struck, leaping forward and upward to where the young Tahni was perched at the edge of the pedestrian walk.

One hand snaked around the boy's throat while the other slipped under his arm and clapped a hand over his mouth, then Cal yanked him away from the corner and back down into the shadows of the street below the elevated sidewalk in one smooth, violent motion. The kid tried to struggle, kicking at Cal futilely and trying to bite his hand. Cal whispered silently to his headcomp and his talons slid out of their sockets in his forearms, extending from his wrists and hovering in front of the adolescent's eyes. Those eyes went wide and the struggles abruptly ceased.

Cal walked the boy back to where Holly and the Marines waited, stopping just in front of Sgt. Gutierrez.

"What's waiting for us around the corner?" Cal asked the youth harshly in Tahni.

"I don't know," the boy insisted, teeth bared in panic. "I was just looking at the giants..." He nodded at the Marine battlesuits.

"You're a liar," Cal snapped, touching the tip of a talon against the boy's chin just hard enough to draw a single drop of blood. "I saw you...you were as scared as a newborn *quori* that's lost its mother. Someone put you there as a lookout and threatened you if you ran. What is waiting for us?"

"They said they would have someone watching my family," the boy squeaked helplessly. "They'll kill them if I run..."

"Do you really think," Holly cut in, "that they wouldn't throw everyone they had at us? That they would hold back a warrior just to intimidate your family when just the threat would do?"

The boy seemed to consider it, then he spoke again. "They didn't tell me all they had, but I know the road is blocked with cars and there are many of them, some with weapons."

"Are they wearing armor?" Cal asked. "The black armor that makes them hard to see?"

"No," the boy nearly tossed his head in negation but then seemed to realize that wouldn't be a good idea with talons to his throat. "None have armor."

"How much farther up the road is the block?" Holly wanted to know.

"Just up around the corner," he motioned, then gave a distance that translated to about eighty meters.

Cal looked to Holly and she nodded. He sheathed his talons, then pushed the boy away roughly, back the way they'd come.

"Go," he said forcefully. "Go home to your family and don't come back this way."

The boy looked at them doubtfully, but fear won over doubt and he sprinted away down the street, quickly disappearing into the night.

"Another fucking roadblock," Gutierrez rumbled, his voice sounding metallic through his suit speakers. "What do we do, ma'am?"

"The last major intersection was two klicks back," Holly said, scratching at the new, pink skin that had been re-grown by her nanites where her hair had been burned off the side of her head. "Then another three klicks before we box back to our route."

"Shit," one of the Marines---the woman, Lee, Cal thought it was--muttered, perhaps unaware she'd left her microphone hot. "That's another hour at the rate we're going."

"Last time we tried to crash a roadblock, we got three people killed," Cal reminded Holly. "If you want my opinion, we should double back."

"Honestly sir," Gutierrez interjected, "I'd rather push through. We got limited ammo and the longer we're out here, the more chances we have of using it up. I don't wanna' be stuck out here with just my swinging dick."

"Your call, Holly," Cal said with a shrug. "They'll notice the kid's gone pretty soon, though."

Holly Morai squinted thoughtfully as she looked down at the corner ahead and Cal had to restrain himself from reminding her again that they were pressed for time.

"Maybe you should scout around the bend and see how bad it is," she said to Caleb.

"Holly, I..." He was about to argue with her about wasting any more time when he heard it. An engine; not an electric motor either, something old and internal combustion, and big. And coming from behind them. "We got incoming," he said, moving towards the edge of the street. "Sergeant, get your men into position!"

Cal didn't wait to see if they obeyed; he was across the street and up on the pedestrian walk, crouching with his sidearm in his hand. The Marines moved in ponderous, bounding strides like oversized ice-skaters, scattering to either side of the street to nestle in alcoves beside doorways, taking what cover was available.

"It's a cargo truck," Gutierrez said from ten meters ahead of Cal's position, where he was down on one knee next to the pedestrian walk, laser aimed down the street, like some absurdly enlarged vision of an old-time infantry soldier. "Old one. Lee, when it rounds the corner, give it the EMP, see if we can take out the engine."

Cal saw Lee's laser swing upward into storage position as a silvery device unfolded from a compartment in her armor's backpack, forming into a dish shape and mounting itself above her left shoulder. The engine noise was louder now, and in seconds the truck came around the last corner and into view. It *was* old, as Gutierrez had said, slapped together from spare parts sometime after the war if Cal had to guess. Probably ran on distilled alcohol, he figured. It had a flatbed trailer with several young males hanging onto handholds at the cab and something big in a shipping container behind them.

The device on Corporal Lee's shoulder began to hum and crackle and the air between her and the approaching truck seemed to shimmer with electrostatic energy. The truck's engine sputtered and then died as the EMP fried the electronics that kept it going, and the vehicle coasted to a stop nearly fifty meters away.

"Marmon, hit 'em with the sonics!" Gutierrez ordered, his words echoing off the buildings across the street.

The other enlisted Marine extended the crowd control weapon from his backpack and fired a wave of focused sound waves at the Tahni males even as they began to climb out of the bed of the stopped truck, hands filled with what looked to Cal to be slug-shooters. Even from fifteen meters in front of him and pointing the opposite direction, the sonic stunner's banshee screech was enough to make Cal's temples throb; the effect it had on the Tahni was rather more drastic. There were five of them in all, including the one who had exited the cab; four went down screaming, hands clasped futilely over their ears as they writhed on the ground. One---the lucky one, in Cal's opinion---passed out immediately, face down on the pavement. The last fell onto his butt, leaned forward and began vomiting uncontrollably. Nonlethal didn't mean pleasant.

"What about the container..." Holly was asking when whatever was inside it detonated.

Cal had already been in a low crouch; the explosion blasted him onto his back on the pedestrian walk, and the street around him glowed with white fire that stretched up to blot out the stars. He could see very clearly a large piece of the truck's engine passing only a meter above him before slamming into the side of the building in a spray of dust and masonry chunks. He stayed on his back for a half second, evaluating himself to make sure there were no new injuries to add to the total before he rolled over to balance on his left palm and the balls of his feet.

All that was left of the truck was a twisted metal frame engulfed in a furious blue-white conflagration; of the Tahni insurgents who'd arrived in it he saw no sign other than the dozens of bits of burning debris that were scattered for a hundred meters in all directions and splattered against the pocked and cratered sides of the buildings. Two of the Marines were still standing, their armor smoking and covered in soot and ash and splashes of flaming fuel; Marmon, who had been closest to the blast, was down with a large piece of jagged metal embedded in his leg.

He didn't see Holly at first and began to feel a pit in his gut until he finally noticed movement in the shadows of a doorway across the street. Holly rose unsteadily to her feet and Caleb let out the breath he'd been holding, but still felt a surge of anger in his gut. They were both sitting targets thanks to Commander Del Toro's stupidity, and he couldn't even take it out on her because she was already dead.

He jumped to his feet, hopped off the pedestrian walk into the street and ran over to where Sgt Gutierrez was standing over Corporal Marmon.

"How bad is it?" Cal asked, his own voice sounding distant in his battered ears.

"Marmon's okay," the NCO told him, irritation in his tone, "but this suit ain't going anywhere on its own without a couple days in the repair bay."

Looking at the damage, Cal had to nod agreement. A jagged section of engine block about twenty centimeters long had wedged itself into the hip joint of the battlesuit and he could still see the smoke coming from the servomotor where it had been smashed by the impact.

"Get him out of it," Holly ordered, her voice sounding gravelly and strained to Cal. "We don't have the time or the luxury to carry the suit."

"Yes, ma'am," Gutierrez responded, obedient but, from his tone, not very happy about it.

There was a pneumatic hiss and a grinding hum of servomotors as the helmet and neck piece of Marmon's suit separated from the chest plate and swung backwards, revealing the shaved head and pale skin of the man inside. Marmon was breathing hard, his eyes darting around furtively as he pushed the chest plate out and climbed from beneath it, his dull grey fatigues nearly the same color as the exterior armor. He unplugged the contacts from the 'face jacks set in his temples, then scrambled out of the armor quickly.

He seemed almost in a panic as he yanked at a compartment in the side of its backpack, pulling out a compact pulse carbine and a bandoleer of spare magazines. The weapon in his hand seemed to calm him down slightly and he stepped back next to Cal as a gush of white smoke began pouring from the interior of the armor.

"You gotta' trigger the self-destruct while you're still inside," Marmon explained to Cal, looking a bit abashed by his behavior. "Never done that before."

Cal didn't respond, just turned to Sergeant Gutierrez, trying to keep the anger and impatience he felt off his face. "We have to move," he said emphatically. "They heard that explosion, they know..."

"Incoming!" The yell from Corporal Lee was a microsecond later than the warning Cal's augment sensors had given him, and he was already in motion without thought, sprinting forward into the threat.

The missiles weren't guided: they couldn't be with all the

signal jamming being laid down over the city. Cal figured they were probably heat-seekers configured to search for the signature of Marine battlesuits, otherwise they wouldn't have ignored the truck fire. The two remaining battlesuits opened up on them automatically, without asking leave of the Marines inside. Gatling laser fire flashed through the air, hunting for the warheads, but Cal knew that with just two suits operational, it wouldn't be enough.

There were detonations above him and many behind him, but Cal couldn't see what had been hit; his headcomp had slipped into Combat Mode and set him on the most likely course for both survival and victory. He was running headlong into the enemy at somewhere north of thirty kilometers an hour, so fast the buildings on either side of the street had turned into a blur in his peripheral vision.

Caleb could see every second of it as if he were experiencing the whole thing via some Virtual Reality program and seemed to have even less control than he would have hooked into a ViRdrama. The insurgents were standing in the middle of the street behind a makeshift roadblock consisting of a half dozen groundcars and cargo trucks stacked two deep between the sidewalks. Their man-portable missile launchers were still at their shoulders while others reloaded them, muscling the decades-obsolete projectiles into place to fire another fusillade.

They never got the chance. Cal leaped toward the right-hand sidewalk with enough momentum that he took three steps up onto the wall of the building to that side before coming back to the surface. Then he was around the roadblock and leaping into the middle of the insurgents, who still had not noticed him.

There were seventeen of them in all; not a huge number to man a roadblock, but this one was probably a hasty fighting position put up at the last minute as word of their direction of travel had spread. None wore armor to speak of, aside from a couple in makeshift jackets fashioned from firefighting gear or industrial protective suits; nothing, certainly, that would stop a shot from his pulse pistol. He took out the missile-shooters first, one brief burst to the head then another to the firing mechanism.

That had emptied his first magazine and he didn't bother reloading; he was too close now anyway. His pistol was holstered and his talons extended before the first body had hit the ground. They didn't have night vision and the street lights were sabotaged, not to mention the damage the flashes from the laser had done to their unprotected eyes; they never saw him coming.

He tried to shut out the way it felt when his paired sixteen-centimeter plastalloy blades sliced through flesh, tried not to taste the hot, iron tang of blood when it splashed his face. He didn't want to feel it again. But the cold cybernetic senses of his headcomp relayed the data dutifully to its biological symbiote and every single sensation was amplified a thousand times in the telling.

The last few Tahni were screaming in terror, dropping their weapons and trying to run. They didn't make it far: Holly had joined him now and she mopped them up with her bare hands, conserving her ammo. They fell with legs and arms and necks bent at impossible angles, and those that didn't die from the first strike received a heel to the throat that left them choking on their own blood.

Cal slowed to a stop, nearly stumbling with his first walking step as he looked around. The street was as silent as death and nothing was standing except Holly and himself; she was splattered with the blood of others and he knew he mirrored her.

Less than a minute had passed.

"Where are the others?" he asked her.

Her visage hardened in response. "There are no others, Cal."

"Shit." He closed his eyes, feeling the breath go out of him like he'd been kicked in the stomach. When he opened them, he saw Holly walking towards one of the groundcars that made up the roadblock. "You think we can get one of those working?" he asked her, fighting against the emotional inertia that tried to anchor him to the pavement and moving to join her.

"I doubt they had time to seriously disable them," she said, yanking open the gull-wing door and pulling it up. She leaned inside and scanned the controls for a moment before touching a pad in the center of the console. An electric motor hummed to life. She pulled out and looked back to him. "Do you want to chance it?"

Cal looked back down the street. He couldn't see the dead who lie there, but he felt them. They hung over him like a sword, like some demon that had chased him for the last twenty years and just wouldn't be shaken. It would feel so much better to get in the car and drive as fast as it would go, but...

"It would just make us a bigger target," he decided, shaking his head. "It's dark and most of them don't have night vision." He waved out into the night. "We'll go on foot."

"All right," she agreed with a shrug, pushing the car door shut. "So, what's the plan?"

He snorted a humorless laugh. "We run...just as fast as we can."

CHAPTER 9

Deke Conner wiped his hands on his pant legs to clean the blood off of them before he pulled open the door of the hopper and climbed inside. On the ground just a few meters away, the Tahni infiltrator moaned and writhed, staring in shock at the stumps where his arms used to be. He was bleeding out fast, but Deke figured he had at least a couple more minutes before the Heartbreaker charge detonated.

They should've left more than one guy guarding this area, he mused clinically. Then again, they didn't have unlimited forces, did they?

His headcomp broke into the security system of the hopper in seconds and the ducted fan helicopter's motors hummed to life; he could feel the motion as the fans spun up beneath him and he silently willed them to higher speeds, one eye watching Tahni blood as it pumped steadily out onto the pavement.

What if it were me? Deke wondered, waiting impatiently for the fans to get up to speed. *What if Earth had lost the war, and we were the ones being occupied? Would I be out there, bleeding to death trying to take back my world?*

He grinned as the indicator lights went green and he yanked the hopper into the air.

Hell no!

He was three hundred meters away when the Heartbreaker blew, a distant thump he barely heard over the hum of the lift fans. He sniffed disdainfully. It was a weapon for losers; if you planned for losing, then you were going to lose.

If they didn't want to be occupied, they shouldn't have started the damn war in the first place.

The kilometer back to the storage shed should have taken seconds to cover, but Deke was forced to fly low, almost at street level, to avoid being shot down by paranoid Ops Center gunners who were sure to see everything in the air as a threat with no communications to tell them otherwise. Destruction lined his path: burned out buildings, dead bodies, blown-up vehicles and a haze of smoke that obscured everything. The devastation flashed by on either side as he guided the aircraft through the streets of the base only a couple meters off the ground.

He ignored the blaring warnings of the hopper's anti-collision system, his headcomp denying its insistent attempts to override manual control. Instead, he gave his full concentration to flying the aircraft far too fast for its altitude, trying not to think about what might wait for him when he arrived. If it weren't for the fucking jamming, he could just call the Ops center and have them send troops out.

He frowned. His headcomp informed him the hopper had a laser line-of-sight transmitter besides its conventional microwave transceiver, probably so whatever Colonel owned it could open the door of his private garage when it was raining. If he could get a message through to the Ops center before they took a shot at him... It was a risk, but *Fuck it* he decided. He yanked the hopper upward with a surge of power to the belly fans and aimed the nose at the Ops center, keying the laser LOS transmitter and sending his secure military ID via his headcomp.

"This is Captain Conner, DSI," he transmitted via the cockpit pickup, "do *not* fire! I have personnel at the storage shed outside your north gate. They have intercepted a nuclear weapon the infiltrators were trying to use against us; it's on a timer and I need to use this hopper to get it away from the city before it blows. Do you read me?"

A second passed and he felt a hundred targeting reticles centered on the hopper's heat signature, but then a voice sounded in the overhead speakers.

"Roger, Captain Conner, we read you." It was some enlisted drone with a generic outworld accent that could have come from anywhere off Earth, but it was the most welcome sound he'd ever heard. "Do you need support?"

"Roger, if you have any Marines or Security Force troops handy, send them out to the storage shed and check on the two friendlies there ASAP. I am inbound in one mike."

It was actually less than a minute, now that he could stop flying nap of the earth. He saw the smoke first, of course...dust and smoke mixed, clouds of it rising up from multiple Heartbreaker detonations.

Shit.

The storage shed was ripped apart, blackened and half-collapsed; and the cargo jack was on its side, its undercarriage pocked and charred from repeated laser strikes. He couldn't see the nuke, or Kara and Janice, through the smoke and smoldering flames. He stopped looking at the infrared and thermal sensors, just bringing the hopper down next to the wrecked shed as quickly as he could, throwing the door upward and jumping out before the fans had settled the craft completely down.

"Kara!" he yelled, forgetting to even draw his sidearm as he looked around for her.

He moved around the overturned cargo jack and tried not to look too closely at what seemed to be burned and shredded body parts that surrounded it. He told himself they were from Tahni Heartbreakers and yelled Kara's name again.

"In here," came the response from the doorway of the storage shed. It was quiet and strained, but the voice was hers.

He ducked through the doorway and found her sitting on top of the armored case that held the nuke. They must have moved it inside to more easily defend it, he figured. Glare from the Op center spotlights leaked through the holes in the opposite wall of the shed; by that light, he could see that Kara's face was blank, her eyes staring into nothing, the carbine he'd given her held loose and nearly forgotten in her hands. She had a nasty laser wound in her leg but didn't seem to feel it.

Janice Claiborne's body lie next to her. She was still warm, but getting colder even as he watched, her blood pooling around her on the floor of the shed from multiple laser hits to her chest and neck. Her eyes were open wide, the light behind them extinguished. She might have been saved still, if they had a fully equipped medical center with a vat of medical nanites to dump her into in the next few minutes...unfortunately, the nearest one of those was in high orbit, hours away. They didn't even have a first-aid kit between them.

"She didn't run," Kara said dully, still not looking at him. "She didn't quit, even after getting hit the first time. Just kept shooting."

"She was a good troop." Deke said, kneeling down in front of Kara and finally catching her eye. "But we gotta' move this bomb, and I need your help doing it."

Kara nodded, taking his hand and coming to her feet with a wince. She slung the carbine over her shoulder and grabbed the handle at her end of the shielded case while Deke took the other end. The case weighed at least a couple hundred kilos, but between the two of them they were able to maneuver it through the door and out to the open hatch of the hopper. He set his end in the cargo area behind the pilot's seat, then helped Kara push it in the rest of the way, the scrape of the metal against the polymer floor grating at his nerves.

Deke climbed into the pilot's seat and manually accessed the aircraft's navigational systems, quickly switching it over from satellite guidance to magnetic dead reckoning. He programmed it to head east at an altitude of ten meters for twenty kilometers before landing, then manually overrode the emergency systems that would have automatically prevented it from doing what he needed it to do: splashing down in the sea and sinking like a rock.

"That's it," he told Kara, hitting the control to engage the autopilot before he jumped back out and pulled the hatch shut.

He gently took her arm and pulled her back as the belly fans on the bulbous aircraft began to spin up, billowing dust into the air. She didn't resist, didn't even blink at the particulate cloud rising up. The hopper lifted with tortuous lethargy and Deke was fairly ready to scream at the damn thing to hurry up; in seconds, it had reached its target altitude and the steering fans angled backwards, sending it off with an ever-increasing pace. He kept watching as it buzzed over the devastated landscape of the base, still deathly afraid that someone, Tahni or human, was going to shoot it down and kill them all.

That shot didn't come, and neither did the premature detonation he'd feared. Instead, the hopper faded from view in less than a minute, disappearing into the inky night beyond the spaceport and heading out to sea. He let out a breath he hadn't realized he'd been holding, feeling his shoulders relax.

"Are you Captain Conner?"

Deke had heard the pounding of armored feet on pavement for the last half a minute, which was why he didn't jump when an external PA speaker on one of the battlesuits boomed the question only meters behind him. Kara did, though, he noted. She was somewhere inside her head, not paying attention to her implant sensors or her surroundings.

He turned and saw the four battlesuited Marines stomping

up around the storage shed, scanning their surroundings for threats with weapons at the ready. Their armor was matte camouflage but it was also clean and untouched. Irrational anger flared at that and he fought to keep it buried. They'd done as they were ordered, staying put and protecting the Ops center.

"That's me," Deke confirmed. "This is Major McIntire. We have a casualty back in the storage shed if you can get someone to..." He searched for a moment for the right way to say it. "...to look after her," he finally decided.

"Uh, sir," the man---Sergeant Dorsey, according to his IFF---said hesitantly, weight shifting from one massive foot to another, pavement crunching beneath them. "Umm...you mentioned something about a nuclear weapon?"

"Yeah." He pointed off towards the inland sea. "Don't look that way."

Of course, the Marine looked that way. Deke didn't, but the flash speared his eyes even facing away from it.

Damn, didn't make it the whole twenty klicks, he mused. If it had ditched, there wouldn't have been much of a flash. Kara was still looking down, thankfully, and at least the Marines had optical shielding in their helmets. He hoped not too many people in the city had been looking out to sea.

"What the fuck?" Sgt. Dorsey exclaimed. "Was that..."

"Sergeant," Deke told him, ducking down and pulling Kara with him into a low crouch, "do me a favor and don't fall on top of us."

Deke had been counting silently since the flash. It took right around forty seconds before the shockwave hit; he reckoned the hopper had made it nearly fifteen kilometers before the timer expired. It wasn't a huge shockwave as these things went, just a sharp rumbling that would have made him stumble had he still been standing, then a hot blast of wind that buffeted them with sand and debris for a long moment.

When he rose and looked towards the sea, the mushroom cloud was already forming, destroying the night with its day-bright glow. The Marines stood stock-still as they regarded it, Lot's wife looking back at the destruction of Sodom and Gomorrah and suddenly turned to salt.

"Sweet Vishnu," one of them said sincerely, more a prayer than a curse.

"Is this shit over yet?" Dorsey wondered aloud, sounding overwhelmed.

"Over?" Kara repeated. Deke turned to look at her, then shuddered slightly at the set of her eyes. She finally seemed to have shook off the shock of Janice Claiborne's death, if not the anger. "This shit is just beginning."

Tyya-Khin stared in awe at the mushroom cloud rising above the inland sea. A hot wind made the trees sway in what used to be called the Imperial Garden, but Tyya barely noticed it; he steadied himself against the slight earthquake but his attention was frozen on the nuclear explosion and the thought of what it would have done to Tahn-Khandranda if it had gone off at the Commonwealth base.

"What have you done to us?" he asked, his own voice sounding tiny against the distant, rumbling roar of the blast. He turned an accusatory gaze at Kah-Rint, who leaned against one of the tall, stately trees with a look of satisfaction on his weasel's face. "What have you done to *me*?"

"I've made you a general, like your father," Kah-Rint told him, offering a casual gesture of salute, his tone sounding sincere. "The people will sing your name when they remember this day."

"And how would they have remembered the day if I had destroyed the largest city on this world with your weapon?" Tyya demanded, his words rising in volume as he gestured at the false dawn. "Would what remained of us sing my name or curse it?" He advanced on Kah-Rint, hands balled into fists. "You told me it was an EMP device!"

He didn't seem to notice when the two burley Tahni males behind Kah-Rint stepped forward, hands on the weapons holstered across their chests. He was armed himself, a laser carbine slung across his back, but he made no move to reach for it.

"And it is," Kah-Rint argued. "A primitive one, to be sure..." Tyya seemed ready to explode again, but the older male forestalled it with an upraised hand. "The object of this operation is to free our people of human rule, Tyya-Khin. No sacrifice is too great for this goal, and I had thought you had agreed with this before we began." He tossed his head back in a philosophical shrug. "Tarl-Kan understood this...he gave his life rather than surrender to the humans."

"You should have told me," Tyya said sullenly, turning away from the older male, wiping absently at a smudge of carbon on his cheek. It stung, having been too close to another warrior's Heartbreaker explosion less than an hour before.

"I shouldn't have needed to," Kah-Rint spat. He tossed his head again. "No matter. This is nearly as good. Had the weapon gone off as planned, we could have blamed the destruction on the humans and used it to unite our people offworld. As things stand...now the Commonwealth will have no choice but to respond to this. There will be pressure from their people to act."

"And why do you seem to think this is a good thing?" Tyya demanded, trying to keep his voice and his emotions under control.

"Because, as the humans say, for every action comes an equal and opposite reaction." Kah-Rint put a palm against Tyya's chest in a gesture of respect and trust. Tyya stared at him, not trusting him completely but not pulling away. "I must go now, while I still can. I need to be free to coordinate with our brothers on other worlds, and to provide further support to the cause. I leave our home in your strong hands, Tyya-Khin."

He turned and walked towards a hopper that was idling nearby, trailed by his bodyguards. Tyya watched them silently until the craft was airborne and flying parallel to the tombstone memorial to the nuclear blast. Only then did he walk back to the groundcar that had brought him to the park. He sat down in the front, trying to relax the knot between his shoulders.

"What will you do now, Tyya-Khin?" The voice from the back of the vehicle made his stomach lurch, made his animal hind brain nearly overpower the turmoil of his conscious mind.

He fought to make his thoughts connect with his words. "Y'aa-an-Roh," he said to the female, "I fear we have yoked our plow to the windstorm. I do not know how we can let go."

"We have lost Tarl-Kan," she reminded him. He glanced in the mirror set above the car's control stick and saw her face partially concealed by the shadows, only her mouth and eyes clearly visible. "He had much influence among the older generations, especially the surviving commanders of the Emperor's military."

"They will be the first arrested after today," Tyya said bitterly, pounding a fist into the console in front of him. It hurt his hand, and he felt he deserved it. "Much I have accomplished for our people this day, my lady."

"The young males will be energized," she told him. "They will want to take the next step, with or without you. And the anger will spread after the humans retaliate for this."

"We have ignited this flame, and it will feed on itself," he whispered. "I can't abandon them, lady; so, I will lead them, even if it is only to their death."

"I will do what I can to support you," Y'aa-an-Roh promised. She reached up from the rear and put a hand on his arm and he flinched away.

"Lady, surely you know..." he warned her, his tongue thick, eyes glazing over.

"I know, Tyya," she told him, hands going to either side of his face. "My time has come and I choose you."

Tyya left any attempt at argument, throwing up the divider between the front and rear of the vehicle, ripping off his armor as he pounced upon the female. Later, when his mind worked again, he considered that perhaps she had chosen him at that moment simply to keep him from descending into despair; but there in the vehicle, surrendering to visceral instinct, he did not think at all.

INTERLUDE:
INSIDE THE NORTHWEST PASSAGE CORRIDOR

"What, exactly," Trint asked quietly, "am I looking at?"

He wasn't sure how far down the lift had taken him, since he'd been in free fall---somehow---for the entire descent down the passage, and in complete darkness. He'd known, on an intellectual level, that the Predecessors had possessed anti-gravity technology; it was a bit disquieting to experience it so personally. The base's AI had guided him out of the gigantic sphere that contained the control center for the technology that protected and monitored the whole star system and led him to a concealed hatchway in the fusion-form base over which it floated. The dark circle was barely wide enough for his shoulders to fit through, and he'd been fairly paranoid about descending into it.

Now, that concern seemed to fade from his consciousness as he looked out into the huge, dimly lit chamber somewhere deep beneath the surface. Floating near the center of it was...something. It was vaguely oblong and curved in ways that tugged at his sense of reality, like it didn't quite belong to this universe. It didn't resemble anything he'd ever seen before, but the closest he could come to equating it to something familiar was the seed pod of a tree. At first, with no perspective, he'd thought the thing fairly small, but as he tentatively stepped towards it, he could tell that it was at least a hundred meters long, and that the chamber was much larger than he'd first thought.

"This was under construction when the Predecessors left this place," the AI told him. "Under development, I should say, as it had not yet been perfected nor even really tested. Had there been more time, they would have waited to see if it worked, but they were forced to abandon it for more conventional means of transportation."

"It's a ship," Trint deduced, his voice sharp with interest.

"It is," the sentient computer confirmed. "And I completed it for them, with no expectation that it would ever be used." Trint thought he detected pride in the voice, and he knew the AI had done it on purpose to make it come across in Tahni.

"There is no Transition Line out of this system," Trint stated. "What good is a ship? It would take me centuries to return to the Cluster, even if your ship could travel close to the speed of light." His eyes and head described the Tahni equivalent of a shrug. "While I might very well be able to survive that long, I doubt I would enjoy the experience."

"You are laboring from a false assumption," the AI informed him, and he could have sworn there was a certain smugness in the tone. "This ship," it continued, "does not travel close to the speed of light. It goes well beyond it."

"Impossible," Trint blurted before he thought about it. He made a face of disgust at his own narrow-mindedness before the echo of the word died.

"Unlikely, to be sure," the AI agreed readily. "Extremely difficult, most certainly. Which is why it took my makers millennia to even investigate the possibility. They already had the Transition drive, why would they seek out yet another way to travel between the stars? Particularly one such as this, which requires incredibly high energies and destructive applications of their gravity control technology simply to manufacture the material needed to create the effect?"

"What effect?" Trint asked, pacing slowly to the right and circling the vessel, trying to make some sense out of its mind-twisting shape.

"The inflation effect. This ship contains exotic matter in a negative energy state, you see."

"I know what each of those words means," Trint mused, laughing softly, "but put together in that combination they lose coherence."

The machine affected a sigh. "Let me simplify things for you, then. This ship uses exotic materials created in the heart of an artificial black hole to recreate the state of the universe as it was at the beginning, when space and time inflated away from the primal egg at velocities much faster than light."

Trint eyed the ship with skepticism. "That sounds extraordinarily dangerous."

"Oh, it most certainly is," the AI agreed. "The initial tests were done on microscopic scales, and there was never time for further trials before the Predecessors left this part of the galaxy."

"And this could take me home?" Trint wondered, coming to a halt as he began to realize that his eyes just refused to make sense of the thing's shape, no matter what angle he examined it from.

"It would take some months," the machine answered. "But yes, if it works, it could return you to your home world."

"And if it doesn't work," he presumed with morose fatality, "I am still stuck here."

"That would be the best-case scenario for failure."

Trint looked around him, as if he could see the source of the disembodied voice in his head. "And what would be the worst-case scenario?"

"We are isolated enough here so that, if the worst-case scenario occurred, it would *probably* be limited to the total destruction of this star system."

Trint felt a sense of unreality wash over him. *Probably.* "Is such an outcome...likely?"

"Not at all," the AI replied with annoying cheerfulness. "The experiments never resulted in such a catastrophic failure. However, there is somewhere on the order of a 25 percent chance that the inflationary field could be misaligned initially, causing the atoms of the ship and anyone in it to spread out for several light years in every direction."

"That seems reasonable," Trint said, clasping his hands together in satisfaction. "When do we leave?"

CHAPTER 10

"You're lucky you missed the storms," Jason Chen said. He stood in front of the hopper, arms folded, eyes ahead as he waited for Rachel and Pete to climb out behind him. "It was pretty bad here just a couple weeks ago."

Rachel squinted up at Goshen, Canaan's primary, thinking that the whole scene was surreal here in the long Day. It would have seemed more natural in the Night, with the storms Jason spoke of washing across the landscape and darkness shrouding the compound. Instead, Skingangers walked in broad daylight, their bare metal cybernetic replacements gleaming obscenely in the reflection from the Primary.

"This is so fucking strange," Pete murmured, shaking his head. "I knew they were here, but..."

"I wasn't crazy about letting any of the Skingangs stay, after what happened between them and the Predecessor Cult," Jason agreed. "Most of the survivors---the ones who aren't still in detention---bugged out on whatever half-assed spacer crew would have them. But this Arjan character managed to talk the Church Council into letting their group lease this land from the government on promise of good behavior." He shrugged. "I just do what I'm told."

The compound the last of the Skingangers had built in the river valley a few dozen kilometers outside Harristown was almost idyllic in a sterile sort of way. At least it seemed idyllic by comparison with the crumbling, run-down Corporate housing projects they'd taken over in Harristown after the war. The living quarters were buildfoam domes, some decorated with individual artwork, others grey and antiseptic. Larger domes were storage buildings and workshops, but most of the industry seemed to be centralized under a squared-off structure over a hundred meters long and half that wide, framed with local wood and covered in cheap corrugated aluminum.

Large sliding doors that could be shut against the stormy Night were open now to the Day and revealed dozens of the cyborgs swarming over buildfoam dispensers, construction 'bots, auto-fabricators and other machinery, elbow-deep in the open guts of the things like military doctors in an ancient field hospital. Rachel felt the hackles rise on the back of her neck at the way many of them went almost naked, flaunting their bionic streetware and the grotesque way it burrowed into their natural flesh.

She could barely stand to pass by them in the street.

"Let's get this over with," she said to Jason.

She didn't know if the Skingangers were staring at her and the others as they walked down to the repair bay. Their artificial eyes didn't move and they didn't look up from their tasks, but then most of them didn't have to; they were undoubtedly tied into remote cameras, drones and God knew what else. She felt the watching even if she couldn't see the eyes.

"Have you talked to this guy Arjan before?" Pete asked, looking around nervously, hand twitching like he wanted a gun in it.

"Not one on one, no," Jason admitted, seemingly less bothered by the surroundings than either of them. *Offworlder*, Rachel thought from decades-old reflex, and was immediately ashamed of it. "I saw Arjan at the Council hearings on the land lease." He cocked his head thoughtfully. "I'm not sure 'guy' is the correct term."

"Arjan is a woman?" Rachel asked, slightly surprised. Female Skingangers weren't rare, but their leaders tended to be male.

"I'm not sure about *that*, either," Jason confessed. "You'll see in a minute."

They had barely made it through the broad opening at the front of the repair bay when they were met by a short, burley man who was, for a surprise, more human than machine. Both arms had been replaced by cybernetic prosthetics, and one eye was clearly bionic as well, a plain red ocular; but aside from that, he appeared to be all flesh, at least as much as she could see with his sleeveless shirt and shorts. His face was squared off and his short-cut hair and remaining natural eye were both dark. He smiled at them cordially.

"Constable Chen," he said, his voice pleasantly deep, "it's a pleasure to meet you." He didn't offer a hand; most likely because he knew Norms would be uncomfortable with it. "I am called Brand."

"This is Rachel and Pete," Jason told him. "They're the ones who would like to talk to Arjan."

"Follow me, if you would," Brand said, gesturing further into the repair bay.

Jason let her and Pete fall in behind the man and then took up the rear, eyes scanning like a security camera. They moved across the packed-dirt floor, walking at a leisurely pace, and she could hear the hiss and spark of molecular bonders and even old-fashioned plasma welders, smell the pungent odor of burning lubricant as they weaved through the repair projects. It was how they made a living: repairing machinery for the bigger farms and the government, sharing the income in a sort of commune arrangement, or so Jason had told them on the way.

She would have had trouble picturing it. Her image of Skingangers was the one Cal had told her: kidnapping transients and scavenging their body parts to sell on the black market, selling synthetic endorphins and illegal ViRware to fuel their addiction to losing their humanity. They'd been part of the corruption and crime that had plagued Harristown and the other cities on Canaan for years after the Corporate mines had invaded their planet. These...people didn't seem to match that image.

The one named Brand led them through a flimsy, plastic door at the rear of the bay and into a suite of spartanly-adorned offices. Inside, two of the cyborgs were plugged into banks of quantum computers via 'face jacks, standing bolt upright and motionless on bionic legs that never tired. Rachel wondered what they were doing; probably working some other contracted task for the commune, she imagined. Past them was another door, this one more solid and secure and definitely locked.

Brand hesitated before it for just a moment and then it opened with a click of release and a hum of servos. Rachel decided he had to have been using a neurolink transmitter and thought that curious: those were still relatively rare, the surgery to implant them complicated and expensive. What a Skinganger here on a backwater colony would be doing with one, she had no idea. Maybe this Brand had a government or military history he was trying to lose here on Canaan.

He led them through the door, into a smaller and homier room, its walls decorated with hand-sewn tapestries and a hand-painted canvas showing a forest at the foot of what looked like Mount Ararat, a tall peak a few hundred kilometers north of Harristown. Behind the desk, sitting in what looked like a chair but was clearly more of a reinforced support frame, was...well, Rachel suddenly knew why Jason hadn't been sure if Arjan was male or female, or if the terms had any meaning at all in this case.

Rachel had seen all sorts of Skingangers and even some of what they now called Transhumanists in her recent travels, but every one of them she had seen so far was at least recognizable as having once been human. Even Trint, the Imperial Guard cyborg who had been assembled in a Tahni lab out of cloned flesh and organs implanted into a metallic skeleton, looked like a living, biological being. Not Arjan. He...she...it? Arjan was a smooth, featureless metal surface polished to a bright silver that nearly hurt to look at. Basically humanoid in shape, but it was lacking a clearly-defined head, with only a rounded dome above its shoulders and no neck at all. Optical scanners ringed the dome, flashing red sequentially in a distracting display. Could it see 360 degrees at once, she wondered? How could a human brain process that?

If the thing breathed, it did so without movement or noise; she did hear a faint hum somewhere inside the metal that could have been a ventilation fan.

"Good morning, Constable Chen." The voice that came from speakers hidden somewhere in the seamless surface was pleasant and gender-neutral, sounding like the generic, computer-generated anchors for the NewsNets. "Ms. Lowenstein-Mitchell, Deputy Constable Mitchell, it's a pleasure to meet you." A polite pause. "I am Arjan, chosen director of the Evolutionary Collective."

"Oh, sweet Jesus," Pete muttered and Rachel felt herself redden slightly.

"We're very grateful you agreed to see us," she said, trying to ignore her brother in law's comment. She tried to find a place for her eyes to rest without seeming to be staring, and settled on looking at her own reflection in the silvery metal of the dome that passed for a head.

"I sense you're embarrassed," Arjan interrupted her. "You needn't be; his reaction is what I sought when I adapted this form many years ago. I wished to shock the Norms, to make myself something that people such as you would find loathsome and uncomfortable."

"Mission accomplished," Pete blurted, shaking his head.

"Pete!" Rachel glared at him. Behind Pete, Rachel could see Jase rolling his eyes.

It took her a moment to recognize the sound coming from the synthesizer in Arjan's body as laughter.

"Honesty is refreshing," the cyborg said. "Particularly in times such as these. Please have a seat."

Rachel shot Pete a warning look as the two of them fell into the chairs opposite Arjan, while Jason took one against the wall near the door.

"Do you find this place incongruous, Ms. Lowenstein-Mitchell?" Arjan asked her. Rachel blinked at the unexpected question.

"I suppose I do," she admitted, remembering what the cyborg had said about honesty. "It's very...peaceful, compared to what I remember of the Skingangs in Harristown."

"We have much to live down." It seemed half admission and half boast, she thought. "I know you've come here with questions, but would you indulge me for a moment? It's not often we have guests, and I sometimes have the urge to share our purpose with others."

Rachel marveled for just a moment at the slightly plaintive note in the synthesized voice. It had to take a pretty sophisticated neurolink and headcomp to achieve that sort of sophistication with no audio input.

"Sure, I suppose so," she acquiesced hesitantly, feeling a hazy sort of surreal quality to the whole experience. She snuck a look back at Jason and he gave a subtle shrug and a slight raise of his eyebrows.

"What I am," Arjan went on, "what I made of myself, was a reaction. It was a reaction to the expectations of Normal society, to the expectations of my family and my friends. The same is true for most of the people here, what you would still call Skingangers."

The more the cyborg spoke, the more Rachel's mind kept subconsciously trying to force it into some conventional identity. First, she assigned a gender: the thing had started out as a man, she was fairly sure of it already just from verbal cues. And probably one who'd been conventionally attractive, she thought, maybe arranged that way before birth by his parents. She pictured him as a square-jawed, clear-eyed type, then frowned as that made him look too much like Cal; she gave him dark hair to differentiate them, plus a thin, cruel mouth.

"When the Corporate Council presence here ended," the handsome, cookie-cutter face said somewhere inside that silver dome, "things became too warm for many of the Skinganger population and they sought shelter in places where their talents would be useful: as crew on independent cargo ships or asteroid mining rigs, or a half dozen other jobs in hard vacuum where a cyborg would be useful...and expendable." The imaginary thin mouth smiled cruelly.

"Those of us who stayed here had another thought. Our old community had been based on the thoughts and actions of others, rejecting their laws and morals the same way we had rejected our very biological humanity. I and a few others decided that we should spend less time rebelling against what others thought and more time deciding what it was that we ourselves sought from our existence."

A multi-jointed hand with fingers that could be changed out for various utilitarian purposes gestured expansively and Rachel nearly jumped at the unexpected motion. "We hire out for work, of course; everyone has material needs that must be met. But our focus has become to understand our place in the universe."

"That sounds a bit like your old enemy," Pete spoke up. Rachel glanced over, saw him with his chin propped on a fist, regarding Arjan intently. "The Predecessor Cult. They spent a lot of time thinking about their place in the universe."

"Our conflict with the Predecessor Cult was tragic," the sculpted face she'd constructed in her head frowned with practiced sincerity. "In truth, we shared much the same blind-spot in respect to the way we each defined ourselves. They, too, sought to identify their place and purpose by the projected desires of an external force, though in this case one whose desires they invented themselves." She could almost see him shake his head sadly, though the silvery dome never moved. "Would that we could help them to see the wisdom of seeking your own way inside yourself."

"Well, between the Constabulary, the Skingangers and the military," Pete said with a wry snort, "there's damn few of them left alive to seek anything."

"Arjan," Rachel interrupted, hoping to turn the conversation back to something more useful and less uncomfortable, "we came here because we know you worked for Cutter for quite a while. We're interested in what you might be able to tell us about a Tahni called Kah-Rint."

The cyborg was silent for a long moment, and Rachel was beginning to wonder if she'd offended him by changing the subject.

"I haven't heard that name for years," Arjan said finally in a tone that might have been thoughtful. An ironic chuckle burbled from the synthesizer. "We were speaking of those seeking to find their place; there was one truly without a place of his own."

"What do you mean?" Rachel asked, hoping to keep him talking.

Another short pause. "You know about Cutter's past, in the war?"

"We know he was DSI cadre," Jason confirmed.

"A...friend of ours served with him," Rachel put in, thinking that she might be stretching the word "friend."

"Cutter met Kah-Rint back then," Arjan went on. "I don't know the whole story, but I overheard enough to know that Kah-Rint helped him somehow during the Tahni occupation of Demeter. Whatever he did, Cutter felt as if he owed him a debt;

when Kah-Rint showed up needing work, Cutter gave him a job without hesitation."

"A job doing what?" Pete wanted to know.

"Kah-Rint was not one of us; that is, he had no cybernetic replacements. As he was also Tahni, he didn't fit in well here on Canaan back in those days. Fortunately for him, Cutter needed someone to handle offworld acquisitions and sales of acquired..." a hesitation and Rachel imagined a shrug. "...organs."

"Oh," Rachel said almost involuntarily. She knew, on an intellectual level, that the Skingangers financed their enterprises through Ripjacking---kidnapping addicts, transients and other criminals and harvesting their organ for sale on the black market to those not wealthy enough to afford cloned replacements, but she felt a kick in the gut from the casual admission.

"From what I understand," Arjan continued, "Cutter came to trust Kah-Rint quite thoroughly, and left him in charge of most of his business dealings while he himself worked more with the technical side of things, as well as pure research."

"Yeah, we've seen that," Pete murmured, barely loud enough for Rachel to catch it.

"Do you know anything about his offworld connections?" Rachel asked. "Did he have anyone in the active military he contacted regularly?"

"Not that I am aware of. Most of his contacts were less...respectable."

"Did he have any place he would do face-to-face business?" Pete asked. "Someplace he felt at home?"

"I don't know that he felt at home anywhere, Mr. Mitchell," Arjan said, and the imaginary face pouted sadly in Rachel's head. "But as for a place he would do business...I think I remember that he traveled extensively in the Pirate Worlds. The place I heard mentioned more than once was Kanesh. It's out in the Achernar belt, but that's about all I know about it."

"Why didn't he go back to Tahn-Skyyiah after the war, or

one of their colonies?" Rachel wondered. "What do you mean about him not feeling at home anywhere?"

"As I said," the cyborg's voice held a shrug, "he helped the DSI during one of their missions to end the Tahni ŏccupation. If I know this, you can be sure that other Tahni know this. I did not fight in the war, but from what I know, the Tahni are not a forgiving people."

"When was the last time you know Kah-Rint was here on Canaan?"

"That was five years ago now. Just after Cutter left this place with you, Constable Chen. Kah-Rint went into several of Cutter's hidden laboratories and accessed his records, then stripped them of some of the equipment and left the planet on a hired freighter. As far as I know, he has not been back since."

Rachel felt sour dissatisfaction in her gut and bit back a curse. None of this had been worth the trip to Canaan and it all seemed like a make-work excuse for Cal to keep her and Pete away from Tahn-Skyyiah.

"What about Cutter?" she asked, grasping for anything that could be useful. "Did *he* have any contacts in the military?"

"Of course," Arjan said, his tone sounding as if she'd asked something patently obvious. "He was DSI cadre; someone like that doesn't just cut all ties, even if he wants to."

Rachel thought about Cal's relationship with General Murdock and had to nod at that.

"So who did he have the most dealings with?" she wondered. "Was there anyone he talked to on a regular basis?"

"There was someone," Arjan confirmed, after pausing in thought for the space of a breath. "They spoke frequently, I think...and via video in a private, shielded room, not just text or audio. They seemed close, but Cutter didn't speak about him to any of us."

"Did you ever hear his name?" Rachel persisted, an itchy feeling at the back of her mind that this was important.

"He always took the calls in private. The only reason I know they were from someone in the military at all was the location signature I saw when I got curious and dug around in the call logs; they came from Inferno and there's nothing else there but military." She was about to hiss out a disappointed sigh when the voice synthesizer spoke again, as if he'd been waiting for that reaction. "I did once overhear Cutter refer to someone he called 'Red,' to which I could connect no other of his known associates, and in a context that I grew to believe this 'Red' was the person he was contacting on Inferno."

"Red, huh?" Pete grunted. "Well, that's something. Probably all we're going to get."

"Thank for your help," she told Arjan, pushing up from her seat. She saw Pete and Jason rising beside her, a look of relief on Jason's face. He didn't like being here at all, she realized suddenly.

"Tell me something, Mrs. Lowenstein-Mitchell," Arjan said, rising from his support frame with a smooth hum of servos and a creak of weight coming off the metal of the chair. "A bit of *quid pro quo* if you will. Cutter was as close to family as I have had in well over a decade. I would like to know what happened to him."

Rachel looked at Pete and he shrugged, a helpless look in his eyes.

"Cutter..." She trailed off, shook her head and started again. "Cutter left us out there. He decided he couldn't be around Normals anymore, so he took a few of his people and went as far away as he could get."

It was even the truth. Not the *whole* truth, of course.

"I hope he finds the peace he's seeking," Arjan said and she imagined that plastic, genetically engineered face she'd conjured smiling beatifically.

"Yeah," Rachel agreed, without a trace of irony. "I hope we all do."

CHAPTER 11

Reggie Nakamura stood naked in the darkened streets of Tahn-Khandranda and watched Marines in powered armor stomp past him with a sledgehammer beat of tungsten on aggregate street. Tahni corpses littered those streets, their crimson blood turned black in the deep shadows, their bodies torn apart by lasers or fragments from grenades. Living Tahni ran far ahead, trying to outpace the Commonwealth troops; but the skies were filled with drones and assault shuttles, and those they couldn't escape.

Behind the Marines, cargo trucks converted to prisoner transport vans crawled along, stopping periodically as follow-up squads of Fleet Security arrested those who'd surrendered and stuffed them into locked boxes. The view shifted abruptly, dizzyingly, to a lit doorway; behind a mesh screen door, a young Tahni female stood watching, eyes wide under her barely perceptible brow ridges.

A light rain started to fall, pattering against corrugated awnings that hung over doorways, but Reggie felt nothing of its warmth. He didn't feel the pavement under his bare feet, nor did he smell the blood and burnt flesh. Instead, he felt the smooth tile of the bedroom floor and the refreshingly cool kiss of air conditioning and he smelled the pungent sweat of the female beside him, her bare shoulder brushing against his.

"This is from Fleet Intelligence drones," the woman said quietly, tracing a line down Reggie's arm with her fingertips. Her shoulder-length blond hair was twisted into a braid and her skin was pale and freckled, her genetics refreshingly unmodified. "It's from two days after the attacks, when they started enforcing the curfews and running sweeps through the neighborhoods where the terrorists had been recruited. As you can tell, things didn't go easy."

"How the fuck did the NewsNets get hold of the footage?" he wanted to know. He shook his head, feeling disgust more at the unprofessionalism of the whole thing than the violence. He'd seen a hell of a lot worse.

"God knows," the woman said with a sigh. She rested her head on his shoulder and he slipped an arm around her waist. "Everyone denies it but the damage is done now. The Senate is throwing a shit-fit, the Alien Relations Institute is filing an injunction with the High Court and the press is running this nonstop. But the worst part is the effect it's having on colonies with Tahni populations. Riots, street fights, vandalism..."

"Projection off," Reggie waved a hand and the streets of Tahn-Khandranda faded like mist, revealing the comfortable but plain details of his rented suite at the Guest Officer's Quarters by the harsh, too-close light of 82 Eridani that leaked through the blinds.

He turned to the blond woman, taking her in his arms and staring dark eyed into her wide, cerulean gaze.

"Billy," he said seriously, "who's running point on this? Who's making the call on the response? Was this," he waved a hand to indicate the footage they'd just experienced, "a knee-jerk, reflexive thing by the CO of the *Thaddeus Moore* or did it come from higher?"

Commander Wilhelmina Forrester pushed back slightly from his bare chest, her blue eyes narrowing in suspicion.

"Why do you need to know," she asked him, "and more importantly, why should I tell you?"

"I need to know," he told her in an even, reasonable tone, "because my business is executive protection, and I need to be able to predict what sort of threats my people are going to be facing. If we're taking a hard line against the Tahni, we're looking at a spike in terror attacks and assassination attempts and I *need* to know that in order to prepare."

Then he smirked slightly, an expression that he knew wasn't his most attractive but he didn't particularly care. "As for why you should tell me...maybe you can consider it an apology for lying to me about the fact that you're still married."

She winced, the resistance going out of her shoulders. "You knew about that?"

"Please," he drawled, rolling his eyes. "Remember the crowd I roll with, sweetheart."

"All right," she sighed. "The response is policy, as far as I know. It comes directly from Fleet Admiral Sato's office." She shrugged. "If the President feels enough backlash from the Senate, it could change, I guess."

He nodded slowly, pulling her against him gently, her cheek warm against his. "Thanks. Unfortunately, that meshes pretty well with the less official scuttlebutt I've been hearing from everyone else I talked to since I got here."

"So that's the real reason you're on Inferno?" she asked, her breath hot against his ear. "Not to see me?"

He covered her mouth with his, crushing her against him. When he pulled away she gasped breathlessly, face flushed.

"I am *always* here to see you, Billy," he assured her. He scooped her easily off her feet and carried her back towards the bed, kissing her again.

Something tickled at his brain, the familiar notification by his headcomp that he had a message coming through on his implanted neurolink. He followed the signal back to its source, an automatic notification that someone had left a text-only message for him, encoded with a cipher he hadn't used since the war, in the recesses of a personals message board set up as a dead-drop years ago.

He entered a code he'd created nearly two decades ago, a code that couldn't be automated or used by anyone else, that could only be inputted from his headcomp. He let the request process and let his headcomp decode the message while he devoted his attention to Billy Forrester, both to keep from letting on to her that anything significant was happening and because honestly, he really did like her, even if she had lied to him.

Anyway, her partner was twenty light years away and she wasn't the jealous type...

Then he saw the text of the message displayed in his vision and he actually paused in his ministrations.

Reginald, it read, *this is Murdock. Meet me in the munitions bunker at the old training range at Mount Diyu, 1800 hours.*

It was dated today. The General was here? On Inferno?

"What is it, Reggie?" Billy asked him, sensing that something was wrong.

He looked down at her, her pale skin beaded with perspiration and flushed red from exertion, and smiled. "Sorry, sweetheart," he said, turning his attention back to her. "Got a message about work. Thankfully," he went on, his lips going to the junction of her neck and shoulder, "it's nothing that can't wait."

Mount Diyu wasn't much, as mountains went. Weathered and rounded, its slopes were thickly green with the local foliage until about the thousand-meter mark, where they turned brown and bare. Only a couple hundred kilometers from the regimented order of Tartarus, the wilderness tangle around Mount Diyu was a harsh contrast, with fractals of cleared land burned into it from decades earlier, when it had been a live-fire training range for the Fleet Marines...and others.

Reggie hummed a tune from twenty years ago and watched the trees get closer as he took the hopper down in a gentle spiral over an oval clearing where a fusion-form concrete blockhouse still stood in solitary memorial to the old training grounds.

"And this is the place..." he sang quietly, replacing the song's original words with ones he'd made up twenty years ago, "...where I kicked Roger West's ass in squad-level tactics..." He raised his voice so he could hear himself over the belly fans as they roared in resistance to gravity. "...so many, many, many years ago..."

The hopper touched down with a slight lurch as the landing gear settled into the uneven ground, washed out years ago by the annual monsoon rains. Reggie frowned as he hung slightly sideways in his flight harness, but a slide of his finger across a control surface extended the port stern landing gear a few centimeters and the little craft rose to level. The canopy rose and a flux of comfortably warm, comparatively dry air filled the cockpit; it was a welcome relief from the sweltering humidity down at lower elevations.

The ground was yielding and damp under his utility boots, the scent of the jungle a tangy perfume in his nostrils. He breathed it in deeply, savoring even the hint of death buried under the teeming life.

"You always did like it out here." The voice didn't startle Reggie because he'd already detected the man's heartbeat and breathing coming up behind him from a sheltered overhang of native flora.

"Reminds me of home, General," Reggie said casually, arms crossed as he turned towards the older man's approach.

Antonin Murdock was the very definition of unassuming. Not a tall man, nor powerfully built, nor overly handsome, he was only remarkable in how unremarkable he was. His nose and ears seemed to belong to someone ten centimeters taller and ten kilos heavier, and the only prepossessing feature he had was his eyes: they were large and liquid brown and always seemed on the very edge of tears. He'd earned the nickname of "The Bulldog" not for any physical characteristics but because of his unflinching determination. Wearing rumpled field utility fatigues, he seemed out of place to Reggie, who was used to his old commander always sporting a spotless, neatly pressed dress uniform. The handgun holstered at his waist was a new addition as well; and for some reason he had another holstered sidearm hanging from a pistol belt over his shoulder.

"You're from Mindanao," Murdock nodded. "New Osaka." He paused, eyes glazing over thoughtfully. "I remember visiting once, when I was a junior officer. The national park at Mt. Pulag is beautiful."

Reggie frowned. "Is something wrong, sir?" He shrugged. "I mean, aside from the obvious that the Tahni are just about in full revolt and we have duplicates running around somewhere in the Commonwealth military?"

"Many things are wrong, Reginald," Murdock said, the expression on his face reflecting a sort of manic darkness that Reggie didn't ever remember seeing before. "But the reason I called you out here is that I've deduced you're on Inferno to try to determine if the chain of Cutter's duplicates leads up to Admiral Sato's office."

"I'm pretty sure it does," Reggie told him, feeling a bit of excitement at the chance to share his discoveries. "Just taking as a given that this whole business with the Tahni is connected to whoever's running the duplicates, I think there must be one of them high up in Fleet command."

"I need you to drop it," Murdock interrupted. "I need all of you to drop it."

For a second, Reggie thought he was misunderstanding the man. He opened his mouth, closed it again before he finally responded, heat behind his eyes and behind his words.

"Why?" he demanded, hands open at this sides. "Isn't that what you brought me into this for?"

"The situation has evolved." Murdock stepped closer to him,

putting a hand on his shoulder and squeezing gently. Reggie stared at the hand but said nothing. "You've done a fine job, Reginald, but this phase of the investigation is going to require a different set of tactics." The hand came away and Murdock turned, pacing back a couple steps, his hands interlocking behind his back. "Leave the duplicates to me. I want you all to focus your efforts into the situation with the Tahni insurgency."

"What the hell can we do about it that the military can't?" Reggie wanted to know.

"The military is being led around by the nose, used as a tool by whoever is running those imposters," Murdock explained, still facing away from Reggie, staring as the sunset painted the clouds purple. "We can't share information with them because we don't want it getting back to the duplicates. Whoever is controlling them wants us back at war with the Tahni."

"If the duplicates are in Admiral Sato's office," Reggie objected, "what the hell are you going to be able to do about them? Go to the President?"

"I doubt she'd be receptive to the idea that high ranking military officers have been replaced by genetic duplicates," Murdock replied with a snort, "particularly since I have very little evidence to back that up yet. And worse, they might get wind of it and go scorched-earth." He turned back to Reggie, shaking his head. "No, better that I handle this discreetly for the time being."

"You're the boss," Reggie said with a shrug. He looked around curiously. "Why the hell did we have to meet all the way out here anyway? And why meet in person at all? You could have left all this in the dead drop."

"Two reasons, Reginald," Murdock told him.

"Please don't call me that," Reggie muttered under his breath, knowing from the experience of two decades that was a losing battle.

"First," the older man enumerated as if he hadn't heard the request, "I'm coming to distrust the security of our communications network as of late. Out here, I can have the equipment in my hopper," he waved a hand off towards where Reggie assumed he'd landed the vehicle somewhere off to the east, "scan for drones and jam outgoing transmissions."

Murdock paused, as if he were listening to something. "Secondly, I was fairly certain you'd be followed, and you have been."

"Wait, what?" Reggie demanded, tensing as his head whipped around, looking for threats. He saw nothing but the tops of trees swaying gently in the warm breeze.

Murdock pulled the pistol belt off his shoulder and offered it to him. "I set up an early warning system two hundred meters out. They're just inside the perimeter, to the northeast." He motioned uphill from the clearing. "They probably landed their vehicle farther up the mountain around the other side. The good news is, this close to Tartarus and under the watchful eye of security satellites, they won't be able to use any sort of attack aircraft; and armed drones won't make it past my jammers."

"What's the bad news?" Reggie wanted to know, belting on the holster then yanking the pulse pistol out to check its load.

"There'll be no one coming to help us," Murdock warned, drawing his own weapon. Then he smiled, and again there was a touch of mania to it that Reggie didn't recall seeing before. "And I'd like you to take one alive."

"Wonderful." Reggie pointed to the old munitions and control bunker, an aggregate blockhouse half-buried under the dirt. "You should shelter in there and look for targets of opportunity. I'll stay mobile."

"There are at least ten of them, Reginald," the General said, walking towards the partially-buried doorway. "Be efficient."

Reggie shook his head and ran toward the oncoming threat.

"Don't fucking call me Reginald," he said under his breath.

Then he gave himself over to The Machine.

Reggie Nakamura had talked to the others on the team about what happened to them when they slipped into combat mode. All their stories had been different. Some had complete control and total recall of what they did. Some described being a passenger along for the ride, only realizing what they'd done microseconds after they'd done it. For Reggie, it was more impersonal and withdrawn from reality, as if he were watching it happen to someone else. It was good in some ways: it made the pain further away, made the killing more impersonal. But the lack of control was a bit addictive and it frightened him in ways he would rather not have thought about.

No choice now. At least I don't have to whine to a military psychotherapist afterward.

There were twelve of them. He didn't try to separate out the sensory inputs his headcomp used to make that determination, but by the time he saw the first one emerge from the high grass, he knew their general location and which way they were heading. They were moving half their number up the middle into the clearing while the others circled around to envelope the bunker.

They think we're going to hold up in there and try to call for help, then panic when our transmissions won't penetrate the jamming. They don't know who they're dealing with.

The thought brought him up short, mentally if not physically; his body continued moving forward, guided by The Machine. They *didn't* seem to know who they were dealing with, did they?

He filed that away and settled in for The Show. That's what he'd come to call it during the war, a show put on with his body as the puppet and The Machine as the hand up his ass. The shadowed clearing blurred on either side of him as he sprinted straight for the first attacker doing nearly forty klicks an hour. The man was taller than him, broader and more muscular too, and looked even bigger stuffed into padded black body armor, face concealed beneath a featureless helmet visor.

He could see Reggie coming, that was pretty clear when he swung around the muzzle of his carbine and opened fire. Laser pulses cut a swathe where Reggie had been a heartbeat earlier, but he had already moved twice since then. He barely felt the packed earth under the soles of his utility boots as he sprinted on his toes alone, almost gliding across the ground with a grace he had prayed for when he'd studied dancing and martial arts as a child.

I could be on the Commonwealth Ballet now...except they'd disqualify me for the augments. Fucking snobs.

He was surprised that he hadn't already shot the guy, but then he realized that his headcomp had analyzed the armor and decided a pistol shot wasn't a sure kill at anything but point blank range. Another shot that barely missed, a dazzling blast of energy that ionized the air like a lightning bolt and actually burned away the outer layer of his jacket sleeve as he twisted sideways. Then he was less than a meter away and touching the trigger.

He didn't look at the severed head that rolled away, or the headless body collapsing to the ground in a tangle of limbs; he just grabbed the pulse carbine, nestled it into the nook of his left shoulder and kept running. He pivoted to the right, cutting straight down the line of their advance and making sure they couldn't shoot him in the back without firing at their own people. He darted back and forth constantly though, because you never knew how highly the enemy valued each others' lives.

High grass----well, it looked like grass to him, even though it had its own, unique evolutionary track---whipped at his legs and threatened his footing as he skirted the clearing, covering the thirty meters to the next enemy in two seconds. This one was waiting for him, turned his way though still stepping into the combat stance; but he hesitated for just a moment before he fired, worried about hitting his comrades.

Reggie had no such compunction. His appropriated carbine barked, its anti-tamper safeguards easily defeated by the penetration programs in his headcomp, and two rounds of pressure-pulsed laser fire chopped through the armored man's visor and sent the helmet exploding off his head in an blast of superheated cerebral fluid. He collapsed but Reggie grabbed his carbine from his nerveless grasp before he could fall, yanking it free of its retractable sling with a sharp jerk. Reggie was past him before the body could vanish into the tall grass, his pistol reholstered and a carbine tucked under each arm.

They did open fire on him then. They knew he was there and the sensors built into their armor told them where he was---or, more accurately, where he had been a microsecond before. His headcomp sent him into an evasion course meant to defy the expectations of targeting algorithms, cutting sharply at random angles but still riding the edge of the clearing. Blasts of laser fire burned through the grass around him, their plasma sheaths sizzling with ionized energy and setting the whole field aflame with a dozen catch-points.

Reggie's heart was beating like a trip hammer in his chest, his breath chuffing with the regularity of a piston engine and his feet churning the soft soil in a particulate spray around him. His vision was a kaleidoscope of shifting angles and blurred surroundings punctuated by the painfully bright dazzle of ionized atmosphere; and booming cracks echoed in his head as the lasers created their own artificial thunder to go along with the manufactured lightning.

Then he was around the other side of the bunker and skidding to a stop. The munitions storage building was buried under a mound of dirt, old enough that grass and bushes were growing thick on it, and rising above him like a natural hill several meters high. He sucked in a deep breath and headed straight up that hill, the toes of his boots digging into the soft dirt to gain purchase. The mound was steep, but he was on top of it in two seconds and then he was across it and leaping from the other side.

Whatever the hit squad had been expecting, that hadn't been it. They hadn't gone rogue and headed after him willy-nilly; they were arrayed in a skilled and disciplined assault formation and were already spreading out to fill in the gaps created by the two men he'd killed. And from above, they were lined up like ducks in a shooting gallery.

He chose the center of the group again, firing both carbines simultaneously at two different targets in a way that very few people who could still call themselves human could manage. The two of them---he thought by the height and build that one was a woman---went down with multiple shots through the chest and neck, but the others scattered before he could target them and then he was hitting on the soles of his feet, somersaulting forward to absorb the impact.

Everything was so eerily silent, he reflected, running back into the high grass. The thunderclaps of the laser blasts still echoed across the clearing, but there were no screams, no shouting, no *human* sounds at all. The warnings and commands, grunts and exclamations of the enemy were trapped inside soundproofed helmets; as for him, he was trapped inside The Machine and would make no noise.

He ran to the left this time, hoping he could force them out of their organized formation; and this time it worked. They abandoned their disciplined rank and chased after him; the loss of four of their number in less than a minute had either spooked them or pissed them off. Either one would work. He didn't see it---he was already past the entrance to the bunker---but he heard the discharge of a pulse pistol, different in audio signature from the more powerful carbines, and coming from inside the shelter. General Murdock had taken a shot and Reggie didn't think the man would miss. That left seven.

He circled back around his hopper, keeping the aircraft between himself and his pursuers and wincing slightly when he heard a stray round slam into the side of it; it was a long walk back to the city. Reggie skidded to a halt and waited for less than a second, for that moment when they realized that someone was firing at them from inside the bunker and let it distract them away from him. Then he charged into them, both carbines firing on full auto, emptying their magazines in one long burst. It was bad for the lasing rods; but what the hell, he wasn't paying for them.

Incandescent spears of light left afterimages in his vision in the gathering dark, connecting him and three of the hit squad in a web of coruscating plasma for just a microsecond. Their armor absorbed some of it, but not nearly enough; all three fell heavily with what he was sure were mortal wounds. Reggie dropped the empty carbines and didn't bother pulling his pistol; instead, he extended his talons and plowed directly into the last four standing.

Laser pulses seared the air around him as they fired wildly in outright panic, and he could feel the intense heat on his exposed skin, could smell his own hair curling away in puffs of smoke as it burned. Then he felt his talons catch in thick armor as they pierced up under an armpit and he pushed away with the sole of his boot into the man's ribs. Blood sprayed in an arc from the severed artery, an arc that followed his spin away from the dying man and ended in the neck of the woman three meters away. He didn't *quite* take her head off, but he did sever her spine and take out the rest of her throat in front of it.

The last two probably would have run if he'd let them. He didn't. He stepped inside the guard of the woman closest to him and ripped the carbine out of her hands, feeling the blistering heat of the cooling vanes as he swung it like a club into the side of her right knee. Her legs went out from under her and she slammed to the dirt flat on her back, her right leg bent sideways and flopping nerveless. She thrashed around in pain and panic, clawing at her belt for the pistol holstered there; he broke her right arm with a stamping flash of his heel and reversed the carbine, putting the muzzle against the visor of her helmet. She froze, only shuddering slightly from the pain but not resisting.

The last one was already prone only meters away, a smoldering hole through his neck. General Murdock stood only two meters from him, the emitter of his pulse pistol glowing white.

The look on his face was somehow both impassive and yet almost...giddy somehow. Reggie found it disturbing.

"Here's your live one, General," he said, nodding towards the last living member of the hit squad. "I'd like to ask her a couple things myself," he mused coldly. "Like who the hell they are and how they knew to follow me."

"You were asking a lot of the wrong sort of questions, Reginald," Murdock said matter-of-factly, moving over to take the carbine from him and keeping it trained on the prisoner. "It didn't go unnoticed." He cocked an eyebrow at the younger man. "I wouldn't be a bit surprised if that attractive officer you were visiting passed it along to her superiors. From there, it was only a matter of time until the wrong person heard of it."

"Billy wouldn't do that to me!" he blurted, flushing.

"I'm sure her partner thinks the same thing," Murdock replied dryly. "Get going, Reginald." He nodded at the would-be assassin at his feet. "I've got this."

Reggie looked at him dubiously for a few seconds, then sighed out a deep breath and turned to head back to his hopper.

"General," he called back as he walked. "I need you to do something for me."

"What's that?" Murdock asked, not taking his eyes off his prisoner.

He slapped the palm plate on the side of the hopper and glanced back as he waited for the clamshell cockpit to raise up.

"Stop fucking calling me Reginald."

CHAPTER 12

Kanesh sparkled in the light of Achernar like a faceted jewel, spinning sedately in comfortable solitude at the center of the system's asteroid belt. The light of the blue-white star winked off solar collectors, radiating fins, antennae and docking ports at either pole of the vaguely oval asteroid; and twinkled faintly from the lesser lights of approaching tugs bringing in chunks of water ice mined from elsewhere in the belt.

"So," Cal muttered, staring at the image in the cockpit viewscreen as the cutter cruised toward the station, "this place is like a sort of cut-rate Belial?"

Kanesh didn't look like much, by comparison. Belial, out in the Centauri belt, was much larger and more polished and finished in appearance. He'd been there twice: once during their confrontation with the Corporate Council and the DSI and again as Cutter had conned them into helping him beat former DSI chief Gregorian to the Northwest Passage. Though he'd had to fight both times, he'd still been impressed by the corporate-resort atmosphere of the place. Kanesh looked more like what it was: a remote outpost deep in the Pirate Worlds, in an otherwise useless star system.

"Fuck no," Deke said, a somber warning in his tone that made Cal glance over at him in surprise. "Don't go into this thinking this place is anything like Belial, bud." He shook his head. "Belial is a luxury entertainment resort that people use for making shady deals; Kanesh is a place built for shady deals that just happens to have a few bars and hotels."

Cal grunted a curt acknowledgement, keeping his face neutral. He almost left it at that, but then thought, *I don't have enough friends that I can afford to lose one.*

"You know, that's about as much as you've said to me the last four days," he ventured. "Something bothering you?"

"You mean something besides nearly getting nuked?" Deke asked, an acerbic bite to his words not allayed at all by any sign of humor in his dark eyes. "Or maybe getting frozen out of half the investigation by the General?"

Caleb couldn't argue with that. *No one* had been happy after that report came in from Reggie via a secure node on the system's Instell ComSat. Kara had thrown her office chair right through the door and Holly had been just as angry, particularly when they'd worked out who was going where and she'd wound up stuck on Tahn-Skyyiah with Kara.

It had all come down to practicalities though. Kara *had* to stay on Tahn-Skyyiah just to establish the DSI's turf in the investigation; if she left, Fleet Intelligence would step right back in and God knew who they would really be working for. Deke *had* to go to the Achernar system, to the Kanesh base to check out the leads Rachel and Pete had uncovered back on Canaan. No one else had the contacts in the Pirate Worlds that might---*might*---allow them to find out what they needed without someone shooting them in the back. He couldn't go alone, but Holly had no experience at all dealing with the criminal underclass, and Cal did. That left Holly to back up Kara, which she wasn't happy about; and it had left one other avenue of investigation open, this one discovered by Kel Savage's netdivers.

"We managed to data-mine some more intell from the

records you brought us," Savage had said in the video file he'd transmitted. He'd been leaning back in his chair casually while Vontez Slaughter stood beside the table with hands clasped behind his back, studiously not staring at the video pickup. "They connect your boy Kah-Rint to a local merchants' association in the Tahni neighborhoods of Toliara out at Anansi in the Eshu system." Anansi was one of the largest of the new settlements, established after the Transition Drive had been discovered and not connected via a wormhole jumpgate like the older colonies of Eden or Aphrodite. It still had a population of well over three million, with about a tenth of those being Tahni.

"With what went on there at Tahn-Skyyiah," Vontez Slaughter had taken up the report, "we figure he might try to foment some trouble at colonies with a large Tahni minority. If the General wants us to head off a large-scale conflict, we think we need to get ahead of this. And we're a lot closer to Anansi than you are."

"We're going to go in with our cargo ship," Savage had broken in, waving a hand. "Disguise a couple of platoons of our special ops troops as civvie security guards and drop down a couple shuttle's worth of fabricators or some such, try negotiating a deal." He'd shrugged nonchalantly. "Should give us a cover while we check things out."

Then Rachel had stepped back into the picture. She'd delivered her own report earlier, of course, along with personal greetings, but Cal remembered he had brightened when he saw her again, one positive feeling after the utter disaster in Tahn-Khandranda. That hadn't lasted long.

"Pete and I are going with them," she'd said without preamble and he'd felt the bottom drop out of his stomach. "I audited the Tahni language so I could talk to Trint, and he taught me a lot of the cultural ins and outs." She'd shrugged, the corner of her mouth twitching. "Besides, I'm not sitting around here while you take all the risks, and neither is Pete."

Savage had smiled thinly at that.

"We'll leave another message in the drop as soon as we can."

And that had been that except for the swearing and kicking furniture. They'd probably left for Anansi before he'd even gotten the message and by the time he heard from them again, they'd be out of there: there was no way to get an Instell message through from a system without a jumpgate except sending it on a ship through to a system that had one.

He had hoped, for a moment after hearing Rachel's findings from her investigation on Canaan, that Kara might be able to give them some information on Kah-Rint, since she had been Cutter's partner during the war and Cutter had met the Tahni during the battle for Demeter. Unfortunately, Kara had been on another assignment during the Demeter campaign and knew nothing. According to her, Robert Chang had never mentioned the Tahni.

"Anyway," Deke went on, pushing the reminiscence out of his thoughts, "I'm not entirely sure what sort of reception I'm going to get here. Last time I was in the Worlds, Kara sort of let it slip right out of her big mouth that she was DSI and I was working with her."

"That's good to know," Cal said with a snort, watching the station grow larger on the screens as the cutter circled around to its polar docking port. "Do you think they'll let us dock or just shoot us down while they have the chance, then?"

"Our money's as welcome as anyone else's here," Deke assured him, the hint of a grin on his face making him seem more like the old Deke. "They won't kill us till they have it."

With that cheerful note, Deke guided the cutter past the watchful gaze of floating defense barges, the muzzles of their massive coilguns yawning as they turned on gimbals to follow. Just one slip of a finger, Cal thought, and a tungsten slug a meter long would core their ship like an apple.

Cal saw Deke seem to visibly relax and a quick systems check with his headcomp showed that the station's docking systems had taken control of the cutter's navigation, putting an interlock on the propulsion controls that wouldn't allow him to activate the main drives without warning them. Theoretically anyway...this *was* a DSI ship.

The docking ports jutted on a long, armored shaft that stuck out from the end of the rock, which was unlike other space stations Cal had visited. Usually ships docked inside a sheltered bay designed to protect them from micrometeors and solar flares. He didn't need to guess why this one was arranged as it was: when you catered to criminals, smugglers and mobsters, you wouldn't want to chance someone triggering their drives inside and causing a chain reaction that could destroy the whole place.

Ask me how I know, he thought ruefully, remembering his catastrophic escape from the Corporate Security Force station in orbit around Canaan five years ago.

Under the control of the station's computer, their cutter's directional thrusters fired briefly with a banging that sounded like someone was hitting the outside of their hull with a sledgehammer. The little ship slipped in between a cargo shuttle, which was undoubtedly from a larger freighter standing off somewhere out of sensor range, and a courier barely large enough for a Teller-Fox drive; and a docking umbilical snaked out from the port hub to mate with their utility lock.

"Your ship's account has been debited 100 Trade Notes for docking fees," an automated voice announced pleasantly over the cockpit speakers with a slight Belter accent. "In forty-eight hours, it will be debited again. If you lack the funds to cover the second debit, you will be required to vacate your docking port within two hours. If you fail to do this, your ship will be forfeit to the station management."

"That's harsh," Cal commented as he and Deke unstrapped from their acceleration couches and headed out of the cockpit.

"Any attempt to bring explosives, chemical weapons or biological pathogens aboard the station will be detected," the voice warned, following them as they propelled themselves out through the narrow corridor into the ship's utility bay, "and met with immediate lethal force. All personal weapons are subject to inspection and a non-refundable hundred Trade Note insurance fee, payable upon entry."

"Jesus," Cal said, pulling a pistol belt out of a cabinet and buckling it on. "This place seems more likely to bankrupt us than kill us."

"Like I said," Deke replied with a shrug, "they won't kill us till they have our money...but they're not exactly patient about that."

The docking port beyond the umbilical was cheaply generic, all bare white polymer and dull grey metal without the smallest attempt at decoration or ornamentation. The men and women moving through it were far from generic though, Cal thought. They were a mélange of Skingangers, colorfully-dressed Belters from the Solar asteroid habitations, Pirate World smugglers in their characteristic black leathers and various outworlder black marketeers in an odd collection of styles from a dozen worlds, including Tahni colonies. None of them spared either Deke or him a look as they made their way down the handholds towards the security station.

That was impressive and intimidating. It was basically a large, armored airlock, though from what he could see as the line slowly advanced toward it, they didn't actually cycle the air out. People entered by party, not individually, and the thick doors slid shut behind them; after a few moments the doors opened again to admit the next. Signs all around the tube-shaped corridor warned again not to attempt to smuggle prohibited weapons into the station.

If you did, Cal wondered, would they drain the air from that lock and eject you and the offending contraband into space?

Then it was their turn and he and Deke pushed off the wall and drifted slowly into the open lock. The interior seemed like just more bare, featureless metal, but Cal knew that had to conceal some pretty sophisticated scanners. The only visible display was a single rectangle of liquid crystal set in the wall to their right that glowed softly white. He forced himself not to look back when the door slid shut behind them with an ominous solidity and everything went totally silent. The light glowed blood red and everything in the lock turned to crimson.

"Okay," he said to Deke after a moment, "this is one of those times when I really wish you'd make a smart-ass remark."

His old friend snorted at that, and the stolid unhappiness of his expression bent into something approaching a grin.

Then the indicator went green and the opposite door in the chamber slid open with a pneumatic hiss, letting in a light so bright it made Cal squint. Outside, a pair of armored security guards stood anchored to the deck by sticky boots behind a transparent shield that stretched from floor to ceiling. Still as statues, they watched silently from behind mirrored visors, pulse carbines slung across their chest. Cal was sure there were automated security systems in place as well, and the living guards were only for emergency.

"Your account has been debited one thousand Trade Notes for the personal weapons detected by the scanners," a disembodied voice announced over speakers concealed in the walls around them.

"A *thousand*?" Deke repeated in disbelief. Cal nearly grinned as he saw the calculations going on behind his friend's dark eyes. "You mean you're charging us for each fucking *blade* of our implant weapons?"

The disembodied voice didn't respond, but one of the guards waved his hand curtly in a "move-along" type gesture. Cal nudged his friend, jerking his head in a motion down the corridor. Deke rolled his eyes, but grabbed a handhold and pushed off down the axial corridor with Cal following behind.

Not like it's your money anyway, he reminded Deke via neurolink.

It's the principle of the thing, the other man grumbled.

They followed the line of incoming traffic to a series of a half dozen large elevators leading upward into the outer levels of the station. From what Cal had heard about Kanesh, the tunnels and habitations had been dug the hard way, with laser drills, small fusion devices and boring machines rather than the energy-intensive method used for Belial. That had involved coring the center of the asteroid, filling the hole with water, then using a kilometers-wide solar reflector to heat the water to the point where it expanded the rock into a hollow tube. He didn't know for sure why Kanesh had been constructed this way, but he would have bet it was because the builders didn't have the funding or security for the thermal expansion method. It would have been costly and embarrassing if some rival had come along and blown apart your big, expensive, flimsy reflector.

Cal tried to avoid bumping into any of the pack of humans and Tahni as they flowed into the lift like a drink poured into a glass. Moving in zero gravity was an art, but luckily his headcomp made it automatic, and he squeezed into a corner next to Deke. There was no warning as it started to move, but he had made sure to point his feet in the direction of the arrows painted on the wall indicating which way was about to become "down." Cal looked around and saw that the lift had no interior controls and its computer hadn't contacted him via his neurolink to ask what floor he wanted. He assumed it was just going to stop at each level until it reached the outermost one.

Great, he grumbled silently to himself. *That'll take forever.*

"How far are we headed?" he asked Deke, steadying himself against the wall as rotational gravity slowly began to pull them all to the floor.

"Last level," the other man said with a resigned sigh. "Least that's where she *should* be. It's not like this place has a peoplefinder system."

Cal snorted but fell silent and observed the crowd around them in a diffuse way that didn't focus on any one of them long enough to attract attention. None seemed threatening---at least not towards him and Deke in particular; they all seemed vaguely threatening in general. Then the lift reached its first stop and about a third of the crowd packed into the car shifted out and was replaced by a slightly smaller group. Cal saw some among the new passengers that seemed to him to be on the station staff; they didn't wear uniforms, but their clothes seemed less casual and more utilitarian.

They also seemed pale, drawn and generally unhealthy. He idly wondered what the pay was like. It had to be pretty damned good to get someone to work out here at the ass end of nowhere in a place packed with criminals. Or maybe the staff were even worse criminals and couldn't get work anywhere else.

It took nearly twenty minutes for the lift to reach the last publically-accessible level of the asteroid habitation, far enough out towards the rim that rotational gravity was at near Earth normal. Most of the pack in the elevator poured out onto the outermost level and Deke and Cal followed them, holding back to let the rest out ahead. When they stepped out, Cal took a moment to look around.

The interior of Kanesh was dim and claustrophobic, the ceiling low and the walls close, with no attempt made to make it look like anything but a cave. Even the harsh advertisements of the restaurants, bars and clubs that stretched down the corridor couldn't seem to allay the chill darkness that settled over everything. The noise of the crowd moving through the streets, the dull roar of conversation from inside the half-enclosed businesses, the music that carried from the clubs, it all seemed oddly muted.

Cal leaned against the bare plastic beside the lift call panel, then recoiled instinctively as the sleeve of his jacket came away slimy and wet from the layer of condensation that coated the surface of the wall.

"This way," Deke said, gesturing off to their right.

Cal followed him past a line of open-front shops selling raw bulk food for shipboard use, machine-fabricated clothes, and several selling spare parts for fabricators, food processors and various shipboard filtration systems. They advertised their wares with signs that glowed in dull reds and yellows, while the attendants sat and watched with an air of vague irritation and ennui.

"Who runs this place?" Cal asked Deke, voice pitched low. "I mean, who owns all this?" He gestured at the shops and the entertainment centers.

"It's kind of a cartel," Deke told him, shrugging. "The people who dug this place out sold concessions to various...business interests. So, one family controls the security, one controls the shops, one controls the bars and they split the fees they charge on deals that go down here."

"And by business interests," Cal presumed, grinning tightly, "you mean criminal syndicates?"

"I wouldn't use that term here," Deke cautioned him. "People get a bit sensitive."

"I'm certain they do," Cal returned dryly.

"Here it is," Deke said, nodding to the left. Cal followed his motion and saw a business that, unlike the others, was fully enclosed by cheap, thin, plastic walls except for a narrow doorway that glowed softly with very little interior light.

The small, subdued sign that was inlaid above the door advertised: Pleasure Doll Rental.

"Seriously?" Cal shot Deke an aggrieved glare, coming to an abrupt halt in the street. A pair of tall, gangly Belters behind them nearly ran into his back, cursing as they dodged around him.

"Hey, it's not my fault," Deke protested, hands raised palm up. "It's just the business she happens to own."

"Yeah, and how the hell did you meet her, Deke?" Cal wanted to know.

"She's a facilitator," Deke insisted, turning a bit red. "She arranges deals between families."

"From *here*?" Cal said, eyes narrowing in disbelief.

"It's not like I created the arrangement," Deke grumbled. "Do you want to go in or do you want to wait here for me?"

"Jesus Christ," Cal sighed, but gestured for Deke to go ahead, then followed him through the door.

"I can't help if your backwoods religion makes you all hung up about sex," Deke muttered.

Cal withheld comment, eyes darting about the dim recesses of the shop. There was a display shelf that ran the length of the wall closest to the door, with over a dozen models of the very realistic looking (and feeling, or so he was told) AI-controlled pleasure dolls, ranging from adult human to pre-pubescent Tahni, with just about every possibility in between. Signs advertised variable hair and skin color, voices, accents and temperaments. The closest one, a replica of an adult male human, dressed and adorned like a Belter, smiled and winked at them as they entered and Cal tried not to meet its gaze; he didn't want to strike up a conversation with the thing.

On the opposite side of the shop, further away from the door and stretching out in an L shape that took them around the back, were a series of doors secured by locking panels, and set in what was clearly soundproof material an order of magnitude more expensive than the cheap plastic of the rest of the shop. He knew what was going on behind those doors, but he really didn't want to think about it.

Equidistant between the doors and the display shelves was a single desk, featureless and cheaply made, and a single attendant seated at it. He was gaunt and sallow, with long, stringy brown hair streaked with gray and lines etched into his long face by years not reversed by the nanites and anti-aging treatments available in more civilized systems. Cal had seen it before, but it still made his skin crawl. Even on a world as parochial as Canaan, about as far removed from Earth and the central government as you could be in the Commonwealth, all citizens still had access to basic health care. This guy was probably not much older than he was, but looked like death warmed over.

"What model and how long?" the old-looking man asked, not looking up from the display on his hand-held datalink. That was also an indication of how far into the ass-end of beyond they were: even chawners on the long-term dole back in the larger colonies at least had contact lenses with data displays.

"I need to speak to Lixbed," Deke told him.

The man did look up at that, his eyes narrowing, mouth twisting into even more of a frown.

"Lixbed isn't available."

"Annabelle Lee told me she'd be here," Deke said, smoothly enough that Cal knew it had to be some sort of pass-phrase.

The attendant's frown didn't change, though the look in his eyes became a bit more curious.

"Annabelle hasn't been around here for a few years," he said.

"Neither have I," Deke replied with a shrug. "Tell Lixbed that I'm still waiting for that load of Tahni statuary."

That made the attendant's face wrinkle into something that might have been curiosity.

"Just a minute," he said, pushing up from his desk with a squeak of cheap plastic and stepping through a door set in the rear wall.

"Who the hell would want Tahni art?" Cal asked him quietly as they waited.

"There's a market for almost everything," Deke said in a low monotone, eyes locked on the door. Cal glanced back at the computerized facsimile of a twelve-year-old human boy smiling at him seductively with dead, dark eyes and shuddered by way of agreement.

When the attendant returned, the look on his long, drawn face was still curious and now a bit suspicious.

"She'll see you," the man said, sitting back down. He jerked a thumb at the door, then went back to his datalink, seemingly losing interest in them.

Deke moved around the desk and Cal followed him, hesitating to scan behind them one more time. When he turned back, he could already sense the three heartbeats on the other side of the wall and assumed there'd be guards; so, he wasn't really surprised when he stepped through the door behind Deke into a large, well-lit and well-appointed office and found himself staring into the muzzles of a pair of pulse carbines. The two men that held them were very business-like and professional in matching black tunics and trousers, their heads depilated and eyes covered by mirrored glasses that probably had infrared and thermal filters. Cal wrestled down an instinct that would have tossed the guns away and killed both men before the lasers had hit the ground; Deke hadn't acted and there was probably a reason for that.

"It's all right, boys," a deep, throaty female voice said from behind the two gunmen. Cal glanced over and saw that it belonged to a tall, handsome woman who looked to be about his age but was probably much older. She had that air of someone who'd been around a long time and he guessed she, unlike the more working-class members of the population here, had access to age-delaying medical technology. She was dressed for the part as well; her colorfully fashionable sari looked as if it had been personally tailored and grown in a nanite vat. She was leaning casually against the wall, arms folded, an amused expression on her lean, angular face.

"Deke here is an old friend of mine," she said. "And anyway, if he wanted to, he could kill both of you his bare hands."

Cal didn't know if that made the guards feel better or not, but they backed off, their carbines lowering.

The woman pushed away from the wall and stepped over to Deke, hand brushing idly at a lock of gold-tinted brown hair that had fallen down over her right eye. She smiled and draped an arm over Deke's shoulder, kissing him on the cheek fondly. She was centimeters taller than Deke and looked to have spent her formative years in a low gravity environment.

"It's been too long, Deacon," she said, her tone sounding surprisingly genuine. "I'd heard rumors that you've given up the outlaw life, turned over a new leaf." She tilted her head towards him and grinned. "Tell Auntie Lixbed it ain't so."

"To be honest," Deke said, slipping an arm around her waist to give her a quick hug before disentangling himself, "life has become a bit complicated, Lixbed. I hope you and Reynaldo are doing well."

The woman affected a pout, shaking her head. "Unfortunately, Reynaldo became disenchanted with the isolation here and sought his prospects on a freighter headed for Thunderhead. All my men are deserting me, Deacon!" She cast an eye towards Cal and the smile returned. "But tell me, who is your wonderfully short and muscular friend here?"

"Lixbed Mastropolo," Deke said, his tone and face suddenly formal, "this is perhaps my oldest and certainly best friend, Caleb Mitchell, from Canaan, where the gravity is high and the farmers are not."

"A pleasure to meet you, Ms. Mastropolo," Cal said, stepping up beside Deke.

"The pleasure is all mine, Mr. Mitchell," the tall woman offered him a hand and Cal took it. He was unsure for a moment whether he should shake it or kiss it, but he settled on grasping it tightly for a moment before releasing it.

Lixbed scanned him up and down appreciatively before turning back to Deke. "Come in, you two, please have a seat."

The office was, Cal observed, a sharp contrast from the shop that fronted it, and from the neighborhood that housed it. The walls were sturdy-looking and, if he wasn't mistaken, backed by a core of biphase carbide that could stop everything up to and including a Gatling laser. A large painting---not a 3-D image or even a flat screen display but an actual, physical painting---decorated the longest wall: a water color of a child sitting in a golden field under the light of a star that might have been the Sun.

Lixbed's workstation was in the corner of the room, an ergonomic reclining seat surrounded by a holographic haptic-feedback display. She ignored it, moving instead to a small, round table surrounded by padded chairs and falling into one on the side nearest her workstation. Deke chose a seat across from her while Cal seated himself with his back towards the wall and the two armed guards in sight. With the mirrored glasses he couldn't be sure, but he thought they were staring at him and the frowns on their much-alike faces were probably professional disapproval of their boss' decision to allow two armed men into the office.

"As much as I'd like to think you stopped by just to visit your old friend," Lixbed said, patting Deke's arm across the table, "I know you too well to believe that." She chuckled, eyebrow raising. "Unless you just wanted to ask for a discount," she added playfully, nodding towards the door that led to the pleasure doll rental front.

"I need your help, Lixbed," Deke admitted, laying a hand on top of hers. "It's not something I would usually involve other people in, but things are a bit desperate and I'm running short of options."

"I'd heard a rumor," the woman said, catching Deke's eye with a steady gaze. "It was wild, and it came from the Sung Brothers and I only believe about half of what those psychos say anyway, but..." She trailed off, a corner of her mouth quirking. "They said you were stooging for the feds."

"I'm not an informer, Lixbed," Deke told her. "I *am* a fed."

The guards' carbines rose again, but Lixbed waved them down, not looking away from Deke's eyes.

"I'm back in the military: Department of Security and Intelligence," he told her honestly. He grinned disarmingly. "I'm not in the fucking Patrol, Lixbed," he assured her. "Trust me when I tell you that no one in the DSI gives a shit about you, your business or anything the families do to each other in the Pirate Worlds either. We're only concerned about military threats."

"And I suppose you're in the DSI too, Mr. Mitchell?" the woman asked Cal, glancing over at him for a moment.

"Sort of," Cal said with a shrug. "I'm kind of temporarily back in for the duration of the emergency."

"Can I assume this has something to do with what's been going on with the Tahni?" Lixbed asked, sitting back in her chair and crossing her legs. The sari fell away from a nicely-turned calf. Cal noticed that she wasn't wearing shoes. It seemed odd for a second until he thought that maybe it made sense if you lived in an asteroid hab.

"It does," Cal answered. "We think someone is trying to restart the war between the Commonwealth and the Tahni." He turned his palms up demonstratively. "We'd like to stop that from happening."

"What does that have to do with me, or with this place?" Lixbed asked frankly, her voice and expression cooler and much less friendly than they had been. Cal had the sense that she could be a very formidable enemy if she chose to be.

"There's a Tahni who worked for a minor player out of Canaan," Deke explained. "The guy was a street surgeon named Cutter; and this Tahni, Kah-Rint, ran acquisitions for him in the Worlds. We understand he did a lot of his business out here at Kanesh."

"Kah-Rint is the one doing the leg work for whoever wants to start this war," Cal elaborated. "We think he's supplying weapons and coordinating the Tahni insurgents. We need to track him down in order to put a lid on this situation before it's gone past the point of no return."

Lixbed Mastropolo regarded the both of them with hooded eyes, her expression coldly skeptical. After a moment that dragged on in uncomfortable silence, she finally spoke. "If it were anyone else but you, Deke," she said with a deadly earnest in her voice, "I'd have you killed and dump the bodies out the lock." The edge of her mouth quirked upward almost unwillingly. "Do you know why I don't?"

Deke's answering smile was that of a shark, or a hunting wolf. "Because good help is hard to find," he guessed, eyeing her guards with a sort of hungry eagerness Cal hadn't seen in his eyes ever before. He chuckled softly. "And you don't know the half of it, darlin'. Believe it or not, I am *not* the most dangerous man in this room."

That brought Lixbed's brows up and she looked at Cal once more, recalculating what she'd thought she'd seen in him. "Well, there's that," Lixbed admitted. She shrugged slightly. "But there's also the fact that I owe you my life, Deacon." The expression hardened again, the sentimental humor leaving it. "But after today, we are square. Do you understand?'

"Completely."

She took a deep breath and clasped her hands in front of her on the table. "Kah-Rint has a standing arrangement with the Sung Brothers. I put it together for him almost ten years ago now. He pays them an annual retainer to reserve space on any of their ships headed for Tahn-Skyyiah or any of the Tahni colonies."

"Who would we talk to about this arrangement?" Deke asked her.

"Ken Liu," she replied. "He's got an office behind the Event Horizon, one level up." She fixed him with a hard stare. "But you did *not* hear it from me."

"Of course not," Deke allowed smoothly. He pushed himself up from the table and Cal followed suit, eyes flickering to the guards again. "Thanks for your help, darlin'. Next time, I hope we can meet up under better circumstances."

"No next times, Deke," she said flatly, not rising from her chair. She rested her chin on a fist and looked away from him. "Don't come back here again."

Cal didn't say anything until the blinking "Pleasure Doll Rental" sign was far behind them and they were in the street again, heading back for the lifts.

"You know this guy Liu?" Cal asked Deke quietly as he pushed the palm plate to summon a car.

"Know of him," Deke said with a nod. His eyes were clouded and Cal thought his friend's mind was still somewhere back there with Lixbed.

"So how do we do this then?"

"Same as usual," Deke said, stepping into the lift car as the doors slid aside. "The hard way."

CHAPTER 13

Kara stepped out of the well-armored groundcar carefully, eyes darting around in a watchfulness that bordered on paranoia given the two dozen battle-suited Marines arrayed around her. It was mid-day and the primary turned every surface of every light-colored building into a spotlight spearing into her eyes, turned the darker street paving into an oven, and she could see the shimmering of heat mirages in the distance. A hot wind buffeted her and nearly took her breath away.

Aside from her vehicle and the Marine patrol, not another living being was in sight. The streets were deserted, the shutters closed over the windows of the buildings. Nothing stirred but dust and debris carried in gusts by the stifling wind. Here and there, she could see the scars of the street battles, burned out now and no longer even smoldering.

"God, this place sucks," Holly muttered, sliding out of the door behind her.

Kara fought back a laugh, knowing the Fleet officer wouldn't appreciate it.

"I wish we could just leave it to them," Kara agreed. "But somehow, I don't think that would be the end of it."

"They wanted to nuke it," she shot back tightly, hand clenching the pistol grip of her carbine. "Maybe we should let them."

"Maybe," Kara admitted, catching the other woman's eye and holding it for a moment. "But we don't get to make that call; and we're both still in the Commonwealth military, last I checked, so we follow orders."

Holly's glare didn't diminish and Kara sighed, turning away from her. The woman was theoretically under her command, temporarily, but they were both the same rank and she was one hundred percent certain that Holly Morai could kick her ass; she didn't press the point.

"That's it over there," she said instead, pointing with her left hand at a structure across the street. It had a gated courtyard that doubled as a display lot, empty right now as they all were, with a workshop past the awning and a house around the back. It was the same bright stucco as every other building on the block, with an orange-tinted tile roof, and it seemed untouched by the unrest of the last few days.

"You really think this old geezer is an insurgent leader?" Holly asked skeptically, following her towards the gate, four of the Marines falling in behind them, their footsteps concussions on the pavement that echoed up and down the block.

"He's next on the list," Kara replied with finality, tired of arguing with her.

The door into the workshop was shut. Kara followed Tahni manners and kicked at a specially made sounding board down near the bottom of the frame, then waited for a moment, grateful for the shade of the awning.

"Footsteps," Holly murmured, glancing at the door.

It was another few seconds before the door creaked open and a young adult Tahni stared out at them, his expression sullen and resentful. From the research she had done, he was dressed in a manner befitting a man who had yet to father a child and still lived as the eldest son and heir of his father's household. There was a way that he held his head, a subtle flinch of his facial muscles that her headcomp translation program told her was distaste and discomfort and she thought it was probably because he recognized them as females.

Deal with it, you ugly fuck, she thought, but tried to keep her face and tone neutral.

"I seek General T'Sonn-Yon-Kara-Tin," Kara said, her vocal cords straining at the harsh, alien tones. "He lives here, yes?"

"My father is in the back," the younger Tahni acknowledged, "but he has not been a general for a long time." He made the equivalent of a shrug. "Come with me."

Kara waved at the Marine escort to wait, then she and Holly followed the Tahni male back through the workshop. There was a low-pitched background hum as fans circulated the air inside, providing a small relief from the oppressive humidity as they moved inside the structure. It was well-equipped for a small, single-family shop, she thought, with what passed for modern metal-shaping and fabrication equipment on Tahn-Skyyiah, but there didn't seem to be much finished product or works in progress around and it looked to her to have the air of recent disuse.

They moved past the work tables weighted down with equipment and partially empty storage bins of powdered metal and through a small doorway into the home behind it. It was cooler the further back into the house they went, thanks to an energy-efficient evaporative cooling system used in Tahni buildings for centuries, but it still felt barely tolerable to her.

The room on the other side of the door looked like some sort of shrine and she knew that it was a memorial to dead ancestors. Things that might have been sculptures or idols or some such thing squatted with cryptic, twisted lines in a semi-circle around a pot or large bowl of some sort with something like incense smoldering inside it. The shrine took up most of the small anteroom, bordered by a thick, rough mat meant to clean dirt from the workshop off shoes before entering the home. The younger man did just that, then stepped through into the larger living area and glared at Kara.

She chuckled softly and scraped the soles of her boots on the mat before following him. The living area was a large, nearly bare, open space with a single piece of furniture: a curving sort of low couch that wrapped around half the room and encircled a patch of brightness filtering in through the polarized skylight. Hunched over on that couch, almost part of the piece of furniture himself in a brown-tinted robe that nearly matched its color, was General T'Sonn-Yon-Kara-Tin. She recognized him despite the lines time had etched so deeply in his cheeks and on his high forehead, despite the lifelessness of his shaded eyes that was so unlike the images she had of him during the war.

"General?" she said tentatively, still standing near the entrance to the room.

The man didn't respond, didn't look up. She took a step closer, felt Holly moving off to her side to keep both Tahni under observation. "General T'Sonn?" she said again.

There was a flicker of those dead eyes, a seeing yet not quite seeing, and he spoke in a hissing, raspy tone, tired beyond his age. "What do you want, human?"

"We're investigating anyone who might have been involved in the assault on our base at the spaceport," Kara told him straightforward. "You were a military leader during the war, so your name came up."

"War is a game for the young," he responded after a long moment, still not looking at her.

"The young are the game pieces," she corrected him, using a Tahni saying she remembered from her DSI training many years ago, "but the elders arrange the board."

His eyes strayed towards hers by a degree, for just a space of a heartbeat, before they sagged again to their perpetual stare into nothing and he fell into silence.

"My father," the younger man spoke up, "is...still troubled by the events of the war."

Kara looked carefully at him. He wasn't especially imposing for a Tahni, and didn't affect wearing his braid in the warrior fashion. His clothes were plain and ordinary, neither ragged nor expensive, and he had the look that could disappear into a crowd.

"You're..." She searched the files she'd accessed in her headcomp. "... D'sinn-Tyya-Khin-Lun?"

"I'm Tyya-Khin," he confirmed, gesturing assent readily.

Kara's eyes fought to narrow and she kept her gaze purposefully even. Maybe this guy didn't recognize human facial expressions...but then again, maybe he did.

"You work here with your father?"

"Since the end of the war," he said, and she double-checked his age, surprised. He was a few years older than he looked; not old enough to have fought in the war, but definitely old enough to remember it.

Three other brothers, all older, Kara read off the file in her head. *All dead in the war.*

"Does your father get many visitors?" Holly asked, unexpectedly. Kara glanced over at her, trying to keep surprise off her face. The other woman had a vaguely irritated expression and Kara guessed she probably was just bored and wanted to move the whole business along.

"No," Tyya answered. "Every few months one of his old officers will stop by and check on his health. Other than that, it is only me."

And no way to check that, Kara mused. All the satellite surveillance data had been on the garrison station, and hadn't been considered important enough to back up offsite. Since then, anyone who might have something to hide would have been careful about moving around outside.

"I noticed you didn't have much inventory up in your shop," Kara told the Tahni, "or any projects being worked on."

"The unrest is bad for business," Tyya told her, dark eyes inscrutable even to the auto-analysis of her headcomp's translation program. "Many in this area are behind on their taxes and tenant fees. Most people don't want to leave their houses at all."

"We'd like for things to get back to normal," Kara assured him. *Jesus Christ, would we...* "But to do that, we need the help of people like you. If you can tell us anything that might help us track down the people behind the terrorist attacks, it could do a lot to make things better for you and your neighbors."

"Wouldn't you people leaving us alone be the best thing for my neighbors?" Tyya asked with a blunt directness that might have seemed rude to some humans but wasn't unusual for Tahni. Her headcomp assured her his stance and body language was neutral---almost carefully neutral, as if he were trying not to instigate any confrontation. And yet he hadn't asked them to sit, so he wasn't accepting them as guests, which was something of a deliberate insult for his people.

"Perhaps," she admitted, trying her best to match his tone. "But that isn't my decision to make." She cocked her head in a way the translation program told her was a move to emphasize honest exchange. "The quickest way to get humans off your world is for there to be peace. None of us wish to be here, risking our lives and killing your people. The war was a long time ago, and we seek no revenge. Do you?"

The Tahni made a motion with his shoulders that signaled reluctant agreement. "Revenge kills the seeker as well as the sought," he quoted a proverb. "Yet these events have a life of their own now. If I were to tell you the names of the leaders of the attacks and you killed them or imprisoned them, do you really think the violence would end?"

"Then how would you end it?" Holly Morai wanted to know, her voice wrapping awkwardly around the Tahni consonants. Her eyes were narrowed and thoughtful. "If you were in our position, how would you end all this, Tyya-Khin?"

The Tahni looked at her, silent, seemingly unsure how to answer that.

"If it were me..." his father said unexpectedly from his seat on the couch, still not meeting their eyes. He trailed off and Kara thought perhaps his mind had wandered off again, but then he raised his head and looked straight at her, his dark eyes a bit manic and feverish. "If it were me," he repeated, "I'd kill all of us. Every last one."

Then his head went back down and his mind seemed to slip away again.

Kara stared at him for a second, feeling a shiver go through her despite the heat. Then she shook her head and turned back to Tyya. "Thanks for your time. We'll leave you to your business."

Holly stared at her curiously but said nothing until they were out of the building and blinking in the harsh light of the primary as they rejoined the Marines outside. Kara slid into the air conditioned comfort of the armored vehicle and waited till Holly was inside and the doors shut before hitting a button on her 'link.

"This is Major McIntire," she said. "I need a micro-drone surveillance package on the residents of this address." She sent a link with their location and received an immediate confirmation.

"You think the son is involved?" Holly asked, shaking her head. "Then why didn't you bring him in?"

"He's not just involved," Kara told her with grim certainty, staring at the biphase carbide armor of the vehicle like she could see through it. "I think he's their leader."

"I like this place," Rachel said, sipping carefully at her drink. It coursed down her throat like liquid fire yet somehow settled in her stomach as cold and smooth as ice.

"What, this bar?" Pete asked, uncomprehending as he looked around at the ramshackle watering hole. It was typical for a frontier colony, probably started up by one of the first settlers. Furniture made locally from real wood but walls of buildfoam behind a thin disguise of plaster. Live servers and bartenders not for atmosphere's sake but because they were cheaper than automation in a place where fabricator time was still relatively expensive. Light from the late afternoon primary poured in through the windows, drowning out the pale illumination from the chemical ghostlights built into the ceiling and floor.

Rachel waited till her throat stopped burning to chuckle at him. "No, Pete, I mean the city, Toliara." She shrugged. "Actually, everything I've seen of the whole planet. We've been a lot of places these last few years, but Anansi is the only planet besides Canaan that I wouldn't mind living on."

"It's pretty enough," Pete allowed, taking a sip from his own glass then glancing out the big windows that stretched from floor to ceiling in the front. The golden light of late afternoon splashed over the craggy edges of the mountains in the distance and washed the fields of grain that stretched from the edge of Toliara's city limits almost all the way out to those mountains in a soft glow. "It's not home, though."

"What's home anymore?" she said softly. She shrugged the morose thought off, taking another drink and trying to watch the people passing in and out of the place without being obvious about it. It was why they were there, after all.

The crowd this afternoon was working class and mostly local, despite the proximity of the port. Farm workers, maintenance workers, shopkeepers, loader operators and ship mechanics crowded together at tables and complained about their jobs while they ate processed food and drank overpriced beer and liquor. Humans and Tahni mingled freely, consorting with each other by occupation rather than species.

"There's gotta be a better way to do this," Pete muttered to her, sighing softly. "He's not going to just wander by us in here and order a drink." He snorted a chuckle. "If he's even on the damn planet."

"We just got here, Pete," she reminded him. "We have to start somewhere."

In fact, they had arrived last night on the heavy lift cargo shuttle from Keller Savage's contracted freighter, the *Cordoba*. After spending the night in a port hotel, the two dozen special ops troops posing as his crew had spread out in small groups around the port city, each assigned an area to search; this had been the section of the city she and Pete had drawn, with instructions to act natural and watch for any sign of Kah-Rint or any insurgent activity.

"It just seems like an odd place to start trouble," Pete commented, nodding towards the Tahni workers---all males, of course---seated next to their human counterparts, conversing genially. "Hell, humans and Tahni get along better here than they do on Canaan."

"They probably didn't get occupied by them here," Rachel said flatly, fighting down an image of her little girl's eyes, wide and staring at the Tahni assault shuttles coming over the horizon.

Pete's face screwed up in distaste. "I still think it's creepy the way the males and adult females don't even hang around each other except when they're...well, mating."

"They're aliens, Pete. Just because they're bipedal humanoids doesn't mean they're the same as us." She squinted at him. "You lived in the same house as one for four years."

"Trint was different," Pete said, shrugging. "He was as different from them as he was from us...I guess I just *expected* him to be weird."

"They do get along with each other here, don't they?" Rachel mused, peering at the Tahni faces. Some of them were unabashedly old, lined and creased and with their shaped crests of hair turned white. *Probably veterans of the war*, she reflected, remembering the briefing Vontez Slaughter had given them during their week in Transition Space. *A lot of them were disillusioned with their government and wanted to get away from home.* "It would take some doing to get them behind some kind of uprising."

Pete shrugged assent. "Yeah, I suppose. But you never know what'll set people off, particularly when those people are aliens, like you said."

She frowned. What *would* set them off? She thought back to the briefing again, taking a moment to pull up the files she'd downloaded into her personal datalink. After a moment, her eyes widened and she rose from the table, touching a button on her 'link to close the bill.

"What is it?" Pete asked, standing and following her as she walked quickly towards the door. "Where are we going?"

"We're only seeing half the picture here, Pete," she explained, half turning back to him as they strode out the double doors into the street. She squinted at the primary star low in the sky and began walking in the direction of the coming sunset. "That's why it's not making sense. We're going to get a look at the other half."

CHAPTER 14

The music pulsed and throbbed with a beat Cal could feel in his chest, in time with the flashing strobes and holographic storm clouds that covered the Event Horizon's dance floor without concealing it. The men and women on the floor writhed and thrashed inexpertly but with much artificially-stimulated enthusiasm, the styles they wore as out of fashion as the music.

Takes a while for anything new to filter out to the Pirate Worlds, Cal thought, amused that even a backwater like Canaan was more up to date with the latest entertainment.

He and Deke made their way around the periphery of the dance floor, navigating adroitly past the motionless forms of those who'd gone unconscious from alcohol or narcotics when the stimulants they'd taken to counteract them had abruptly run out. Here and there, one of those would stagger to their feet and head sluggishly for the exit, or more frequently be carried out by friends. At least he assumed it was their friends; for all he knew, it could be thieves bent on stripping them of everything down to the nanites in their blood. Kanesh didn't seem to be a forgiving place.

Beyond the dance floor was the bar, tended by humans and

guarded by a pair of hulking Tahni with stun batons and soft body armor. Alcohol was served in glasses, narcotics a variety of ways from cigars and styrettes to capsules, and stimulants mostly as patches; and there seemed to be no shortage of customers.

Cal tried not to let his eyes linger as he watched the crowd and the employees, running threat assessments on them. At least one of the bartenders was carrying a gun, and he detected bionics on another, concealed beneath baggy clothes.

And our guns are stuck in a rental locker, he thought ruefully. The Club Event Horizon might be on the ass end of nowhere, but it had first class weapons detection.

Deke shot him a "here goes nothing" glance and then stepped up to the bar, catching the eye of one of the bartenders with a gesture.

"What can I get you?" the short, stocky woman asked, light gleaming off of her depilated scalp, her voice cutting through the din of the music with such clarity that Cal knew it had to be enhanced by some sort of hidden amplification system.

"I need to speak to the manager," Deke told her, deliberately not shouting. Cal knew him well enough to guess that he'd also deduced that there was some sort of audio enhancement built into the bar area. "Business." Cal thought he noted a hesitation for just a split second. "I'm a friend of Lixbed's."

Don't think your friend's going to like having her name dropped like that, Cal told him silently.

Fuck her, Deke replied curtly. *She burned that bridge, not me.*

The bartender nodded and half-turned, speaking quietly into some sort of throat mike or implant, then listening for a moment before nodding.

"Wait here a second," he told Deke, holding up a hand.

Why couldn't we just shoot our way in and sweat this guy the old-fashioned way? Cal grumbled over his neurolink, trying not to look as impatient as he felt. The whole place made him claustrophobic in a way that even Belial never had; the builders of that more famous asteroid resort had engineered it to maximize the feeling of interior space and make you forget you were inside a giant cave. Kanesh...they didn't seem to have cared that much about the feelings of the patrons.

Because, Deke replied, being infuriatingly reasonable, *believe it or not, some of these guys are just making a living and I'd rather not have to kill them.*

Since when did you become so damn responsible? Cal asked him.

Since some asshole interrupted my poker game almost five years ago and asked me for help, his friend shot back, the edge of his mouth quirking up slightly.

Cal was about to concede that one to him, but his thoughts were interrupted by the entrance of a slim, elegantly dressed man with dark eyes, amber skin and slicked-back dark hair tied into a pony tail. He looked curiously back and forth between Cal and Deke, then waved for them to follow him back through the door behind the bar.

The hallway behind the door was narrow enough that Cal's shoulders barely cleared it by a centimeter on each side, which did nothing to alleviate his mood. Thankfully, it was fairly short and opened up through another doorway into an office. Not a large office, but still lavishly furnished, particularly for a place like Kanesh: furniture of what looked to be real wood, shelves stacked with absurdly antique physical copies of books that were likely more a statement of wealth than an indication of any proclivity towards reading.

The man Cal assumed was Ken Liu turned on them, arms folded. He didn't offer them a seat. His features were slightly pinched, as if he frowned a lot.

"Who are you?" he asked bluntly, his voice slightly raspy. "And what do you want?"

"I'm Deke Conner." He didn't bother to lie; even though their ship's registry and their personal ID's were doctored, they had to assume that the Sung Brothers' people would have access to his biometric patterns and there'd been neither time nor inclination to change those. "I've done some work for the Sung Brothers in the past."

Liu hesitated a moment and Cal was fairly certain he was comparing the name to the files the Sung Brothers maintained, probably via a contact lens connected to the company's servers or to his personal datalink.

"Yes," he said finally, eyes narrowing. "There was some excitement the last time they did business with you, I see. Something about the DSI."

"I was strong-armed into helping the DSI track down some stolen Predecessor tech that the *bratva* had hired out to hit the Sung Brothers," Deke admitted easily, grinning. "I didn't have to sell anyone out and I avoided the Reformery, so it seemed like a win-win."

"And what win-win proposition are you selling today?" Liu asked, skepticism heavy in his voice. Cal didn't know the man, but he had the sense that he was about ten seconds from calling in his guards and having them tossed out an airlock.

"I'm working for Koji," Deke told him, slipping into the lie as smoothly as he'd told the truth a few seconds early. Koji was the arms dealer on Peboan who had sold Deke and Kara out to the Sung Brothers a few months ago, when they'd been in the Pirate Worlds investigating the Predecessor weapons. Deke had worked for him before and, as the man was notoriously private, there was no way the Sung Brothers would know if he were working for him again. "He has an interest in becoming the primary supplier for the Tahni insurgency." Deke's grin became harder. "It seems to be a growth industry."

"Why would I or my employers care?" Liu demanded, but Cal thought he did seem more interested now. He'd had his fists planted against his hips, but now they dropped down to his sides, relaxing slightly.

"You have an arrangement with a Tahni named Kah-Rint," Deke explained. "Mr. Koji believes that this Kah-Rint and his backer, a minor player on Canaan called 'Cutter,' are working with the Tahni insurgency directly, but strictly small-time." He shrugged. "We want to buy him out, but he's gone pretty far underground to avoid heat from the Commonwealth."

Liu chewed his lower lip thoughtfully, then waved them both toward his desk. He moved around behind it and sat down while they fell into two of the chairs arranged around it. The chair was very well padded, Cal thought.

"I'm not at liberty to discuss our clients or their arrangements with outside parties," Liu said severely, but the look on his face said something different.

"I totally respect that," Deke said earnestly, slipping a dataspike out of his jacket pocket and sliding it unobtrusively across the man's desk.

Liu eyed it with just a hint of a smile, then picked it up and plugged it into a socket on his datalink. Then he *did* smile and this time it reached all the way to his eyes.

At least the DSI's money spends well, Cal thought.

"However," the Sung Brothers representative went on as if nothing had interrupted him, "I can see that your employer is serious about establishing a relationship with the Sung Brothers. Perhaps we can work something out."

"Perhaps twice that," Deke said, nodding towards the dataspike. "Once every shipment?"

"That seems very reasonable." Liu leaned forward, hands clasped in front of him. "And what *exactly* would you require from our end?"

"Just some market research," Deke replied, shrugging. "Looking to be cognizant of the customer's needs, you know?"

"What we need," Cal broke in, speaking for the first time because the dancing around was starting to grate on his nerves, "is to know what Kah-Rint was shipping these last few months, and to where." He'd leaned forward, his hands resting lightly on the edge of Liu's desk. The polished wood felt smooth and cool to his touch.

Liu looked at him for a moment and whatever he saw in

those blue-grey eyes made him lick a sheen of sweat off his upper lip. He nodded, touching a control on his datalink.

"I'll message you a copy, but it's been mostly shipments into Tahn-Skyyiah: a few hundred sets of Stealth armor, around the same of Tahni combat lasers and cold-gas fire-and-forget missile launchers..."

Seen those, Cal transmitted to Deke, trying to keep from scowling.

"...until a couple weeks ago," the man's tone changed as he saw something curious. "Kah-Rint purchased passenger space as well as cargo space on an outbound freighter. The lading for the cargo wasn't unusual: laser weapons, plasma projectors, armor...but the passengers weren't Tahni, which I would have expected. They were humans: hired guns and fairly rough ones."

Cal frowned, casting a curious glance at Deke, who shrugged.

"They're sending human mercs to Tahn-Skyyiah?" Cal asked, confused.

"Not to Tahn-Skyyiah," Liu clarified, chuckling at the misunderstanding. "That's the interesting part: they're heading for one of the newer colonies. It has a sizable Tahni presence, of course," he said, "but I don't know what he expects a human hit team to do to support a Tahni insurgency..."

Cal heard a faint, distant cracking and realized with a start that his fingers had dug into the surface of the wood on the desktop, leaving eight distinct dimpled impressions near the edge.

"*What* colony?" he asked, ignoring Liu's wide, horrified stare.

"This desk cost me ten thous..." the elegant man's voice was rising with each syllable, but it strangled off to abrupt squeak as Cal's hand wrapped around his throat, lifting him out of his seat. Cal felt cold fire run through his veins, a laser focus on Liu married with a complete awareness of Deke's restraining hand on his shoulder and the thermal signature of the approaching guards.

"*What* colony?" he repeated, his voice sounding hoarse and muted in his ears.

"An...Anansi," Liu gasped the answer Cal had been dreading, face starting to turn purple. "The port at Toliara!" Another gasp that dragged in a tortured breath. "They left seventy-two hours ago!"

"Answer me a question, Kara," Holly Morai said earnestly, "and I want you to be honest."

Kara McIntire looked across her desk at the other woman, who was sitting in a corner of the office, her booted feet propped up on a stack of holographic computer servers.

"Yeah, Holly?" she replied, annoyed at the interruption as she reviewed the surveillance reports from the drones following Tyya-Khin.

"Is your job always this boring or am I just lucky?"

Kara sighed and counted to ten inside her head. She tried to sympathize; after all, since they'd finished the last interview three days ago, there hadn't been much for the other woman to do.

"I don't particularly like sitting around and waiting either," she reminded the Fleet officer, trying to keep the biting tone out of her voice. "I was trained as a deep cover op, not a desk jockey."

And I'd much rather be working with Deke than you, was left unsaid.

"Having nothing else to do," Holly said dryly, "I've been trying to think big picture on this whole cluster-fuck."

"And what has that led you to?" Kara wondered, trying to insert nonexistent curiosity into her response for the sake of maintaining civility.

"A bunch of questions that no one seems to have answers for," Holly said sharply. "Like who the hell is running this whole thing, and what do they get out of it if us and the Tahni wind up at war again?"

"Motivations are always money, power, love or hate," Kara said, quoting a psychology class she'd taken as part of her DSI training, only half paying attention as she devoted most of her attention to the surveillance report. "Or some combination of those four."

"Okay, let's say it's money," Holly mused, sounding a bit enthused to be doing something other than looking over Kara's shoulder. "Maybe the remaining scions of the old Corporate Council think they can put the band back together if we go back to war."

Kara actually paid attention to that possibility for just a moment before shaking her head.

"Unlikely," she decided. "The Tahni don't have the resources to mount a full-out war anymore. There'd be no need to put together an economic conglomerate to match their output, like we had to do during the war." She cocked her head to the side, pulling up a memory via her headcomp. "Besides, the only Corporate Council board members who didn't get arrested after the business with Andre Damiani were Cameron Weber and Cecilia Huerta, and they're both being watched pretty closely by various government agencies. We would have already come up with some connection between them and Kah-Rint, and we haven't."

Kara looked up, eyes narrowing. "It's the same with power, really. If Gregorian were still around, this would have been right up his alley, but he's dead."

"What about your boss?" Holly asked, lip curling to show she wasn't entirely serious.

"General Murdock doesn't *need* to pull some sort of fake war to get more power," Kara pointed out. "He's way more subtle than that, and you know it."

"Point," Holly admitted, shrugging. "Yeah, I can't think of anyone in our government or the military that could really take advantage of the situation. Admiral Sato maybe?" She shook her head. "No, he's never shown any interest in politics and besides, the man has all the personality of a garden slug."

"It's not the right political climate for a military coup to work," Kara agreed, now interested in the discussion despite herself. "Maybe six or seven years ago, but not now."

"What about the Families out in the Pirate Worlds?" Holly suggested. "Maybe the Sung Brothers, or the *bratva* or La Sombra decided things would be more lucrative if the Commonwealth were paying more attention to the Tahni than to them." She waved a hand demonstratively. "This Cutter guy had connections out there, maybe he agreed to set it up for them."

"Robert Chang didn't do this," Kara insisted, more anger in her voice than she'd intended.

"Hey, I know he was your friend," Holly said, palms up. "But you have to admit, he had some issues."

"He'd gone bugnuts," Kara said, "but it was a pretty focused sort of bugnuts. He was interested in one thing, and that was finding and getting through the Northwest Passage. What happened here after he left didn't matter to him. Certainly not enough to start a war for the crime families."

"Fine," Holly slumped back, resignedly. "So, it can't be for money or power, then. That just leaves us with love or hate. But loving or hating what?"

Holly's eyes clouded and she grumbled herself back into silence while Kara went back to reviewing the reports. Tyya-Khin, she decided, was either the smartest and most patient insurgent she'd ever encountered or he was a dull dead end and her gut instincts had totally failed her.

"Major McIntire," a disembodied voice came over the office's intercom, startling her out of her thoughts, "you have an incoming Instell Comsat message coming through, Eyes-Only for you or Captain Conner."

"Send it through to my communications console," she instructed tersely, motioning for Holly to join her.

The two of them huddled around the corner of the desk, where a holographic projector snapped to life, showing the Commonwealth Space Fleet seal, then the slightly smaller logo of the DSI. Kara placed her palm onto an ID plate at the base of the projector and it sampled her DNA before decoding the message.

The DSI symbol faded and was replaced seamlessly by the visage of Reggie Nakamura, looking unenthused and disheveled.

"Good evening, ladies," he said, then shrugged. "Or good whatever it is where you are. I *think* it's evening here on this part of Highland; I haven't been outside in three days since Captain Slaughter drafted me to help his netdivers finish combing through the records recovered on Canaan and Eden." He rolled his eyes slightly. "Which is why I'm sending this message: we found something about Kah-Rint."

"I wonder if that asshole knows how much one of these messages costs per second," Holly muttered.

"It didn't seem like much, at first," Reggie said, cocking an eyebrow. "Just a reference by Robert Chang that used a different name for him during a conversation. I thought it was just a mistake, but I cross-referenced it, just in case." He grinned. "And we got him. We know who the fucker is: Colonel K'tann-len-Renn-Tan. Problem is, this photo is the only thing I could find of him in all the records, civilian and military, that I could search using Captain Slaughter's authorizations."

Reggie's image was replaced by a file shot of a young Tahni officer in dress uniform, his braided hair wrapped around his neck jauntily. He looked nothing at all like the stills they'd seen earlier of Kah-Rint and Kara frowned in confusion.

"You may be wondering why this guy doesn't look anything

like the Kah-Rint we know," Reggie narrated over the file image, as if reading her mind. "He's had restruct surgery, obviously, but that's pretty rare among the Tahni because it's against their religion big time."

Kara found herself nodding, as if he could see her. The same religious atavism that had led to the Glory Boys being able to masquerade as avenging demons and get away with it for so long was present in many other Tahni beliefs, including the ones that prevented most Tahni from using life-extension technologies...and from altering their physical appearance. It was one of the reasons that Imperial Guard cyborgs like Trint had to have their biological parts grown in a vat rather than the cheaper and more expedient method of adding cybernetic parts to an already living Tahni male.

The image shifted back to Reggie, who was grinning in a self-satisfied, smug way that made Kara want to wipe it off his face. "So, I started thinking: what Tahni do we know about that had their faces and names changed and records expunged from the normal wartime records?"

"Oh, shit," Kara breathed, realizing exactly what he meant.

"I couldn't access those kinds of files from here," Reggie continued, "but I know you have the clearance for it." He spread a hand in invitation. "Don't keep us in the dark!"

Then the message ended and the DSI logo reappeared for a moment before Kara reached out to shut off the projector.

"What the hell was he talking about?" Holly wanted to know. She sounded annoyed, and Kara thought it was probably because Reggie Nakamura knew something she didn't. "Why wouldn't there be a file on some Tahni officer?"

"The DSI used to run a top-secret program during the war," Kara told her, using the DNA analyzer to gain access to a special database as she spoke. "It was kept classified even after it ended due to the danger of reprisals."

"Reprisals against *who*?" she insisted, a hard edge of impatient anger in her voice now.

"Against collaborators," Kara explained. She brought the files up on the holographic display and reached in to turn a pair of photos towards Holly. The one on the left was the military file photo of the uniformed Tahni officer called K'tann-len-Renn-Tan, while the one on the right was definitely Kah-Rint. "We actively recruited turncoats from the Tahni military, particularly late in the war when a Commonwealth victory was a foregone conclusion. After the war ended, they were given restruct surgery and a new identity."

"So Kah-Rint..." Holly began, eyes widening.

"The guy supplying the Tahni insurgency," Kara confirmed, "was a traitor."

CHAPTER 15

The Tahni Female Holding was a couple kilometers outside the city limits of Toliara, exactly on the opposite side of town from where the males lived and a good twenty-minute walk from the saloon where they'd started. It stood out like an island of light in the swiftly falling darkness, the glare of floodlights at the corners of the building washing out the reflective white paint on the simple, sprawling, two-story structure.

"It doesn't look big enough for all of them," Pete murmured as they approached down the broad, dusty street, nearly empty of traffic this time of night.

"The females live communally," Rachel told him, "while the males live in family groups. It's very strange; they're basically two separate cultures."

"So, when do they get busy?" Pete wondered, looking slightly scandalized.

"Via a complicated and strictly negotiated series of social transactions," Rachel told him, chuckling at his discomfort. "Look it up, because it's so much more involved than I intend to get into with you right now."

Pete shook his head but fell silent as they approached the

gate in the two-meter wall that surrounded the cluster of buildings. Rachel pushed at it and found it locked, as she'd expected. She touched a palm pad set into the gate post and waited, hands folded in front of her as she tried to keep from fidgeting.

"Who are you?" a harsh, gravelly voice said in heavily accented English over the speaker set in the palm pad. "State your purpose."

"I thought these were all females," Pete said *sotto vocce* from behind her shoulder. She shot him a quelling glare before turning back to the speaker.

"My name is Rachel," she said. "I seek audience with your Matriarch."

"The Matriarch does not speak with humans," the response was quick, nearly automated.

Rachel searched her memory and repeated the phrase she'd learned from Trint with careful attention to each tone. "I come as a humble seeker of truth and a traveler of the Path."

The human throat wasn't built for the intonations of the Tahni language, but she was fairly sure it was a close approximation. There was silence on the other end of the speaker for nearly thirty seconds and she shared a worried look with Pete.

Then there was an audible "click" and the gate opened slowly inward to admit them. Rachel felt an irrational surge of anxiety as she passed through it, then pushed it closed behind her. Beyond the fence, the buildings seemed to loom somehow, despite the fact none was taller than ten meters and they were plainly and unremarkably constructed from local block and stucco. The well-tended yard was empty and uncluttered, giving the place an eerie, abandoned look to her as she walked towards the door to the central building. It opened while she was still two meters away and a tall, statuesque Tahni female stepped out.

She was young, that much Rachel could tell by her firm skin and unlined face, and by the cut of her clothes. She wore garments the color and length of an adult female who had mated with a male but hadn't yet borne children.

"Where did you learn those words?" she asked Rachel, not even sparing Pete a glance, her voice the same as the one they'd heard over the speaker. "They are not shared with humans."

"I had a close friend who was Tahni," she explained. "He told me that I should only use those words if I found myself in dire need of help from one of the followers of the Path." She sucked in a breath and went on quickly. "There are bad things about to happen in this city, and I think someone is trying to involve your people in them, whether they would or not."

Her eyes were hooded and unreadable, her expression utterly alien and utterly different from anything Rachel had seen on Trint's face in the years she'd known him. For the space of a breath, she was sure the female would tell them to leave...or perhaps even attack them physically.

"The Matriarch will speak with you," the female said, finally. "Your male must wait out here."

Rachel looked at Pete and he shrugged. "Go ahead," he said, hands up. "Better you than me."

Rachel turned to follow the Tahni, but the female stopped her with a gesture.

"If you are armed," the Tahni said to her, "you must also leave your weapons behind."

Rachel started, realizing that she'd become so inured to carrying a gun that she'd forgotten its weight at her hip. She felt her cheeks burning as she reached under her light jacket and slipped the compact slugshooter out of the holster that squeezed between her belt and the small of her back, passing it back to Pete. He grinned crookedly as he took it from her and stuffed it in a pocket of his own jacket. Carrying the guns was quasi-illegal in the city limits, but Keller Savage had spread around enough money to get them temporary permits from the town council. It wasn't even that unusual; freighter crews often felt uncomfortable unarmed in a strange, frontier city like this and bribes were the price of doing business.

The young female made a gesture of satisfaction and motioned for her to follow. The building was brightly lit inside, the lamps set to mimic the glare of the Tahni primary star; she squinted at first until her eyes adjusted. By the time she could see clearly again, she was through the entrance hall and into a large common room. Tahni females ranging from adolescents to the elderly sat on oddly shaped furniture at holographic entertainment consoles or leaned back with cheap Virtual Reality wraparound goggles and manipulator gloves. One sat at a holographic data display and ran her fingers through haptic feedbacks, working with some sort of financial data.

They must work out of the compound to keep up with expenses, Rachel thought. It reminded her of the Skingangers back on Canaan only a few weeks ago.

Passing out of the common area, the young female led Rachel down a long hallway lined with bedrooms on either side, their doors all opened partway to reveal multiple beds per each. She had to dodge as a small cleaning robot zipped out of one of the rooms, across the hall and into another. That was as old-fashioned as the ViR gear they were using, Rachel mused. Cheap and outdated, but not obsolete and still usable; about what she expected.

The hallway ended at what seemed like a cross between a sitting room, a bedroom and an office and God only knew what the Tahni called it. Seated in the middle of the floor on some type of flat cushion was an unabashedly old female, her face deeply lined and her hair thin and white. Her door had gaped open as well and Rachel wondered if they ever closed them.

The younger Tahni motioned for Rachel to enter and then fell back to stand by the door. Rachel looked back at her uncertainly for a moment, then stepped on inside, skirting around the seated Matriarch. The ancient female was dressed in draped fabrics dyed in colors that seemed gaudy to her tastes, but she made allowances for eyes that saw in a very slightly shifted part of the spectrum.

She wondered for a moment if it was considered polite for her to wait, or whether she was supposed to speak first; it was something Trint had never told her and she couldn't remember seeing it in any of the research she'd done. She hesitated, knees flexing as she hovered between bowing, standing at attention and sitting down across from the old female.

The Matriarch made a sound and motion that Rachel knew was akin to an amused laugh.

"You look like a child," the old one said in a voice made even hoarse and scratchy with years, "trying to decide if she should piss herself or find a privy."

"Your English is quite advanced," Rachel said, the corner of her mouth turning up wryly.

"I have lived among you humans a long time. Sit down," she invited, waving at the cushion not across from her but oddly kitty-corner.

Rachel sank to a lotus position on the round, flattened, bright red fabric, her hands balancing herself on the cold tile of the floor around it.

"Now tell me what you came to tell me," the wrinkled, stooped female urged her, not bothering with any introduction. "You say it is important."

"You've heard of what is happening on Tahn-Skyyiah," Rachel assumed, "as well as some of the colony worlds."

"Things are different here," the Matriarch told her flatly. "We have no quarrels with you humans in this city, or anywhere on this fine world."

"Yet we have reason to fear that someone will fashion such a quarrel." Rachel told her, unconsciously imitating the Tahni's formal tone and wording. "There are outside forces at work, trying to set us against each other. Have you heard of a Tahni called Kah-Rint?"

The dark, hooded eyes pierced her with a hard look. "You know of this man?"

"My friends and I have been searching for him since the clashes on Tahn-Skyyiah," Rachel told her. "We know he has been trying to start the war between us again, and we think he may be working for others whose motives we don't yet understand."

"He is here," the Matriarch told her bluntly and Rachel felt a cold tingling in her gut at the words. "In this city," the elder Tahni amended. "He has been here for many days now, trying to talk to the males, but they will not listen to him." She made a gesture that Rachel recognized as the equivalent of a shrug. "He wishes to speak to me, but I have put him off as long as is seemly. I don't trust males like him...they got my children killed during the war."

"I lost my family in the war as well," Rachel told her, still feeling a pain in her chest at the words after all this time. "That's why I don't want to see another. I know you have no reason to trust me, but if you would be willing to help us find and capture this Kah-Rint, we may be able to keep our people from going back to war."

"What is your name, child?" the Matriarch asked her finally. "And from where do you come to us?"

"I'm Rachel Lowenstein Mitchell," she replied, hearing a pride in her own voice that surprised her. "I'm from a world called Canaan, in the Goshen system."

The Matriarch made a sound that wasn't quite like anything a human could have produced, but Rachel thought it was one of surprise and realization. "Yes, child, I know of this world. Most of us older generation would recognize it: it was the place we lost the war."

"The man who is now my husband led the attack on the Tahni garrison," Rachel told her. "He landed alone because we were his people and he wanted to try to save us."

"I am Valk-ra-Shinn, Rachel Lowenstein Mitchell," the Matriarch said formally, "of the line of Shinn-ra-Alm, and I welcome you to our steading."

"I am honored to meet you, Matriarch Valk-ra-Shinn." Rachel made a motion with head and hands that was a Tahni gesture of respect.

"As for this...what is the word in your language?" Her expression firmed as she remembered it. "Oh yes...this shithead Kah-Rint, you are welcome to him. He is scheduled to come meet with me tomorrow at noon. Have the courtesy to seize him outside the walls, if you would."

"I will make sure of it, Matriarch," Rachel said, excitement coursing through her. Finally, a chance to end all this and *she* was the one who'd pulled it off.

"Rachel," Pete's voice came over her earpiece through her datalink, stress and worry coming through with it in a hissed whisper. "We've got a problem."

Pete Mitchell cursed under his breath and clutched his handgun against his chest. He debated whether to draw the one Rachel had given him but decided that, lacking Cal's augmentation, the only thing he could hit shooting two handguns at once was the broad side of a barn. He could barely see the men as it was, in the harsh shadows of the floodlights filtering through the short, stubby trees of the surrounding fields, but he knew they were spreading out in a half-circle around the main gate.

And he'd seen the heavy weapons in their hands through the security viewer set in the gate before they'd gone off the road. He had no illusions that the polymer-faced block wall would be any impediment to plasma projectors, but he kept behind it nonetheless, on the hope that at least they wouldn't know who he was or that he was armed.

"There're at least twenty of them," he hissed into the throat mike connected to his datalink. "Heavy weapons, military grade, and armor."

"Are you getting this, Colonel Savage?" Rachel asked, her voice ringing in his ear bud.

"Yes, dammit," Savage's flat twang replied. "We're getting a vehicle; we'll be there as soon as we can. You two should slip out if you can."

"No," Rachel said in a tone that would brook no argument. "These are humans attacking Tahni females, Captain. They're trying to turn the settlement here against us. We can't let the Tahni here think we're abandoning them."

"Hey, sis," Pete interrupted, and he could hear the tension in his own voice despite an attempt to conceal it, "I'm all for that, but you know we still got a shitload of these guys coming and only two handguns between us?"

"Fear not, small human," a harsh, grating voice said from behind him. He started and spun, then checked bringing up his handgun when he saw it was one of the Tahni females, a young adult, her hands filled with what looked like a magazine-fed slug shooter of some unfamiliar design. "You will not fight alone."

Other females were filing out of the building behind her, all of them armed. There were handguns, hunting rifles, shotguns, one Tahni military laser and even a few long-handled pole-axes of some kind, but no Tahni came out of the building without a weapon in her hands. Rachel followed them out, also carrying a firearm: a human-made hunting rifle of some kind, with a telescopic sight. She crouched down near Pete while the rest of them spread out along the wall at about ten meter intervals.

"This is all really dramatic and impressive," Pete ground out to Rachel in a low mutter, trying not to be overheard, "but they're still a bunch of untrained civilians against heavily armed mercenaries."

"We just have to hold out till Colonel Savage gets here," she said with what he thought was forced optimism.

"I don't suppose any of your new friends brought surveillance drones or night vision glasses?" Pete asked, a bit louder than he'd intended.

"You didn't bring glasses?" she asked him, slipping a pair out of her jacket pocket and sliding them over her eyes. They were commercial models, more a fashion statement than the durable, functional ones he'd been issued as a constable back on Canaan, but they were a damn sight better than nothing.

Which was what he had. "Umm..." he stuttered, feeling his face redden. "I think I left mine in the shuttle's equipment locker."

Rachel shot him a look he last remembered seeing on his mother's face when he'd come home covered in mud, then she withdrew a second set of optics from the same pocket and handed them to him. He put them on and the unlit parts of the wall and the trees around them glowed with a simulated twilight, ambient light and infrared blended with seamless utility by the software in the glasses.

There was a small slit window in the wall a couple meters to his right; he shifted over to it and peered out, trying to get a glimpse of the attackers. The way they'd moved, he was sure they were military trained, which put them one up on everyone on his side of the wall even before you counted their gear.

"I guess we're lucky they didn't smuggle in combat drones," he muttered half to himself.

"Those are illegal," Rachel said, almost by reflex, and Pete laughed.

"These guys are mercenary assassins who probably know they're trying to help start a war," Pete told her. "You really think they're worried about that?"

He paused as he caught sight of what could have been movement out in the brush across the dirt road, concentrating on it until he was sure it was one of the attackers setting up in a makeshift fighting position.

"It's more that it's too hard to smuggle that into any place with halfway decent entry security," he said a bit absently. "Lucky for us, this is a big enough colony to warrant a port authority." He gestured with the barrel of his handgun out the vision slit. "They're coming in this way. I don't think there's enough of them to assault on all sides, so they're probably going to try to blow the gate."

"Lyra!" Rachel called back to one of the Tahni. Pete could tell she was motioning, but he kept most of his attention on the enemy. He aimed his handgun through the slit in the wall, judging the distance at about fifty meters, and toggled the ammo selector switch to armor piercing.

There had to be some reason he shouldn't open fire yet, but he couldn't think of it. He pushed the button on the side of the pistol and touched a pad on the earpiece of his goggles to link the handgun's sight to the optics and an amber reticle appeared in his vision to indicate the point of aim. The aiming circle jumped around fitfully as he tried to steady the handgun, and he wound up resting the butt of the gun on the bottom of the viewing slit. The image settled down and he centered it on what looked to be the curve of a helmet. The reticle wavered slightly with his breath as he let it out, then settled; in the next heartbeat, he pulled the trigger.

The pistol barely moved in his hand; the projectile was kicked free of the barrel by a puff of coldgas before the rocket propellant kicked in and it flashed away with a hiss of fire and a crack of broken sound barrier. Pete guided it in with the link to his night vision glasses, keeping the aiming circle on the curve of the helmet for the half-second it took the round to strike home. There was an incandescent flare of superheated gas as the slug sent a needle-thin spray of plasma through the helmet, then an involuntary shudder as that superhot dagger turned brain tissue into steam.

The mercenary collapsed and all Hell broke loose. The night erupted in a crackling barrage of laser pulses and a rolling, echoing thunder of steam explosions as they impacted against the aggregate of the perimeter wall in bursts of liberated water vapor. Pete ducked away from the view slit just before it blew apart from multiple hits, expanding into a ragged hole bigger than his head. He felt the hot sting of concrete fragments peppering his back and dropped to a knee, his curses lost in the screams and shouting and the report of the hunting rifles returning fire.

He pushed back the half-dozen flashes of pain and stumbled to his feet, trying to find Rachel. His eyes widened as he saw her aiming her borrowed rifle out of the ragged hole where his view slit had been a moment before. He glanced furtively back and forth to check for threats; he could see up and down the wall smoldering, smoking gaps where lasers had punched through, could see the Tahni females pulling themselves up from the ground to fire back. And in one case he could see a young female lying prone who would never get up again.

Rachel fired but Pete couldn't hear the report; everything was dulled down and far away and his ears rang painfully. He could see the recoil push back her shoulder, shift her weight back onto her plant foot, then see her work the action of the hunting rifle and fire again. He knew what was coming and he yanked her away from the hole just ahead of a blast of return fire that cauterized the air before impacting the wall of the building behind them. More shrapnel buzzed by his head and he felt something hard and sharp hit him in the shoulder, but he didn't think it penetrated his clothes, much less his skin.

"We need to fall back!" he yelled to Rachel, louder than he needed to because his own voice sounded muted in his abused ears. Another burst of laser fire exploded through the aggregate block a few meters farther down as if to punctuate his statement and he stumbled slightly, nearly yanking Rachel off balance with him. "This wall is concealment, not cover!"

Rachel yelled something, but he didn't catch it through the cacophony of gunfire and wasn't even sure it was directed at him. She seemed to be looking behind him at someone, then nodded and grabbed his shoulder, pulling his ear close to her mouth.

"Back to the house!" she shouted, and it still sounded soft as a whisper. "We have to protect the Matriarch!"

"Who the fuck is the Matriarch?" he asked, but followed her anyway since she was heading away from the increasingly not-there wall.

He turned back as he ran, emptying his pistol in the general direction of the attacking force with little hope of hitting anything since he didn't dare stand still long enough to pick out a target. He didn't try to reload, just sprinted through the door to the largest building, hot on Rachel's heels. The Tahni were coming behind them, slower, pausing to take aimed shots at the approaching troops. He hesitated in the doorway, pausing to pull out the spare handgun he'd taken from Rachel as he watched the females fall back towards him.

A swathe of laser pulses streaked out of the night and nearly cut one of them in half in an explosion of superheated blood that made him duck back through the doorway. He leaned out and tried to follow the afterimage back to its source, using his night vision glasses to spot the glowing thermal signature of the just-fired pulse carbine.

There.

A touch on the side of the handgun to connect it to the goggles then and he fired off a homing round, watching the glowing dot of its rocket motor igniting just before it blasted into the night. There was a flare of heat when it struck the laser-shooter and the small, man-shaped figure went down, his weapon falling from limp hands. Pete felt nothing but satisfaction.

He'd never been a soldier, but he'd been a cop for several years and he'd had to kill people before. Sometimes, he'd wound up feeling bad about it, usually when some poor itinerant had been forced into a situation where the alternatives were life as a chawner on the dole or picking up some rich criminal's gun. But these guys were professionals, which meant they could have worked for someone else, did something else. Instead, they were working to try to restart the war that had killed almost his whole family.

They can rot in hell, he thought as he saw the infrared outline of the body hitting the ground.

He stepped back from the doorway as the first of the Tahni females reached the building; they began to take up positions inside the interior hallway doors, trying to keep two walls between them and the incoming fire. Pete abruptly realized that he was blocking their line of fire and scampered out of the way, heading down the hallway after Rachel. He could see her location in the goggles from his connection to her 'link and he squeezed past the Tahni females in the narrow hallway to get to her, ignoring the looks they gave him. He couldn't read their facial expressions, but he didn't think they were smiling.

He reached the end of the hallway and found himself in some sort of combination bedroom and office, along with Rachel and two Tahni. One was the younger female who'd met them at the gate---he thought Rachel had called her Lyra---while the other, he was fairly certain, was the Matriarch. At least he couldn't imagine there could be an older Tahni here that was still alive. Rachel and Lyra were ushering the ancient Tahni between them through an interior door into what looked like a bathroom.

Did the Tahni have *bathrooms?*

"They'll be coming for her!" Rachel shouted back at him as she let go of the Matriarch's arm and let Lyra guide her the rest of the way. "That has to be why they're here!"

He could hear her better now, hear the shrill note in her voice as it echoed against the walls of the little room. He could also hear the gunfire from out in the entrance hall, the bark of slugshooters and the explosive impacts of laser pulses.

"So, we stay here and make sure they don't get past us," he found himself saying. Inside, a voice screamed at him *what the hell are you doing?* but he ignored it. She was his sister-in-law, the only sister he had left. If this was her fight, it was his too.

He looked around and saw a table up against the wall, weighed down with some sort of primitive clothing fabricator. It was made of metal and looked solid, so he wrestled it in line with the door and tipped it over. It had to have weighed at least a hundred kilos and it hit the floor with a startlingly loud crash, cracking several of the ceramic tiles.

"Get over here!" he said to Rachel, motioning to her before ducking down behind the makeshift barricade and taking the time to reload his pistol. He tucked the pistol he'd taken from Rachel into his belt and took his own in a steadying, two-hand grip, eyes on the open door.

She used the buttstock of her rifle to lever herself down into a prone position behind the heavy table, then rested the barrel across the edge of it, snuggling the recoil pad into her shoulder. Pete wanted to say something reassuring, but all he could do was stare at the door and listen to the unmistakable sound of pulse carbines discharging as it seemed to get closer.

Someone said something over his earbud, but he couldn't quite make it out over the sounds of the gunfire coming down the hallway.

"Say again!" he yelled, hoping his throat mike could filter out the noise. He cupped a hand over his ear, trying to shut out the clamor. "Negative copy, please say again."

"I say again," a voice that might have been Savage's sounded in his ear like a shout, "we are..."

Whatever he'd been about to report, it was lost on Pete because just then the world exploded and everything went dark.

CHAPTER 16

"**G**et in this fucking car or you're fired," Keller Savage snapped, pushing the younger man aside and hopping into the open cab of the utility vehicle.

"Colonel," the nominal Captain---he'd gotten out of the Marines as a 1st Lieutenant---objected again, climbing in beside him nonetheless, "there's only the four of us!" He grabbed for a handhold as the driver shifted into gear and jerked away from the curb beside their hotel. "We should wait for the others to get back!"

"They'll get to us when they can!" Savage yelled over the whine of the car's motors, not looking at Captain Jenkins, concentrating instead on checking the load of his pulse carbine.

"Why can't we at least take the shuttle?" Jenkins wanted to know, accepting his own carbine from the NCO seated next to the driver. He checked it automatically, then grabbed the proffered bandoleer of magazines. There hadn't been time to break out tactical vests or armor.

"Because by the time we got back to the landing bay and got it warmed up," Savage answered impatiently, "this fucking car could already be there! And before you ask, we aren't launching observation drones for the same fucking reason! Now shut up and get ready to shoot!"

Colonel Savage, the transmission came over his neurolink, identified by his headcomp as his second in command onplanet, Major Asahara. *We had a report from one of our local sources. We think we have a line on Kah-Rint.*

"Oh, for Christ's sake," the former commando bit off, feeling anger surging in his stomach. "Every damned thing has to happen at the same time..."

"What is it, sir?" Jenkins asked, but Savage ignored the question.

Where is he? Savage asked, his neurolink translating the thought into a simulation of his voice on Asahara's end of the conversation.

The word is, he was staying in a sort of boarding house in the Tahni section, sir. But he's on the move...heading for the port.

Oh of course *he is,* Savage wondered how much of the bitter anger would translate over the neurolink. His mental gears turned quickly. He *should* send the rest of his troops to trap Kah-Rint; that was the mission. On the other hand, if he let Caleb's wife and brother get killed, he was pretty sure he'd be next. There weren't very many humans that scared him, but Caleb Mitchell was one of them.

Put Andersen and Kruger on it, he directed his deputy. *Tell them to observe only. Don't try to take him down without my direct order. Get the rest of the troops in the shuttle and get in the air ASAP, to the coordinates I gave you.*

Roger that sir, will do.

Savage sighed, resisting an urge to punch the seat in front of him. With the mood he was in, he was too likely to put his fist through it and do bad things to Master Sergeant Kimathi's spine. He wasn't going to tell Jenkins, but he wished they'd had time to go retrieve the spy drones...and some armor, and heavier weapons. But they'd been lucky to even have the vehicle handy; Jenkins had just returned with it from a scouting run in the canyons west of town.

There were still people on the street, even after dark, and a couple of them had to sprint to get out of their car; Tech Sergeant Lopez had been told to hurry and the man obeyed orders. Savage was a little concerned that the local law enforcement would notice them and cause a delay they couldn't afford, but apparently, a speeding groundcar was a bit too low level to bring them out of their nice, comfortable offices at this time of night. Based on how readily they'd accepted his bribes, he wasn't too impressed with them.

A cool wind whipped at Savage's face and he could feel dust grinding between his teeth as the vehicle left the city limits and the paved road behind. It was as dark as the inside of a well out past the city lights, but it seemed like twilight to his lens implants and Lopez was using night vision goggles, so the car's lights stayed off. It was bad enough they'd be visible on thermal.

"Ah fuck it," he muttered to himself. "They'll probably think no one is stupid enough to come at them with four guys and a rental car."

They were a kilometer out when he started to hear the sounds of the battle: discharging lasers, gunshots, shouts in English and Tahni. A Normal couldn't have picked them up over the hum of the car's motor, the rush of the wind by his face and the rasp of the tires crushing the dirt and gravel beneath them; but his headcomp separated out the noises and gave him an estimate of where each originated.

How many years have I been taking shit like that for granted? he wondered. *Could I operate without it?*

It was a moot point; it was a permanent part of him and it would most likely outlive his biological parts. *Will I still be swimming along inside the headcomp's memory after my brain shuts down? Like some digital ghost?*

Seven hundred meters.

"Engage when you're in range," Savage yelled in Jenkins' ear. "I'm getting out."

"Sir?" the man said, blinking with incomprehension.

He'll figure it out, Savage thought, then vaulted out of the vehicle and into the night.

"You need to chill the hell out," Deke Conner said, not looking up, his conscious concentration focused on the upcoming transition to realspace.

Caleb Mitchell didn't answer, didn't look over from the copilot's station. He stared at the deactivated viewscreen as if the future were displayed there instead of dim blankness. His right fist thumped rhythmically against his thigh in a motion he couldn't quite control, in a tic that had only gotten worse as the weeklong spaceflight had dragged on interminably.

"They're not down there alone," Deke repeated for what had to be the tenth time in the last hundred hours. "Kel won't let anything happen to them."

Cal watched the time count down in his neurolink feed from the ship's computer. Ten seconds to transition.

I got her into this, he thought, repeated more often over the last few days than even Deke's empty reassurances. *She just wanted to go home. She wanted to start a family, after all this time, and I dragged her back into this.*

Reality shifted and they were back in the universe, nearly half a million kilometers out from Anansi, between her and her star, Eshu. The world was homelike, he thought, with about the same distribution of water to land as Canaan and the unmistakable blue-green glow of a living planet. He could hear, in the background, the ship's computer negotiating with the port authority, paying fees and providing documentation and permits for their weaponry, along with interlock codes to disarm them. Fake interlock codes provided by the DSI of course, but what they didn't know wouldn't hurt them.

He ignored the byplay, accessing the ship's communications systems and bouncing a signal off the orbital satellites.

Savage, this is Mitchell, he broadcast over his neurolink, using the encryption they'd established back on Highland. *Conner and I are insystem, and we have intelligence that Kah-Rint has hired mercenaries for a military strike in Toliara. Do you read?*

There was a long pause, longer than the lightspeed lag could account for. For a moment, Cal thought this whole trip had been for nothing; maybe they had already taken care of the situation and were flying back to Highland. It had been impossible to tell how far behind the mercenary crew they'd been; they'd left 72 hours after them, but there was a certain elasticity of time in Transition Space. They could have arrived a week after them or a day before.

No shit. The inflection the neurolink gave the digital "voice" was clipped and tense. *On it---you're too far out to help. Kah-Rint is at the port; contact Sgt. Andersen and see if you can keep him from rabbiting.*

What about my wife and brother? Cal demanded, gut clenching.

Heading for them now. I'm in the shit...can't talk. Get the fucking Tahni.

Deke was staring at him now, a questioning look on his face, as the planet began to fill the viewscreen.

"We can track his location," he reminded Cal. "It'll take us a while to get there, though, even if I burn straight in and tell the air traffic control systems to fuck off."

Cal forced his fists to unclench and tried to make his brain work. Everything inside of him wanted to tell Deke to head straight for Kel's location and to hell with Kah-Rint. But he'd agreed to do this, agreed to work for the General because he knew it had to be done. If Kah-Rint got away, a lot of innocent people would die. He knew what Rachel would want him to do.

"Call Sgt. Andersen," he rasped, the words catching in his throat. "Head for the port."

Rachel Mitchell tried very hard to force her eyes open, knowing in some part of her consciousness that was currently hard to access that it was vital she do so. She vaguely realized that she was lying on her back and she knew that was bad for some reason. She reached out, trying to find purchase to help herself roll over, but flinched back when she felt something stinging hot.

The shock was enough to snap her eyes open and her brain out of its concussed fog. The room was on fire...no, the *house* was on fire, flames licking at the walls of the hallway and roaring somewhere near the front entrance. Bodies were burning out there, blackening even as she watched and she made herself look away, look around her instead. The doorway was charred and the tapestries on the wall, the chair by the door were both aflame. Bits of burning fabric were floating fitfully around the room and it was one of those scraps that had stung her hand.

The overturned table still guarded her position. No, that was wrong...*their* position. Pete! He was there, down on a knee, coughing in uncontrolled spasms against the smoke rolling in. She was coughing too, though she'd been too dazed to realize it. She scooted closer to him, putting a hand on his arm. He wasn't burned and he she didn't see any blood; he just looked a little shaken up.

"Are you okay?" she asked him and her voice sounded far away. There must have been an explosion.

He nodded, trying to stop coughing long enough to answer. "Plasma projector," he gasped, eyes narrowed like he could shut out what was around them. "They took out the front wall...they'll be coming in."

Another memory tugged at her and she looked quickly over to the bathroom where Lyra and the Matriarch had been sheltered. She sighed in relief as she saw that the little chamber was still intact and the two Tahni seemed to be okay. Lyra was crouching in a corner, a gun in her hands, while the Matriarch was curled up inside the protection of a thick, metal tub of some sort. She assumed it was for washing; she'd heard of them but never actually seen one before.

Satisfied that they were safe for the moment, she looked around until she found her borrowed rifle on the ground beside her and snatched it up, checking quickly to make sure it hadn't been damaged. Then she touched a control on her 'link.

"Colonel Savage," she called, "can you hear me?"

No answer. In the hallway outside the room, she saw shadows moving but heard nothing above the crackling of the flames. She pulled the stock of the rifle against her shoulder, checking that the spare magazines were still in her jacket pocket.

"Colonel Savage, we're in the back room in the main building," she said quickly, hoping he could hear. "We've got the Tahni Matriarch with us; that's their target. They're coming for her and we need immediate support."

Nothing. Gunshots exploded in the front room; some of the defenders were still alive. Lightning cracked as laser pulses answered and burning buildfoam showered the air with glowing embers.

"Too late for backup," Pete said. "At least they won't have explosives: too hard to smuggle them past the port authority." A pause. "Unless they bribed them big enough."

She snuck a look at his face. The set of his eyes seemed fatalistic, as if he'd already accepted that there was no hope.

"We're not going to die here," she told him with a conviction she was surprised to feel.

She wasn't sure if he'd heard her; he didn't respond and the impact of laser shots was getting louder in the front room. There were screams, wrung from throats subtly different from a human's, and human screams as well. Then the first of the mercenaries made it through the gauntlet of the front room, his grey body armor scorched in places, a splash of blood across one arm and a coat of carbon scoring across the emitter of his pulse carbine.

Rachel didn't even think about it; she was only aware she'd fired when the old-fashioned slugshooter's stock slammed into her shoulder. The round was powerful, meant to take out big game. The man's chest armor might still have stopped it, but she was using an optical sight hooked to her night vision goggles and she put the big bullet right through his helmet's faceplate. Blood splashed back through the splintered polymer and the mercenary pitched backwards with a spastic shudder as his nervous system shut down with violent finality.

She reminded herself to touch the button to load another round, felt the action work inside the receiver as it stripped the next caseless cartridge off the top of the box magazine. Something deep inside her head was whispering "you just killed a man." She ignored it. If they'd wanted to stay alive, they should have taken up another line of work.

She braced for another rush on the door, but this time they were being more cautious; a swathe of energy pulses sliced through the doorway at waist level, forcing her and Pete to duck down behind the sewing table. Rachel felt her guts drawing up inside her as the air seemed to catch fire above her head, the static electricity from the ionization making her hair stand on end. Buildfoam exploded in short-lived gouts of flame behind them as material that couldn't burn did, ever so briefly. Then a pulse of light energy and ionized atmosphere actually scored the edge of the table and she screamed at the searing pinpricks of pain from bits of molten metal that landed on her back.

The pain galvanized her and she rolled off to the side of the barricade, training her rifle at the door, just above the body of the man she'd shot. She saw Pete moving out of the corner of her eye, taking the other side with a handgun extended in a two-handed grip. The emitter of a pulse carbine edged around the corner, the merc behind it trying to use the optics of his weapon to look around the corner. She trained the scope of her rifle just to the left of the door and fired.

The round spent much of its energy penetrating the buildfoam; what was left wasn't enough to penetrate the merc's armor, but it was enough to *hurt*. The hired assassin stumbled forward, off balance and cursing; Rachel was touching the button to load another round when Pete opened fire and put a rocket-propelled slug right through the mercenary's faceplate. The woman tumbled over some debris in the hallway and went down.

It would be nice if they just kept coming in one by one, she thought with a giddiness brought on by desperation, but she knew that wasn't going to happen. Someone back in the other room would figure out what was going on and...

"Get in there!" Pete was yelling in her ear before she'd noticed him move, pushing her towards the bathroom where Lyra and the Matriarch had taken shelter.

She was about to object that there wasn't room in there for all four of them, but he already had her on her feet and both of them nearly on top of Lyra. She could see the Tahni's mouth opening to protest when the room behind them exploded and Rachel wound up toppling onto the big Tahni female, both of their rifles clattering to the tile floor. Something seemed to suck the air out of the little chamber, replacing it with an inrush of searing heat and crackling static electricity; there was a light just beyond the door that was so bright Rachel could see it with her eyes squeezed shut and a roar like she'd climbed into a shuttle engine.

It was the blast from a portable plasma projector, she knew; the same weapon the mercs had used to blow through the front entrance. They must have pulled their people back and shot it through the wall. It had been aimed at an angle away from the bathroom or none of them would have survived it.

Rachel ignored the searing ache in her lungs, ignored the flashburns she could feel like on the back of her neck, and made her body work despite it. She pushed off of Lyra, getting her feet beneath her and grabbing for her rifle. They'd be coming now, rushing back in to mop up what was left after the plasma blast. She stumbled out of the bathroom, falling into a crouch just the other side of the door, going on a gut feeling that the mercenaries would see the bodies at the door and have an idea where she'd been firing from originally.

She didn't have long to wait. They came in a rush, four of them at once, firing from the hip to suppress any opposition. The coruscating flashes of the laser pulses would have blinded her without the protective coatings of her enhanced optic glasses; with them, she saw the distinctive outlines of each of the shooters, described by computer interpolation. The rifle's muted bark was lost in the crackling roar of the pulse carbines' devastation, but its effects were unmistakable: the short, stocky woman to the right of the pack coming through the door dropped her weapon and clutched at her chest, her momentum carrying her forward and to her knees.

Things went so fast from that point that she could barely follow them. She was reloading the rifle, knowing deep down that she might not have time to get off another shot, when she saw the next man in the entry group spin and fall. It had to be Pete shooting from behind her, or maybe Lyra...

No, the gunfire was coming from *behind* them! A dark, blurry form smashed through what was left of the interior wall from the hallway and slammed into the remaining two hired guns hard enough to send both sprawling. The form solidified and clarified with a scrape of rough-soled boots on buildfoam dust and she could see Keller Savage standing in the middle of the room, his generic spacer-style clothing shredded in places and spattered with blood, his face nearly expressionless.

Savage tossed aside his pulse carbine and extended his implant talons so quickly it seemed that they'd always been there. The two mercenaries were trying to get to their feet, but he didn't give them the chance. Rachel winced and looked away. She saw Pete watching with a look that could have been satisfaction, the corner of his mouth curling up. Lyra was watching too, her face twisted into something Rachel couldn't interpret; it could have been horror, or fear, or disgust, or some emotion she didn't even have the words to express.

"He's a friend," she assured the young Tahni female. *Well, an ally anyway.*

The disgusting ripping-meat noises ceased and Rachel looked back to Savage. He was standing over the bodies, blood dripping off his hands and sleeves, his eyes dark and hooded and looking very much like the Tahni demons he and the other Glory Boys had impersonated during the war.

"Some of my guys are out front," he told her. "We didn't get them all, but the ones left are running."

"Colonel Savage," she said hurriedly, suddenly remembering the reason she'd come to the Holding in the first place, "Kah-Rint is here! In Toliara!"

"Yeah, I know," Savage said, then grinned tightly. "Fortunately, so's your husband."

The Tahni who'd spent most of his life as K'tann-len-Renn-Tan and the last fifteen years as Kah-Rint cursed the gods he no longer believed in and tossed the tablet aside. It clattered off the pavement with the trivial echo of cheap, disposable plastic. He quickened his pace and left it behind along with its infuriating images from his remote drone cameras at the Tahni Female Holding. The streets of Toliara were dark and nearly empty but for him and the four bodyguards who accompanied him, but there were lights ahead as they neared the spaceport.

"Is the ship ready?" he asked into the pickup of his 'link. "We'll be there in minutes and I want to be cleared with the port authority by the time we arrive."

There was no response and he cursed again, this time drawing a curious look from his senior bodyguard. The male was large and dangerous, though not overly cerebral; but even he could see that this operation had been a disaster. Kah-Rint wished he could have gotten away with a human bodyguard; humans would often work for money and not care who paid it. Tahni were different---well, *most* Tahni, he reflected with an ironic humor he'd learned from the humans.

"The Matriarch lives?" the big male who called himself J'tan-Kin asked from his position just to Kah-Rint's right. His eyes were invisible beneath the night vision glasses he wore: commercial models to attract less attention.

"Thanks to some ill-timed paramilitary intervention," Kah-Rint admitted readily. "But it's not a total disaster. The deaths of so many females at the hands of humans will cause distrust, and we can always count on the Commonwealth to overreact in any situation." He gave a sound of impatience. "We just have to get out of here and live to fight another day."

J'tan-Kin shot him a suspicious look. "That is a saying of the humans."

"We learn from our enemies," Kah-Rint replied smoothly. If there was anything he'd learned over the last fifteen years, it was how to speak with the oily subtlety of the humans. "They did win the war, after all."

He tried calling his pilot again, again with no success. The male was notorious for not carrying his 'link with him and like most Tahni, he refused to get an implant communicator for religious reasons. Things like this always seemed to happen at the worst time---the humans even had a saying for it, something they called "Murphy's Law."

They rounded a corner and the port was there, still a kilometer away but already looming large, its pale, buildfoam walls shining bright under the glare of the spotlights that surrounded the installation. He shoved down his irritation, reassuring himself that he would be on the ship soon and headed somewhere safer than this. It had been necessary to come here personally, to make sure the seeds were sewn before the mercenaries set things in motion, but he didn't like being so exposed. Years of working from the shadows had made him uncomfortable in the light.

There was much light ahead at the port. Kah-Rint slowed his pace, his insides twisting slightly at an instinct not lightly earned.

"J'tan-Kin," he instructed, stepping to a halt and hugging the shadows along the wall of a shuttered workshop, "send one of your men to make sure the ship is secure and report back."

The commander of his guards detailed one of the four to patrol ahead, then watched the tall, rangy male break into a loping run down the deserted streets. J'tan-Kin turned back to him, eyes dark and unreadable.

"Do you think the enemy know of our ship?" he asked.

"No. But I didn't think they knew of the mercenaries either, and yet..." Kah-Rint made a gesture of exasperation. "There is no good in stumbling forward blindly."

"Spread out there," J'tan-Kin said to the remaining two guards, indicating the far side of the street. "Keep your optics on and watch for drone signatures."

The two males lumbered off, reminding Kah-Rint of massive herd beasts he'd seen on some of the colony worlds, leaving him with J'tan-Kin, backs against the wall and deep in the shadows. They'd waited in silence for what seemed like forever but was probably only a few minutes when Kah-Rint heard the chief bodyguard call over his 'link to the underling he'd sent to check on the ship. There was a moment of silence, and the big male scowled.

"Report," he said again. "Gaol-Dak, report in immediately." Another hesitation, then J'tan-Kin shot Kah-Rint a dark look and slammed a fist into the wall behind him. The buildfoam shuddered, a layer of dust coming off of it. He sucked in a deep breath and visibly composed himself before pulling a large handgun from a holster concealed inside his tunic. "We have to assume the ship is compromised. We should head back to the safe-house."

"If they know about the ship," Kah-Rint spat, feeling a surge of panic, "then they know about the Emperor-cursed safe-house, you simpleton!" He reached deep into a pouch at his side and yanked out his own compact pistol, holding it a bit shakily down at his side. "We have to get out of this city, get to our fall-back position in the maintenance sheds for the harvesters. Then we can get assistance arranging transportation offplanet from our contacts among the males."

He could see the bodyguard's anger at the insult, but the male *was* a professional and was already nodding curtly at the words. "I know where we can procure a vehicle," the bodyguard said. He turned to call back his two remaining team-members...and stopped, going stock-still.

"What?" Kah-Rint asked, cursing the fear he could hear in his own voice. He brought the weapon up to shoulder level, head swiveling around like a turret. "What is it?"

"They are gone," J'tan-Kin said softly, in a tone full of wonder and despair. "Both of them...they were there a moment ago and now gone as if they'd never been."

Kah-Rint swallowed hard. The two other bodyguards had been in place across the street, positioned in alcoves at either end of a storage building. Now those alcoves were empty, with no indication they'd ever been occupied. Around them, nothing stirred and the night was as silent as death.

"Back to back," J'tan-Kin snapped, grabbing Kah-Rint by the arm and pulling him closer.

Every nerve in his body screamed at him to run, but Kah-Rint pressed his back against J'tan-Kin's, feeling the body armor beneath the male's tunic as he did. He raised his gun, tracking it furtively back and forth, trying to find a target somewhere in the darkness. He remembered after a moment to remove the safety, hoping J'tan-Kin hadn't noticed he'd left it on. He was ready to shoot anything that moved, but nothing moved.

There was a blur that was far too fast to be anything that lived and breathed, and suddenly J'tan-Kin wasn't against his back anymore. Kah-Rint spun around, feeling the pistol kick in his hand and hearing a sharp report as he fired it by accident, fear touching his finger to the trigger. The round soared off into the night like a lost soul, hitting nothing, and something caught his wrist in an iron grip. There was a dark, indistinct figure standing in front of him, as if it had materialized out of the night mists, massive and powerful yet indistinct at the edges and with a face of shifting nothingness. His wrist was caught in the grip of one of the monster's broad hands, while the other grasped his throat and squeezed tightly, cutting off his breath.

Kah-Rint tried to struggle, tried to punch at the thing with his free hand, but it was as if he fought a tower of living metal. His blows grew weaker and then the blackness of the night descended over him and he felt nothing.

CHAPTER 17

"Well, now we've got the fucker," Deke said quietly, adjusting the neurolink halo on Kah-Rint's newly-shaven head, "let's see if he's good for anything."

"Is it smart doing this here, onplanet?" Cal asked him. His voice was soft and quiet, not the commanding, take-no-shit tone he got in combat situations, so Deke figured the question was out of curiosity rather than a strong objection. Cal was sitting in one of the fold-out chairs against the hull of the cargo shuttle's utility bay, his wife next to him, their hands intertwined.

Rachel looked much better than she had when they'd first seen here after meeting up with Savage the night of the attack on the Tahni Female Holdings. A little medical nano had taken care of the flash burns and fragment wounds she'd suffered during the fight, though the hair at the back of her head would take a few days to grow back even with help from the nanites.

"If you're worried about trouble with the Tahni," Rachel said to him, "don't be. The Matriarch has made sure they know it was humans that saved her, and that they also know who was to blame for the attack."

"It's the least she could do," Pete Mitchell muttered from

where he leaned against the wall next to Keller Savage. Pete was affecting a cool disinterest, but Deke had a sense that the fight had shaken him even more than it had Rachel.

Deke had expected Cal to be furious with his wife and brother when he'd finally met up with them at Savage's cargo shuttle, but instead Caleb Mitchell had hugged his brother long and hard, then kissed his wife passionately before apologizing for getting her into the situation. Unexpected depths his old friend had.

"I'm more worried," Cal clarified, "about the local authorities sticking their noses into this shuttle while we're in mid-interrogation." He shrugged. "Kel's people disposed of the bodies, but those Tahni might still be missed by Port Security. Wouldn't it be safer to take him back to your ship, Kel, and wring him out there?"

Deke chuckled, patting Kah-Rint's slack cheek. The Tahni was strapped into a padded seat and the restraints around his forehead were the only thing keeping him upright: he was pumped full of sedatives. "You're too used to being on the outside looking in," he said. "We're DSI and this asshole is an enemy of the Commonwealth. All I gotta' do is flash my credentials and the local cops will polish my brass."

"I think time's a wasting," Savage put in, his accent pronounced. "And I got an itch in my gut that says we ain't *got* the time to waste."

Cal shrugged and waved a hand for Deke to continue. "May as well get it over with."

Deke made a final adjustment to the neurolink halo, then checked its connection to the neural probe he'd carried over from his ship. "This'd be easier if the Tahni weren't so damned uptight about body mods," he grumbled quietly. "I could just plug into his 'face jack and it'd be a nice, solid connection; not like these stupid halos all buggy and shit."

"I thought you didn't like 'face jacks," Cal said, cocking an eyebrow at him.

"Oh I don't," Deke admitted readily, his grin lopsided. "I'd never have one of those damn things. But it'd be easier if *he* had 'em." One last adjustment to the settings of the probe and he straightened up. "Okay, we're set."

"How specific can you get with this setup?" Pete Mitchell wondered. "I mean, can it make him answer specific questions or are you just like..." He shrugged. "...reading his thoughts or something?"

"It's kind of an art form," Deke explained to the younger man. "You lead his thoughts to where you want to go through verbal questioning, then you pick up on the stuff he's trying not to say." He pulled an injector from a kit spread out on the bench next to him and pressed it to Kah-Rint's neck. "So let's get this started."

The stimulant worked quickly and some color returned to the Tahni's gaunt face, his eyes fluttering open, then widening as he saw where he was and who had captured him. His mouth had dropped open, but he closed it with a snap, tightening his jaw as if to force himself to say nothing. He looked, Deke thought, like a constipated turtle.

"You're the one they call Kah-Rint," Deke said in Tahni. The captive's eyes flitted his way, but he said nothing. "It's not a question," he went on. "He," Deke gestured to Cal, "knows you. He's seen you on Canaan, when you used to work for Cutter."

Deke blinked as his neurolink received a squirt of data from the neural probe, images of Cutter, conversations about shipments of black-market organs and ViR. Then fuzzy static as the Tahni tried to blank his thoughts. Nothing useful.

"We also know you're fomenting the Tahni insurgency," Deke went on. "You've been transporting weapons to Tahn-Skyyiah, you hired the mercenaries to attack the Female Holding here." A look that could have been a sneer, more thoughts converted to words and fed to his neurolink: meetings with the Sung Brothers rep on Kanesh, meetings with Tahni back on their homeworld. He recognized some of the names from files he'd audited back on Tahn-Skyyiah and he mentally compartmentalized those for his next report to Kara.

"What we still want to know is who's calling the shots?" Deke leaned in towards the Tahni, smelling the faint whiff of the crushed flower that the males used as a cologne. "Who's pulling your strings? Who wants the Tahni and the humans at war again?"

This time...there was nothing. Nothing to read, no thoughts and no indication Kah-Rint was actively repressing them. Deke tried not to show his consternation on his face. He didn't say a word, just stepped over to the interrogation kit and picked up another injector, this one filled with psychoactives tailored to Tahni physiology that would loosen Kah-Rint's internal filters. The Tahni tried to jerk away as the injector came closer, but the restraint straps held him tightly in place and Deke heard a pneumatic hiss as the drug went through the skin of the humanoid's neck.

Kah-Rint jerked against his restraints, teeth clenching against the feeling of the psychoactives taking effect. Deke watched him let out a breath, then settle back in the padded chair, muscles relaxing. This would be harder, because although the psychoactives would make it harder for Kah-Rint to control his thoughts, it would also make them less coherent and harder to translate into speech.

"Who's giving you orders, Kah-Rint?" Deke repeated. "Who gains from setting the Tahni against the Commonwealth?"

There was fuzzy static in his head again as the neural interface again was unable to resolve the surface thoughts as words, and then...*Fool.* Just the one word, repeating again. *Fool.*

Deke felt a cold, hard lump deep in his gut and he leaned heavily against the bench behind him as he gave purchase to a terrible realization.

"Kah-Rint," he said aloud, his voice a little shaky, "are *you* the one who wants to set the humans and Tahni against each other?"

Cal and Rachel both looked at him in surprise, and Kel Savage's eyes narrowed suddenly.

Of course I am, you moron.

"Of course I am, you moron," the Tahni said aloud, making Deke jump. His words were slurred, but they were in English, not Tahni.

"Why?" Rachel blurted. Deke looked at her sharply, but she pressed on. "You have to know the Commonwealth will slaughter your people. Why would you want to start the war again?"

"Because I *want* the Commonwealth to slaughter my people!" the Tahni bellowed hoarsely, lacking filter or control and not just because of the drugs. To Deke, it seemed as if this were some truth that Kah-Rint had concealed too long, had dared not speak aloud, and now he finally had the chance to put it into words and just couldn't hold back anymore.

"I was someone else," Kah-Rint said, voice lower now but still intense. His eyes were open now, seeing something somewhere years in the past. "I was Colonel K'tann-len-Renn-Tan, an officer of some prominence in the Imperial Marines. But I had the poor fortune to be in command of the Marine detachment on Demeter..."

"Shit," Keller Savage muttered. "I was on that op." He shook his head, and it looked like a shudder went through his big shoulders. "Fuckin' nightmare for both sides. Lotsa' civilian casualties, and we kinda' took it out on the Tahni Marines. Bad. Me and Cowboy, and there was some DSI cadre onplanet too."

"I was losing dozens of troops a week," Kah-Rint made a Tahni gesture of agreement. "They couldn't travel away from the base in anything less than platoon size elements or they would just...disappear. And when we found them, they would be dismembered, tortured, disemboweled..."

"Jesus Christ," Pete muttered, his face pale.

"At first," the Tahni went on, in a tone that was almost rational and coherent, "we tried reprisals against the civilian population, but that only made it worse. We started to turn on each other. There were fights in the barracks daily, officers had to have men executed... Finally, I couldn't take it anymore. I considered suicide, but I found that my time so close to death there on Demeter had left me too afraid to seek it out of my own hand. So, I used a human who was posing as a collaborator, but who I knew was actually with the resistance, to set up a meeting with a DSI cadre agent. And I offered to allow their troops into the base, in exchange for a position of authority back on Tahn-Skyyiah after the war."

"That was *you*," Savage breathed, disbelief in his voice. "I heard rumors, afterward, but it was all kept quiet."

"When the humans infiltrated the base, they slaughtered my troops." His voice was empty of emotion when he spoke of it. "I didn't care. They all seemed as animals to me, my people and the humans. All I cared about was my own life. Robert Chang put me in a program he called 'Svin'ya.' I allowed them to perform restruct surgery on me, change my face and height and build, in offense to everything I used to believe. I received a new identity and spent the remainder of the war in a secret holding facility far out on some unimportant rock where no one would check." His shoulders tensed. "All I wanted, all that kept me going out there alone but for my guards, was the idea that I would be home again soon, with a position of promise. I could help guide what remained of my people so that this would never happen again."

"So what happened?" Deke asked him, feeling very much as if he'd lost control of this interrogation and wishing that Kara were here. "Obviously, it didn't work out."

"They put me back on Tahn-Skyyiah, just as they promised," Kah-Rint replied. "And then *someone*, I still don't know who or why, let it leak what I was: a traitor, an apostate, a heretic." It was a tribute to how well the Tahni spoke English that he was able to infuse the words with the bitterness of someone who'd grown up speaking the language.

"I barely escaped with my life. The Commonwealth government did nothing to help me, just gave me enough money to get a ship offplanet. The officer in charge of civilian affairs actually *laughed* at me, said I was a traitor to my own kind and I deserved what was coming to me. I wound up on Kanesh, and that was where Robert Chang found me once more...although by that time, he was no longer Robert Chang. He called himself Cutter, and he had...done things to himself."

His voice became softer, weighed down with bitter memory. "He, at least, honored his word and gave me a job, a place to live if not a home. I did not hold all this against *him*, but against the Commonwealth, and against my own people. They would have killed me, would have torn me to pieces in the street if your Marines had not intervened, and all because one of your people thought it would be amusing to tell them who I really was." His teeth bared. "I knew from that moment that if I ever had the chance, I would make the humans and the Tahni pay for turning on me. And thanks to Cutter, I had the chance."

"Wait a fucking minute," Cal stood from the jumpseat, hands bunched into fists, shoulders tensed. "This doesn't make any sense! If you're the one behind all this, then who's running the duplicates in the military?"

"I am, obviously," Kah-Rint answered, speaking to Cal as if he were a child. "They were put in place by Cutter to help with his scheme to find the Northwest Passage, but he didn't think it important enough to deactivate them after he departed on his fool's dream." An expression crossed his face that Deke knew was a sneer to the Tahni. "As if things would be different anywhere else than they are here. But he left me the means to achieve my own dream. I would provide the excuse, the provocation, and I would use the creations he'd left in place to make sure that the Commonwealth military overreacted to it."

"He knows who the duplicates are," Kel Savage said with a predatory grin.

"Thank God," Rachel sighed. "Maybe we can finally end this whole thing now, before any more people get killed."

Kah-Rint made a sound not natural to a Tahni voice box, a sound he made in rough, mocking imitation of a human: he laughed. To Deke, it sounded unnatural and grating and it set his teeth on edge.

"What's so fucking funny?" he demanded, resisting an urge to plant his fist right through the Tahni's face. Not into, through. And he knew he could do it.

"She is," Kah-Rint told him, ceasing the braying imitation of a laugh, but letting the Tahni expression of amusement remain on his face. "You are...you *all* are. You have me, yes...I regret that, as I had designs on continuing my life as I saw fit. But you haven't stopped anything."

The Tahni stopped speaking, with clear effort, but his thoughts were just below the verbal. *The war will come, when Earth loses its millions. Nothing will stop them from exterminating every last Tahni then.*

Deke's eyes widened and he leaned over the Tahni, grabbing his shoulder and squeezing till he felt the bones grate against each other.

"What the hell do you mean, 'when Earth loses its millions,' you son of a bitch?" he asked, angry enough to speak in English instead of Tahni.

Kah-Rint spat a curse in Tahni, calling the wrath of the Emperor down on the humans who invented the drugs that wouldn't let him keep his thoughts under control. His subvocal thoughts were curses as well, and Deke knew he was fighting to keep from even thinking about the question, even under the influence of the drugs. Deke grabbed another injector and gave the Tahni another hit of the psychoactive, not caring how dangerous it was at this point.

Kah-Rint went into a momentary seizure, his body jerking against the restraints hard enough to make the frame of the chair creak and shudder, but then he slumped in exhaustion, his breath ragged but regular.

"What did you mean?" Deke repeated. "How are millions of people on Earth going to die? What did you do?" When Kah-Rint said nothing for a moment, Deke slapped him, a bit harder than he intended. Blood flew from a split lip and the Tahni grunted with pain felt even through the drugs. "What did you fucking do?"

"Too late..." Kah-Rint's words came with a spray of blood and spittle and a maniacal expression brought on by the drugs. "You're too late to stop it."

"Stop *what*?" Deke yelled at him, first in English and then again in Tahni in case the drugs made him forget how to speak the human language.

He tried to fight it still, but Deke could "hear" the words he wasn't vocalizing over the neural interface. *Ship in orbit at Tahn-Skyyiah*, the unspoken words said. "*Thaddeus Moore*," the Tahni said aloud, the words dragged out of him by the drugs. "They're going to take it. Change its codes...use it to infiltrate Earth's orbital defenses." That mocking imitation of a laugh again as he realized that he couldn't hold back the truth, so he may as well revel in it. "Destroy your capital city...and everyone in it."

Deke grabbed the Tahni's face in his hand, a hand powerful enough to crush through the cheekbones and pull the male's spine out through his throat, and squeezed ever so slightly.

"When?" he asked simply, in Tahni.

"It was supposed to happen after I raised the population here on Anansi to rebel against the humans. But there's a fail-safe.... when I didn't contact them last night, a signal went out automatically." Kah-Rint sucked in a breath, shuddering. Deke could feel the vibration through his hand and it somehow made him feel dirty. "The operation will start within ninety-six hours."

Deke took his hand away from the Tahni's face and wiped his palm on the fabric of his utility pants. He felt his insides twist, his hands closing into fists involuntarily. He wanted to extend his talons and rip Kah-Rint's head off of his body.

"We have to get back to my ship," he said, barely keeping his voice below a shout. He fixed Cal with a glare. "We have to get to the nearest Instell ComSat and tell Kara. She's the only one who can stop it."

Cal was already standing, Rachel's hand in his. Her face was pale, the corner of her mouth quivering slightly; Cal's was set in a grim line.

"You can't stop it," Kah-Rint was rambling now, his voice manic. "You can't save them...can't save your world or mine...they're all dead!"

There was a smack of flesh on flesh and Deke looked around to see Pete rubbing his knuckles. Kah-Rint was lolling, his eyes unfocussed, a bruise already forming on his cheek. The younger man's face was full of rage, contained for hours now but finally free. "You're dead too, you piece of shit," he told the Tahni. Then he turned to Cal and Deke. "What the hell are we waiting for? Let's get going before that asshole is right."

CHAPTER 18

Tyya-Khin stepped into his father's room hesitantly; there had been no answer to his kick at the door. He found the old male lying on his mat, still wearing his day clothes and having done none of the nightly ablutions, as if he were going to sleep through the night without the Cleansing or the Purging. Of course, Tyya-Khin hadn't changed or performed his rituals either...but then, he didn't intend to sleep this night.

"Father," he said, trying to make his voice firm. "I have to leave you."

The lights were out, but he could see the old male turn to look at him, his head raising off his mat.

"You go out so late?" T'Sonn-Yon-Kara-Tin said, voice sounding disapproval. "When will you return?"

"I shall not," he admitted, feeling a hollow in his insides at actually saying it. "I go to meet the fate of my brothers."

The old male grunted heavily in reply. "So, our line will die out then. There will be no one to carry on the mantle of our family to the next generation."

"There is one," Tyya-Khin told him, a hint of pleasure in his voice for a change. "I have mated with one of the Matriarch's most valued acolytes and she carries my heir inside her even now. Our line will live on." *Assuming any of us live after this*, he thought but didn't say.

"My heart is gladdened, my son," the former General said slowly, a rare light of perception back in his eyes. He pushed himself upright with an obvious effort, both physical and emotional. "I shall train him in the way of our people...if in truth you do not return."

"I rely on your word, my father," Tyya-Khin placed a hand over his chest in sign of an oath accepted. "I must go now, before the humans discover the feed from their machine spies is being spoofed."

He turned to leave, but his father's voice stopped him. "Are you certain this is the right path, Tyya-Khin?"

He didn't turn back as he answered. "I am certain of nothing, father, except that if I don't lead them, someone else will have to."

Kara McIntire hadn't been sleeping well. She didn't want to admit it to herself, after all those years alone, but it was hard to sleep without Deke. Which was why she was already awake when the call came in.

Major McIntire, the voice came over her neurolink communicator, *there's a problem with the surveillance from the drones we have covering the possible insurgent leaders.*

What is it? she responded, grateful that the synthesized version of her voice wouldn't mumble groggily the way her actual voice would have.

Our monitoring software has detected abnormalities in the feed, the duty officer told her. *There's a seventy percent chance the drones are being spoofed.*

Shit. She rubbed a hand across her face, pushed stray hairs out of her eyes and sat up in bed.

Get a street patrol to Tyya-Khin's house, she instructed, grabbing her uniform off the back of a chair without bothering to turn on the lights in her quarters. *I want a physical confirmation of his location. I want a report ASAP.*

Roger, ma'am. I'll have a team out there in half an hour.

Kara belted on her pulse pistol on the way out the door, then paused to knock on the one across the hall from hers. It slid open to reveal Holly Morai, already in uniform, gun at her side and a slight smirk on her face.

"What?" she said, shrugging. "You don't think I get updates too? Shit's going down, let's get to work."

Kara shook her head and led off down the corridor. Holly was growing on her, though she wasn't really sure the reverse was true. She'd kept a hopper on call since the night of the attack, and it waited for them just outside of the office suite, inside the thick walls of the Op center, the motors already spinning up, activated remotely by her neurolink.

The space inside the walls was lit up as bright as mid-day from the security spotlights and Kara squinted against the glare as she stepped around the curved hull of the ducted-fan helicopter. She could see Fleet personnel jogging out of barracks buildings to crew emergency stations, called out by the alert she'd sounded. No one was taking any chances after they'd come so close to losing the whole garrison.

She slid into the pilot's seat of the hopper, hitting the control to close the canopy when she saw that Holly was settled into the chair beside her, then feeding power to the fans before the clear eggshell had the chance to completely shut. The little aircraft leaped into motion, yanking the both of them fifty meters above the walls before surging forward over the coastal plain. Kara ignored the outraged chattering of base security over the hopper's communication board; she let her automated clearance codes shut them up.

"So," Holly said conversationally, tightening her safety

harness, "we thinking another attack? They can't have got their hands on another nuke already..."

"Gaia knows what they've got their hands on," Kara countered, controlling the flight of the hopper with her hands rather than her neurolink just because it felt better to her, "or who gave it to them. But if they're spoofing our surveillance drones, it's not a drill."

"You don't want to take backup?" The question was more interested than plaintive, as if Holly found the idea intriguing.

"Backup will get there when it gets there," Kara said with a shrug. Beneath them, the defenses of the Op center fell away and they cruised over the partially-rebuilt spaceport, patrolled now by armored Marines as well as hovering armed drones and automated rovers.

"Yeah, I keep forgetting you were DSI Cadre," Holly said, nodding. "Just a couple of you guys on an occupied world for months at a time. Then undercover as a mineral scout for years after the war...must be tough transitioning to an office job."

Kara laughed sharply. "Does *this* look like a fucking office job to you?" Then she looked over sidelong at Holly. "Or were you talking about yourself?"

"Maybe," the other woman admitted, shrugging. "I have to tell you, this is the most alive I've felt in the last ten years."

"I have the authority to recruit new agents from other branches," Kara reminded her. "I can tell you the General would never turn down one of his kids." She raised a forestalling hand at the outraged look that was developing on Holly's face. "I know, but that's what he calls you all."

"It's something to think about," Holly said. She looked at Kara through narrow eyes. "Would you be my boss?"

Kara laughed. "Let's not get ahead of ourselves."

They'd crossed over into the city proper and it seemed dark and dead at night. There was a curfew, and even if there hadn't been, people seemed afraid to walk the streets night or day for fear of running afoul of Commonwealth patrols. Except for the ones who'd stopped being afraid, who openly threw rocks or bricks or homemade firebombs. There were more and more of those every day, and more young, Tahni males being hauled away to detention centers.

They're getting angry, Kara thought. *This can't last. One way or another, it'll boil over and we'll have to leave here or kill thousands of them.*

It took just a few minutes to reach the workshop/storefront/house Tyya-Khin shared with his father. The streetlights were out around it, but the hopper's sensors didn't need them; neither did she or Holly. Kara had the hatch opening when the hopper was still ten meters off the surface and she was leaping to the ground before the skid touched down, a pulse carbine cradled in her arms. She could hear and sense Holly moving around the other side of the aircraft and flanking her as they headed for opposite sides of the courtyard.

Kara went through the front entrance and up the walkway to the door, while Holly hopped easily over the low wall on the side of the courtyard and took a position to her right, back against the wall. Kara tried to access the feeds from the surveillance drones for just a moment; they showed nothing but the house, still and dark. There was no sign of either her or Holly, or even the hopper sitting out in the middle of the street. The feed had been hacked, spoofed with a looped image taken earlier in the night.

She gave Holly a nod, then kicked the door in. It was a solid, heavy door made of local wood but her servo-equipped bionic joints and bone reinforcement splintered it at the bolts and it swung inward with a creak of metal hinges. It was pitch black inside, but she saw nothing on thermal or infrared all the way to through the metal working shop to the entry to the living quarters. She crossed the shop floor quickly, taking the chance that there was no opposition wearing Stealth armor. Holly sidled through the front door behind her, watching their rear with her own carbine at the ready.

The inner door to the living quarters wasn't locked, wasn't even completely closed. A light shone through from the main living area; a single candle burning on a stand. The flickering dance of light and shadows played over the lined, craggy face of General T'Sonn-Yon-Kara-Tin as he sat on the couch-like furniture, rocking back and forth slightly.

"He's not here," the old male said in Tahni, not looking at them. Kara's translation programs told her that he seemed happy, satisfied. "You're too late."

Kara made a gesture to Holly, who nodded and split off to search the rest of the dwelling while the DSI agent stayed and kept an eye on the old Tahni. She returned in less than a minute, slashing the air with a hand in the all-clear sign.

"Nothing," Holly confirmed quietly. "Do we take the old fart in for questioning?"

Kara considered it for a moment, but then shook her head. "If he knew anything," she reasoned, "they wouldn't have left him here." She fell silent, churning possibilities around in her head and debating where to concentrate their forces for response.

Major McIntire, the transmission took her by surprise, jarring her out of her reverie. *You have a priority transmission from Captain Conner coming through over the Instell ComSat. It's marked "urgent."*

Put it through now, she instructed tersely. *Send it to Commander Morai's 'link as well.*

Deke was sitting in the cockpit of the *Aurora* with Cal beside him, their faces grim and desperate. Kara felt a drop in her gut.

"We got Kah-Rint," Deke said without preamble. "We interrogated him and it's the old 'good news-bad news' joke. The good news is, we don't have to worry about who's pulling his strings. No one is." He quickly outlined what they'd already found out from Reggie Nakamura's report about Kah-Rint's history with Robert Chang, and expanded on it with the subsequent betrayal of the Tahni's status as a collaborator and his abandonment of Tahn-Skyyiah to work for Cutter.

"So, apparently," Cal took up the thread, his deeper voice echoing through the small cockpit, "when Cutter abandoned his organization back on this side of the Northwest Passage, Kah-Rint saw his chance at revenge on the Commonwealth *and* the Tahni. He's been using the duplicates Cutter left behind to acquire access codes, weapons like the nuke he used on the Garrison station and the one he tried to use on the planetside base, and also to shape the military response to the strikes."

"We didn't have a chance to get a list of the duplicates yet," Deke cut in. "We will, but this is higher priority."

"He had a fail-safe in place in case he was captured," Cal went on. "The call has already gone out by the time you get this. The insurgents on Tahn-Skyyiah have the codes to access the cargo shuttles from the port to the *Thaddeus Moore*. They're going to smuggle a strike force on board and take the ship, then use it to infiltrate the orbital defenses around Earth." He paused, as if he didn't want to say the next part because it would be like accepting it as a possibility. "They're going to use the Teller-Fox drive inside Earth's gravity field, use the ship itself as a kinetic weapon to slam into the capital at relativistic speeds."

Kara felt her blood freeze in her veins. It was a brilliant tactic, looked at objectively. The Teller-Fox warp units used to open up the gate to Transition space also worked as a sublight drive, warping space locally and making it spit your ship out like a watermelon seed. But it had a weakness, a reason that ships still had to use reaction drives closer to planets: when it was used near any significantly large mass, it tended to pull the ship towards that mass at a square of whatever velocity the ship had been travelling. The military had tried to use that as a planetary bombardment weapon during the war, but it was too indiscriminate and hard to aim precisely, and far too easy to defend against. Unless you already had the codes and authorizations that would let you take your ship right into orbit...

A lump made a passage down Cal's throat before he went on. "It'll kill millions, turn everything for kilometers around into a smoking crater. After that, there'll be no way to prevent a full-scale war with the Tahni, even if we expose the duplicates."

"We're heading your way," Deke said. "Savage's people are following us, but I don't know if we'll get there in time to do anything. You have to stop them from taking the *Moore*, and unfortunately, you can't trust *anyone*. We know there are duplicates insystem and we can't be sure they aren't already on the *Moore* or in the command structure onplanet." He shrugged helplessly. "I hope you know what to do, love, because I don't have a clue."

But the look of anguish in his eyes told her he knew exactly what she had to do, but couldn't bring himself to say it.

Lt. Feige, she transmitted to the port duty officer, *I need a passenger shuttle prepped for flight ASAP. I'm heading for the port now.*

Aye, ma'am, came the immediate reply. *Did you need any crew assigned?*

Negative, she replied after a moment's hesitation. She caught Holly's eye and the other woman nodded. *I'll fly it myself.*

CHAPTER 19

Captain Jon Einarsson was trying very hard not to lose his temper, but it was becoming more difficult with each update that scrolled across his corneal lens implant. He bit back a curse, then glanced around the bridge of the *Thaddeus Moore* to make sure no one had heard the muttered half-word. Everyone was still paying attention to their stations, immersed in the day-to-day, hour-to-hour duties that made crewing a ship this size tedious, even circling in a stable orbit around a planet.

Not that there was anything *stable* about Tahn-Skyyiah, not anymore. It rotated serenely on the bridge's holographic display, deceptively peaceful in appearance, giving no indication of the unrest that made him certain he would wind up having to open fire on its cities from orbit before too long.

Still fuming inwardly, he touched a button on his 'link to connect him to the intraship network and tried to relax. A deep breath sent him floating upward slightly, setting his zero-g chair restraints pulling with minute pressure against his lap and shoulders.

Maybe I need some more time in the gravity drum, he thought. *Or even a visit planetside.* Too much time weightless played hard on the psyche and it was tough making the time each day to exercise in the ship's central rotating drum. Tough making time for *anything* other than work lately. He ran a hand tiredly through his tightly-curled black bowl cut and felt the anger finally slide away. Mostly.

"Engineering," the answer to his call came within seconds, the nasal voice sounding tinny in his ear bud. "Commander Lee here, sir."

"Commander," Einarsson said, firmly but quietly, "what the hell is this power surge I keep getting reports on? I must have seen a half dozen in the past hour. Why hasn't this been nailed down?"

"Sir," the engineer's voice sounded harried, "I've got three people working on it now. I'm having trouble with the diagnostics. Just when I think it's been isolated, it jumps to another system." He sighed. "If this keeps up, I may have to physically disconnect the main power trunk temporarily and reboot."

"That'll be a huge pain in the ass, Lee," Einarsson commented. "Let's try to make sure it doesn't come to that."

A scrawl across the corner of the Captain's vision indicated that Security was trying to contact him. He sighed softly to himself. "I'll get back with you, Commander," he told Lee. "Find me an answer to this." He closed off that call and opened a line to Security. "Captain Einarsson," he said.

"Sir," the male voice sounded nervous, as if this was the first time he'd spoken to the Captain, "this is Lieutenant Velazquez in Security. We have two scheduled cargo shuttles coming up from the port planetside, sir, but we're having a problem with their internal cargo scanners, with both boats, sir." A note of apology came into the already hesitant tone. "I would normally run this by Security Chief Chiang, but she's on liberty at the port and can't be reached currently."

"You've contacted the crews?" Captain Einarsson snapped, not even trying to conceal his impatience.

"They say they aren't getting any malfunctions, sir. They both say it has to be on our end."

Einarsson hissed out a sigh. "We have a power surge in Engineering, Lee...it's been jumping from system to system, causing problems. Maybe it's screwing up our telemetry. At any rate..."

A klaxon sounded, echoing across the bridge, throughout the ship and in the ear bud of every 'link of every crewmember. It was ear-splitting and nerve-shattering and it was meant to be. There were damn few reasons for it to sound, and this one...

Red letters floated across his vision: reactor malfunction. Containment failure imminent.

"We have more important things to worry about."

Lieutenant Jose Velazquez's hand went to his ear instinctively, trying to shut out the blaring alarm that was sounding there, but it immediately reduced in volume and an automated voice began droning.

"All hands to emergency stations. This is not a drill."

His mind raced, trying to remember when they *had* been drills, trying to remember what Chief Lee's first actions had been...

The shuttles, he thought suddenly. The cargo shuttles that were docking...he had to make sure they were warned off.

Velazquez glanced around the small Security station, little more than a closet in one of the inner chambers of the ship, separated from the bridge by six levels of decks. He'd been on duty alone, but no one else had shown up yet, despite the alarm. He had to contact the shuttles himself.

"Cargo Flight 323-Alpha and 323-Bravo," he broadcast, adjusting his 'link to the correct channel, "this is the *Thaddeus Moore*, Lt. Velazquez, do you copy?"

He waited for a long moment, but there was no response.

"Cargo Flight 323-Alpha and 323-Bravo," he repeated, "this is the *Thaddeus Moore*. We are in Emergency Protocols. Break off docking procedures immediately and return to the port. Do you copy?"

Nothing. "That's just bloody wonderful," he murmured, looking around again.

He was about to contact one of his subordinates, who *still* hadn't made it to their stations, and instruct them to physically go down to the docking bay and warn the shuttles off, when the alarm klaxon began sounding again. This time, it was a different tone, one he'd never expected to hear in his whole career.

"Abandon ship," the automated voice droned urgently. "Abandon ship immediately. This is not a drill. All personnel abandon ship immediately. Reactor containment breach imminent."

"Jesus!" he breathed in disbelief. He looked to his datalink readout, trying to get more details, but there was nothing. "Ship's status," he said, trying to access the shipwide computer network. Nothing again. The whole network was down and no one was communicating via the 'links. He cursed under his breath and tried the communications console at his workstation, but every indicator on that board was solid red: no connection.

Velazquez tried to control his breathing. He couldn't contact anyone and he had to get to a lifepod. But the damn shuttles...if comms were down, someone had to warn them.

A plan solidified in his thoughts. There were lifepods and passenger shuttles in the docking bay. He'd head down there and warn the cargo crews, then if he had to, he could catch a ride back on one of their boats.

He tried to push his own looming panic deep inside him and concentrate on the mission, but as he headed out into a corridor already alive with crew waiting for the lifts or heading into the central access tubes, he couldn't banish one thought: why were the comms not working?

Tyya-Khin was trying hard not to look at the blood. There wasn't much; the pressure suits the human pilots had been wearing had contained most of it, and the Tahni troops had quickly disposed of the bodies into the empty cargo containers from which the strike force had emerged mid-flight. But here and there a drop or two would float by him in the cockpit, a crimson globule orbiting some point he had not the math to determine, until it splattered unceremoniously against a bulkhead when the shuttle's maneuvering thrusters fired.

He hadn't felt uncomfortable killing humans back when all this had started. He'd personally shot two on the night of the uprising and had no thought of it. But as time went on, it felt less like the necessary work of a noble fight for freedom and more like marks on his spirit, chalking up a debt he owed but could never pay.

What debt will I owe after this? he wondered, letting his eyes wander over the elongated wedge of the human ship. It was beautiful in the way of a well-made weapon.

"Someone on the ship is trying to contact us," G'san-Fal told him from the copilot's seat. He was the same age as Tyya-Khin yet he seemed younger somehow, despite the fact they'd grown up just a few doors away from each other. Tyya felt guilty having him along, but the male would not have remained behind.

"Ignore it," Tyya instructed. "The data worm is working?"

"Yes," G'san confirmed. "Internal and external communications are scrambled. As far as any of them know, their reactor is about to go critical."

"There!" Tyya exclaimed, pointing at the viewscreen. The ship was growing larger in the holographic image, and they could see the small, silvery cylinders begin to eject along the spine of the vessel. "Lifepods are being launched. The deception is working."

He felt an irrational relief that he wouldn't have to kill the crew of the ship; as if sparing a couple hundred would make up for the millions, or tens of millions he would slaughter if this worked.

"Docking in five minutes," he informed the troops back in the cargo area, speaking into the audio pickup on the console. "Be ready."

Behind them, the second shuttle was firing its braking thrusters, slowing its approach to wait for them to enter the docking bay first. If they faced resistance and failed to board, it would be the job of the troops on that shuttle to take their place.

Maneuvering thrusters hammered their boat forward with sharp bangs against the hull and the view outside shifted as the docking bay seemed to swallow them up, lit from within but so much dimmer than the glare of the system's primary gleaming off the outside of the cruiser. The bay was mostly empty, only two of the docking stations occupied by the ship's complement of assault shuttles, and he could already see one of those boats beginning to separate from its pressure collar as it was used for the evacuation.

They were probably trying to communicate with his cargo shuttle as well, but he didn't bother to ask G'san. He found himself holding his breath as they slipped into the berth, the automated collar extending out to seal against their own airlock with a soft vibration through the hull. He half expected the assault shuttle to figure out what was actually happening and target their boat with a missile; instead, the attack boat cleared the docking bay and then shot away with a flare of boron fusion drives.

"Docking collar is secure," G'san told him.

"All troops disembark," Tyya broadcast to the males back in the cargo hold. "Group One head for the bridge, Group Two to Engineering." He hesitated, but he knew it had to be said. "Kill any human you see."

Jose Velazquez felt a hazy tinge of unreality settling over everything as he sailed headlong through the *Thaddeus Moore*'s central access tube. The broad, padded tunnel ran down the center of the ship and was the primary way of getting from one deck to another when the cruiser was in zero gravity. Usually, it was crowded with crewmembers, zipping past each other with practiced ease and entering and exiting through the open hatches from each deck in what could pass for a ballet. It was empty now, except for him. He'd only been assigned to the *Moore* for six months, but he'd never seen it empty.

The whole thing felt like a Virtual Reality simulation being run for training, and he had to remind himself to start braking against the roughened surface of the padding before he slammed into far end of the tube. The fore end of the access tube terminated at a hub with four different hatches that led to the bridge, the twin gravimetic sensor bays and the docking bay. Velazquez pushed off the side of the padded tunnel and sailed through the hatch opposite the bridge exit, which led to the docking facilities.

He caught himself against the padded ring that lined the exit hatch before launching out of it with the sole of his right boot and floating out into the ship's utility bay. It was the largest open chamber in the whole vessel, the place where fragile cargo could be sorted and distributed. Missiles, fuel and reaction mass could be loaded through exterior ports, but small replacement parts, raw food and other perishables were unloaded from shuttles in the utility bay and transported in the main cargo lifts.

Velazquez touched a control on his 'link that activated the sticky plates in his boots, then touched them to the deck to anchor himself facing the far bulkhead. The space across from the exit hatch was lined with four separate three-meter-wide airlocks, each leading into a metal-lined track that could be magnetized at need to control cargo pallets. The indicator lights for three of the locks were red; the one on the far side of the bay flashed green.

"At least there'll be someone to give me a ride," Velazquez muttered. He'd been fighting down nightmare scenarios that had left him trapped on board the *Moore* as it vanished in a spherical white fusion explosion.

The viewscreen that took up about half the wall above the airlocks showed the one cargo boat securely docked while the other was beginning its entry into the bay. He shook his head, annoyed at the stupidity of the shuttle crews. Didn't they see the lifepods ejecting? Didn't they notice the lack of communications? Couldn't they see there was some sort of emergency? If he didn't need them to give him a ride out of here, he'd have chewed them all out.

Well, no, probably not, he admitted to himself. He wasn't very good at yelling at people.

The airlock opened with a pneumatic hiss and his mouth opened to begin explaining the situation to the crew...and closed with a click of teeth when he saw the battle-armored troops inside, bristling with weapons. His eyes widened and the gears in his brain began grinding, fighting against the cognitive dissonance of not wanting to believe what he was seeing or accept its implications.

One of the armored figures seemed to notice him just then, swinging around with an economy of motion that told him they were anchored to the deck with magnetic boots, and Velazquez found himself staring down the yawning muzzle of what looked like a flechette gun. He stopped trying to think and just moved.

Later, he wouldn't remember how exactly he'd done it, but he was instantly flying backwards through the air, squeezing his knees into his chest and absorbing the impact on the padded entrance collar for the access hatch with the big muscles of his back. He uncoiled and launched himself downward just as he heard the first shot explode in the confined space of the utility bay like a bomb going off.

He didn't look back as he propelled himself at ever-greater

speed down the access tunnel, but he knew they would be after him in seconds; how many depended on how practiced they were in using magnetic boots in zero gravity. He had to get out of the tunnel, but he also had to get out somewhere he could hide.

There's no containment breach, he realized abruptly. *This is an attack!*

He shoved the thought down, forcing his mind to work on an escape plan before it was too late. Wait...deck six. There. He pushed off to his right and pulled himself through the access hatch, exiting the tunnel without hearing any gunshots on his heels. Hopefully that meant he'd made it out before the...whoever...had made it in.

It's not "whoever," he chided himself, pushing off into an interior corridor. *It's the damn Tahni.*

How the hell did Tahni insurgents get on this ship? How the hell did they penetrate the ship's systems? If they'd caused this alert as a distraction to take the ship, they had to have the access codes, which meant they could use the ship's security scanners to find him or anyone else who hadn't managed to get off the *Moore* yet.

Velazquez attached his boot's sticky plate to the deck next to an unmarked, meter-and-a-half high access panel set in a niche in the bulkhead next to the ship's computer maintenance bay, and a look of determination settled over his face. He touched his palm to the ID plate beside the panel and it slid aside at his authorization, revealing a dark, cramped alcove that led back further than he could see. One quick look over his shoulder to make sure no one was following, then he stepped inside and shut the door behind him, plunging into the darkness.

CHAPTER 20

"This is a real shitstorm we're walking into," Holly Morai said calmly, eyes following the tracks of the lifepods ejecting from the *Thaddeus Moore*. "You sure we can't get some help on this?" Her gaze flickered over to Kara McIntire, then back at the otherwise empty crew compartment of the small shuttle.

"Sure," Kara said. "If you can tell me who I can trust with Cal and Deke gone. Otherwise, we may as well hang a sign on our back that says 'please shoot me.'"

"I don't think we'll need the sign." Holly nodded towards the viewscreen, where the two cargo shuttles were moving into docking position. "Why didn't we use an assault shuttle? We could have blown them out of orbit from here."

"Because the only assault shuttles onplanet were out on patrol," Kara said with a tone of strained patience. "This is happening now, not two hours from now. The only armed ship available was my missile cutter, and it's too damn big to fit in the *Moore*'s docking bay."

"I know," Holly admitted. She allowed herself a tight smile. "I bitch when I'm nervous."

"I bite people's heads off when I'm nervous," Kara said, eyes on the cruiser as she manipulated the controls and the main thrusters kicked them in the pants. "I don't know how the hell Deke puts up with me sometimes."

"He's changed a lot," Holly said. "How did you manage that?"

"He was lonely." Kara fired braking thrusters and slowed their acceleration, making sure both cargo shuttles were inside the docking bay to avoid detection. "He was burned out on trying to be an outlaw, and General Murdock and I were offering something that was close to the last family he remembered having." She blew out a sigh. "I worry sometimes that it's the idea of a family that he loves and not really me."

"Be his family then," Holly said, shrugging as if the answer was obvious. "Cal is his brother and he'll never stop loving Cal. If you're his family and not just his boss, he won't stop loving you either."

Kara looked at her, mouth dropping open slightly as if the depth of the answer shocked her. "What?" Holly demanded. "I've known these guys since they were kids. You don't think I know how their heads are screwed on?"

Kara shook her head and turned back to the controls. "I think we've given them enough time," she said. "I'm taking us in. Their communications and sensors still seem to be down, so hopefully they won't notice us."

"Hope in one hand," Holly said, swinging out of her seat to pull on a combat harness and grab a pulse carbine out of a locker behind the cockpit, "and shit in the other. See which one fills up faster." She reached into the pocket of her utility fatigues and pulled on the featureless mask that was the final component of her byomer Reflex armor. Everything went black for just a moment before the circuitry in the mask synched with her implants and she saw normally again. She braced herself against the acceleration couch as the shuttle jolted forward on a short burst from the main engines.

Kara unstrapped from her own couch and began gearing up

herself, leaving the shuttle to dock on computer control. "They're letting the crew escape," she said, her voice thoughtful.

"So?" Holly asked, hearing her own voice sounding a bit muffled through the mask. "It got them out of the way."

"They didn't have to," Kara pointed out, pausing to pull her own facemask on. *They have control of the ship's systems*, she'd switched to neurolink communicator with the mask on. *They could have purged the ship's atmosphere and killed most of them in less than a minute.*

Maybe they figured this would be easier.

Kara shook her head even though she wasn't speaking. *It's not. It's riskier. But they did it anyway.* He *did it anyway.*

Tyya-Khin? Holly asked, bracing herself for one final time as the shuttle's main engine burned for a heartbeat then cut out and the stars disappeared in the shadow of the docking bay on the viewscreen.

He's their leader, Kara said, attaching her carbine to the elastic lanyards on her tactical vest, *but I get the sense that he's being dragged into this. If we can convince him he's being used by Kah-Rint...*

The braking thrusters beneath the shuttle's nose fired with a trio of loud bangs, then the port maneuvering rockets kicked them towards starboard and the shuttle nestled into a berth just behind one of the cargo boats. Both women grabbed for support to keep from being thrown across the hold into the far bulkhead.

They won't be in the talking mood, Holly predicted. She watched the airlock collar extend slowly out of the side of the docking bay to mate with the ring around the shuttle's main lock. There was a grinding thump that vibrated through the shuttle's body as it attached itself to them.

Not at first, Kara agreed, moving to the side of the shuttle's hatch and raising her carbine as she waited for it to open. *We'll probably have to kill quite a few of them before they decide to talk.*

That's what I like about you, Kara, Holly said, amusement

leaking through the neurolinked translation as she moved into place beside the other woman. *You're a realist.*

The command bridge of the *Thaddeus Moore* was a sterile and lifeless place, Tyya-Khin thought, hands grasping the back of the Captain's acceleration couch. There was nothing of the humans who had crewed it: no totems of their gods, no medallions of luck, no family crests affixed to the walls. The work stations were impersonal and functional, though enormously clever. The haptic-feedback holographic control displays were far in advance of what Tahni ships had used back in the war.

Those controls had been locked down when they'd first arrived on the bridge, but a manually entered code that Kah-Rint had provided had taken care of that. Now his technicians had shed their battle armor and were manipulating the holographic displays, banishing the false alarms and fake reactor readings from the system penetration worm with which the very resourceful yet very mysterious expatriate Tahni had managed to infect the human systems.

"Three minutes till we're ready to leave orbit, Commander," G'san told him, satisfaction on his face as he tamed the cruiser's systems.

"Excellent," Tyya feigned more enthusiasm than he felt. "We need to be away before anyone on the surface realizes what has happened." He turned to the technician who had taken over the bridge's internal security station. "Is there any resistance? Any crew left on the ship?"

"Commander," the young male said, his face troubled and apologetic, "I'm sorry, but I still can't access the internal security monitors. None of the optical, thermal or sonic sensors seem to be working."

"Did they not accept our access codes?" Tyya asked,

concerned. If the codes weren't good, this whole mission was over before it began.

"The codes were accepted," the technician explained, frustration in his tone, "but the actual, physical systems don't seem to be working." He made a gesture of surrender. "It's as if they've all been blocked somehow."

He didn't bother to question the male further; it was obvious he didn't understand the problem. Instead, he touched a control on his 'link to connect him to all the other Tahni he'd brought with him to take the ship through the intership communications system.

"Report in," he called. "All squads report status."

"First squad clear," came the report from the group he'd sent to secure Engineering. Their squad leader had fought in the war, and his report was concise and firm, his voice sonorous even through the bridge speakers.

"Second squad clear." The report was as concise as the first, though the voice was tinged with excitement. V'tar-Chal had seen much fighting in the insurgency, but he was an ideologue more than a soldier. He saw this as a great honor rather than likely suicide. His squad was stationed on deck four, guarding the ship's armory and the auxiliary bridge.

"Third squad, Talv-Ban here, everything is normal." That was the team just outside the bridge, guarding the various approaches; their squad leader was a younger male with no military experience, which was why Tyya had kept him close.

Nothing is normal, he thought in counterpoint to Talv-Ban's statement but didn't say. *Else we wouldn't be here.*

"Fourth squad?" he transmitted after waiting a moment. "Fourth squad report." They were stationed at the docking bay.

"Commander," the leader of fourth squad replied, "I think there's a malfunction with the airlocks. We received no notice of a ship docking but the lock seems to be cycling..."

Tyya felt fear and panic rising inside him and fought it down with effort, fingers digging into the padding of the acceleration couch. "It's an attack! Disable the lock, force the outer doors open!" He didn't wait for the squad leader to do it, instead turning to the Operations station and the technician there. "Open all external locks now! All of them!"

With the external doors open, the internal locks wouldn't be able to budge against the pressure of the ship's atmosphere. They could still burn through but it would take time.

"It's too late," the technician told him, voice grim as he looked up from the display. "The lock is open."

"We're under atta..." The squad leader's voice broke off in mid-word as the boom of flechette guns going off warred with the whining crackle of laser pulses in the background.

Tyya spat a curse and stabbed a finger at the Operations tech. "Seal off the docking bay from the rest of the ship! Do it now!"

"But our people will be stuck there..." the male protested weakly, hands hovering over the controls.

Tyya growled deep in his chest and pushed over to the station, thrusting a hand into the holographic display and pulling the control to the correct position. Lights flashed red in the readout as the emergency seals slammed into place across the lift car shaft and the access tube. He took a brief but discerning look at the rest of the schematic, then shut the emergency seals for each deck above deck six, all the way to the bridge.

"Our people will win the fight or die before help could get to them," he said harshly to his bridge crew. "This mission can't be allowed to die with them if they fail. Helm," he said, turning to the male strapped into the couch at that station, "take us out of orbit now, one gravity acceleration."

"Yes, Commander," the Helm officer said with confidence.

Tyya barely had time to strap himself into the Captain's chair before the fusion drives ignited and a standard human gravity pushed them all downward towards the deck with a force a bit less than the gravity of Tahn-Skyyiah. Caught off guard, the troops stationed throughout the ship might be injured, but there was no help for it. He cursed again, this time aloud. He'd hoped for more time, more confusion, hoped that it would all be enough to keep any counterattacks away until they could enter Transition space.

There was a human saying that his father had taught him, one the old General had learned from their intelligence experts: "No battle plan survives contact with the enemy." He could see the wisdom in that now. You had to be fluid, to ride the waves of chance the way one of the great marine predators rode the ocean waves towards the shore to hunt down the dwellers in the shallows.

"Commander Tyya-Khin." The voice chilled his soul with its weakness and despair. It wasn't the fourth squad leader, that he could see on the readout of his 'link. It was a younger male; one he didn't know but whose name he recognized as the son of a priest.

"Yes, F'lar-Ton?" he said urgently. "What is your situation?"

"There were at least two of them," the male related, pain in the words, as if each cost him minutes of life. "They were so fast I can't be sure..." A coughing fit that last precious seconds, then gasping, wet wheezes to regain breath. "They're gone now. They made it out before the emergency seals closed."

Tyya snarled under his breath, but kept his tone light and encouraging for F'lar-Ton. "It is well. Once we have them secured, we will send help for your wounded."

"No, Tyya." The last word was barely understandable, choked out through a wet cough. "There's no one else...they're dead, and I..."

The transmission cut off and Tyya-Khin let out a long breath. "Flar-Ton?" he said, not expecting an answer. There was none. He turned to the Security station, gathering himself so that he wouldn't sound as shaken as he felt. "We have enemy soldiers on board, at least two. They're contained for the moment, so our priority is to get into Transition space as quickly as possible.

Once we're out of reach of Commonwealth spacecraft, I want you to take as many people as you need and get those security scanners running so we can pin them down and kill them."

"Yes, Commander," the male said, saluting smartly. Tyya could see the doubt in his face, though. He was fairly certain it mirrored his own.

Holly Morai limped slightly as she stepped out onto Deck Six, but she tried to ignore it: the flechettes hadn't actually penetrated her Reflex armor, just bruised her leg all to hell. She swept back and forth with her pulse carbine, but saw nothing, just like every deck they'd checked on their way down from the docking bay. It had been a bitch climbing down the emergency ladders in the access tunnel while under acceleration, too.

They'll have Engineering sealed off, just like the bridge, she transmitted to Kara McIntire. *And once they Transition this bucket of bolts, they'll come hunting for us, or just blow out the atmosphere and wait till we die. So, what's your plan?*

"Son of a bitch," she heard Kara's muffled curse through her hood as the DSI agent forgot to use the neurolink in her frustration. She knew why: the door to the ship's computer core maintenance station was covered with a hardened emergency security seal which had lowered from the overhead and could only be released from the bridge.

Holly pulled her facemask off, shaking her head. "Well, we aren't burning through that with these," she said sardonically, motioning with her pulse carbine.

Kara didn't respond other than to curse again, louder this time. She slammed a fist into the tungsten door in futility, then pulled off her own facemask and glared at Holly. "We aren't burning through that with anything less than a ship-to-ship laser. That Tyya-Khin isn't your typical thinks-with-his-balls Tahni commander; he did just the right thing."

"He's got to see us on the security scanners," Holly said, frowning. "I don't know why he doesn't flush the atmosphere..."

Both women were in motion, moving wide and swinging their pulse carbines around before either registered the sound they'd heard that had set off their internal alarms. It was a small maintenance hatch set into the wall beside the sealed computer room and it was slowly sliding open. The face that stuck out through the opening turned white at the twin carbine muzzles, and he almost jerked back before visibly realizing that sudden movements would be a bad idea.

He was a younger man, a junior officer in Security from his uniform markings, with a rounded, doughy face and soft, dark eyes opened wide with fear.

"Are..." he stuttered, tried again. "Are you..." He broke off, obviously not knowing who or what they were.

"I'm Major McIntire, DSI," Kara told him, lowering her weapon. "You're Lieutenant Velazquez, ship's security?" Holly figured she was reading the ID chip in the man's uniform.

"Yes, ma'am," the younger man nodded gratefully. "Damn, I'm glad to see you...or anyone." He looked around behind them. "Where are the rest of you? Have you retaken the ship?"

Holly snorted at that, lip curling with dark humor. Kara shot her a quelling glance before turning back to the junior officer. "Unfortunately, we're it," she admitted to him. "We had a very last minute warning something was happening, and we barely got on board before the ship left orbit." She shook her head. "The bastards sealed us out of Engineering, the bridge and," she motioned next to them, "the computer maintenance room. Once they get into Transition space, they'll be able to track us down with the security scanners and..."

"No, they won't, ma'am," Velazquez smiled for the first time. "I made sure of that." He looked around again, tensing. "I don't know about you, but I don't want to be standing out here in the open any longer than I have to." He backed away from the doorway, motioning for them to follow.

Holly shrugged and ducked into the tiny hatchway, her shoulders scraping the sides. It widened slightly inside, but not by much. The right-hand side of the dark corridor was nothing but thickly-armored bulkhead, which made sense since it was protecting the holographic computer core of the ship. The left side was inlaid with bank after bank of solid-state storage, the backup system for the ship's main computer in case it was damaged or powered down. Unlike the main computer room, the backup storage banks weren't considered mission-critical enough to seal it away during an emergency.

Once Kara was inside, Velazquez sealed the hatch behind them, then led them deeper into the pitch-black corridor, making his way by feel while the two women followed using their enhanced vision. The passage continued for another fifty meters, curving around with the hull, until it came to another windowless hatch, as small as the first. Velazquez palmed an ID plate next to it on the bulkhead and it hissed open with a flood of light that made the young man cover his eyes with a hand.

Holly blinked instinctively, but her built-in optical dampers kept her from being blinded. The light was bright only by comparison with the total darkness previously, coming from a single overhead panel, but it was enough to illuminate the tiny work room. Packed with rolls of superconductive cables tied into routers to provide a constant stream of data from the main computer core to the solid-state backups as well as a small box of nutrient bars and several bottles of water, there was very little extra space left in the tiny chamber, but they managed to squeeze inside, squatting on bare spots on the deck while Velazquez closed the hatch behind them.

"I tapped into the system through here," he explained, jamming himself between them to indicate a jury-rigged junction box wedged into place between a pair of routers and spliced into three different conduits. "It's pretty crude and I'm not a netdiver, but I do know the ship's Security systems---and my boss' override codes." He shook his head. "I couldn't close out the system from bridge control, but I could crash it. All the security scanners are dead until they're manually rebooted."

"That was smart work," Kara told him. "Is there any way you can get us into the system? Commander Morai," she nodded at Holly, "has certain netdiving...skills," she decided to put it, "that could help us take control of the ship."

"There's no wireless access in here," he said apologetically. "Security reasons. Unless you have the equipment with you to rig it up..."

"Unfortunately no," Holly remarked, scowling. "We came on short notice."

"What are they going to do with the ship?" Velazquez asked. "Are they going to try to attack the base?"

"If only," Kara muttered, jaw set in frustration.

"They're taking her to Earth," Holly told the young man. Before she could say another word, there was a jolt that sent them all floating towards the overhead as the fusion drives cut off.

They'd barely had time to push themselves back down before reality twisted briefly around itself and gravity returned with a crushing certainty. Kara looked at her with something approaching panic in her eyes, an emotion Holly was sure that the DSI agent wasn't used to.

"We're in Transition space," Velazquez said, rubbing his back where it had impacted equipment when the ship's artificial gravity had kicked in---it only worked in T-space.

"It's 256 hours from here to the Solar system," Holly said, staring at the bulkhead as if she could see the unreality beyond it. "That's how long we have to figure out how to disable this ship, or get past the emergency seals and take out the rest of the Tahni insurgents."

"I don't think we'll have to wait quite that long." Kara's voice was fatalistic. "Now that we're in T-space, they'll be coming for us."

CHAPTER 21

Commander Wilhelmina Forrester pushed through the door to her apartment, letting it automatically swing shut behind her. She stripped off her uniform jacket and dropped it and her work tablet on a table in the entrance hall as the lights rose to a comfortable level to adjust her vision from the exterior night. She brushed a strand of hair out of her face, then stepped through the short hall and into her living room.

She stopped short there, a cry of alarm forming on her lips as she saw the figure in the shadows at the corner of the room, sitting on one of her chairs. The cry died unborn as the figure leaned forward and she saw that it was Reggie Nakamura.

"Jesus Christ, Reggie," she said, a hand going to her chest as she mimed a heart attack. "You *could* have called, you know!"

"Sorry, Billy," Reggie said, but he didn't move and his voice was as flat as his expression. "Didn't mean to scare you. I just didn't want the word to spread that I was around."

"Why?" she asked. "What's up?" She started to take a step towards him, then paused. There was something about the set of his shoulders, the narrowed darkness of his eyes that wasn't particularly inviting.

"The last time I was here," Reggie went on as if she hadn't spoken, "I asked you who was making the calls about the response to the Tahni insurgency. Later that day, I went out to meet an intelligence source outside the city. I was followed by a hit squad."

She started to interrupt with a surprised exclamation, but he raised a hand abruptly to silence her. "They were totally scrubbed, no ID files in the system, erased from existence. A little creative interrogation of the only survivor," his voice turned harsh, "discovered they were a deniable black ops team. Hired by a screen corporation but run by Fleet Intelligence." He stood up in one, smooth motion that was so sudden it made her step back instinctively. "Run by *your office* in Fleet Intelligence, Billy."

Her eyes went to his hips, his hands, but she saw no gun, holstered or held. Not that the absence of a firearm made him any less dangerous, she knew. She surreptitiously pressed a finger to a red square on her wrist 'link before raising her hands pleadingly in front of her.

"Reggie," she said quickly, "I swear to God, I had *no* idea..."

"If you're waiting for the help you just called to arrive," Reggie raised his voice slightly to speak over her, "don't hold your fucking breath." The corner of his mouth quirked humorlessly. "How do you suppose I got in here without setting off any security alerts? Remember the crowd I roll with sweetheart."

Billy flinched at the phrase, remembering the last time he'd said it. "Babe, it's not what it looks like," she insisted, backing slowly away, hoping she could make it back to the handgun she had stashed inside the decorative table by the couch. "All I did was report the question to my superior...I'm sorry, I know it's shitty, but it's my job!"

"That's what I thought at first," Reggie admitted, nodding as he matched her step backwards with one of his own forward. "That's what I told General Murdock when he clued me in to the hit team. I didn't want to believe you'd do anything to hurt me, not after all the years I've known you." He grinned, an expression totally devoid of warmth or friendliness. "That's the thing, though, sweetheart. I don't really know *you*, do I?"

Billy moved. Part of her knew that there was no way she'd make it, but she had no choice, literally. Something *compelled* her to move, to strike out with no hope of success. She grabbed at the drawer set in the table, yanking it open and reaching in as she watched him...not move at all. Her hand touched bare wood and she looked around to see that the compartment was empty.

"Were you looking for this?"

The voice wasn't unfamiliar, though she hadn't heard it in a long time. The face was very recognizable: the man was a legend. General Antonin Murdock stepped out of her kitchen, her hideout gun held casually in his right hand. She felt a chill run up her spine at the sight of the man. This wasn't just a personal grudge from Reggie feeling betrayed, then. They knew.

"How much of what's in there is the real Billy?" Reggie asked her, his voice hurt and bitter.

She laughed at the question. It was so damned ridiculous. "How the hell would I know?" she returned, not bothering to deny it.

There was motion, and thunder, and then blackness forever.

Reggie stared down at the body with grief he knew somewhere inside him was misplaced. Billy hadn't just died; she'd been murdered months ago, most likely, replaced with a preprogrammed duplicate.

"You should have let me do it," he told Murdock.

"If you had been capable of doing it," the General said quietly, lowering the little pistol, "you'd have done it already."

"Then why bring me along at all?" Reggie snapped, hands

clenching into fists. "Why call me here all the way from Highland?"

"Because you needed to see. You needed to hear her admit it, before you'd be ready to help me do what comes next."

Reggie let out a breath. "I thought you were going to take care of this part of it."

"I said I'd take care of the investigation," Murdock corrected him with his schoolteacher's tone. "The investigation is over. Now comes the action."

"I assume we're not talking about Senate hearings," Reggie said, with a sardonic edge to his tone.

"The government would never admit that personnel this high up the food chain were replaced with imposters," Murdock said, shaking his head. "This all happens in the shadows, Reginald." He paused, smiling slightly. "Sorry...Reggie."

Reggie looked at him sharply, suspecting he was being mocked. "This isn't exactly some backwoods colony, General. These people will have better security than..." He jerked his head in a gesture indicating the small apartment Billy had rated as an Intelligence staff officer.

"Yes, they will," Murdock admitted. "That's why I need your help."

Reggie gave one last look at what was left of the thing that hadn't really been Wilhelmina Forrester. Her partner would be devastated, wouldn't know that the real woman had died long before.

He sighed in resignation. "Let's get to work."

"Well, the message is out," Deke said, the words leaving in an exasperated sigh. "For all the fucking good it'll do."

"We had to try," Cal told him, one hand anchoring him to the back of the pilot's acceleration couch as he floated above it in the *Aurora*'s cockpit. "At least now Earth Defense Command knows what's coming."

Deke barked a humorless laugh. "Yeah, they know a ship that's going to have the proper clearances and a spoofed registry is going to be in orbit sometime in the next few weeks. All they gotta' do is blow up every military ship that comes within a couple AU's of the planet for the foreseeable future, right?" He hissed out a breath. "That's if whatever duplicates Cutter left in place don't just quash the message before it even gets out."

Cal didn't respond. He knew what was upsetting Deke, and it wasn't the danger to Earth. "If there was a way to get to them," he said instead, "you know I'd be there with you."

"We send Savage's ship to the Centauri gate," Deke said after a moment's hesitation, his voice less angry and more decisive. "That's the last wormhole jumpgate before the Sol system on the most direct route from Tahn-Skyyiah to Earth, so they'll get any Instell messages Kara might send."

"Makes sense," Cal said with a nod that sent him bobbing slightly. "What about the *Aurora*?"

"We take the *Aurora* and follow the most direct Transition line to Earth," Deke said, fingertips drumming on the console in front of him. "And we drop out of T-space every twelve hours to take gravimetic readings. If they manage to take the ship out of T-space, we'll find them. If they take it over, we'll get their Instell message at the next jumpgate." He looked back over his shoulder at Cal, his face attempting a cold mask, but a quiver in his cheek betraying him. "I'll contact Savage. Get everyone ready for immediate Transition."

"Will do, Deke," Cal said quietly. He put a hand on his old friend's arm for just a moment before heading out of the cockpit.

He found Pete and Rachel in the small galley next to the ship's utility bay, strapped into the couch there and talking quietly. They looked around as he came in, and he could see the emotions warring on Rachel's face.

"Pete," he said, "we're going to be Transitioning in a couple minutes. Could you go to the cockpit and back up Deke?"

His brother looked like he wanted to argue about that, but something in Cal's expression changed his mind and he nodded instead, loosening his restraints and pushing out of the room. Cal strapped in next to Rachel, slipping an arm around her. She wrapped one of hers around his waist, pulling him closer.

"How's Deke holding up?" she asked him.

"He's still thinking straight," Cal told her, "but I can tell this is tearing him up. He knows he basically sent her on a suicide mission."

"He loves her." It wasn't a question. Maybe a realization, he thought.

"I'm not sure if he's ever actually loved anyone else," Cal told her. "Not like this. I mean, he had a couple girls during the war he talked about maybe settling down with, but I don't think even he took that seriously." He chuckled, remembering. "I know the girls didn't, especially after they found out about each other."

"She's been good for him," Rachel admitted. "I feel bad for hating her for so long." She sniffed. "Almost."

Cal sighed. "You're good at holding a grudge, Rache," he said.

"She got my arm blown off," Rachel ticked off quietly but firmly, "got our house blown up, got a lot of people I knew killed, got me kidnapped by the Corporate Council, and then while you thought I was dead, she had sex with you. I think I've got plenty of grudge to hold onto."

Deke chose that exact moment to send the ship into Transition Space, but Cal wasn't sure if it was the jump out of the universe and the sudden return of gravity that caused the lurch in his stomach or if it was Rachel's casual announcement that she knew he had slept with Kara five years ago.

"How long..." he began, but she interrupted him.

"I've known the whole time, Caleb," she said, eyeing him askance. "You may have been a top-secret super-commando, but you're no spy and you're a lousy poker player."

"Why are you angry with her but not with me?" Cal asked, mystified.

"Honey, I know you," she said, patting his cheek softly. "When you heard I was dead, I know you would have been just about out of your mind. The only way you would have been with someone else is if she took advantage of your state of mind at that time." She scowled. "That's not something a decent person would do."

Cal wanted to argue with her, to tell her that Kara hadn't been raised with the same cultural mores and traditions as people from Canaan, but he didn't think it would be a good idea. Instead, he asked: "Are you angry that I didn't tell you?"

She cast him a glance that a parent would use with a wayward child, which he suddenly felt like. "Caleb Mitchell, why would I want you to tell me *that*?" She shook her head in exasperation. "It's not as if I asked you and you lied to me. If you *had* told me, I would have thought you were trying to brag."

Cal opened his mouth, then closed it again, hunting for anything intelligent to say. Finally, he gave up and changed the subject. "Well, whatever you or I think of her, she's all he's got to hold onto right now; and if he loses her, I don't know what it'll do to him."

"Cal, I need you to be honest with me," Rachel said. She was looking into his eyes with an earnest clarity that nearly scared him.

"Okay," he said readily. "What is it?"

"When we're done with this," she said, "whatever winds up happening, I need to know: are you going to be able to leave this behind and go back to the way things were? Living on our farm on Canaan? Raising a family there?"

"Of course," he said, almost without thinking. It was all he'd wanted since the war had ended. Things had just kept getting in the way: his job as Constable, the Corporate Council mess, now this business with Cutter...

"Are you sure, Cal?" she asked him, her eyes spearing into him. "Because honestly, I don't know if I can."

Cal leaned back from her, feeling as if the deck were shifting beneath him...or perhaps falling away. "What?" he asked, feeling as if his expression was as vapid as his words. "You...you," the words stumbled running out of his mouth. "You don't want to have a family?"

"No, I still want a family," she said, putting a reassuring hand on his arm, and he felt the deck settle a bit. "Maybe now more than ever," she added, a bit of sadness in her eyes. "I just don't know if I want to go back to the farm, to Canaan." She shook her head. "I feel like there's too much history there, too many bad memories that we can't move past. Do you know what I mean?"

"I think so," he said, feeling a deep sadness settle somewhere inside his chest. "I'm going to miss Jason." He met her eyes. "Where do you want to go?"

"I was telling Pete that I wouldn't mind settling on Anansi," Rachel said, brightening. "But that's the thing, honey, we can go *anywhere*, you and me and Pete. We can go anywhere we want, and if we don't like it there, we can go somewhere else." She squeezed his shoulder. "As long as we're together."

"We can go anywhere we want if we win, Rachel," he reminded her soberly. "If we don't..." He motioned expressively. "If that ship takes out a whole city on Earth, we're going to be at war. There are enough Tahni colonies out there that it won't end quickly. It'll take years and it'll get as ugly everywhere as it's been on Tahn-Skyyiah." His expression darkened as he thought back to the squad of Marines dying one by one in the streets of Tahn-Khandranda. "There'll be enough bad memories that we couldn't run far enough to get away from them all."

INTERLUDE:
BALDER SYSTEM

Commonwealth Inner Frontier

The blue-white star was unremarkable, the planets that orbited it equally lacking in note. It had a single habitable world that called it home, a planet the humans had named Freya. The Predecessor vessel drifted slowly in the space just outside the orbit of the planet's lone moon, unobserved by the Commonwealth spaceships that entered or exited its atmosphere periodically.

It looked cold and unwelcoming to Trint, so unlike his homeworld, but he was elated at the sight of it, nonetheless. He'd been alone in the endless void with no planet, no star, nothing but darkness and the alien presence of the Predecessor AI for company for months now and he had come to think it would drive him to madness.

"When we began this journey," he said aloud to the computer---it could hear his thoughts without vocalizing them, but he much preferred it didn't, "I very much believed the experimental drive would wind up killing us. A few weeks into our trip, I began wishing it had."

"Are all Tahni so impatient?" the AI asked him, petulance in its voice.

"We are a short-lived race," Trint said with a noncommittal gesture. "The humans were too, until recently. They may be immortal now, though it is too soon to tell; but their character has not yet evolved to reflect this."

"And why do your people not use technology to prolong their lives?"

Trint considered this for a moment, not giving the pat answer that it was against their religious beliefs. Many other religious beliefs had fallen by the wayside since they'd lost the war. Why had this one stuck in place like a string of food in their teeth?

"I can only guess," he responded, "but I think it is because we are lost. We're adrift on a sea of uncertainty, so we cling to whatever bit of flotsam and jetsam we can reach to stay above water. When we lost the war, so much of our identity was lost with it..." He trailed off, unsure what else to say.

"I have been monitoring the current events broadcasts coming through the wormhole jumpgate at the edge of this system," the computer informed him abruptly. "There are some things happening on your homeworld that you may wish to know about."

Trint frowned, an expression he'd learned in his years with the humans. There was something in the machine mind's tone that worried him.

"Show me."

CHAPTER 22

Tyya-Khin pulled his head back sharply behind the edge of the hatch as a burst of laser pulses vaporized polymer and metal from the bulkhead on the other side of it. He pictured how the human firing at them must be hanging half-in and half-out of one of the access tunnel hatches, waiting.

Awkward with the gravity activated, he thought.

"They've been waiting for us ever since we opened the emergency seal on this level," V'tar-Chal told him, purposefully casual and unaffected by the enemy fire to better keep his squad from becoming too worked up. "They've sabotaged the lift station above Level Four, as well, so we can't reach them that way either." He made a noncommittal gesture. "We could still push through this way, of course, especially if we have the squad come up from Engineering simultaneously...but we'd lose quite a few troops, and we take the risk of one of them slipping through, with the seals both open."

Tyya made a motion of assent. "All right, Squad Leader, you've made your point. We'll close the seals and evacuate the atmosphere from those levels." He fought back an expression of distaste. It felt cowardly and dishonorable to kill them that way;

they were obviously courageous and devoted to duty, to board this ship by themselves. But the mission mattered more than his personal honor. Or their lives, but that went without saying.

"This is fucking insane," Holly said again, tightening the straps of the emergency air supply across her chest. "You know there's a reason why people don't do this, right?"

"Not like we have an alternative," Kara replied with a shrug. She already had the one-size-fits-all transplas bubble fitted over her head and was cinching the yoke to the harness strapped to her shoulders. It was standard equipment for the emergency suits kept in the lockers near the lifepod stations on every deck. The pods were long gone in the evacuation, but the airlocks were still there. The one on Deck Six seemed cavernous and dark without the bulbous pod that had once occupied it.

"They're going to flush the atmosphere on this deck any time now," Kara went on. "We can stay here till our air runs out or..."

"Or take a fucking walk on the outside of a starship in Transition Space," Holly finished for her, snorting.

"I thought..." Jose Velazquez' voice caught and he cleared his throat then tried again. "I thought anything outside the ship's drive field would pretty much cease to exist in T-space." He pulled on the vacuum suit's gauntlets and sealed them.

"Drive field extends a good three or four meters out from the ship," Kara said, a studied lack of concern in her voice that Holly knew was a show for the younger man's sake. "Keep close to the hull and you'll be fine."

"Of course, the ship's gravity field is activated," Holly pointed out, slipping her helmet on. Her augments gave her a limited extra oxygen supply, but it wouldn't last long enough for what they had in mind. "And it propagates with the drive field. So, we're basically going to be climbing down the side of the ship at one gravity."

"The magnetic plates in the suits should keep us attached," Kara said, testing the one in her left boot by attaching it to the deck briefly.

"And if we get to Engineering alive," Holly went on, smiling inside her helmet, "and get in through that escape pod lock, we get to take on a whole squad of Tahni insurgents for the honor of disabling the drives and stranding ourselves somewhere in realspace that could be light years from any inhabited system."

Kara glared at her balefully. "Are you *trying* to scare the man?"

"It's okay," Velazquez said, buckling on the pulse pistol Kara had given him. Holly glanced at him sidelong and saw that he actually looked more confident. "I'm more comfortable knowing what I'm up against."

An alarm sounded, a warbling tone intentionally nerve-grating, and holographic warnings appeared in the air above the line of the chamber's entrance hatch announcing that their section of the ship was depressurizing. Holly sighed and finished sealing her suit around her, languidly self-assured by the knowledge she could live without atmosphere for a few minutes. Kara was more methodically quick buttoning up, twisting the control to start the air flow into her helmet, while Velazquez' motions were not quite frantic but definitely racing, hands touching each connection to check it before he activated his own air flow.

Holly could hear the vents in the overhead beginning to suck the air out of their compartment with a faint whooshing hum. It would only take a few minutes before the whole deck was in vacuum.

Velazquez, she transmitted over her neurolink to his helmet 'link, *you copy?*

"I read you, Commander Morai," he said, nodding inside his helmet.

Then let's go, Kara said. She touched a control and the inner door of the airlock hissed open. A yellow light was already blinking inside the chamber, warning about the atmospheric venting, but they ignored it as they stepped inside.

Holly had to watch her footing; the rounded lock was ringed by railing that usually held the escape pod in place, and it wasn't intended for use by personnel in EVA suits, particularly not under gravity. It didn't take as long as usual to cycle through the lock; most of the atmosphere was already gone. When the outer door opened, Holly could hear Velazquez gasp. She couldn't blame him; everyone did when they first saw T-space with the naked eye.

There was no good way to describe it in words, simply because it had no frame of reference. The best way she'd heard it put was by her Academy physics professor, who was himself half crazy.

"You know how you think you see something out of the corner of your eye," he'd said to her class, his dark eyes flashing manically, "but when you look, there's nothing there? Transition Space is that nothing."

And it was nothing, but it was a Nothing that pretty much was a whole universe. Human eyes hadn't evolved to make sense of it, so they slid off of it without seeing it. That wasn't a huge problem when you only had to not see it through the exterior cameras of a viewscreen, but when it was all around you...

Velazquez, she snapped, slapping the man on the shoulder. He blinked, shook his head, looking over at her still partially in a daze. *Don't look at it*, she told him harshly. *You stare into it, your brain will go into a closed loop and you'll pass out. We need you conscious and lending a hand, and we definitely don't need to be carrying your ass.*

"Aye, ma'am!" he said smartly, keeping his eyes on her or the bulkhead---anywhere but the Nothing.

I'm going first, Holly told him. *You're next, then Major McIntire.*

"Roger that."

It was easy to *tell* someone not to look at the Nothing; it was a damn sight harder to follow that advice yourself. It drew your eye to it, drew your attention even when your vision was focused elsewhere. She shook her head to clear it, then grabbed the magnetic grapple from the polymer case next to the lock and leaned out through the airlock, attaching the anchor to the hull just outside the hatch.

The spool of wire played out, dangling downward from the Deck Six escape pod back towards the fusion drive bells that loomed massively behind the ship. She could actually *see* the drive bubble where it coruscated in reaction to the aether of another universe just a couple meters from the ship, a vague, crackling line of force that seemed way too close to them. A shudder went through her but she gritted her teeth and swung out onto the hull, attaching a magnetic boot sole to the smooth, grey metal and clinging to the wire from the grapple.

This was really going to suck.

It wasn't a physical strain to hold onto the cable, even under one gravity; not with her augmented musculature. But it was awkward as hell to walk down the sloping hull of the *Thaddeus Moore* with the EVA suit's magnetic boots, bent at the waist and the knees, while supporting the other half of her weight with the rope. And she didn't dare straighten up for fear that she'd get too near the edge of the drive field.

If it was hard for her, she knew it was going to be an absolute nightmare for Velazquez; but he followed her out the door without much hesitation. He swung out onto the hull a bit awkwardly, his feet scrabbling beneath him for purchase until he got one sole flat against the biphase carbide and it stuck. He settled down then, falling slowly and laboriously into the foot-over-foot descent as Kara McIntire climbed out a few meters above him on the cable.

There was no sense of motion through the Nothing, Holly noted, sneaking glances at it even as she tried not to. The ship seemed stationary, the Nothingness homogenous and still, as if they were all stranded in some eternal limbo. She snorted quietly as she thought about her mother.

After Callie had gone off the deep end, Mom had retreated into some Fundamentalist Zoroastrian cult, searching for some meaning to everything. They believed that, when you died, you had to cross a bridge to Heaven, with a lake of fire underneath it. If you'd lived a good life, you crossed a nice, wide span while a beautiful woman guided you; but if you'd been a bad person, you crossed a sharpened sword blade, harried by a cackling hag. And when you fell, you'd burn forever in the fire.

None of those weird assholes had ever been outside in Transition space, Holly decided. If they had, they'd have adjusted their image of Hell.

She suddenly realized she hadn't moved in five seconds and she had to force herself to concentrate on the form of the ship beneath her instead of even thinking about the Nothing. It was a handsome ship, a top-of-the-line cruiser built shortly before the end of the war. It stretched beneath her, a mountain of biphase carbide and nickel-iron alloy, a wedge of human technology cutting through a hole in the universe. She hadn't appreciated how truly massive it was before; it had actually seemed cramped and claustrophobic from inside. Now, it was an insurmountable chasm looming beneath them, full of protuberances and yawning gaps that threatened her precarious hold on its glass-smooth surface.

She walked her way around a bulbous tumor bulging out from the hull, a gravimetic sensor blister used for navigation in T-space. It was the size of a small building, and it took a detour of ten meters to her left to bypass it; the line stretched taut in her hands and she began to worry about having enough cable from the grapple. They still had about another hundred meters to get to Engineering level and, to the best of her headcomp's calculations, they had a fudge factor of about twenty meters on that cable to get there.

She swore as another obstacle presented itself; this time it was a gap rather than a bulge. A dark trench three meters wide and of indeterminate depth revealed itself as she twisted around to check their route. She knew what it was: one of the attachments for the dry dock where Fleet ships were serviced. Knowing didn't make it easier to circumnavigate. She could see Velazquez' legs trembling as they shuffled around it and she knew he had to be in agony.

Not much further, she assured him. *Let me know if you need a rest.*

"Don't worry about me," the Lieutenant said. He was trying to sound casual but she could hear the strain in his voice.

She nearly snapped at him not to be a hero, but she immediately realized that they didn't have enough air in the emergency tanks to take too many breaks. Better to just get it done with as quickly as possible. There was only about thirty meters to go anyway.

Then the damn line ran out. She felt it before she saw it, felt her right hand slip off it and grasp at nothing and she clamped down with her left hand, twisting her torso around to see that yes, there was no cable left.

Hold up, she said quickly, seeing Velazquez still stepping backwards towards her. *That's the end of the cable.*

Son of a bitch, Kara cursed.

"What do we do?" Velazquez asked, coming to an abrupt halt, arms trembling with effort.

Time for plan B, Holly told them. She leaned forward into the hull, trying to put her center of gravity as near vertical as possible as she let loose of the cable. She felt a sudden, irrational fear that she would suddenly fall away into the Nothing, but her magnetic boots held.

She slid one boot back at a time, ever so slowly, keeping her palms flat against the ship, using the sheer power of her byomer muscle augments and her Reflex armor to keep her body position against the artificial gravity field. It felt as if the thirty meter climb down to the Engineering escape pod hatch took hours, but she knew it was only a few minutes until she drew level with the airlock. It was probably faster than the way they'd been moving, but the problem was, of the three of them, she was the only one she was sure could pull it off.

The hatch controls were locked down, but the wireless connection was active. Her headcomp penetrated it with little effort and the outer lock door slid aside. Holly scrambled into the chamber, feeling a massive relief at being inside again. She rifled through the utility cabinet just inside the outer lock and pulled out the magnetic grapple there, identical to the one they'd retrieved from the lock at Deck Six.

Heads up, she transmitted to Kara. *It's coming your way.*

She leaned out the lock and whirled the magnetic anchor over the head by the cable, then launched it towards Kara McIntire. The heavy alloy anchor sailed barely a half-meter by Lieutenant Velazquez' head and she saw him jerk back as it passed. For a moment, she thought it would soar right past Kara, but the woman's hand snaked out at the last second and snatched it out of the... *Not the air*, Holly thought irrelevantly, *the vacuum.*

She watched the DSI officer attach the anchor to the hull beside her, then transfer over to the cable from that grapple. Velazquez imitated her, stepping gingerly to his right and grabbing the new safety line with desperate ferocity. Then he started downward again, moving faster than before, as if he was very eager to be back inside the ship.

Can't blame him for that, Holly thought.

She caught his arm when he was beside the door and pulled him into the lock, his hands locking on her shoulders for just a moment as he steadied himself. He backed away, closer to the inner lock door and smiled apologetically.

"Sorry, ma'am," he said, breathing deeply like he was trying to get his heartbeat under control.

You're doing fine, Lieutenant, she assured him, disentangling herself from him and moving back to the outer hatch.

Kara was coming down the second cable even more quickly

than Velazquez had, using her own augments to the full extent of their capabilities now that he was out of the way. Holly noticed that Kara's leg had brushed the end of the original cable as she passed it, causing it to swing out to the edge of the ship's drive field. She felt her mouth curl into a snarl as the end of the cable actually touched the Nothing and a flare of liberated energy coruscated across a meters-wide section of the drive field followed instantly by a concussive blast of gravimetic energy. That concussion hit Kara McIntire like an ocean wave just as she separated one of her magnetic soles in preparation to take a step, and the force of it was enough to pry the one boot sole off the hull and send her falling backwards down the bull towards the drive bell.

CHAPTER 23

"**F**uck!" Jose Velazquez exclaimed in an explosive, involuntary splutter that made some small part of Holly's thoughts that had the luxury to devote itself to irrelevancies judge that he'd normally be reticent about cursing.

Holly could think about the young Lieutenant's profane vocabulary because the rest of her mind wasn't thinking at all, just acting out of instincts and programming honed decades ago. Her headcomp calculated Kara's trajectory and velocity in a millisecond and then Holly Morai swung out of the open lock and grabbed the cable. The twisted cord went from fitfully twitching to taut in an instant as her weight yanked on it, and she found herself arcing way from the escape pod lock like a pendulum, putting her just in the right place to grab Kara McIntire by the beam emitter of her slung pulse carbine.

The DSI agent halted with a bone-jarring snap that might have killed a Norm, and Holly grunted with the strain despite her own augments and Reflex armor: Kara wasn't a light woman and she'd built up considerable momentum in the fall, plus she felt very much like dead weight at the moment. Holly gritted her teeth and pushed off the hull with her foot, swinging back towards the airlock. Velazquez' hands grabbed at her, pulling her and Kara into the lock and down clattering to the floor in a heap.

Holly had the presence of mind to toss the cable back out through the lock before she sent the controls a signal from her neurolink to close the outer door and start pressurizing. Then she rolled Kara over and saw, to her relief, that the other woman was still conscious, though her eyes were blinking and unfocussed.

Might be concussed, she said, including Velazquez in on her thoughts via her neurolink. *Probably is...she stopped pretty short when I grabbed her.*

"Are you okay, Major McIntire?" the Security officer asked, leaning over and shaking Kara's shoulder.

I'd be better if you'd stop shaking me, Kara transmitted, grabbing his arm with enough force to make the man wince.

"Sorry," he said, stepping back from her.

Kara rolled over to her knees and grabbed the pulse carbine off her back, using its butt stock to lever herself to her feet. Her eyes seemed to come back to focus and the expression on her face sharpened, undoubtedly aided by stimulants from her implant pharmacy. That would only work for a while before she crashed; hopefully a while would be long enough.

"That reaction with the drive field," Velazquez was saying, trepidation in his voice as his eyes flitted back and forth between the lock's indicator lights and the still-closed inner door, "they might notice that if they're paying attention to the sensors. They could figure out we were outside the ship."

Arm yourself, Lieutenant, Holly instructed him, unslinging her carbine and holding it at the ready.

Velazquez looked down at the pistol holstered at his hip, eyes widening as if he'd forgotten it. He flexed his fingers for a moment, then yanked it out and checked the load. Holly had made sure to release the identity interlocks from the weapon before she'd given it to him, so it would fire for anyone, not just her. He seemed competent enough with the gun, thankfully, if not with small unit tactics; she shoved him to the edge of the featureless door, away from the dead center where he'd been standing. Kara stepped in behind him while Holly took the opposite wall.

The lock's indicator lights flashed green and the inner door slid open with what seemed to Holly like glacial slowness. She tensed for what she expected to be an explosion of gunfire, but the only thing that faced them on the other side of the hatch was a dimly-lit locker room. Rows of benches and sealed polymer lockers lined the walls, each of them filled with radiation suits and respirators for use in case of emergency conditions. The locker room was separated from the main Engineering section by a thick, armored wall and a rounded hatch that could be sealed against radiation or gas leaks. The hatch was open and light poured in from the main section, along with the low rumble of Tahni voices.

Over there, Holly told Velazquez, pointing at the far corner opposite the door. He nodded and took up a position that would let him fire at anyone coming through.

Then she moved to the edge of the doorway and paused, letting her headcomp work with her senses and her implant sensors to get a sense of what was on the other side. Voices echoed off bulkheads, bodies generated heat, the Tahni equivalent of hearts and lungs pumped blood and respired, the soles of boots scraped on the deck. It painted a picture for her headcomp, filling in blank spaces with four generic figures in body armor.

Four of them in the Engineering compartment, she told Kara.

There were eleven in the docking bay, the other woman reminded her. *If we assume their squads are evenly divided, then...*

The other seven are probably in the corridor, guarding the approaches from the lifts and access tunnel, Holly finished for her.

Can you access the controls remotely? she thought Kara's neurolinked "voice" sounded hopeful.

They've got everything locked down, Holly told her. She patted a pouch on her equipment belt. *I have a computer module that'll get me access if I can plug it into the Engineering console physically.* It was a damn lucky thing she'd thought to bring it, too. It had been standard equipment back in the day, but she hadn't used one for nearly twenty years. She'd found it in Kara's gear and grabbed it out of impulse a couple weeks ago, thinking she might have to use it to penetrate Fleet Intelligence systems if they tried to hold back any information.

No way around it then, Kara said, bringing up her carbine. *I'll go first. We'll cut right and keep them between us and the hatch in case someone out there opens fire.*

Velazquez, Holly said absently, having almost forgotten the man was there. *We're heading in. Stay behind us, don't fire unless you see enemy coming through the access hatch from the outer corridor.*

"Aye, ma'am."

Holly wished she had time to strip off the EVA suit, but making that much noise would probably attract attention. She signaled to Kara and followed her through the hatchway.

Jose Velazquez had positioned himself just behind Holly Morai, in order to be ready to step into the hatchway and back the two women up as they went inside. He had it all mapped out in his head: they would run in and he would step up smoothly behind them, just like he'd practiced in the tactical training simulators. But when they moved, it was so fast he couldn't follow it and he stumbled forward awkwardly, catching himself against the edge of the hatchway.

He tried to follow the fight, but the two of them were seemingly everywhere, especially the shorter one, Commander Morai. Major McIntire was fast, but Commander Morai was a blur, literally running up the side of the bulkhead at one point. The Tahni flechette guns were deafening in the enclosed space as the infiltrators fired wildly, and once he ducked as a stray shot ricocheted off the bulkhead only centimeters from his head. But the return fire, the characteristic flash and crack of a pulse laser weapon, was controlled, brief and efficient. Every time he heard the report, every time the air crackled and flared, one of the armored Tahni warriors went down and didn't get up.

Less than ten seconds had passed when the last of the four Tahni infiltrators slumped forward to the deck, his head tumbling off his body in what almost seemed like slow motion and rolling across the floor with a clatter of polymer and alloy from the helmet. Velazquez realized he was staring at the head with his mouth hanging open and forced himself to watch the hatchway instead, training his borrowed pistol on the entrance.

"No wonder they just sent the two of you," he muttered half to himself. He'd heard about the black ops types having augmented agents for this kind of thing, but he had never expected---or wanted---to ever see one in action.

Out of the corner of his eye, he could see Commander Morai yanking the corpse of a Tahni warrior off the main Engineering control panel and letting him crash to the floor. She pulled what looked like a computer module of some kind from her equipment belt and plugged it into one of the physical data connections on the front of the control panel, ignoring the blood streaming off the console and dripping to the floor. Velazquez wished he could ignore it as easily.

Commander Morai had barely inserted the module when they began taking fire through the hatch out to the main corridor and Velazquez dropped into a crouch instinctively. This wasn't flechette guns like the others had been armed with: the air erupted with laser pulses that spalled molten fragments off the bulkhead and reflected in sparking halos off the shielding for the superconductive main power trunk that ran through the center of the chamber.

Velazquez couldn't see much except afterimages, but he

extended the pulse pistol out in front of him and squeezed off a burst of return fire through the hatch, hoping he wouldn't accidentally hit one of the agents. More laser pulses answered his shots and he fell flat on the deck as ionized air crackled above him. He risked a glance upward in time to see Kara McIntire lunging forward, not quite the blur that Holly Morai had been but still faster than any human had a right to be.

The DSI agent sailed through the door low to the ground, her pulse carbine held tightly across her chest; Velazquez hung back for a moment, expecting Holly Morai to join her, but the shorter woman was still crouched by the Engineering console, her attention focused on the computer module. Seeing that, the Security officer clambered to his feet and ran out into the corridor, ignoring the voice in the back of his head screaming at him to take cover.

He clenched his teeth, anticipating the shot that would cut him down; what happened instead was that he ran headlong into the very solid back of a Tahni warrior who'd been moving into a position in front of the hatchway. The Tahni had been aiming at something, presumably Major McIntire, but the impact jarred him enough to send the blast of laser fire into the overhead, where it blew apart a light panel with a shower of sparks. Velazquez barely managed to keep his feet, stumbling backwards from the collision with about 150 kilos and two meters of armored Tahni, but he could see the big male warrior turning to bring around his laser weapon to deal with the new threat.

Velazquez stepped forward with desperate speed and shoved his borrowed weapon into the unarmored joint under the Tahni's armpit, jamming his finger against the trigger pad long enough to empty the magazine. The enemy infiltrator jerked spasmodically and blood sprayed out from the joint in the armor, splattering across Velazquez' bubble helmet and blinding him for a moment. He tried to wipe the blood away with his free hand, but the dying Tahni was collapsing right on top of him and he wasn't quick enough to get out of the way in time.

"Shit!" he blurted, feeling absurdly guilty for having cursed twice in the same day.

The floor smacked into the back of his helmet and his head impacted the inside of the polymer bubble with complementary force, sending stars across his vision, while the not inconsiderable mass of the enemy corpse fell across his chest and suddenly made it hard to breathe. Wheezing and blinking against the explosions of light clouding his sight, Velazquez thrashed desperately against the deadweight of the big Tahni trooper, dropping his pistol and using both hands to push at the armored shoulders while he tried to wiggle his legs out from beneath the alien's hips.

He managed to get his legs free and twisted around to roll out from under the massive torso and its heavy armor plating, wiping a hand across his helmet's faceplate to clear it of the blood spray. He could barely make out the details of the corridor around him through the red smear his efforts had left, just the broad outlines of the bulkhead and deck and overhead, and blurry grey shapes on the ground. He hunted around on the deck for his pistol as he glanced furtively from one side to the other, trying to get a clearer picture of what was happening.

He saw the blurred, fuzzy outline of a figure walking towards him, some sort of weapon in its hands and he bit back another curse as he scooted backwards away from the threat, sweeping his hands back and forth to try to find that damned pistol...

His fingers closed on it just as the grey figure reached him, stepping on the pistol's emitter, then leaning down and wiping the smeared blood off of his faceplate. It was Major McIntire. Velazquez let out the breath he'd been holding and slumped back to the deck, panting. Looking around, he could see that all the rest of the Tahni were down, the one he'd killed plus six more, most of them with fairly obvious laser wounds but one with his helmet---and the head inside it---twisted around backwards. One of the bodies twitched and he jumped a little, but then it went still again.

"Thanks for the help," Kara McIntire said, offering him a hand. He didn't *think* he detected any mockery in her tone, but he wouldn't have blamed her.

"Oh yeah," he snorted ruefully, accepting the steel-strong grip and the assistance getting to his feet. He almost slipped: there was a lot of blood on the deck. "I'm sure you couldn't have taken them without me."

"You kept your head under fire," she told him in a chiding tone, bending down to retrieve the pulse pistol and hand it back to him, butt-first, "in what I imagine was your first fight. That's not nothing."

He nodded, taking the weapon back and automatically replacing the spent magazine with a fresh one. Then he noticed the blackened and blood-stained hole in the side of the woman's EVA suit and his eyes widened.

"You're shot, ma'am!" he exclaimed, fighting an impulse to step forward as if she were about to collapse. At second glance, the wound wasn't bleeding anymore and he could see that her combat suit had resealed over the tear. What *was* that stuff anyway?

"No shit," she muttered, working at the yoke of her bubble helmet. She pulled it off and took a deep breath, wincing slightly. "I think I'll live, though. All else being equal, of course."

Taking a cue from her, Velazquez holstered the pistol and removed his own helmet. He was drenched with sweat and having the air from the ship's vents blowing on his face felt good, although he nearly gagged from the smell of all the blood. Tahni blood smelled different than human, but it still caused involuntary revulsion. He tucked his helmet under an arm and followed Kara back into the Engineering compartment.

Commander Holly Morai had her helmet off as well, and was working on the rest of her EVA suit, stripping it off to reveal the shifting camouflage of the armor beneath it. She was frowning, the look on her face troubled. She glanced back at the two of them then slapped a control on the console. An emergency radiation shield slammed down out of the overhead and sealed them into the compartment with a clamor of finality.

"What's the story?" Kara asked her, tossing her helmet onto the console next to Holly's and unsealing the front of her pressure suit. "Are you in?"

"No," the other woman said flatly, her palms flat on the console. "That fucker is smart: he didn't just run a software override from the command bridge, he must have had his people physically cut the optical connection from the Engineering station to the bridge. I can't take control of navigation from here."

"That doesn't leave us with much choice then," Kara said, shrugging.

"Much choice other than what?" Velazquez asked, clearing his throat to keep his voice from breaking.

"We have to cut the power to the drives," Holly replied, jerking a thumb at the main power trunk that stretched above them through a conduit in the overhead. Armor plating surrounded the superconductive cables as they took power from the fusion reactor below them out to the gravimetic drive pods that flanked the main hull.

"Are you going to flush the reactor?" Velazquez guessed.

"That's too easy for him to work around," Kara explained, shaking her head. "We'll do that first, but if we leave it at that, all he has to do is evacuate this level, wait till we run out of air, then come down here and restart it. We have to physically cut the power."

"The main power trunk?" His eyes went wide. "But if we do that..."

"We're stuck wherever we come out," Holly finished for him. "And once the auxiliary batteries run down, we're dead."

"We have to do it," Velazquez insisted, afraid for a moment

that the two of them wouldn't be willing. "We can't let them use this ship against Earth."

"I fucking know we have to do it, Junior," Holly snapped at him. "That doesn't mean I'm happy about it." She sighed, back straightening. "Make yourself useful and haul these bodies into the airlock before we lose gravity. It'll be a huge fucking mess if we don't. Keep the weapons and ammo, though."

"Yes, ma'am," he said, shuddering a bit with distaste at the thought of touching the corpses, but doing it anyway.

Behind him, he heard Holly Morai speak quietly to Kara McIntire. "Sorry, sis," she said, the fondness in her voice hesitant, as if she was unused to it. "I was hoping we could get you back to Deke in one piece."

"Don't worry about me," Kara responded, and Velazquez glanced back to see the DSI agent's hand on the shorter woman's arm. "This is the job." She sighed, a sound full of regret. "Let's get it done before they get around to cutting off our air."

CHAPTER 24

Reggie Nakamura gently lowered the not-inconsiderable bulk of the Marine guard to the paving tiles on the porch of the rustic, ranch-style house, then holstered the stunner at the small of his back and scanned the surrounding area again one more time. Darkness cloaked the forest surrounding them, imported human trees mixed seamlessly with the local fauna, and the only sounds were the local insects and night flyers calling to each other. He didn't detect any sensors other than the ones he'd already taken out, and he was sure this guard and the one he'd left secured a kilometer down the dirt road that was the only ground approach to the house were the only human security.

Clear, he broadcast via his neurolink, not wanting to take off his face hood even long enough to shout it out loud. There weren't any actively broadcasting sensors, but that didn't mean he wasn't being recorded by security cameras, and he really didn't feel like spending the next few decades in a Reformery.

General Murdock paced out of the tree line unhurriedly, looking incongruous in his own set of chameleon camouflage Reflex armor, a pulse pistol in his right hand hanging loosely at his side while his left held a device about the size of a 'link. He stepped past Reggie and moved to the front door, touching the device to the palm plate there. The door slid aside, but no lights came on; Reggie knew that was by design, just as he knew that no chime would sound inside, as usually happened when an exterior door opened.

Reggie slid in front of Murdock and edged down the entrance hall, the darkness before him lit up like midday by his augments. The entrance hall and the living room beyond were decorated in an affected style from three hundred years ago, just like the house. Tapestries and faux artifacts from the Desert Southwest of the old United States hung on the walls or were displayed in cases fashioned from transplas made to look like glass, and the furniture was made from the wood of Earth trees grown in a lab at great expense. Ancient Earth designs from the 20th Century had become popular in some circles in the colonies, especially among the conspicuously wealthy. A Commonwealth Spacefleet Admiral wouldn't normally be among those, but then this was no ordinary Admiral.

The lone anachronism in the period decor was the entertainment center off in a side room adjacent to the living room, the glow of its holotank leaking through the sliding door left ajar earlier in the night. There were no thermal signatures inside the room and none anywhere else in the house, except the bedroom. No more than the usual complement of two bodyguards, no indication that the target suspected anything.

The thermal signature in the bedroom was moving.

Reggie held up a hand to halt Murdock before he entered the hallway that led to the bedrooms and bathroom, then waved the General back towards the door to the side room. Reggie stepped to the side, raising his pulse pistol as the human figure walked into the hallway and out into the faint glow of the entertainment center.

Reggie had never met Admiral Yussef O'Brien before, but he knew the man by reputation. The Chief Tactical Officer for Fleet Admiral Sato cut a broad-bodied, muscular figure that strained against his casual sleepwear and his mop of flaming red hair was even more disordered than usual from sleep. His friends, which Reggie knew now included Robert Chang, called him "Red."

Every image Reggie had ever seen of the man showed his face set in a perpetual frown, as if he'd just eaten something that didn't agree with him, but right now he was smiling.

"Don't tell me," the big man said jovially, his voice a booming Santa Claus, "let me guess." He pointed a blunt finger at the General. "Antonin Murdock." The finger moved to indicate Reggie. "And one of your pet monsters, I would suppose, but which one? Too short for Keller Savage or Deacon Conner, too skinny for Caleb Mitchell, too tall for Holly Morai...ah, it must be everyone's favorite bodyguard, Reginald Nakamura."

Seemingly unfazed, Murdock pulled off his face hood and tucked it into a belt pouch, his expression impassive. "So, you've been expecting us then."

"At some point," O'Brien replied with a shrug. "When Commander Forrester went missing, I began to wonder. When three more of us disappeared in as many days..." He chuckled. "I'm not a mathematician, but I *can* add."

"Yet you didn't run," Murdock said. It wasn't a question, but O'Brien answered it anyway.

"Self preservation wasn't one of the imperatives," he said. A snort of amusement. "But you should know that."

Reggie frowned, but said nothing. What the hell did *that* mean?

"What is the imperative then?" Murdock wondered. "If you're discovered?"

The look on the face of the thing impersonating Yussef O'Brien was colder and less human in that instant than anything Reggie had seen before.

"Mutually assured destruction."

Run, Reginald.

There was, Reggie knew, a way for a superior officer in

Omega Group to phrase a command via the neurolink such that the implanted headcomp acted on it with no conscious agency. It was known as the Command Imperative, and it had never been used in the field, as far as he knew, during their whole six-year tenure in the war. Murdock had used it now.

Reggie Nakamura found himself sprinting out of the ranch house at the full speed his implants, natural muscles and Reflex armor could take him; he didn't stop to open the door, just slammed his shoulder into it and felt it splinter around him in a spray of local wood. Then he was running full out into the utter darkness of the moonless night, dirt spraying up from beneath his boots on the isolated mountain road, and he couldn't even *think* about stopping.

He'd gone about half a kilometer when the house exploded. The shockwave hit him with enough force to send him pitching forward head over heels, tumbling through the dirt out of control for a dozen meters until he rolled off the road at a curve and slammed into a tree.

The combination of the blast and the impact were enough to break the command phrase's hold over him and he just laid there for a moment, ripping off his hood and trying to work air back into his lungs where the tree had knocked it out. A glowing mushroom cloud rose dozens of meters into the night sky above the forest, and many of the trees were knocked flat, uprooted by the blast. Others, including a few almost to the ditch where he rested, were already afire; God knew how far that would spread before it was extinguished.

Suddenly he felt a cold emptiness in the pit of his stomach. General Murdock was dead. It didn't seem possible: the Bulldog was immortal, everyone knew it. He hadn't even tried to get away; Reggie had been scanning behind him the whole time he was running. He'd stayed in the house on purpose, because he'd known that the O'Brien duplicate would have set off the bomb the second he moved. He'd sacrificed himself to let Reggie get out.

Reggie suddenly realized he was crying and shook his head, trying to pull himself together. He had to get out of here, or he'd wind up under arrest. He pulled his face hood back on, holstered the pulse pistol he hadn't realized he was still holding, then pushed himself up to his feet. It was another three kilometers down the dirt road to where they'd left the flitter, then a thirty-kilometer flight back to Tartarus. It would be better if he was in his ship and off Eden before anyone came to investigate the explosion.

He sucked in a deep breath and started running.

There was a lurch that wasn't quite physical and Tyya-Khin felt his stomach float away as gravity abandoned it and the alarms began to sound. He fastened his safety restraints and tightened himself back into his acceleration couch. The lights and displays had flickered as well, and he could see from the indicators that the auxiliary batteries had taken over.

"We've dropped out of Transition Space!" G'san informed him, unnecessarily. They could all see the stars dancing by on the viewscreen, could all hear the announcement in English that echoed the alarm klaxons. There was a muttering among the bridge crew as they all secured themselves to their seats; Tyya knew they were beginning to lose confidence in him and this mission.

"Yes, I noticed," Tyya said, in a sarcastic tone that he'd learned from humans. He touched a control on his 'link. "X'tan-Fen, what is your status?" He called the squad leader of the troops who'd been sent to guard Engineering.

Nothing. X'tan was a grizzled veteran of the war, a true professional. If he wasn't responding, it was because he couldn't.

"Anyone in First Squad," he transmitted again, "respond immediately."

More silence, and faces staring at him in doubt and fear on the bridge. Damn it, that meant he was down to two squads, plus the bridge crew.

"Without the gods-cursed Security sensors working," G'san spat bitterly, "we are blind here."

"Did they flush the reactor?" Tyya asked sharply, trying to get all of his people on task. Truthfully, he felt as angry and helpless as any of them, but a leader couldn't show such things.

If the reactor had been flushed, it would be simple, if time consuming, to fix---assuming they could find and kill those damned humans.

"No, sir," G'san said and his face was fixed in a mixture of terror and despair. "They cut the main power trunk."

Tyya felt as if he'd been kicked in the belly. He wasn't an engineer, but he'd studied the details of the ship enough to know that the main power trunk would take days, perhaps weeks to repair or replace.

"Where are we?" he asked the Helm officer, trying to buy time to marshal his thoughts. It would be a quick death for them if they'd wound up in a system with a Commonwealth military presence.

The male seated at the Helm station rotated a holographic display and squinted at it for a moment, translating from English.

"We've dropped into a system they call WISE J035000.32-565830.2." He made a gesture of distaste. "What a ridiculous name. It's a brown dwarf, no planets, no sign of any occupation."

Tyya let out a breath of relief, mind churning through the possibilities. There was enough food and water, and the batteries should last long enough for them to rig a workaround to get reactor power to life support. That would give them the time to replace the power trunk, though it would be slow going with untrained workers.

"What are your orders, sir?" G'san asked, and Tyya would

have sworn there was resentment in the cast of his face, if not his words.

"We have to get rid of the humans now," he decided. "I'm going to have all the troops seal up and hook into the ship's internal air supply, then we'll flush the atmosphere and..."

"Tyya-Khin," a human voice came over the intercom speaker on the command chair. "This is Major Kara McIntire of the DSI. I'd like to speak to you before we're forced to kill any more of your people unnecessarily." She spoke English, but so did they all; it had been a requirement to go on the mission.

McIntire. The name seemed familiar. She was...

"The officer who came to visit my father," he said, the knowledge suddenly coming to him. "I wonder how you came to be here, Major."

"The same way you did, Tyya-Khin," she told him. "Kah-Rint. We captured him and he gave you up."

Now Tyya couldn't hold back the curse that exploded past his lips. "The damned worthless bastard!" he added in English for emphasis.

"More than you know," the human woman agreed with him. "Kah-Rint is a liar and a traitor. He used to be a Tahni military officer: Colonel K'tann-len-Renn-Tan of your Marines, who led the occupation of one of our colonies, a world we call Demeter. He betrayed his own force to our agents in exchange for promises of a high position in the post-war government."

Now the blood drained from Tyya's extremities and he knew that if there had been gravity, he might have collapsed. Things fell into place in his thoughts, and things that had once made no sense now seemed to be all too clear.

"Commander," G'san spoke up, his expression concerned, "do you know this name? Is what she says true?"

It took a moment before he could work up the moisture in his mouth to reply. "I know of Colonel K'tann-len-Renn-Tan," he confirmed.

"He returned to Tahn-Skyyiah after the war," Kara went on,

"but somehow--we don't know how, exactly--- it became known what he was and what he'd done, and he was barely able to make it off the planet with his life, and then only with the aid of human troops. He blamed us for this, but he also blamed you, his people. So he came up with a plot that would punish us all for his pain."

"I know how he was exposed, Major McIntire," Tyya told her, his voice a rasp, his vision barely focused. "General T'Sonn-Yon-Kara-Tin, my father, was informed of what he had done and spread the word to other former military officers in the command staff. He said he was told by one of your intelligence officers who didn't believe traitors should be put in charge of the government, that they couldn't be trusted to keep their word. His name was Murdock."

"Son of a bitch!" He heard the exclamation over the speakers, muted as if someone further back had said it, and it was not in Kara McIntire's voice.

"He wanted me in command," Tyya realized, shame and rage and guilt flaring inside him, "so that when I failed, my name---our family name---would be as reviled as his, as revenge against my father."

"He didn't want you to fail," Kara corrected him. "He wanted you to succeed, because he knew that the only possible outcome would be war between our peoples, and the only possible outcome from that would be your complete and utter destruction."

"Your people would do such a thing?" G'san asked. Tyya fought back an urge to silence him. What difference did it make now?

"Let to their own devices? I don't know for sure," Kara admitted. "But Kah-Rint had access to..." She hesitated. "Let's just say he had inside help from some people in our military, who owed him a favor. These people helped shape our military response to your attacks. He was leaving nothing to chance. We were able to capture him because he was personally arranging for an uprising by your people on Anansi---by hiring human mercenaries to assassinate the Matriarch there."

Someone on the bridge made a sound of outrage at the idea of harming a Matriarch. Tyya agreed with the sentiment, though he was too numb to feel it so strongly at the moment.

"How can I trust that you're telling me the truth?" he asked her.

"I can upload the records I was sent from his interrogation," Kara told him. "You can see them yourself. But those can be faked," she admitted. "In the end, D'sinn-Tyya-Khin-Lun, you have to search your conscience and decide for yourself." She paused, and although Tyya was no expert on human behavior, he judged it was a pause to formulate her next words carefully.

"I will tell you this much," she said. "You won't take back this ship. I am a DSI cadre agent." Tyya made a face of disgust at the words. He knew what those were, and knew how hard they were to kill. "The woman with me, the woman who was there at your house, Commander Holly Morai, is what you called during the war the *Tahn-Skii'ana*---I know your father would have known about them and I'm betting you do, too."

Tyya *had* heard about them from his father. They were rumors, legends, cautionary tales told to young recruits...

"With us is one of the ship's Security officers. We can patch into the ship's internal air supply via the radiation suits stored here in Engineering, so you won't be able to cut off our air without cutting off your own. And you won't be able to storm Engineering because, unlike you, we have someone who knows the ins and outs of this ship very well, and we know how to guard against it. We *will* destroy this ship with us on board before we let you take it back."

Tyya thought there was some bluster in the statement. There were only three of them, and given enough time, he was sure they could think of a way to take them out. But yes, they could destroy the ship from Engineering, if they were willing.

"What do you propose then?" he asked her, half to buy time

to think, and half because he was genuinely curious. "If you wish us to surrender to face your human idea of 'justice,' be aware that all of us would rather die with you than spend the rest of our lives locked away in one of your internment centers."

There were a few glances at that, but only a few. None of them had come on this mission expecting to survive.

"I figured as much," the Earth-woman said. "But you've killed a lot of humans, Tyya."

"More than you've killed of us?"

"I'll offer you this," Kara told him. "If you lay down your arms and allow me to send out a distress call, I'll drop your troops off at the nearest colony with a Tahni community. No charges, no record, nothing. It'll be up to them to make their way; but if I find out they've tried to start any violence---and I *will* find out---I'll come back and hunt down every single one of them."

"And me?" he wondered.

"You come back with me to Tahn-Skyyiah," she said. "There, it'll be up to my superior what he decides to do with you."

"I'll need to speak with my troops," he told her.

"I'll be waiting."

Tyya-Khin looked around the bridge at the faces looking at him. There was disbelief, horror, disappointment and...perhaps hope?

"G'san," he ordered quietly, "call everyone to the bridge."

Some things had to be done face to face.

CHAPTER 25

Deke Conner gritted his teeth and forced himself not to drum his fingers on the console; it irritated the hell out of him when other people did it. But he dearly wanted to, just like he wanted to curse and stamp his feet and punch the bulkhead. None of that would make the countdown to Transition go any faster, or improve their odds of finding anything in *this* system.

"Could be worse," Cal said from the copilot's acceleration couch, somehow reading his mood exactly.

"How, exactly?" he asked with strained patience.

"At least the Transition lines only run between the gravitational wells of stars," Cal elaborated. "If they drop out, it has to be in a star system. If we had to search every kilometer of interstellar space between Earth and Tahn-Skyyiah, this would be impossible."

Deke hissed out a breath and clenched his jaw to keep from screaming. Cal was right and he needed to calm down. "Prep for Transition in ten," he told everyone. "Zero gravity in ten."

It was an old habit, and not really necessary---Rachel and Pete were strapped into their acceleration couches already. Still, it was better than screaming.

"Where the Hell are we *this* time?" Pete muttered. The younger man sounded bored and Deke didn't blame him: they'd been cooped up in the little ship for over a week now.

"Fuck if I know," Deke said with a shrug before checking his headcomp. "Some brown dwarf on the ass end of nowhere with more numbers than letters in its name."

There was a shift in perception, and a lurch in his stomach as gravity disappeared and the viewscreen lit up with stars. "Running gravimetic scans," he said half under his breath. There was only a certain distance from the star a ship could emerge from T-space, but it was still a huge volume of space to scan and it took over an hour to complete.

"If you guys want to go grab some sleep or whatever, now's the time," Deke began, working at the fastenings of his restraints.

Then he froze in mid-motion at the chime from the ship's automatic frequency scanning, the indication it had detected a transmission. Cal was on it before Deke could drag his brain back to the moment.

"It's a distress call," he reported, and then his broad, Canaanite face split in a grin almost too big for it to contain. "It's from the *Thaddeus Moore*." He looked at Deke, smile growing broader. "We've found them!"

———

Deke let a long, satisfied breath out into the hollow of Kara McIntire's shoulder, feeling his body shudder slightly at the emotional and physical release.

"I missed you, too," she giggled into his ear, arms and legs clinging to him, their sweat mingling across their conjoined skin and soaking into the sheets of the cabin's bunk. She felt his fingers touching the still-healing scar low on her left abdomen where the laser had penetrated her armor.

"I love you," he said to her, in a voice so serious it made her tilt her face over to meet his gaze. His were darkly earnest, his normally playful face frighteningly sincere in the dim glow of the chemical ghostlights that lined the deck. "You know, I've never said that to any other woman my whole life."

"I love you too, Deke," she said, for once not playing the sentiment off, or answering it with a kiss or a caress. "It scares me to say it," she admitted with an honesty so natural that it, too, frightened her, "so I'm sorry for all the times I haven't."

"I know," he said with a nod, grinning. "I know. That's why I never pressed you on it. I just want you to remember, so you don't go off and get yourself killed. You *do* have someone out here that cares about you more than anything else now."

She smiled warmly at him, running her fingers lightly down his cheek. "That's going to take some getting used to."

"For me too." He closed his eyes, letting his head fall back against the pillow. "I knew what you were going to do when we told you about the *Thaddeus Moore*, and I felt like a total shit."

"It's my job," she said gently, punching him in the chest. "Yours too, now."

"Maybe we've done our part," he said quietly. "Maybe it's time we both stopped putting our heads on the chopping block."

"I've thought about that, too," she said, the words fighting their way out of her, as if she were reluctant to acknowledge them. "I've thought about that a lot, lately. We're going to live a long time, you know? People say they know that, but I don't think it's sunk in with us, not as a species. It'd be a shame to throw all that away before we got to really live it."

"You wanna' settle down somewhere, have a few kids?" he asked her, cocking an eyebrow.

"Maybe," she said with a shrug. "Maybe I'm ready for that. But I know what I definitely want to do. I'd like to just spend a little time somewhere I can relax, somewhere I wouldn't have to be always looking over my shoulder."

"That sounds pretty nice," he said, hand tracing a line down her leg where it rested across his hip. Then he sighed, and from the cock of his head and the away look in his eye she knew it was a message over the neurolink. "We need to hit the 'fresher," he said. "We'll be coming out of T-space in ten minutes."

"I get it first," she said, disentangling herself from him and hopping out of the bunk. He watched her with a look that told her he still appreciated the view and she smiled as she slid aside the door to the cabin's tiny 'fresher. "Hopefully Savage is still in the Centauri system," she said, stepping into the small cubicle and shutting the door, then pushing the plate for a short cycle.

"He said he'd stay there till he heard from us," Deke's voice sounded far away on the other side of the transplas as the jets of hot water and soap started to massage her body, stripping away dirt, sweat and dead skin. "I'm still not totally down with leaving Holly and that Velazquez kid back there on the *Moore* with all those Tahni, even if they are disarmed and locked up."

"She insisted on it," Kara reminded him, raising her voice to carry and spitting out water. "And she was right: we need to get back to Tahn-Skyyiah with Tyya as soon as possible. Gaia only knows what's been going on there since we left." She sighed as soap was washed off of her body from the omnidirectional spray, then the drying cycle began with jets of warm air replacing the water.

"I'll feel better when we know Kel's heading there with his freighter to pick them up," Deke said, barely audible above the drying blasts of air.

She pushed the door aside and emerged into the cooler air of the cabin, finding Deke standing just outside, waiting his turn. She grinned at the sight of him, not wearing a stitch, then leaned in to kiss him before she let him pass.

"Are you sure it's such a good idea putting all those Tahni insurgents on a ship with Kah-Rint?" she asked him, grabbing her uniform from the closet.

"Keller Savage is a lot of things, sweetheart," Deke raised his voice to be heard over the water, "some of them not very nice, but stupid isn't one of them. He's had Kah-Rint in a hibernation chamber since we got through interrogating him. Besides, your pet insurgent, that Tyya guy is their leader and he's here on board with us, so hopefully the rest of them won't have anyone to stir them up."

"I'm glad I don't have to decide what to do with Tyya-Khin," she said, fastening up the front of her uniform jacket. "I mean, he's responsible for a lot of deaths, but he was trying to fight what he saw as unwarranted military occupation---we couldn't know that Kah-Rint was the one who'd bombed the orbital garrison, but the Tahni knew it wasn't *them* and we still had our troops in their streets."

"You're getting soft," he told her as he pushed the 'fresher door open in a wash of warm, humid air. There was a smile on his face as he said it, though.

"Get your clothes on," she said, tossing his uniform to him, "while you still have gravity."

"You're late," Cal said, not trying to conceal his smile as Deke and Kara floated into the cockpit; they'd transitioned a few minutes ago and left the artificial gravity field behind in another universe.

"As I recall," Kara said, a cat-that-ate-the-canary look on her face as she pulled herself into an acceleration couch, "I'm your superior officer for the moment, so I *can't* be late."

"We already sent the message off to Kel," Caleb Mitchell told them. "We're just waiting on a reply."

"Where are we?" Tyya-Khin asked. Cal glanced at him, surprised the Tahni had spoken. He hadn't said a word since they left the *Thaddeus Moore*, just sat in a fold down chair at the back of the ship's cockpit and stared at the bulkhead. He was slim and sharp-edged for a Tahni, but there was something about him that reminded Cal of Trint.

"The Procyon system," he told the Tahni. "No habitables, but it has three wormhole jumpgates, so it's an Instell ComSat hub." He shrugged. "There's a small maintenance station but no other permanent habitation."

"How far are we from my home?" Tyya asked, and Cal thought it was a clarification more than a second question. He didn't give a shit what system they were in, he wanted to know how long it was going to take them to get back to Tahn-Skyyiah.

"Less than ten light years," Cal told him. "A couple, three days' travel along the Transition lines."

Tyya didn't respond other than a gesture of assent.

"Looks like we have a response already," Deke said from the pilot's station, reaching over to a flashing holographic display and pulling out a red cube from the haptic feedback controls. The cube expanded to fill the main viewscreen's holographic projection tank with the image of Keller Savage at the command station of his freighter.

"We got your message," Savage said, "and we'll head out right away to rendezvous with the *Thaddeus Moore.* Glad Holly and Major McIntire made it through okay." But the look on his face wasn't satisfaction or happiness. "Y'all need to get back to Tahn-Skyyiah right away. It looks like Kah-Rint had one last surprise for us. This is from some raw Fleet Intelligence feeds my guys picked up from a source here in Centauri."

Savage reached out to touch a control and the view suddenly changed. Now they were at the walls of the Op Center outside Tahn-Khandranda, scanning back and forth in a way that told Cal he was looking through the helmet camera from a Marine battlesuit in one of the guard towers. And there, a hundred meters or so outside those walls, outside the fenced perimeter of the military base, were gathered thousands upon thousands of Tahni civilians.

"From the reports," Savage went on over the video footage, "they haven't done anything violent yet, just basically gathered at the edge of the base and shut down *everything* going in or out.

Some filter in and out of the crowd to bring back food and water, but the numbers are hovering around thirty thousand Tahni---males *and* females by the way, mostly younger---there every hour of ever day for the last three planetary days." The view switched back to Savage.

"I gather from my sources that the only reason the military hasn't used crowd control measures against them is that there's absolutely no orbital backup since the *Thaddeus Moore* left. There's a couple intact assault shuttles, but that's *it*, and that's not enough to take on most of the young adults of a whole damn city."

Savage ran a hand through his hair tiredly. "We'll grab Holly and drop off your Tahni for you at the closest colony, but you fellas better get there as quick as you can, because Commonwealth cruisers, plural, are on their way and I don't think they'll be using kid gloves this time. Savage out."

The holographic display went back to an optical presentation of the star system around them, and all eyes turned to Tyya-Khin.

"Who would be leading this with you gone?" Kara asked the Tahni.

He considered it for a moment---or maybe, Cal thought, he was considering whether or not he should answer them at all.

"It might be the Matriarch," he said, finally. "If the females are out there as well, she must have given her blessing, at least. But..." He trailed off, and his body language was troubled.

"But what?" Cal prompted.

"This thing, this uprising," Tyya-Khin went on, "it may be at..." His hands made a helpless gesture. "I don't know your word, a point where something is so far one way it can't go back the other way..."

"Tipping point," Kara supplied, her face paling slightly. "The phrase you're looking for is 'the tipping point,' I think."

"Yes," Tyya acknowledged. "This may be at a tipping point where it doesn't need a leader anymore, it's just feeding off of itself. I knew this would happen, sooner or later. It's why I agreed to be their leader, so that I might have a hand in which way things would go instead of just being carried along with the rest of the masses."

"Yeah," Deke muttered sourly. "And how's that working out for you?"

"What would *you* have done, soldier?" Tyya asked, and Cal thought he saw a flash of anger behind the words. "What would you have done when your world belonged to another race, when their troops patrol your streets and their laws control your courts? What would you do when you continue to pay the price for a war your fathers and grandfathers started?"

"Your fathers and grandfathers," Cal said quietly and somberly, feeling a chilling remnant of a hatred he'd nearly forgotten he ever possessed running through him, "killed my parents, my sisters, my brother, my friends..." His voice rose in volume and in pitch without him intending either. "They killed a third of the population of my fucking *planet*. Pardon the hell out of me if I don't have sympathy for you having to put up with an occupation after that." He snorted. "Believe me, our occupation of your world has been a hell of a lot more gentle than yours was of mine."

"Cal," Rachel said from behind him. He let his eyes slip off Tyya-Khin and find his wife. Her eyes were slightly downcast, as if they were seeing something else, from another time. He thought of everything she had lost personally to the Tahni invasion, of her young child dead in the initial attack, and he felt the air go out of him. This wasn't just about him.

"Sorry, honey," he said softly, facing forward again, his cheeks warm.

"I know you hold this against us," Tyya admitted. "But our ways are different, and our people don't understand. *I* still do not fully understand, though I hear your words and speak your language. Kah-Rint understood though, from his time among you. He understood the hatred you have for us still, and how he might use it."

"And he could still win," Kara pointed out, to her own people as much as to him. "Captain Einarsson is the ranking officer insystem, and the last thing he heard was his ship being stolen by insurgents. When the warships arrive, he'll convince them to open fire from orbit to prevent the base from being overrun. We *have* to get there before they do."

"Right," Cal said, his voice louder than he intended in the enclosed cockpit as he tried to bluster past his previous outburst. He linked with the ship's computer and called up the course he'd laid in earlier for Tahn-Skyyiah. "Everyone get ready for Transition, then."

He caught Kara's eye and shook his head doubtfully. "Do you really think we can stop it, even if we get there in time?"

"Honestly?" she answered, grabbing Deke's hand and squeezing it, as if she was seeking comfort from the touch. "I'm just hoping General Murdock knows what to do."

"Great," he muttered. "And on that note," he said, passing a hand over a control, "we're out of here."

Their drive ripped a hole in the universe and they slipped through into the unknowable.

CHAPTER 26

"Negative, *Aurora*," the disembodied voice from the Fleet traffic control center said emphatically. "We are not allowing any unauthorized landings near populated areas. There's no orbital support, no air cover and we know the Tahni have some cobbled-together assault aircraft. You'll have to touch down near the ecological research base at Rhabana Point and wait till the cruisers arrive tomorrow..."

Cal looked as if he was about to argue with the harried-sounding young officer when Kara broke in. "Fleet traffic, this is Major Kara McIntire, DSI. I'm carrying authorization from General Murdock to land pretty much anywhere I damn well please. Just give us some ground cover and shut up."

She cut the transmission before the man could reply, then nodded to Cal. "Take us down."

Cal was in the pilot's position rather than Deke; they tended to switch out the role, as if on some agreed-upon schedule, though she'd never heard them discuss it. From what she'd seen, they were both excellent pilots, though perhaps Deke was a bit more instinctive. Or maybe she was playing favorites.

Cal guided the cutter expertly down into Tahn-Skyyiah's densely clouded atmosphere over the equator, and she could see the string of large islands there where one of the Ecological Research facilities had been constructed a few years after the war. They had been built by the Commonwealth, of course: the Tahni weren't much into conservation and had hunted or driven many of their larger animal species into extinction as they built their technological civilization. Trying to convince them of the wisdom of preserving their ecology had been just as frustrating as trying to convince them there was no shame in disbanding their military.

Heading northward, Cal fed power to the atmospheric jets, the turbines in the delta wings sucking in air and using the heat from the ship's reactor to expel it at hypersonic speeds. Blue-green ocean passed thousands of meters below them, interrupted only by the occasional mining platform, until the blue-green abruptly ended in the green and yellow and brown of the planet's northernmost continent, what the Tahni called Jhan-da-brint. Rhabana Point, the Eco Lab to which the Fleet traffic control had tried to send them, was at the far northeastern edge of that continent, on a peninsula that extended a hundred kilometers out from the main land mass.

Mountains rose beyond that peninsula, jagged things stretching over six kilometers high in places and capped with snow, finally softening into rolling hills until they reached a broad inland sea. Tahn-Khandranda was only one of the cities on the shores of the sea, but it was by far the largest, visible even from their altitude as sunrise glinted off of its buildings. Also visible were the smoke trails as a flight of missiles launched from somewhere deep inside the city, heading their way.

"Oh shit," Deke murmured under the instantaneous eruption of alarms echoing through the cockpit.

"Hold on to your lunch," Cal said with a grim smile. Kara tightened her stomach muscles, knowing what was coming.

Cal took the ship off of computer guidance and grabbed the physical controls, then threw the *Aurora* into a steep downward spiral. Kara grinned slightly to herself when she heard Rachel's muffled screech behind her.

"Don't throw up on my ship," Kara said flatly, as if the gut-wrenching multi-g maneuver wasn't making her nauseous as well.

"What about the shields?" Pete Mitchell asked, his voice a groan sounding as if it was coming from between clenched teeth.

"No good in atmosphere," Kara told him.

"Just be glad they don't have Gauss cannons," Deke said, sounding even less affected by the evasive maneuvers than Kara. And he probably was, she reflected. He had some serious augmentation that included inner-ear implants to keep him from getting vertigo or nausea.

She tied her neurolink into the ship's computer and used the connection to withdraw from the stomach-twisting ride.

You haven't launched thermal decoys? she asked Cal over her neurolink.

The missiles are laser-guided, he told her. *Someone down there's spotting for them with a laser designator.*

They're accelerating faster than we can, she pointed out. *I doubt you can outmaneuver them. So, what's your plan?*

I'm taking us the one place I know they have anti-missile systems, he said, and she could almost "hear" his grin. *As fast as possible.*

Before the words had echoed in her head, Cal had pushed the *Aurora* into a ninety-degree dive, the ship's nose pointed directly at the ground, drives flaring behind them and pushing her into her seat with probably six g's of acceleration. The abrupt maneuver was enough to jar Kara's concentration away from her link to the ship and she found herself staring at the viewscreen with very wide physical eyes as the city below them grew with truly frightening speed.

There was no way in hell they could pull out of a dive like that in time, she was sure of it. If he tried, the wings would rip right off the structure of the ship. Except, as it turned out, he didn't use the wings, or the atmospheric control surfaces of the ship at all. Only two hundred meters from impact, according to the altimeter, he throttled back the main engines and fired a long burst from the maneuvering thrusters in the nose of the ship, spinning her around ninety degrees on her axis, sideways so he wasn't exposing the entire wing surface to the atmospheric drag...and then he fed every erg of power the reactor had to the atmospheric drives.

Kara felt like God was sticking His foot up her ass and she knew that Rachel, Pete and Tyya-Khin had to be unconscious from the g-force of the burn. She gritted her teeth and tied into the feed from the base's exterior cameras, so she could see the *Aurora* coming straight down over the spaceport's mostly-empty landing field, her atmospheric drives flaring like a miniature star. Dust and smoke wafted off of the field in dark billows that climbed hundreds of meters into the air, distorting the image of the ship as her fall slowed to nearly a hover. Suddenly the force crushing her against her seat lifted and the ship's nose dipped down just far enough for Cal to activate the landing jets.

The cutter's landing gear were still swinging down when she saw the incoming anti-aircraft missiles explode one by one only a hundred meters or so out from the base as the defense lasers touched each of them for a split-second. Then they touched down with a jolt that ran through her hard enough to make her teeth click together and she could hear the dying whine of the turbines as Cal cut power to them.

There was an exhalation that was too loud to just be her own, and she realized that she, Deke and Cal had all let out a held breath at the same time. She heard groans behind her as she unstrapped from her seat and turned to see Rachel, Pete and Tyya-Khin returning to consciousness; she wrinkled her nose as she saw a wet stain going down the front of Pete Mitchell's jacket.

"I said no throwing up in my cockpit," she chided, releasing the locks on her acceleration couch and turning it far enough to stand up and stride past them.

Cal paused to check on his family and Deke took charge of Tyya, but Kara went straight back to the utility bay and hit the control to open the boarding ramp. The dust had mostly cleared from their landing by the time she walked to the foot of the ramp, but the sky was still full of black smoke. Fires were burning all around the perimeter of the base and when she tapped into the security feeds she could see they were trash fires, fed by wreckage from buildings of local wood and filled in with refuse made of polymers and other things not meant to be burned. Young Tahni males and females fed the fires at intervals, hanging together in groups segregated by sex, some of them chanting something she couldn't understand. Many of them were armed, with everything from lasers and missile launchers to slug shooters and flechette guns, but none of them were firing. Yet.

"Are you Major McIntire?" The question had the tone of a demand, the voice behind it female and pissed off. Kara turned towards it and saw a woman in the uniform of a Fleet officer striding towards her purposefully from a small groundcar, dust still rising behind it from the abruptness of her stop. Her hair was brown and cut short and her round face was pinched into a frown. Kara read her name and rank off the ID chip in her collar.

"That's me, Commander Chiang," she confirmed, her voice even and calm. "I see the situation here has deteriorated in the last few days."

"The 'situation' is in the shitter," Chiang snapped, hands on her hips as she confronted Kara. "As our traffic controller *tried* to tell you before you landed. That was irresponsible and reckless!"

"And yet necessary," Kara replied with a casual shrug. "We're bringing back intelligence that will change the game here, as well as the former leader of the insurgency, who voluntarily surrendered to us and wants to try to stop the violence."

That stopped the Commander in her tracks and she eyed the DSI agent dubiously. "If that's the case," she said slowly, "then we need to get him on a full-spectrum broadcast talking to those people." She waved at the perimeter to indicate who "those people" were. "Because I don't know how much longer they're going to be waiting before they storm this place."

"Just what I was thinking," Kara agreed. "If you can set things up, I'll get him ready to go."

Chiang nodded slowly and almost unwillingly, as if she wasn't quite through being mad yet. "All right, I'll get my people on it. We can take my vehicle back to the communications center." She half turned before she stopped, suddenly remembering something. "Oh, and there's someone here who needs to talk to you. He arrived a couple days ago and claims to be working with you. Some executive bodyguard named Nakamura."

"General Murdock is *dead*?" Deke asked, disbelief heavy in his voice. He stepped backwards from where Reggie sat at the corner of the office in a folding chair, feeling his legs come up against a desk and leaning back against it for support.

"Yeah," Reggie said, subdued and still sounding numb. He was huddled in the little chair, head in his hands, like he was having to relive the experience telling it to them.

Deke looked over to Kara, saw her face slack with shock and reached out to take her hand in his. She squeezed it gratefully, clarity returning to her eyes. Cal's face looked grim, but not as emotionally affected as either of them.

Well, they hadn't ever been that close, Deke reflected. *Even though I think Murdock liked him.*

Rachel and Pete seemed fairly indifferent; he thought Rachel might have been relieved, actually. Tyya-Khin, the only other person in the small office, was trying to ignore their interplay, as was polite by Tahni social mores. Commander Chiang had told them to wait in the side office while her people prepared an all-spectrum broadcast for Tyya.

"The last target we took out on Inferno was Admiral O'Brien." At a wide-eyed look from Kara, Reggie nodded. "He was the 'old friend' Cutter called 'Red.' But he was waiting for us, and he'd rigged his whole house to blow when we came for him. General Murdock stayed there to delay him and gave me a Command Imperative to run."

"Holy shit," Deke murmured, shaking his head. He wouldn't have figured the Bulldog as the type to throw himself on a grenade.

"You ran?" Kara demanded, taking a half step forward, anger in her voice.

"He didn't have any choice, love," Deke told her, rubbing the back of her hand with his thumb soothingly. "A Command Imperative locks an action into our headcomp, lets it take control of our implant nerve fibers and byomer muscles. It was a fail-safe in case one of us got out of hand."

She hissed out a breath, clearly still angry but not willing to push it, and relaxed. Deke slipped an arm around her shoulder, mostly to restrain her in case she decided to launch herself at Reggie Nakamura. He wasn't sure which one he was protecting though.

"Did you get all the duplicates?" Cal asked him. Deke eyed him sidelong, wondering if he'd ever forgiven Murdock for his part in the business with the Corporate Council a few years back. Murdock had kept Cal in the dark about his plans and backup plans during that operation, which had put his life and Rachel's in danger. Then he'd used Trint as leverage to get Cal to agree to work for him in the future.

"All the ones on Inferno," Reggie said, looking up at him. "There's one more here though."

Deke was about to ask who it was when the door to the office opened and Commander Chiang leaned in.

"We're ready for him," she said, eyeing Tyya-Khin.

"Let's go," Deke said to the Tahni and he stood from his chair and followed Deke and Kara out of the office. Reggie, Cal and the others stayed behind.

"How did things deteriorate so quickly?" Kara was asking Commander Chiang as they walked down the hallway to the Communications center. "When I left, there were daily Marine patrols and things seemed to be quieting down."

"When the *Thaddeus Moore* was taken, it was like someone sent out a signal," Chiang explained grimly. "There started being IED attacks every single day on the patrols. Finally, Captain Einarsson pulled everyone back inside the perimeter to reduce casualties until reinforcements arrived. He even emptied the detention centers, on the theory that we didn't have enough people to guard the Tahni prisoners in the event of enemy action."

"He's in charge then?" Kara assumed.

"In theory," Chiang said very quietly, checking around to make sure there was no one else in the hallway. She leaned closer to Kara, but Deke could still hear her murmured words. "In practice, pulling everyone inside the wire is the only damned decision he's made since the ship got taken. I've served with him for a year, but he's been...different since then." She shook her head sadly. "I've been running things as much as anyone."

Kara was saved from having to comment by their arrival at the Communications center, a large door conveniently labeled in English at the end of the hallway. Chiang palmed the ID plate and it read her DNA, matched it to her ID chip and slid the door aside for her. Netdivers sat at stations across the far wall and Deke couldn't help but shudder at the face jacks visible on their shaved heads, cables attaching them to their computer consoles like pieces of machinery camouflaged in human form, while a dozen small holotanks arrayed along the wall perpendicular to them displayed the video feeds from the various Tahni networks as well as the news reports from the system's Instell ComSat.

Deke saw an image of two Fleet cruisers passing through a star system and wondered if those were the ones on their way to Tahn-Skyyiah.

"Come this way," Chiang said to Tyya, gesturing to a platform near the center of the room, surrounded at ceiling and floor level by rings of optical inputs for holographic recordings. "Stand in the center and we'll get started."

"What the hell's going on in here?"

Deke had heard the door open, but hadn't bothered to look back, assuming it was just normal personnel entering the chamber. At the basso bellow, he did turn and saw a shaven-headed, florid-faced giant of a man in a Fleet uniform storming into the room with a pair of Security troopers at his heels, outfitted with grey body armor and carrying pulse carbines.

"Who allowed *that* into my secure perimeter?" the big man demanded, aiming a blunt finger at Tyya-Khin.

"Captain Einarsson," Commander Chiang began, surprise evident in her voice at both his presence and his demeanor. "This is..."

"I'm Major McIntire, DSI," Kara said, stepping between Einarsson and the Tahni. "I just returned from taking your ship back from the Tahni insurgents you let seize it."

Ooh, body blow, Deke said in admiration via neurolink.

"You..." That seemed to stop him in mid-bluster. Einarsson's eyes narrowed, his mouth screwed up in confusion. "You what? You took back the ship? How is that even possible?"

"I boarded it with another DSI officer while you were abandoning it," Kara said, keeping the explanation as simple as possible. "We were trapped when the ship Transitioned out of the system, but we managed to disable the drives with the help of Lieutenant Velazquez."

"Jose's alive?" Chiang asked, face brightening as she turned back to Kara. "Thank God!"

"He's with my agent," Kara told them both, "awaiting transport for themselves and the surviving Tahni infiltrators. I came back here soonest with the leader of the Tahni insurgency," she nodded toward Tyya, "who has discovered he was misled into his actions by the words of a traitor who only wished destruction on the Tahni people. He's prepared to make a statement right now to try to defuse the situation out there."

"Why the hell would I allow the leader of the fucking insurgency to use *our* equipment to make a statement to the enemy?" The bluster was back now, and Deke thought he felt the fine spray of spittle coming from Einarsson's mouth as his face turned even redder...if that was possible. He waved a hand demonstratively around, probably trying to indicate the Tahni demonstrators outside the base. "It's probably a signal for them to attack!" He turned to the armed Security troops behind him. "Take this Tahni into custody immediately!"

"Belay that order," Kara snapped, staring into the mirrored visor of the lead Security trooper. "I'm the ranking DSI agent onplanet and I'm acting on the direct orders of General Antonin Murdock himself."

And they don't need to know yet that he's dead, Deke added silently.

"As such," Kara went on, her voice flat and hard and brooking no dissent, "the disposition of enemy prisoners of war is *my* responsibility. You will *not* interfere with that disposition or you *will* be brought up on charges." A snarl turned up the corner of her mouth. "And my boyfriend'll kick your ass."

Deke barked a laugh, unable to keep it inside and Einarsson looked as if his head were about to explode from inner pressure.

"Sir," Commander Chiang interjected stridently, raising a hand for attention, "I don't think the insurgents are waiting for a signal from this Tahni to attack."

"How the hell would you know?" Einarsson demanded, taking his pent-up rage out on her.

Before she could form an answer, a blast shook the walls of the Communications center, making the holographic displays flicker. The netdivers blinked confusion, withdrawing from their computer interface at the physical interruption, and the Security troops whipped around with their carbines, searching for a target.

"Because they just breached the perimeter defenses," Chiang spat by way of reply. She turned to the netdivers and technicians, her face screwed up with fear. "Everyone out of here! Get to the Ops Center now!"

Kara shook her head, then turned to Tyya-Khin, who was still standing in the center of the circle of cameras. "We were too late."

CHAPTER 27

Cal felt the humidity slam into him like a wall as he pushed through the crowd at the exit door of the Communications Center, clearing a space for Pete and Rachel to come through behind him. It was mid-afternoon and the heat trapped between the haze of low-hanging clouds and the merciless fusion-formed surface of the base made simply breathing torture. Even the panicked Fleet personnel racing for the safety of the base's Ops Center seemed to be running in slow motion, though that might have been his heightened perceptions playing tricks on his temporal sense.

The sounds though, those were moving at normal speeds. There were shouts, and some screams---though he couldn't say whether they were screams of pain or simply fear and desperation. There was the thud of feet pounding on pavement, and the whoosh of labored breath and, further in the distance, off to his right at least three hundred or so meters away, the distinctive racket of small arms fire punctuated by the occasional explosion. The Marines would be wading into the fray in their massive battlesuits, but there were only so many Marines and they couldn't be everywhere. If twenty or thirty thousand Tahni combatants wanted in, there just weren't enough Commonwealth forces onplanet to keep them out, not without orbital support.

We should head for your ship, Reggie broadcast to him over their neurolinks, running up beside him, concern on his curiously gentle features.

We wouldn't make it to orbit, Cal said flatly. *They have surface to air missile batteries all over the city.*

Well, fuck me then, Reggie said. *Anyone else got any bright ideas?*

Two Fleet cruisers just Transitioned into the system, Kara told them. Cal knew from his neurolinked connections to them that her and Deke were twenty meters behind them, shepherding Tyya-Khin between them. *If we can make it to the Ops center, we can hold out there till they reach orbit.*

Another explosion, this one close enough to send everyone around them stumbling off their feet, though Cal was able to keep his balance and fall into a crouch. More heat washed over him, dry and searing, and with it a roiling cloud of black smoke and a rain of falling debris, and he suddenly realized that the Communications center wasn't there anymore. It was a burning, blackened shell now, a hundred meters behind them, and from the damage he could tell that it had been hit by missiles.

The laser defenses are down, he told Reggie, Deke and Kara.

We're fucked, Reggie opined, helping Pete to his feet while Cal hauled Rachel up. Both of them look stunned by the concussion, but otherwise unhurt. *Wish I had a gun.*

Cal *had* a gun---he was technically active military at the moment---but it didn't make him feel any better defended against missiles. He found himself agreeing with Reggie about their situation, though. If there was a way out of this, he couldn't see it.

"Come on, let's go," he urged Rachel and Pete, taking Rachel's hand and starting to run again.

He could see the Ops center rising above the other buildings, its walls gleaming only a couple hundred meters away.

The guard tower facing the perimeter breach was pouring a steady stream of laser-fire into the approaching crowd, the air crackling and thundering in a cascade of coruscating white and red. Cal couldn't see where the Gatling laser's output was hitting, but it had to be doing a shitload of damage. Enough that the next flight of missiles slammed straight into that guard tower and it disappeared in a column of flame and a sheath of smoke with a concussion he felt deep in his chest.

Cal felt a cold knife sink into his gut and he turned back to Rachel, the helplessness and sorrow plain on his open face. He saw it mirrored in her own expression and she clutched his hand tightly.

He'd often thought he'd die on Tahn-Skyyiah, but he never thought Rachel would.

"What the fuck is that?" Pete blurted.

Cal turned and saw his brother staring up into the sky directly above them, eyes wide, mouth hanging open. Cal frowned, looked up himself into the haze of clouds looming over them. It was glowing green.

The situation has reached the tipping point, the Predecessor AI said, zooming the image of the Commonwealth base in closer to show the smoking wreckage of a Marine battlesuit, showing two young Tahni males hitting it with wooden sticks as if they'd destroyed it and not someone with a missile launcher. *The base will fall within the hour, and when the Commonwealth ships are in range, they will bombard the city from orbit.*

Trint watched the mass of armed Tahni moving like a wave across the pavement, saw the handful of them armed with heavy weapons who were arrayed like professionals, obviously the leaders of the group. Part of him that he had only recently become aware still existed felt a surge of pride that his people still had the spirit to resist so many years after losing that heart-breaking war. But most of his mind was on his friends, who were only a hundred meters away from the front of that wave of Tahni.

"Pressor beams to their lightest settings," he instructed the AI. "Target the front edges of the Tahni and fire in a fan pattern." He clasped his hands in front of him contemplatively. "And then take us out of the clouds."

———

Rachel Mitchell knew she should be running, but all she could do was stare at the oncoming mass of Tahni. Though she knew that, as individuals, they each had families and lives of their own and each had reasons for hating humans, as a group they seemed like monsters. They were monsters who hated *her* and were going to kill *her* in particular and she didn't give a shit what their motivations were. She just wanted a gun, a big one, and a nice, safe place to shoot it at the enemy.

She heard Pete saying something but she couldn't make it out over the explosions and screaming and the pounding of feet on pavement. She didn't turn towards him; she couldn't bring herself to look away from the oncoming death, as if it would approach even faster without her watching.

When a flare of emerald light obscured the approaching horde, Rachel flinched, sure it was the signature of some weapon aimed at her, and that it would be the last thing she ever saw. Instead, the light played over the crowd in a sweeping arc and where it touched, dust billowed up and the Tahni were smashed to the ground as if by a giant hand. Rachel froze, staring in awe as rows after row of Tahni slumped, some first going to their knees and some just falling face-first, like the gravity beneath them had suddenly increased.

It took her a long moment to realize that the sounds of battle had disappeared. There was no gunfire, no explosions, and no more drumbeat of pounding feet. Only the groans and curses of hundreds upon hundreds of Tahni---and a few human Marines caught up in the crowd---who were pinned to the pavement.

"Oh my God," Cal murmured, and this time she could hear him because of the disappearance of the background noise. She looked over and saw him staring upward towards the source of the greenish light.

Descending out of the low-hanging clouds was a Predecessor starship. It could be nothing else, despite the fact that it was shaped differently from the ones she'd seen in the Northwest Passage. It showed no sign of propulsion, no jets or rocket exhaust, no lifting surfaces along the dull gray twisting of its unmarked length. It floated as if by magic, a seed pod floating on the breeze, surrounded by a faint glow of the same green tint as the fan-shaped beam that originated from its nose. In seconds, the beam faded away and the bodies on the ground began to move as the pressure of the weapon disappeared.

Silence fell over the base, the push of a cosmic pause button that halted everyone in their tracks and bottled the shouts and orders and screams up, and Rachel felt as if she were in a dream. Then the ship *spoke*.

"Return to your homes," it said in Tahni, the words echoing across the fusion-form pavement, not painfully loud and yet seeming to emanate from everywhere at once. "Lay down your weapons and return to your homes immediately. If you attempt any further violence, more aggressive measures will be used to stop you and many of you will be injured. Go home now."

The voice switched to English and seemed to focus itself more on the Ops center. "Do not attempt to interfere with the withdrawal of the Tahni forces from your base. Force will be used to ensure their safe passage. See to your wounded. No further attacks against you will be permitted."

The tone was flat, the timbre deep and sonorous, but the lack of the active voice in the language was curious to her. It was almost as if it was a computer speaking.

"Maybe it is," she whispered to herself.

"What the fuck is going on?" Deke said softly, his pistol held loosely at his side as if he'd forgotten it was there. He was standing next to Tyya-Khin, who was also staring at the spaceship in awe and confusion.

"Is it..." Kara began, then her mouth closed abruptly as if she didn't want to let the idea escape. Her lips worked as she forced the idea out anyway. "Could it be...Robert?"

"How's that possible?" Cal wondered, eyes narrowing as he looked between her and the Predecessor ship. "How could he get back after the Transition line was destroyed?"

"Is that thing a fucking Predecessor?" Reggie asked, his voice up an octave. He was still staring up at the ship, face pale with shock. "That's not quite what they look like though, right? Is that what that is?"

"It's a Predecessor ship, I think," Cal confirmed a bit doubtfully. "I mean, the shape is different than before, but that green glow and the anti-gravity propulsion system is definitely Predecessor tech. I have no idea who or *what* is flying it though."

Rachel's mouth went dry as the ship began to descend even lower, seeming so very, very large to her; she could tell already it was bigger than the Predecessor ship she'd boarded on the Resscharr moon in the Northwest Passage corridor system, more than twice as long. Large enough to crush them all, even if it didn't have weapons so advanced they may as well have been magic. But it stopped about fifty meters over them, throwing a monstrous shadow over the dozens of humans staring dumbly up at it.

A small, black circle opened up in the bottom of the oddly twisted shape near the center and a figure emerged from it, floating slowly downward via the gravity control technology the Predecessor had mastered tens of thousands of years before. At first, she expected it to be one of the Predecessors, or their descendants the Resscharr, but she could see immediately that it wasn't. The body was thicker than the Resscharr, more humanoid in proportion, and the legs weren't bent digitigrade.

As it continued to descend, Rachel saw with an increasing sense of disbelief that the figure was a Tahni male, his garments grey and black but in the traditional Tahni pattern of broad, winding strips and his hair cut into the Mohawk and braid of a warrior. When he was about five meters above them, she could see that it was Trint.

Trint patted Rachel Mitchell's shoulder awkwardly as she threw her arms around his neck, sobbing. He'd become accustomed to the strange manners of humans over the years, but Andre Damiani had never been much of a hugger.

"Trint," Caleb said, hand grasping his tightly, what Trint interpreted as joy, disbelief and a great relief playing out across his plain, open face, "how the hell did you *get* here?"

The Tahni cyborg indicated the ship still hovering above them with a toss of his head. "A forgotten Predecessor research project that the computer dug up for me. I couldn't explain to you with any coherence how it works, but it doesn't use the Transition lines."

In truth, he had a fair handle on how the ship worked, but sharing that information would have raised questions he didn't wish to answer. The Commonwealth government and its inhabitants would be better off, he decided, not exposing themselves to what lie beyond the Cluster.

"That was some damned nice timing," Deke Conner commented, shaking his head. Trint thought his demeanor was one of mixed relief and disbelief, if he was any judge of human behavior.

"You've been back for a while," Kara McIntire deduced, her eyes uncomfortably shrewd and knowing.

"A few weeks," Trint confirmed, though he didn't look at her. "I wanted to seek you out immediately," he said to Rachel and Cal, "but an audit of the news from your Instell ComSats showed me what was happening here, and I felt that I should observe for a time before revealing myself."

The Commonwealth ships have reached orbit, the computer informed him. *They are taking up firing positions and have targeted the city. Do you wish me to patch you into their communications?*

Not yet, Trint replied. *A demonstration will be necessary.*

"I didn't intervene at first," Trint explained, "because I had hoped your people and mine could bring this to a peaceful resolution."

"We still can," Rachel insisted, pulling away from him and looking between him and the other Tahni among them, a younger male with the look of intelligence and determination in his features, though they were clouded with confusion at the moment. "Tyya-Khin is willing to try to work with us to convince his people..."

"Who *are* you?" Tyya-Khin asked him, finally speaking, as if he'd only just regained the ability. "Where did you come from?"

"He won't have the chance, I'm afraid," Trint told Rachel, ignoring the questions for now. "Your warships are in orbit, and they are preparing to bombard the city."

"Dammit," Kara spat, eyes turning upward towards the sky reflexively. "That dickhead Einarsson must have gotten to them." Her eyes lost focus for a moment. "I can't get through with the Communications center blasted. I have to get to Ops and try to use their gear..."

"Please stay calm," Trint warned them. "None of you are in any danger."

And the sky began to fall.

Cal had been on the receiving end of orbital bombardments before, back during the war, both from the Tahni and once from his own Fleet, so he knew what to expect. When it began, it still scared the shit out of him. Streaks of light pierced the afternoon sky, like a meteor shower in daylight, trailing plumes of fire and breaking the sound barrier with thunderous echoes that rumbled back and forth between the city and the base. There were dozens of them, each a nickel-iron slug the size of a groundcar, launched by the cruisers' Gauss cannons at hypersonic velocity. They were pushing a wave of ionized air in front of them and when they struck, it would be with a wall of incandescent plasma that would do as much damage as the pure impact alone; the whole city would be leveled.

But they never struck. A faint green glow enveloped the city at an altitude of a few hundred meters, spreading out from the Predecessor starship like an umbrella of gravitic force. When the artificial meteors struck the glowing layer, they disintegrated with flares of liberated energy that spread across the shield in a hemisphere of orange fire. He knew the heat from the kinetic energy should still come through even if the projectiles were stopped, should ionize the air beneath it and still wipe out huge sections of city. But it didn't. It flared back into the atmosphere, dissipating and diffusing harmlessly. Even the lower hanging clouds were unaffected by it, as if it were a holographic projection.

"Holy shit," Reggie Nakamura said reverently, as if he were praying instead of cursing.

Cal tore his gaze away from the spectacle to look around him. Reggie was thunderstruck, looking as though his brain couldn't accept what his eyes were telling him. Rachel's face held a look of awe and wonder and he nearly smiled at the way she still saw life as a miracle. Pete's expression was unsurprised, and Cal supposed that was fair; after what they'd seen in the Northwest Passage corridor, perhaps he shouldn't have been surprised either. Deke was watching the display with keen interest in his eye, but also with the slightly jaded demeanor of a man for whom the miraculous had become the mundane. Kara's lips were tight in a frown, the look of someone who'd lost control of the situation and didn't like it one bit. Tyya-Khin though...

Cal wasn't totally certain, but he thought the young male's face showed a perception of possibilities, and perhaps for the first time in quite a while, a glimmer of hope.

"They'll try the lasers next," Deke said in clinical assessment.

And they did. Almost before the flaming orange energy signatures had faded from the green glow of the shield, the atmosphere above the city erupted in what looked like nothing else as much as the largest lightning strike any human had ever witnessed. The sky was afire, ionized to plasma and superheated until twin trails were burned into a vacuum by a pair of lasers, each fed from the raw output of a cruiser's fusion reactor. When the beams faded, air rushed in to fill that vacuum with a clap of thunder as loud as a nuclear strike...and yet the city remained untouched. Above it, the green glow had turned a full spectrum of the brightest rainbow Cal had ever seen, the energy dispersing without one erg of it ever touching the surface.

Cal turned to Trint, trying not to let himself feel the suspicion and wariness that gnawed at the back of his mind.

"Now what?" he asked his friend.

"Now we can talk," Trint said, hands spread in what Cal knew was a gesture of satisfaction. "And now, perhaps everyone will listen."

CHAPTER 28

Trint let the cacophony of voices wash over him like a wave, none sticking, all sliding off with no emotional content. It was the only way he could keep his irritation from transforming to anger. He stood at the center of the conference room in the Commonwealth base's Op center and watched this Captain Einarsson bellowing half in anger and half in fear at Kara McIntire, his words lost in the sheer flow of emotion behind them. Kara, for her part, seemed to be holding her emotion inside, but it was there: fear and suspicion fighting with grief and pain and relief.

He might have found these hard to read on his own, but he'd discovered in just the last few hours that the Predecessor AI was very skilled at reading human emotions from cues such as body language, thermal scans and voice stress analysis, and it was more than happy to help. It was more difficult reading the emotions of the human Fleet captains in charge of the two cruisers in orbit, since they were only here in telepresence, their holograms projected above the conference room table where the others sat. A tall, striking woman with her head depilated completely, even the eyebrows, and a shorter, more average looking male, they'd said little, seemingly content to let Einarsson rant and rave while Kara tried to reason with him.

The Tahni in the room---besides himself---had mostly remained silent. There was Tyya-Khin, still seemingly somewhat in awe, as well as the human-appointed city governor and the Matriarch. Her presence had surprised even him, but she'd apparently decided that this was too crucial an event to stand on ceremony.

Trint allowed himself the indulgence of a barely-audible whistle of exasperation and decided to tune back into the human Captain's words for a moment.

"...is tantamount to treason!" he was yelling, his face a brilliant shade of crimson. "If you think that the aura of General Murdock's reputation will salvage your career after this, Major, you're sorely mistaken!"

"Major McIntire," the female ship captain---her name was Sato, he remembered---asked, leaning forward at her station with hands clasped in front of her, "where *is* General Murdock?"

"I haven't seen him or spoken with him since he left for Inferno," Kara McIntire said, her face solid stone. "His last orders were for me to take charge of this situation in his absence."

"He'd be better off staying there," Einarsson snapped. "It's where they'll hold his court-martial once it becomes known that he allowed this...*thing* to exist," Trint noted that the human was looking at him when he said that, "despite all laws and military regulations to the contrary. Why are we not burning this thing to the ground instead of talking to it?"

"Captain," Caleb Mitchell spoke up for the first time since the meeting had begun, and there was a cold anger in his voice, "perhaps you should attempt a more respectful tone, given that the 'thing' you're speaking about is standing right there, is perfectly capable of understanding you and is in control of a Predecessor weapon that could quite likely destroy this whole planet."

"Perhaps I can save you all some time and breath," Trint spoke up. "This is what is going to happen: all Commonwealth military presence will be off of this world within the next thirty days. I'm giving you that long because I know it will require much logistical adjustment, but not one minute longer. After that, a Commonwealth diplomatic presence here will, of course, be most welcome. As will any commercial enterprises that may wish to work in concert with the *independent* Tahni government."

"We can't do that!" That was the male of the two hologram representations, a human called Montoya, his back stiff and his voice strained. "We don't have the authority!"

"I'd suggest you find someone who does," Trint told him, his voice unthreatening but cool. "These terms are non-negotiable. This planet is under my protection and your forces *will* leave, either voluntarily on board your shuttles or one atom at a time."

"And we just leave the Tahni to rebuild their military under the protection of your Predecessor technology?" Captain Sato asked him, her voice scornful. "This is an act of war!"

"The Tahni will have no military," Trint clarified for her. Now it was Tyya-Khin and the Matriarch who looked at him askance, but he continued unfazed. "This planet will be completely disarmed, aside from a police force which will carry only nonlethal weapons. I and my ship are the only defense this world needs. Any attack on Tahn-Skyyiah will avail nothing, and the attackers will be immediately destroyed, no matter who they are."

That turned the human military commanders thoughtful, apart from Einarsson who still seemed enraged.

"You're saying..." Captain Montoya began.

"I'm saying," Trint interrupted him, "that my vessel will remain here, in orbit around this world, for longer than your civilization will survive. It will not leave here, therefore it will not be used to project power to any other world. And as I will not allow the Tahni any offensive weapons, you need not worry about them using this practical invulnerability to re-arm and attack you."

"And we're supposed to take your word for this?" Einarsson asked scornfully.

"Use your head, Einarsson," Deke Conner snapped with stored-up impatience. "We'll have a permanent garrison insystem, probably out by the largest gas giant. If the Predecessor ship leaves, we'll launch a strike, obviously."

"I would expect no less," Trint confirmed, nodding in a human gesture. "The situation is very stable, and could work in your favor. If your leaders are as obstinate and full of righteous indignation as you, Captain Einarsson, then the worst-case scenario is that this planet will be quarantined and the Tahni will at the least be able to live their own lives, uncontrolled by you." He lifted his hand and flipped it over demonstrably. "On the other side, if they are reasonable, this system could become a hub for trade and diplomatic relations. It will be open to all who are allowed to come, as long as they come in peace."

He lifted both hands, palms out. "Either way, this will be your decision. What is not your decision is that your forces will leave. You have been here long enough. The war is over."

Now the Tahni Matriarch did speak. She stood, supporting herself on a long wooden staff for she was truly and unabashedly old, her hair white and thinning. She hobbled forward, ignoring the humans, and stood directly in front of him. The lines in her face cut deep and her eyes were so far beneath her brow ridges that he could barely see them.

"You are of the Imperial Guard," she said, her voice strained and breaking. "All in this city would consider you an abomination, a sin against the Path; those who do not care for the Path so much these days would consider you an ugly reminder of the Emperor and the war. So why do you do this for us?"

"You're my people, Lady, whether you wish to admit it or not," Trint told her. "If I have the power to make my home a better place, and to make the Tahni better people, how could I not do it?" He looked at Caleb Mitchell and nodded. "I have learned this from the humans, from the best of them."

"Will you rule us then, in their stead?" the city governor asked, staying as far away from the Matriarch as he could and still remain in the same room. He was an unpleasant, puny little man who Trint was sure had used his position with the human puppet government to increase his own fortune. "Are we trading one master for another?"

"I have no wish to rule anyone," Trint assured him, amused at the thought. "I'm hardly qualified. I would suggest that we convene a council of our elders and choose someone on whom they can all agree." He glanced over at Tyya-Khin. "Perhaps someone who has already demonstrated repeatedly a willingness to sacrifice himself for his people."

"What about all the men and women he and his resistance killed?" Kara McIntire asked quietly. It wasn't an argumentative tone, but there was hurt in it. She'd lost someone for whom she felt responsible, Trint thought. "Who gets held to account for that?"

"You've told me," Trint said after a moment's consideration, "that the one responsible for all of this is the traitor Kah-Rint, and you already have him as your prisoner. He is yours to do with as you will; we do not claim him." He bared his teeth in something that looked somewhat like a human smile but for a Tahni was something much, much less pleasant. "Or, if you wish, you can leave him to *our* justice. Our punishment for traitors is likely harsher than yours."

Kah-Rint woke with a start, shivering, wet and cold. He sat up in the coffin-like confines of the open hibernation pod and hugged his arms to himself, feeling his own bare skin before he opened his eyes and remembered where he was. This was the mercenaries' freighter, where he'd been taken on their shuttle.

They'd stashed him in hibernation and that was his last memory, but a quick check of his corneal implant's microcomputer showed him it had been nearly two weeks.

He was naked in the small, dimly-lit chamber, but he suddenly realized that he was not alone. A human female stood before him, petit even for one of their undersized breed. She watched him with arms crossed, face expressionless. There was gravity, so he understood that they were either under thrust or in Transition Space. Under way then, from somewhere to somewhere.

"You woke me," he said in their human trade language, English. It was a harsh and grating language that sounded like a metalworking tool to his ear, but he had mastered it long ago. "And you are here alone, so it is not to transfer me to detention on another ship, or to a shuttle. What do you want?"

"What do I want?" the small female asked contemplatively. "A good man---or possibly woman, I haven't quite decided--- who I wouldn't mind spending a few decades with, maybe a child, a nice place by the water. Peace, love, happiness, what everyone wants. I certainly," she clarified, stepping closer to him, "don't want to be dealing with you. But I'm a soldier, so I do what I'm told, not what I want."

He made an expression of amusement. She was attempting the human version of humor, which he had never once found anything but juvenile. But it was in a bitter tone that told him maybe she'd been sent here to make a deal. Deals he understood.

"And what were you told to do, soldier?" he asked her, swinging his legs slowly out of the open chamber, letting his feet touch the spongy, absorbent surface of the deck and hesitantly putting weight on them. They felt numb and tingly from the extended period in hibernation.

"First of all, I was instructed to tell you that your plan failed utterly," she said, and this was, he could tell, with some satisfaction. "The *Thaddeus Moore* was retaken far short of Earth and the surviving members of the boarding force were recently dropped off by this ship at a colony world with a Tahni enclave. All the duplicates you put in place have been quietly and permanently removed, and due to some circumstances no one could have foreseen, Tahn-Skyyiah is about to be a disarmed but independent world, free of Commonwealth military occupation."

She smiled thinly. "So, everybody wins. Except you, of course."

He felt a surge of rage and hatred in his belly and fought to rein it in. Losing his temper would accomplish nothing here and now. So, he'd not accomplished his revenge completely. Still, many humans and Tahni had died, and perhaps that would have to be enough. They still needed him for something, or he wouldn't be alive. He staggered an unsteady step toward her.

"And after you've told me this, what were you to do?" Kah-Rint asked, keeping his tone even. "Threaten me with a show trial that would make me the scapegoat for all the conflict, lifelong detention in one of your Reformeries?"

"There'll be no trial, show or otherwise," she corrected him. "The government wouldn't dare acknowledge what you did; that would force it to reveal the genetic duplication technology and how easily you used it to replace our military officers and they would never admit to that."

"Then what do you want from me, female?" Kah-Rint snapped, growing impatient and uncomfortable in the chill of the hibernation chamber. He needed a warm bath.

"I don't want anything from you," she told him, shaking her head. "Neither do my superiors. They simply want you gone. Disappeared." The last said with a cruel grin.

"Then why are you talking to me?" he demanded, finally losing his temper.

"Because my friends wanted you to know you failed," she explained calmly. "Before I killed you."

The words hadn't registered with Kah-Rint's brain before the female produced a handgun from the small of her back, moving with incredible speed. He opened his mouth to try to talk his way out of this, as he had so many times before.

The darkness of the barrel loomed like eternity, before sudden brightness consumed it.

Kara McIntire didn't look up as Deke entered; she just continued staring into the nothingness of the blank wall above their bed, as if the answers she sought resided there.

"What's wrong?" Deke asked, sitting down next to her at the small table that was the only other furniture in the Guest Officers' Quarters room they shared in the base Ops center. His expression was concerned and he covered her hand with his. She squeezed it, but still didn't look up. "You sounded pretty weirded out when you called me."

Deke had been helping to arrange the transport schedule for the cargo shuttles, trying to get everyone and everything cleared out before the end of the thirty-day deadline. The word that had come down straight from President Mehta's office was that Trint's demands were to be met immediately. In fact, the President and most of the Commonwealth Senate seemed to have been damned happy to have the Tahni off their hands at last. The whole story was being carefully handled, of course, and once the spin control experts got through with it, no one would know about any Predecessor ship or Imperial Guard cyborg ultimatum. No, it would be the pure magnanimity of the human Commonwealth that led to the end of the occupation of Tahn-Skyyiah.

"I got this message," Kara told Deke when she could work up enough mental fortitude to speak. "It was a prerecorded module stored in the memory of the local Instell ComSat and set to broadcast a signal coded to my headcomp if it wasn't cancelled by a certain time. It..." She shook her head. She thought about just sending it to Deke via headcomp, but that seemed too...impersonal. Instead, she sent it to the holotank built into the tabletop, then touched the control to play it.

"Hello, Kara," Antonin Murdock's image said, his eyes soft, his smile genuine. "I'm recording this before I head to meet Reginald on Inferno to finish our business with the duplicates. This sort of thing can be tricky and it's quite possible neither of us will live through it. And there are some things you'll need to know." He shifted his weight, leaning back in the acceleration couch of his courier. "I'm including a list of the duplicates just in case we don't finish them all. The task will fall to you if that happens. They're all here, on Inferno, except for one who's been sent to Tahn-Skyyiah. If we're successful, he won't be a problem. The duplicates are unstable long-term, I'm afraid, mostly due to the conditioning that forces them to follow the instructions programmed into their memories." A wry expression passed across his face.

"A few months ago, after I picked all of you off that Predecessor base in the Northwest Passage corridor system, you and Deke asked me how I'd managed to survive Robert Chang's attempt on my life. I'm afraid I wasn't completely honest with you." A pause, as if he were hesitant to say the next words aloud. "I didn't survive it. The Antonin Murdock you knew was killed when his ship was destroyed. I'm a genetic reconstruction of that man. His memories were copied on board Belial, when he went to meet his contact."

"What the *fuck*?" Deke said, hand slipping off hers as he sat back in his chair.

"Robert Chang, Cutter, did this not just because General Murdock was a threat to his plans, but because he knew that there would come a time when he had to leave you behind, Kara. He knew if things worked out the way he wanted, he would be departing human space and leaving you and your friends to the mercy of whatever circumstances he had created with his machinations.

"So, he left me behind as well, to take care of you." His eyes became softer, if that were possible. "He realized there was a strong possibility that one of his former subordinates would try to take advantage of the system of duplicates he'd left in place, so he created me to clean that up for you as well. Believe it or not, he bore no ill will to any of you, and he had no wish to leave things a mess for you. That's why I'm here, that was my purpose, my *raison d'etre*. I hope I've succeeded.

"Robert wanted me to relay one thing to you once I'd accomplished my task. He wanted you to know that he always considered you the only real family he had, and that you are the only thing from his previous life that he would carry with him." He reached out towards a control, pausing to look into the video pickup one last time. "Be happy, Kara." The image froze on his hand deactivating the recording.

Kara squeezed her eyes shut for just a heartbeat, forcing back the tears that threatened to betray her. Robert was insane, he'd done terrible things. But he'd still been the closest thing she'd had to a brother. She shut off the projector and finally looked at Deke. His face was frozen in shock, as hers had been a few minutes ago. Finally, after several seconds, he blinked away the fog and met her eyes.

"What..." He shook his head and tried again. "What the hell do we do now?"

"General Murdock's ship has officially been reported as missing," Kara told him, not exactly answering the question. "All his personal files are open to me; he apparently left an official recommendation that I be promoted to full Colonel and take his position as the head of the DSI."

"Jesus," Deke breathed. He shrugged as if he were throwing off the incredible strangeness of it all and assessing it logically, then looked at her sidelong. "There'd be no one better at the job than you, love. But is that what you want?"

"I'm not sure it matters," she said, leaning back again in her seat, the back of her head resting against the wall behind the chair. "I'm just a Major...no way they bump me up two grades and stick me in that slot."

"Don't bullshit a bullshitter," Deke scoffed, grinning shrewdly. "Everyone knows that the Bulldog has dirt on the people who get things done. He wouldn't have bothered to leave the recommendation if he didn't think it would be followed." He raised a hand to forestall her objection. "Yeah, okay, this wasn't *really* Murdock, but he knew everything Murdock knew."

"Yeah," she admitted, tossing the idea around in her head. Then she laughed softly. "This is nuts. He was a duplicate. We should tell the President."

"We should tell no one," Deke countered firmly, face and voice turning totally serious. He grabbed her hand again. "Whether or not you take the job, I don't think anyone else needs to know about this." He snorted. "I don't think anyone else would *want* to know, honestly."

Kara considered that for a moment, then had to admit to herself that he was right. The President had people like Murdock around so that she didn't *have* to know about things like this.

"Einarsson is the last duplicate," she told Deke, trying to put off the decision she knew she had to make. "I figure he's the one that gave the Tahni the security codes for the *Thaddeus Moore*."

"No surprise," Deke said with disdainful shrug. "Guy's an asshole. You want me to go kill him?"

"No," she decided clinically. "He's no danger now, without a command. And he'll probably wind up on psych discharge soon enough if Murdock..." She shook her head. "If the other Murdock was right about them being unstable."

Then she had to force herself to really think about the situation. Was there anyone else she would trust to hold Murdock's job? Anyone she'd be willing to work for?

But I was whining just a couple days ago about leaving this life behind, settling down someplace simple...

"I want to do it," she told Deke, going with her heart. She leaned over to kiss him, darting in quickly, then pulling back to meet his eyes. "And I want you there with me. It wouldn't be any fun otherwise."

Deke laughed, then took her face gently in his hands and kissed her back.

"Good luck getting rid of me."

EPILOGUE

Caleb Mitchell looked out at the jagged lines of the Rwenzori Mountains, purple in the light of the rising primary star Eshu, and felt a lightness in his chest. The dawn light turned the fields at the foot of the mountain range a rich, golden hue and he could hear the shrieking cry of one of the local avian predators as it rode a thermal higher into the lightening sky.

"It's a pretty sight," the man standing beside him said inanely, his smile identical to every other politician's smile he'd ever seen, from the Commonwealth President down to a small-town colony mayor.

"That it is, Mayor Shoemaker," Cal allowed, breathing in the crisp, autumn air.

"Call me Steve," the man insisted, the white smile almost splitting his ebony face in two. "So, how do you guys like the house? Is everything acceptable?"

"The house is perfectly fine," Rachel said from behind them. Cal looked back at her as she walked down the steps from the back porch of the two-story home, constructed from local stone and brick. "Plenty of room for a family." She gave Cal a wink and he grinned broadly. They'd had the implantation done by the medical staff on Inferno, before they'd parted ways with the others. Eight more months.

"Is the arrangement my brother wants with the Port Authority good to go?" Cal asked, casting a sideways glance at the Mayor of Toliara. "If he's operating a freight line out of Anansi for me, I don't want to be paying port fees every couple weeks." Kara had gifted them the cutter *Aurora* for "services rendered," and likely because she hoped they would help her out in the future if she needed it. And they might. But for the moment, they might as well make some money with it.

"Oh, of course, of course," Steve assured him, nodding vigorously. "I cleared everything with the planetary governor. So, you'll take the job?" he asked, holding out a hand expectantly.

"You understand," Cal warned him, "I won't be staying here forever. I'm thinking twenty, twenty-five years, tops."

Steve Shoemaker laughed, the sound more genuine than his politician's smile. "That's probably a long enough commitment to satisfy the City Council."

Cal shared a look with Rachel and she nodded. He shook the Mayor's hand firmly.

"All right, Steve," he said. "You've got yourself a Constable."

ALSO BY RICK PARTLOW

If enjoyed Birthright, you will love Drop Trooper and Holy War!

Start a new adventure today!

Start a new adventure today!

FROM THE PUBLISHER

Thank you for reading *Enemy of My Enemy,* book four in the Birthright series.

We hope you enjoyed it as much as we enjoyed bringing it to you. We just wanted to take a moment to encourage you to review the book on Amazon and Goodreads. Every review helps further the author's reach and, ultimately, helps them continue writing fantastic books for us all to enjoy.

If you liked this book, check out the rest of our catalogue at www.aethonbooks.com. To sign up to receive a FREE collection from some of our best authors as well as updates regarding all new releases, visit www.aethonbooks.com/sign-up.

JOIN THE STREET TEAM! Get advanced copies of all our books, plus other free stuff and help us put out hit after hit.

SEARCH ON FACEBOOK:
AETHON STREET TEAM

ABOUT RICK PARTLOW

RICK PARTLOW is that rarest of species, a native Floridian. Born in Tampa, he attended Florida Southern College and graduated with a degree in History and a commission in the US Army as an Infantry officer.

His lifelong love of science fiction began with Have Space Suit---Will Travel and the other Heinlein juveniles and traveled through Clifford Simak, Asimov, Clarke and on to William Gibson, Walter Jon Williams and Peter F Hamilton. And somewhere, submerged in the worlds of others, Rick began to create his own worlds.

He has written a ton of books in many different series, and his short stories have been included in seven different anthologies.

He currently lives in Wyoming with his wife, two children and a willful mutt of a dog. Besides writing and reading science fiction and fantasy, he enjoys outdoor photography, hiking and camping.

www.rickpartlow.com